网络文艺蓝皮书
BLUE BOOK OF
NETWORK ARTS

中国网络文艺发展研究报告（2018~2019）

ANNUAL REPORT ON NETWORK ARTS DEVELOPMENT OF CHINA
(2018-2019)

中国文联网络文艺传播中心　研创

社会科学文献出版社
SOCIAL SCIENCES ACADEMIC PRESS (CHINA)

图书在版编目(CIP)数据

中国网络文艺发展研究报告.2018－2019／中国文联网络文艺传播中心研创.－－北京：社会科学文献出版社，2019.12

（网络文艺蓝皮书）

ISBN 978－7－5201－5583－0

Ⅰ.①中…　Ⅱ.①中…　Ⅲ.①文艺－网络传播－研究报告－中国－2018－2019　Ⅳ.①I0－39

中国版本图书馆 CIP 数据核字（2019）第 257684 号

网络文艺蓝皮书
中国网络文艺发展研究报告（2018～2019）

研　　创／中国文联网络文艺传播中心

出 版 人／谢寿光
责任编辑／易　卉　胡庆英
文稿编辑／易　卉　陈　阳

出　　版／社会科学文献出版社·群学出版分社（010）59366453
　　　　　地址：北京市北三环中路甲29号院华龙大厦　邮编：100029
　　　　　网址：www.ssap.com.cn
发　　行／市场营销中心（010）59367081　59367083
印　　装／天津千鹤文化传播有限公司

规　　格／开　本：787mm×1092mm　1/16
　　　　　印　张：22.25　字　数：333 千字
版　　次／2019 年 12 月第 1 版　2019 年 12 月第 1 次印刷
书　　号／ISBN 978－7－5201－5583－0
定　　价／128.00 元

本书如有印装质量问题，请与读者服务中心（010－59367028）联系

权威·前沿·原创

皮书系列为

“十二五”“十三五”国家重点图书出版规划项目

“网络文艺蓝皮书” 编委会

编者的话

今天，互联网作为我们这个时代最具创新变革活力的领域，其发展已深刻影响到国家政治、经济、文化、社会生活等各个方面，乃至上升到了国家战略高度。在文化艺术行业，互联网发展同样改变着人们的生活方式、思维方式和思想观念、审美趣味、时代风尚等，重塑着当代中国文艺发展的媒介生态和艺术生态，其所带来的革命性影响渗透到艺术创作生产的各个环节和层面，成为文艺事业发展的最大变量。

文艺是民族精神的火炬，是时代前进的号角，最能代表一个民族的风貌，最能引领一个时代的风气。时至今日，在中国文艺的百花园中，作为一种新兴文艺形式，网络文艺实践丰富、活力充沛，已经是文艺事业繁荣发展的重要组成部分。随着中国特色社会主义进入新时代，新的历史方位必然确立新的文化方位和文艺方位。在互联网由“最大变量”转为事业发展“最大增量”的进程中，网络文艺内涵丰富、空间广阔，它独特的作用和巨大的影响力也令其担负起十分重大的责任。因此，梳理和把握网络文艺的发展现状与趋向，并促进其创作生产的健康繁荣，具有重要的意义和价值。

一时代有一时代之精神，一时代有一时代之文艺。随着网络文艺的蓬勃发展，以“报告”形式来把握其发展状况的研究日渐丰富。首先，从对象、范围看，主要可分两大类：一是与网络文艺相关的宏观性研究，比如关于互联网、网络文化、数字创意、文化产业等业态的发展报告；二是针对网络文艺某一或某些表现形态的研究，比如网络文学、网络剧、网络综艺、网络电影、网络音乐、网络动漫、网络游戏等门类的研究报告。其次，在视角、侧重点上，尽管相关研究在内容上存在诸多交织的情形，但其理路大体也分为两种：一是侧重关注网络文艺的某些方面，比如数据统计、产业发展、技术升级、艺术分析等；二是较全面地综合分析网络文艺的多个方面。在参考、借鉴的基础上，本《报告》的撰写拟强化以下几个方面：一是在研究对象上，立足艺术实践，着力开展网络文艺的“整体性”研究；二是在聚焦点和研究维度上，以网络文艺的主要表现形态为重点，突出审美性、总结规律性，同时，以网络文艺的“内部”研究为经（创作、传播、接受、批评等）、“外部”研究为纬（技术、产业、用户、平台、维权、社会责任、新文艺组织和群体等），力求呈现网络文艺创作生产的总体风貌；三是在研究思路上，贯穿“传统文艺与网络文艺”融合创新的主线；四是在研究方法上，强化定量与定性、描述与规范、现状与趋向，以及传统与现代、局部与整体等的有机结合。

显然，深入、系统地呈现网络文艺的整体风貌是一个挑战：一方面，作为新兴文艺的“总名”，网络文艺实际上包含多种特色鲜明、创作生产规律不尽相同的表现形态；另一方面，作为新生事物，网络文艺仍处于变化、发展之中，同时，影响、制约其发展的因素多元丛生。然而，“互联网 + 文艺”的深度转型是大势所趋，理论与实践的相辅相成是时代所需。为推进“互联网 + 文艺”工作深入开展，中国文联网络文艺传播中心勉力而行，组织撰写《中国网络文艺发展研究报告（2018 ~ 2019）》，力求通过总报告、主要形态篇、产业与市场篇、技术与艺术篇、创作主体篇等“五大部分”的主要内容和尽可能全面、细致的分析，探索性地勾勒网络文艺的整体轮廓、考察网络文艺的发展现状、把握网络文艺的创作生产规律和发展趋向，为政府管理部门、行业协会、业界和学界等提供有益的参考。

在《报告》撰写过程中，得到了腾讯研究院、爱奇艺影视节目规划研究中心、喜马拉雅 FM 等众多一线互联网平台及其研究机构的鼎力支持，在此衷心致谢。

中国文联网络文艺传播中心

2019 年 11 月

摘　要

2014年，习近平总书记在文艺工作座谈会上的重要讲话中提出了“网络文艺”的规范性概念和命名，并对其繁荣发展提出提纲挈领的意见。2015年，《中共中央关于繁荣发展社会主义文艺的意见》列出专节阐述网络文艺。时至今日，在当代中国文艺的百花园中，网络文艺越来越具有重要的地位，同时，也发挥着越来越重要的作用和影响。

随着互联网技术和新媒体的发展，网络文艺实践丰富、形态多样。就当前状况而言，其主要表现形态有网络文学、网络剧、网络综艺、网络电影、网络音乐、网络动漫、网络游戏等。在用户规模和使用率上，网络文艺各主要表现形态均拥有可观的数量，同时，“数量”上的庞大具有引发质变的足够动能，并对网络文艺的创作生产带来了全面、深刻的影响。从学理上看，在社会发展、时代进步的历史潮流中，网络文艺发展具有丰富、深刻的审美现代性意义。作为新生、新兴的现代艺术形式，网络文艺不仅具有艺术性、审美性，还具有娱乐性、商品性等；作为有机的“系统”，网络文艺创作生产不仅关乎艺术和美学，还关乎政治、经济、文化和社会、技术等，因此，有关网络文艺的发展研究除了艺术与审美的本体研究，还必须涉及技术、产业、平台、传播、用户、批评、社会责任，以及新文艺组织、新文艺群体的发展状况等。

实践表明，作为一种新兴的审美意识形态，网络文艺的创作生产和当代中国的其他意识形式有着紧密的关联。特别是，就思想文化语境来说，互联网领域和文艺领域的思想文化状况对网络文艺发展具有深刻的影响；就相关政策、法规而言，互联网领域和文艺领域的主要政策、法规对网络文艺发展具有促进、规范、引领等重要作用。其次，在创作生产中，网络文艺各主要表现形态与相应的“传统”文艺形式越来越呈现相互作用乃至相互规定的紧密关联：一方面，

“传统”文艺形式对新兴网络文艺的发生、发展具有滋养、促进等作用；另一方面，鉴于活力、规模、发展潜力和前景等，网络文艺在丰富的实践中逐渐形成了自身的鲜明特性，并反过来对“传统”文艺形式具有渗透、辐射乃至引领作用，并通过融合创新共同促进当代中国文艺的繁盛景象。当然，网络文艺有蓬勃发展的一面，也有野蛮生长的一面，但随着网络文艺与相应“传统”文艺形式的相互渗透、相互影响进一步深广发展，在两者缔结“新常态”、走向“新共名”的进程中，网络文艺必将走上健康、可持续发展之路，特别是，通过精品化生产，网络文艺必将在互联网由“最大变量”向“最大增量”转换中发挥独特的作用。

2018 年以来，随着网络文艺实践的推进和自身的发展成熟，以及多元要素复杂关联、相互影响的矢量合力作用，网络文艺创作生产在思想指导、技术赋能、用户基础、形态变化、移动互联、融合发展、质量为王、文化新变、网络治理、社会关注等多方面表现出显著的发展特征。概括说来，互联网技术和新媒体改变了文艺形态，带来了文艺观念和文艺实践的深刻变化，文艺和社会文化面临着重大变革。就未来发展来说，在党和国家对网络文艺的高度重视下，在“要适应形势发展，抓好网络文艺创作生产，加强正面引导力度”的时代要求中，网络文艺积极适应媒介发展、艺术发展的新变化、新特点、新趋向，并在价值取向、内容生产、技术进步、产业发展、社会影响等方面呈现良好发展趋势，同时也为其自身进一步的繁荣进步拓展了广阔空间。与此同时，随着网络文艺的发展，新文艺组织、新文艺群体呈现出新的风貌：一方面，文艺工作的对象、方式、手段、机制出现许多新情况、新特点，网络文艺创作生产的格局、人民群众的审美要求、文艺产品传播方式和群众接受欣赏习惯等发生巨大变化，通过紧紧依靠广大文艺工作者、尊重和遵循文艺规律，并通过深化改革、完善政策、健全体制等方式方法，党对网络文艺工作的领导进一步加强和改进，取得了显著效果；另一方面，在新形势下，中国文联、中国作协等部门通过深化改革、加强引领、加强联络沟通，进一步延伸工作手臂，加强对新文艺组织、新文艺群体的团结引导，有力推动了网络文艺事业的繁荣发展。可以预见，在多方力量的共同促进下，尤其是通过内化的自觉和精品化发展，网络文艺创作生产必然会展现新风貌，呈现新气象。

关键词： 网络文艺　网络文艺典型形态　产业与市场　技术与艺术　创作主体

目　录

Ⅰ　总报告

Ⅱ　主要形态篇

Ⅲ 产业与市场篇

Ⅳ 技术与艺术篇

Ⅴ 创作主体篇

Ⅵ 附 录

总 报 告

General Report

B.1 实践丰富、活力充沛、前景繁盛的网络文艺

——2018年以来的网络文艺发展

彭文祥*

摘 要： 互联网技术和新媒体发展改变了文艺形态，带来文艺观念和文艺实践的深刻变化，催生了一大批新的文艺类型。在这一大背景下，“网络文艺”作为新兴的文艺形态应运而生并蓬勃发展。近年来，随着实践的深广发展，网络文艺越来越具有不同于传统文艺的鲜明特色。2018年以来，在新的思想文化语境和政策、法规环境中，网络文艺创作生产在思想指导、技术发展、生产规模、审美特性、传播与接受方式、融合创

* 彭文祥，文学博士，中国传媒大学学术期刊中心主任，教授，博士生导师，主要研究领域为艺术学理论、戏剧与影视学、网络文艺与文化等。

新、质量意识、文化特性、网络治理、社会影响等方面呈现新的特征，在价值取向、内容生产、技术进步、产业发展等方面呈现新的发展趋向。

关键词： 网络文艺 思想文化语境 艺术生产特征

一 “网络文艺”的概念内涵、形态分类及美学意义

2014年，习近平总书记在文艺工作座谈会上指出，“互联网技术和新媒体改变了文艺形态，催生了一大批新的文艺类型，也带来文艺观念和文艺实践的深刻变化。由于文字数码化、书籍图像化、阅读网络化等发展，文艺乃至社会文化面临着重大变革”，并强调“要适应形势发展，抓好网络文艺创作生产，加强正面引导力度”。① 这次重要讲话正式提出了普适性、规范性的“网络文艺”概念，并对促进其繁荣发展提出了提纲挈领的意见。此后，在习近平总书记的一系列重要讲话和相关重要文件中，网络文艺的重要性进一步得到强调和彰显。比如，2015年，《中共中央关于繁荣发展社会主义文艺的意见》醒目地指出：“网络文艺充满活力，发展潜力巨大”，要“大力发展网络文艺”。② 2018年，在全国宣传思想工作会议上，习近平总书记强调，必须科学认识网络传播规律，提高用网治网水平，使互联网这个最大变量变成事业发展的最大增量；要把提高质量作为文艺作品的生命线，推出更多健康优质的网络文艺作品。③ 事实上，在当前中国文艺的百花园中，网络文艺艳丽夺目。但作为一片充满活力的热土，它有蓬勃发展的一面，也存在野蛮生长的一面，因此，要积极适应媒介发展和艺术发展的新变化、新特

① 习近平：《在文艺工作座谈会上的讲话》，《光明日报》2015年10月15日，第1版。

② 《中共中央关于繁荣发展社会主义文艺的意见》，《人民日报》2015年10月20日，第2版。

③ 《举旗帜聚民心育新人兴文化展形象 更好完成新形势下宣传思想工作使命任务》，《人民日报》2018年8月23日，第1版。

点、新趋向，培育良好网络文艺生态，促进网络文艺健康发展，特别是，要通过精品化创作生产，发挥网络文艺在互联网由“最大变量”向“最大增量”转换进程中的独特作用。

（一）多维审视中的“网络文艺”及其内涵阐释

相比以往电子文化对印刷文化的超越，互联网时代的艺术生产正发生着更剧烈、更深刻的嬗变。其突出表征是：基于互联网作为一种全新媒介的特质及其所带来的革命性影响，网络文艺在创作、传播、接受、批评和再生产等多方面都体现出与传统文艺不尽相同的鲜明特点。对此，艺术研究理应做出及时、有效的美学阐释和总结，而首先是要对网络文艺的“内涵”作出说明和揭示。

首先，从语言学的角度看，在文化艺术领域，以“网络”一词为中心聚集了一个相互关联、意义交织的概念丛（如图 1）。以“网络文艺”为视点，图 1 所示相关概念之间的关系可概括为三个层次：一是上位关系，比如，网络文艺与网络文化（或数字艺术、数字媒体艺术、新媒体艺术、传媒艺术等）；二是平位关系，比如，网络文艺与互联网艺术（或网络媒体艺术、电子艺术等）；三是下位关系，比如，网络文艺与网络文学（或网络剧、网络综艺、网络电影、网络音乐、网络动漫、网络游戏等）。[①] 在这三种关系中，与网络文艺相关的表述语义相关、意义丰富，乃至形成了雷蒙·威廉斯“词丛”式研究和瓦尔特·本雅明“星丛”式研究的关键词“语境”，特别是在第二种关系中，一些概念和表述或强调网络的媒介属性，或侧重网络的技术特征，或突出网络带来的文化特性和精神气质，它们与“网络文艺”概念共同形成了一种既有内在关联又有显著张力的意义场域。

其次，从互联网的作用和影响上分析，时至今日，互联网的作用已渗透

① 这里相关概念涉及诸多著述。参见〔美〕迈克尔·拉什《新媒体艺术》（2015）、〔英〕雷切尔·格林《互联网艺术》（2016）、欧阳友权《网络文学词典》（2012）、黄鸣奋《互联网艺术》（2006）、孟建《网络文化论纲》（2002）、李四达《数字媒体艺术概论》（2006）、汪代明《网络艺术概论》（2006）、马晓翔等编《网络媒体艺术》（2010）、王红勇主编《网络文艺论纲》（2014）等。

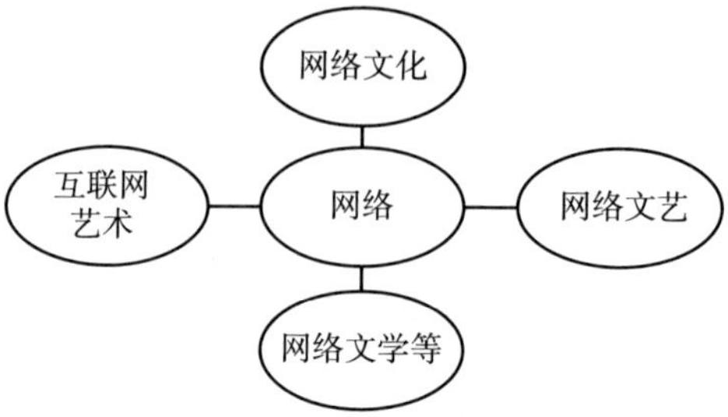

图1　网络文艺与相关概念之间的关系

到艺术生产的各个环节和层面，其影响不仅体现为“形式”上的依附性、增值性，更表现为“内容”上的重塑性和再造性。具体说来，大致可划分为三种情形：一是一些传统艺术形式在传播、接受等方面搭上了“互联网+”的快车，比如，绘画、雕塑、书法、摄影、戏曲等；二是“互联网+”改变着一些传统艺术形式的创作生产机制，比如，电影、电视剧、电视综艺、音乐、动漫等；三是在互联网技术和新媒体的催生下，在网络文艺的“总名”下，一些新的艺术表现形态得以快速发展，比如网络文学、网络剧、网络综艺、网络电影、网络音乐、网络动漫、网络游戏，以及网络演出、网络纪录片、短视频等。

再次，从网络文艺与传统文艺的比较来看，随着实践的发展，两者越来越呈现双向影响的动态关系：一方面，在某种意义上，网络文艺是一种“对比性”的存在，换言之，目前几乎所有的网络文艺表现形态都有其孕育、生长的温床和土壤，比如，网络文学、网络剧、网络综艺、网络电影的创作生产离不开、剪不断与传统文学、电视剧、电视综艺、电影的滋养与联系；另一方面，随着独立性增强、影响力扩大，网络文艺的生产范式对传统文艺越来越显现渗透乃至同化的力量。

最后，从跨学科的视野来分析，经过近年来的快速发展，人们可以用多种眼光来审视网络文艺，并从中概括相应的美学观点。比如，它可以是艺术、文化，也可以是工业、商业，还可以是政治、意识形态等，相应的，其作品可以是艺术品，也可以是产品、消费品等，不一而足。在论及“电影”

观念时，克里斯丁·麦茨认为："电影（cinema）是一个内容范围广阔的专题，接近它的途径远不止于一种"，人们通常称作"电影"的东西实际上"是一种范围广阔而繁复的社会文化现象，一种毛斯意义上的'总体社会事实'"，"是一种涉及许多方面的整体"。① 可以说，看"电影"如此，看"网络文艺"亦如是。

多维的审视必然带来多样的观点，就网络文艺的"内涵"而言，概括说来，有广义、狭义之分。在广义上，其内涵强调网络的媒介属性或技术性，把在网络上存在的文艺形态统称为网络文艺。比如，有研究者指出："网络文艺是呈现于网络媒介上的一切文艺样态的作品"，② 是"电脑网络技术催生出的全新数字艺术形式"③，是"在网络媒体上传播、以数码技术为基础，具有交互特征的多媒体艺术形式"。④ 就狭义来说，其内涵关注互联网时代人们的生存状态和方式，以及网络文化的精神特质，并突出和强调网络文艺的原创性、独特性、网感等。比如，有研究者指出：网络文艺是指将人们的网络生存状况或网络文化作为表现对象的作品，⑤ 是"具有网络精神的文艺作品，因此，只要具备一定互联网因素的文艺作品都可以称为网络文艺"。⑥ 互联网与艺术的联姻"造就了融二者于一体的互联网艺术"，"互联网艺术不同于'互联网上的艺术'或'上了网的艺术'。从传播要素的角度看，它具备如下特征：其一，创作者是网民，尤其是那些对互联网作为新媒体所展示的潜力怀有强烈兴趣的人士；其二，欣赏者也是网民，尤其是那些热衷于通过互联网实现远程参与的人士；其三，形态主要是信息流，其传播有赖于互联网的支持；其四，内容虽然丰富多彩，但经常烙有网络生活的鲜明印记；其五，创造性地运用相关网络服务；其六，虽栖身赛博空间，但具

① 李幼蒸：《当代西方电影美学思想》，中国社会科学出版社，1986，第12、1～2页。
② 周星等：《中国网络文艺的构成景观与发展问题》，《艺术百家》2016年第4期，第7页。
③ 石恒利等：《网络艺术教育》，人民出版社，2008，第75页。
④ 汪代明：《网络艺术概论》，四川民族出版社，2006，第46页。
⑤ 马晓翔等编《网络媒体艺术》，江苏科学技术出版社，2010，第3页。
⑥ 向志强、高雪：《网络文艺不会取代传统文艺》，《光明日报》2016年5月30日，第14版。

备对于现实世界的能动作用”。[①]

面对如火如荼的实践，准确揭示或给出共识性的网络文艺内涵并非易事。一是因为它牵涉诸多方面与诸多元素而纷繁复杂；二是它仍处于发展、变化之中，且“互联网 + 文艺”的深度转型和发展还会催生、激发什么样的艺术形态尚不得而知。但，基于互联网作为一种全新媒介的特质，并依据一些代表性文本所呈现的特性，我们不妨按形式逻辑与辩证逻辑相结合的方法，探索性地对其内涵做出说明：网络文艺是受互联网技术、新媒体和社会变迁作用与影响而秉赋互联网艺术思维，并以新型艺术生产方式表征时代生活、表达现代性体验和思想感情的审美艺术形式，其质的规定性主要体现在“互联网艺术思维”“新型艺术生产方式”“审美艺术”三个方面。[②]

（二）网络文艺的形态分类

在某种程度上，识别、概括网络文艺的外延或表现形态比揭示其内涵要容易得多。在分类学的意义上，网络文艺的表现形态可从如下三个维度来分析。

第一，着眼艺术语言或载体，网络文艺的表现形态主要有文字类、视频类、音频类、动漫类、游戏类、其他类等。比如，文字类的网络小说、网络诗歌，视频类的网络剧、网络综艺、网络电影、网络纪录片以及网络动漫、网络游戏、网络演出、综艺类杂糅节目，音频类的网络音乐、手机端增值服务音乐等。

第二，依据“互联网 +”的具体情形，特别是依据思维、语言等方面的特点，将网络文艺划分为“网生”和“非网生”两类。比如，有研究者指出：“一是传统文艺的网络化。借助网络传播技术，许多传统的纸质文艺作品和印刷文艺文本经过电子化和数字化后得以在网上广为生产和传播”，“二是新型的网络原创文艺。它是用电脑创作、在网上首发、具有鲜明网络语言特点的原创性文艺作品。”[③] 如果说，后者属于狭义、网生的网络文艺，那么，前者可划归广义、非网生的范围。

---

① 黄鸣奋：《互联网艺术》，文化艺术出版社，2006，第 17 页。

② 彭文祥、付李琢：《何谓“网络文艺”?》，《现代传播》2017 年第 12 期，第 79 ~ 81 页。

③ 王红勇主编《网络文艺论纲》，山东教育出版社，2014，第 7 页。

第三，依据网络文艺实践的实际情形，并在与传统文艺的对比架构中，将其表现形态分为网络文学、网络剧、网络综艺、网络电影、网络音乐、网络动漫、网络游戏等几种主要的、典型的形态和类型（如图2）。这种分类是目前业界、学界通行的做法，本报告相关分析和研究亦以此为基础。此外，除以上七种主要表现形态，基于和“文艺”的关联及未来发展的潜能，像短视频、虚拟现实（VR）、人工智能等领域和部分具有“文艺”特点的交叉性内容，可划归“泛”网络文艺形态的范围。

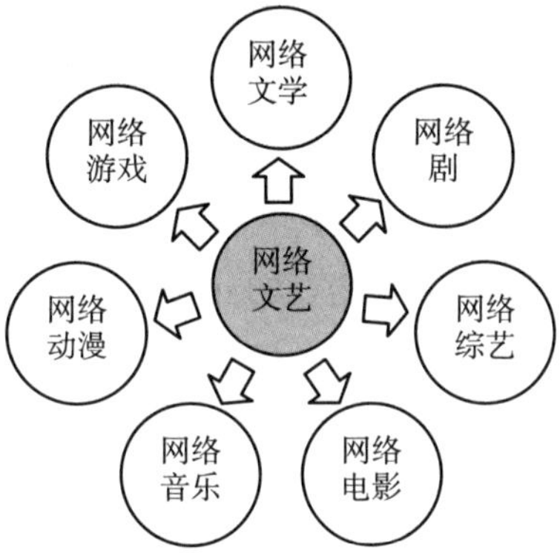

图2　网络文艺的主要表现形态

（三）网络文艺发展的审美现代性意义

时至今日，互联网是创新驱动发展的先导力量，深刻影响着政治、经济、文化、社会等领域的发展，深刻改变着人们的生产生活方式，成为信息传播的新渠道、生产生活的新空间、经济发展的新引擎、文化繁荣的新载体、社会治理的新平台、交流合作的新纽带、国家主权的新疆域。就文艺而言，文艺事业是党和人民的重要事业，举精神之旗、立精神支柱、建精神家园都离不开文艺。在新的历史条件下，文艺的独特作用和深远影响不言而喻。

“文运同国运相牵，文脉同国脉相连”。站在现代性（Modernity）的高度并从我国和世界发展大势的角度来审视新媒介生态和艺术生态中的中国文艺，我们可以看到，新中国成立70年，特别是改革开放40多年以来，在社会主义现代化实践的伟大进程中，一种由中国特色的政治、经济、文化、社会等搭建起来的“中国现代性”（Chinese Modernity）已展现在历史的舞台上。与之相应，艺术叙事与历史叙事同声相应、同气相求，在道路自信、理论自信、制度自信、文化自信架构的思想文化新语境中，当代中国文艺形成了有别于西方文艺的审美现代性（Aesthetic Modernity）。就网络文艺来说，基于创作生产所显现的规模、特征、经验、成效、潜能、前景等，它可被视为当代中国文艺发展的生力军——其活力和影响力是时代的产物，而其时代性则可以看作中国特色审美现代性的典型表征。

古今中外，文艺无不遵循这样一条规律：因时而兴，乘势而变，随时代而行，与时代同频共振。透过当前网络文艺创作生产的新经验、新特征、新趋向，我们可以看到，正像历次重大文艺变革所呈现的图景一样，“传统－现代”的结构张力既蕴含历史的传承性又包含内在的分离与转折，网络文艺的迅猛发展显示了“互联网＋”的巨大威力和活力，同时也对人们的日常生活、审美趣味、文化心理、价值观念，以及时代风尚、意识形态、社会发展等带来了深远影响。

二　2018年以来网络文艺的发展形势

2018 年以来，政治、经济、文化、社会等方面的新发展及其在互联网和文艺领域的深远反响形成了网络文艺发展的新形势。在新的历史条件下，网络文艺创作生产讲品位、讲格调、讲责任，在为广大网民提供丰富多样精神食粮的同时，也呈现一系列鲜明的发展特征。

在学理上，“发展形势”是事物所处环境中诸多要素相互作用、相互影响而形成的场域，并呈现为矢量合力作用的系统语境和发展趋向。作为一种综合性的要素间性分析，它涉及诸多方面和环节，比如，经济学上的宏观环境分析模型“PEST”涉及政治（Politics）、经济（Economy）、社会（Society）、技术（Technology）等，且每个要素之下还细分诸多因素。就 2018 年以来网络文艺的发展形势来说，本报告先就相关数据进行梳理、分析，进而着重就影响网络文艺创作生产的思想文化和相关政策、法规状况进行概括、总结。

（一）相关数据统计与分析

在网信事业繁荣发展的大环境、大趋势中，网民规模和普及率、网民属性结构、网民上网时长、网络应用状况等，对网络文艺发展具有重要影响，也是了解其发展现状、形势、趋向等的基础。据中国互联网络信息中心（CNNIC）发布的第43、44次《中国互联网络发展状况统计报告》，现从两大方面将相关数据择要梳理、分析。

1. 互联网发展相关数据统计与分析

（1）网民规模和普及率

截至2019年6月，我国网民规模达8.54亿，互联网普及率达61.2%，手机网民规模达8.47亿。其中，在上网方式及所占比例方面，使用手机上网的比例达99.1%，使用台式电脑、笔记本电脑、平板电脑、电视上网的比例分别为46.2%、36.1%、28.3%、33.1%。

在当代艺术生产中，庞大的用户数量无疑蕴含着巨大的利好与激发质变的足够动能。特别是着眼“十年之变”，我国网民规模由2008年的2.98亿上升为2018年的8.29亿，普及率由22.6%上升为59.6%；手机网民规模由1.176亿上升为8.17亿，上网比例由39.5%上升为98.6%（如图3）。

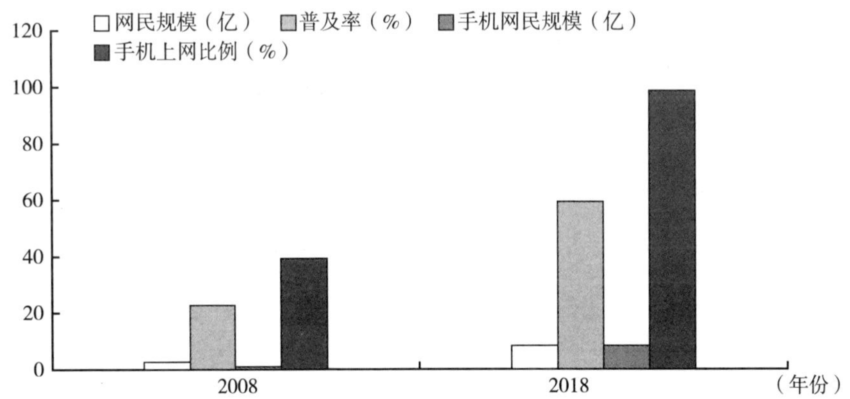

图3　我国网民规模和普及率的“十年之变”

历史地看，这“十年”恰是网络文艺发生、发展的爆发期——伴随网信事业的繁荣发展，网络文艺在书写自身历史的同时，也迎来繁荣发展的高光时刻。值得一提的是，2018 年，随着贫困地区网络基础设施“最后一公里”逐步打通、数字鸿沟加快弥合，加之移动流量资费大幅下降、跨省漫游成为历史，入网门槛进一步降低，互联网覆盖范围进一步扩大、信息交流效率进一步提升，水涨船高，网络文艺发展亦是“芝麻开花节节高”。

（2）网民属性结构

截至 2019 年 6 月，我国网民属性结构主要有如下几方面。

①城乡结构：截至 2019 年 6 月，我国城镇网民规模 6.30 亿，占比 73.7%；农村网民规模 2.25 亿，占比 26.3%。

②性别结构：网民男女比例为 52.4∶47.6，与 2018 年底基本持平。

③年龄结构：我国网民以中青年群体为主，并向中高龄人群渗透。其中，10～39 岁群体占整体网民的 65.1%，20～29 岁年龄段的网民占比最高，达 24.6%；40～49 岁中年网民群体占比由 2018 年底的 15.6% 升至 17.3%；50 岁及以上网民比例由 2018 年底的 12.5% 升至 13.6%。

④学历结构：我国网民以中等教育水平的群体为主。其中，初中、高中/中专/技校学历的网民占比分别为 38.1%、23.8%，大学专科、本科及以上网民占比分别为 10.5%、9.7%。

⑤职业结构：学生群体最多，占比 26%；其次是个体户/自由职业者，占比 20.0%；再次是企业/公司的管理人员和一般职员，占比 11.8%。

⑥收入结构：我国网民以月收入 2001～5000 元的群体占比最高，为 33.4%；月收入 5000 元以上的人群占 27.2%；无收入及月收入 500 元以下的人群占 19.9%。

对网络文艺来说，网民结构属性和特点具有多方面的影响。择要说来，有如下方面。

①近年来，尽管城、乡地区互联网普及率同步提升，但城、乡差别依然悬殊、醒目。这既对网络文艺的创作、传播、接受和普及、提高等提出了现

实的要求，也表明了弥合差距的重要性和紧迫性。

②网民男女比例相差不大，但在网络文艺创作生产中，题材、类型、趣味、爱好、风格等均会因性别差异而有所不同。

③以中青年群体为主的年龄结构、以中等教育水平群体为主的学历结构、以学生群体和个体户/自由职业者为主的职业结构、以中低收入群体为主的月收入结构等，对网络文艺的创作生产、传播营销、跨界融合、产业链循环、发展走向等具有深刻影响。

④截至2019年6月，在5.41亿非网民中，城镇地区人群占37.2%，农村地区人群占62.8%。这种情形和电脑/网络使用技能、文化程度、知识水平等相关，同时，也再次涉及网络文艺发展中“普及－提高”的命题。

（3）网民上网时长

截至2019年6月，我国网民人均周上网时长27.9小时，较2018年底提高0.3小时，人均每日上网4小时。在一天24小时中，1/6的上网时间蕴含多方面的、引人深思的议题。

特别值得一提的是，在各类应用使用时长占比中，即时通信类APP使用时间最长（占14.5%），接下来的是网络视频、短视频，网络音乐、网络文学和网络音频类应用，占比分列2～6位，依次为13.4%、11.5%、10.7%、9.0%、8.8%。[①] 这表明，与网络文艺相关的内容具有良好的活跃性与吸引力。

2.网络文艺发展相关数据统计与分析

在用户规模和使用率上，2018年以来网络文艺主要表现形态引人瞩目的情形有两方面：一是数量上的庞大；二是呈进一步增长态势。其中，包括网络剧、网络综艺、网络电影等在内的网络视频用户规模达6.12亿，占比73.9%，手机用户规模近5.9亿，占比72.2%；网络音乐用户规模近5.76亿，占比69.5%，手机用户规模近5.53亿，占比67.7%；网络游戏用户规模近4.84亿，占比

① 中国互联网络信息中心（CNNIC）：第44次《中国互联网络发展状况统计报告》，http://www.cac.gov.cn/2019－08/30/c_1124938750.htm。

58.4%；手机用户规模近4.59亿，占比56.2%；网络文学用户规模达4.32亿，占比52.1%，手机用户规模达4.10亿，占比50.2%（见表1、表2）。①

表1　2018年网络文艺主要表现形态用户规模/网民使用率

单位：万，%

应　用	2018		2017		年增长率
	用户规模	网民使用率	用户规模	网民使用率	
网络视频	61201	73.9	57892	75.0	5.7
网络音乐	57560	69.5	54809	71.0	5.0
网络游戏	48384	58.4	44161	57.2	9.6
网络文学	43201	52.1	37774	48.9	14.4

表2　2018年网络文艺主要表现形态手机用户规模/网民使用率

单位：万，%

应　用	2018		2017		年增长率
	用户规模	网民使用率	用户规模	网民使用率	
手机网络视频	58958	72.2	54857	72.9	7.5
手机网络音乐	55296	67.7	51173	68.0	8.1
手机网络游戏	45879	56.2	40710	54.1	12.7
手机网络文学	41017	50.2	34352	45.6	19.4

从表1、表2的数据可以看出，网络文艺携带互联网基因，因“网”而生、向“网”而盛。2018年以来，在某种程度上说，庞大的用户数量、多样的表现形态、持续向好的发展趋势，以及创作生产中艺术思维、题材类型、产业发展等的相应变化铸就了网络文艺的基本风貌。

（二）影响网络文艺发展的思想文化语境

文艺是一种更高地悬浮于上层建筑之上的、特殊的意识形态，即，审美意识形态。在经济基础与上层建筑的辩证关系中，宏观地看，一方面，经济

① 中国互联网络信息中心（CNNIC）：第43次《中国互联网络发展状况统计报告》，http://www.coc.gov.cn/2019-02/28/c_1124175677.htm。

基础对文艺发展具有决定作用且“这一作用多半是间接发生的”，或者说，是通过其他意识形态形式、社会心理、文化传统等来发挥的；另一方面，文艺、政治、法律、哲学、道德等意识形态形式“互相影响并对经济基础发生影响”。[①] 具体说来，一定时代的意识形态思想体系（政治、经济、文化、社会思想、法律、教育、伦理、道德、哲学等）及其所形成的思想文化语境对网络文艺发展具有巨大、深远的影响。基于网络文艺“互联网 + 文艺”的特性，这种“影响”可以从互联网和文艺两个主要领域来考察。

1. 互联网领域的思想文化状况

十八大以来，党和国家系统部署、全面推进我国网络安全和信息化工作，不断开创网信事业新局面。从高规格成立中央网络安全和信息化领导小组并进一步改为中央网络安全和信息化委员会，到推进全国网信工作体系建设、形成一盘棋格局；从制定发布《国家信息化发展战略纲要》《国家网络空间安全战略》等一系列战略性、制度性文件，到《网络安全法》、《互联网新闻信息服务管理规定》等一批法律、法规相继出台，我国走出一条中国特色互联网发展之路。2014 年，中央网络安全和信息化领导小组第一次会议强调：要总体布局统筹各方创新发展，努力把我国建设成为网络强国。2016 年，在全国网络安全和信息化工作座谈会上，习近平从“推动我国网信事业发展，让互联网更好造福人民”“建设网络良好生态，发挥网络引导舆论、反映民意的作用”“尽快在核心技术上取得突破”“正确处理安全和发展的关系”“增强互联网企业使命感、责任感，共同促进互联网持续健康发展”“聚天下英才而用之，为网信事业发展提供有力人才支撑”六个方面，阐发了关于互联网的重要论述。[②] 2017 年，党的十九大报告提出，要高度重视传播手段建设和创新，提高新闻舆论传播力、引导力、影响力、公信力；加强互联网内容建设，建立网络综合治理体系，营造清朗的网络空间。

2018 年 4 月，在全国网络安全和信息化工作会议上，习近平站在人类

① 《马克思恩格斯选集》第 4 卷，人民出版社，1972，第 486、506 页。

② 习近平：《在网络安全和信息化工作座谈会上的讲话》，《人民日报》2016 年 4 月 26 日，第 2 版。

历史发展和党与国家全局的高度，科学分析信息化变革趋势和我们肩负的历史使命，系统阐述了网络强国战略思想，提出了一系列新思想、新观点、新论断，深刻回答了事关网信事业发展的一系列重大理论和实践问题。他强调，要加强网上正面宣传，维护网络安全，推动信息领域核心技术突破，发挥信息化对经济社会发展的引领作用，加强网信领域军民融合，主动参与网络空间国际治理进程，自主创新推进网络强国建设，为决胜全面建成小康社会、夺取新时代中国特色社会主义伟大胜利、实现中华民族伟大复兴的中国梦作出新贡献。习近平指出，要旗帜鲜明坚持正确政治方向、舆论导向、价值取向，用新时代中国特色社会主义思想和党的十九大精神团结、凝聚亿万网民，深入开展理想信念教育，深化新时代中国特色社会主义和中国梦宣传教育，积极培育和践行社会主义核心价值观，推进网上宣传理念、内容、形式、方法、手段等创新，把握好时度效，构建网上网下同心圆，更好凝聚社会共识，巩固全党全国人民团结奋斗的共同思想基础。习近平强调，网信事业代表着新的生产力和新的发展方向，应该在践行新发展理念上先行一步，围绕建设现代化经济体系、实现高质量发展，加快信息化发展，整体带动和提升新型工业化、城镇化、农业现代化发展……习近平的重要讲话为把握信息革命历史机遇、加强网络安全和信息化工作、加快推进网络强国建设明确了前进方向、提供了根本遵循，具有重大而深远的意义。①

特别值得一提的是，2019 年 1 月，中共中央政治局在人民日报社就全媒体时代和媒体融合发展举行第十二次集体学习。习近平总书记主持学习时强调："推动媒体融合发展、建设全媒体成为我们面临的一项紧迫课题。要运用信息革命成果，推动媒体融合向纵深发展，做大做强主流舆论，巩固全党全国人民团结奋斗的共同思想基础，为实现'两个一百年'奋斗目标、实现中华民族伟大复兴的中国梦提供强大精神力量和舆论支持。""我们要因势而谋、应势而动、顺势而为，加快推动媒体融合发展，使主流媒体具有强大传播力、

① 《敏锐抓住信息化发展历史机遇 自主创新推进网络强国建设》，《人民日报》2018 年 4 月 22 日，第 1 版。

引导力、影响力、公信力，形成网上网下同心圆，使全体人民在理想信念、价值理念、道德观念上紧紧团结在一起，让正能量更强劲、主旋律更高昂。”①

实践表明，十八大以来，党和国家高度重视互联网、发展互联网、治理互联网，统筹协调涉及政治、经济、文化、社会、军事等领域信息化和网络安全重大问题，不仅作出了一系列重大决策、提出一系列重大举措，推动网信事业取得历史性成就，还不断推进理论创新和实践创新，走出了一条中国特色治网之路，形成了网络强国战略思想。立足中国语境、放眼国际环境，习近平总书记关于网络强国战略的重要思想具有丰富、深刻的内涵，“作为习近平新时代中国特色社会主义思想的重要组成部分，对中国乃至世界互联网发展治理进程产生了重大影响，具有重要的理论价值与时代贡献”，② 也必然是网络文艺繁荣发展的指导思想和行动纲领。

2. 文艺领域的思想文化状况

文艺事业是党和人民的重要事业，文艺战线是党和人民的重要战线。十八大以来，党和国家高度重视文艺工作。2014 年，在文艺工作座谈会上，习近平从“实现中华民族伟大复兴需要中华文化繁荣兴盛”“创作无愧于时代的优秀作品”“坚持以人民为中心的创作导向”“中国精神是社会主义文艺的灵魂”“加强和改进党对文艺工作的领导”五个方面，阐发了关于文艺的重要论述。2015 年，《中共中央关于繁荣发展社会主义文艺的意见》着重从“做好文艺工作的重大意义和指导思想”“坚持以人民为中心的创作导向”“让中国精神成为社会主义文艺的灵魂”“创作无愧于时代的优秀作品”“建设德艺双馨的文艺队伍”“加强和改进党对文艺工作的领导”等方面，深入、系统地提出了促进文艺发展的指导意见。2016 年，在中国文联十大、中国作协九大开幕式上，习近平着重向全国文艺工作者提出四点希望：希望大家坚定文化自信，用文艺振奋民族精神；希望大家坚持服务人民，用积极

① 《推动媒体融合向纵深发展 巩固全党全国人民共同思想基础》，《人民日报》2019 年 1 月 26 日，第 1 版。

② 谢新洲：《网络强国战略思想的理论价值和时代贡献》，《人民日报》2018 年 6 月 5 日，第 7 版。

的文艺歌颂人民；希望大家勇于创新创造，用精湛的艺术推动文化创新发展；希望大家坚守艺术理想，用高尚的文艺引领社会风尚。①

2018 年 8 月，在全国宣传思想工作会议上，习近平强调，完成新形势下宣传思想工作的使命任务，必须以新时代中国特色社会主义思想和党的十九大精神为指导，增强“四个意识”、坚定“四个自信”，自觉承担起举旗帜、聚民心、育新人、兴文化、展形象的使命任务，坚持正确政治方向，在基础性、战略性工作上下功夫，在关键处、要害处下功夫，在工作质量和水平上下功夫，推动宣传思想工作不断强起来，促进全体人民在理想信念、价值理念、道德观念上紧紧团结在一起，为服务党和国家事业全局作出更大贡献。习近平指出，要坚持提高新闻舆论传播力、引导力、影响力、公信力，坚持以人民为中心的创作导向，坚持营造风清气正的网络空间，坚持讲好中国故事、传播好中国声音；要引导广大文化文艺工作者深入生活、扎根人民，把提高质量作为文艺作品的生命线，用心用情用功抒写伟大时代，不断推出讴歌党、讴歌祖国、讴歌人民、讴歌英雄的精品力作，书写中华民族新史诗；要不断提升中华文化影响力，把握大势、区分对象、精准施策，主动宣介新时代中国特色社会主义思想，主动讲好中国共产党治国理政的故事、中国人民奋斗圆梦的故事、中国坚持和平发展合作共赢的故事，让世界更好地了解中国……习近平的重要讲话站在新时代党和国家事业发展全局的高度，深刻总结了党的十八大以来党的宣传思想工作的历史性成就和历史性变革，深刻阐述了新形势下党的宣传思想工作的历史方位和使命任务，深刻回答了一系列方向性、根本性、全局性、战略性重大问题，对做好新形势下党的宣传思想工作作出重大部署，是指导新形势下党的宣传思想工作的纲领性文献。②

2019 年 3 月，习近平总书记看望参加全国政协十三届二次会议的文化艺术界、社会科学界委员，并在联组会上的重要讲话中强调，新时代呼唤着

① 习近平：《在中国文联十大、中国作协九大开幕式上的讲话》，《人民日报》2016 年 12 月 1 日，第 2 版。

② 《举旗帜聚民心育新人兴文化展形象 更好完成新形势下宣传思想工作使命任务》，《人民日报》2018 年 8 月 23 日，第 1 版。

杰出的文学家、艺术家、理论家，文艺创作、学术创新拥有无比广阔的空间，要坚定文化自信、把握时代脉搏、聆听时代声音，坚持与时代同步伐、以人民为中心、以精品奉献人民、用明德引领风尚。“一个国家、一个民族不能没有灵魂。文化文艺工作、哲学社会科学工作就属于培根铸魂的工作，在党和国家全局工作中居于十分重要的地位，在新时代坚持和发展中国特色社会主义中具有十分重要的作用。”“中国特色社会主义进入了新时代。希望大家承担记录新时代、书写新时代、讴歌新时代的使命，勇于回答时代课题，从当代中国的伟大创造中发现创作的主题、捕捉创新的灵感，深刻反映我们这个时代的历史巨变，描绘我们这个时代的精神图谱，为时代画像、为时代立传、为时代明德”。①

在新的历史条件下，习近平关于文艺工作的一系列重要论述是习近平新时代中国特色社会主义思想的有机组成部分，是继承和发展马克思主义文艺理论的最新成果和美学结晶，是繁荣发展社会主义文艺的精神引领与价值导向，也是繁荣发展网络文艺的指导思想和行动纲领。

（三）影响网络文艺发展的主要政策、法规

对于迅猛发展的网络文艺来说，互联网和文艺领域的相关政策、法规具有导引、促进和纠偏、规范等多方面的重要影响。需要说明的是，正像思想文化方面的状况和情形一样，基于网络文艺的特性，虽然互联网和文艺分属不同领域，但两者在相关政策、法规上存在诸多交集。相关政策、法规有“中央”和“地方”两个层面，并以前者为主导。

1. 互联网领域主要政策、法规

2018 年以来，中宣部、国家广播电视总局、文化和旅游部、工业和信息化部、中央网信办等部门高度重视网络文艺并出台了多项政策、法规和举措，对网络文艺健康发展起到了积极的作用。概括说来，这些政策、法规可

① 《坚定文化自信把握时代脉搏聆听时代声音 坚持以精品奉献人民用明德引领风尚》，《人民日报》2019 年 3 月 5 日，第 1 版。

分为普惠推进型、综合治理型两大类。

就“普惠推进型”政策、法规来说，首先，随着互联网快速发展，信息领域核心技术创新备受重视、互联网应用技术商业化进程快速推进。比如，近年来，国务院先后印发《国家创新驱动发展战略纲要》《“十三五”国家信息化规划》《新一代人工智能发展规划》等；2018 年 5 月，工业和信息化部发布《推进互联网协议第六版（IPv6）规模部署行动计划》，12 月出台《关于加快推进虚拟现实产业发展的指导意见》。其次，中国特色的网信事业始终坚持以人民为中心，促进社会公平福利均衡发展，并通过加快信息化发展，整体带动和提升新型工业化、城镇化、农业现代化发展。比如，2018 年，中共中央、国务院先后发布《关于实施乡村振兴战略的意见》《国家乡村振兴战略规划（2018～2022 年）》《关于打赢脱贫攻坚战三年行动的指导意见》，提出数字乡村发展规划与目标，大力实施网络扶贫行动，将数字经济与乡村振兴密切结合，让互联网助力乡村振兴、助力全面小康社会建设。

就“综合治理型”政策、法规而言，近年来，相关部门出台了一系列管理规定，涉及互联网信息内容管理行政执法程序、互联网新闻信息服务治理、互联网社交行为与互联网用户公众账号、网络表演经营行为等诸多方面。2018 年，中国网信事业依法管网、依法办网、依法上网，互联网内容建设与治理进一步强化，效果显著。择要说来，一是多层次、立体化推动互联网法治进程。比如，2018 年 1 月，《中华人民共和国反不正当竞争法》正式实施，规定网络经营者不得利用技术手段破坏其他经营者合法提供的网络产品或服务；7 月，中央全面深化改革委员会第三次会议发布《关于增设北京互联网法院、广州互联网法院的方案》；8 月，《中华人民共和国电子商务法》正式颁布，作为我国电子商务领域的第一部综合性法律，它从规范管理、鼓励创新两个维度，积极回应社会关切和行业需求。二是针对人民群众意见强烈、社会危害大的违法违规行为，通过专项治理，进一步规范网络空间秩序、营造良好发展环境。比如，国家广播电视总局针对网络视频行业存在的突出问题，促使网络直播、短视频网站自查自纠，推动互联网企业提升责任意识、强化管理措施；文化和旅游部组织开展网络表演、网络游戏市场集中执法检查，清理网络文化市场禁止内容，规范网络文化市场经营秩序；国家版权局、国家互联网信息办公室、工业和信息化部、公安部启动打击网络侵权盗版“剑网2018”专项行动，进一步营造良好网络版权环境。

在以上两大类政策、法规中，尽管有些内容和网络文艺创作生产没有直接关系，但在环境氛围、目标主旨、价值取向等方面有千丝万缕的关联。

2. 文艺领域主要政策、法规

2018年以来，一些重要政策、法规的出台和实施进一步为网络文艺健康发展提供、营造了良好条件和环境。择要说来，有以下几个方面。

一是中央宣传部、文化和旅游部、国家税务总局、国家广播电视总局、国家电影局等联合印发《通知》，要求加强对影视行业天价片酬、“阴阳合同”、偷逃税等问题的治理，控制不合理片酬，推进依法纳税，促进影视业健康发展。

二是国家广播电视总局发布一系列通知，促进网络视听节目健康发展。比如，《关于进一步加强广播电视和网络视听文艺节目管理的通知》针对一些文艺节目出现的影视明星过多、追星炒星、泛娱乐化、高价片酬、收视率（点击率）造假等问题，强调要牢牢把握正确的政治方向，强化价值引领；坚持以人民为中心的创作导向，坚决遏制追星炒星、泛娱乐化等不良倾向；鼓励以优质内容取胜，不断创新节目形式，严格控制嘉宾片酬；加大电视剧、网络剧（含网络电影）治理力度，促进行业良性发展；坚持同一标准、同一尺度，维护广播电视与网络视听节目的健康有序发展；加强收视率（点击率）调查数据使用管理，坚决打击收视率（点击率）造假行为。《关于进一步规范网络视听节目传播秩序的通知》提出：坚决禁止非法抓取和剪拼改编视听节目，加强网上片花和预告片等视听节目管理，加强各类节目接受冠名及赞助的管理；严肃整治网上出现的歪曲演绎红色经典、恶意拼接经典卡通形象、散布血腥暴力、低俗炒作明星绯闻隐私和炫富享乐类视听节目；依法严肃问责部分问题性质严重的视频网站，带动一批社会直播和短视频网站自查自纠，进一步深度清理网络空间的精神毒品、垃圾和糟粕。《关于做好暑期网络视听节目播出工作的通知》提出：要制作传播正能量鲜明的青少年节目，把弘扬社会主义核心价值观、引导青少年追求真善美、传播先进科学文化知识、体现中华优秀传统文化等优秀节目放在显著位置。

三是相关部门及行业组织推出了一系列具体工作举措。比如，国家广播电视总局协调部分中央和大型商业视频网站、专家学者等，在原有《网络视听节目内容审核通则》的基础上细化内容审核标准。中国文学艺术界联合会印发《全国文联“互联网＋文艺”建设工作规划（2018～2020）》，提出要完善“网上文艺之家”服务体系，积极开展优质文艺资源的数字化转化和网络化应用，深入推进传统文艺与网络文艺创新融合发展。再比如，随着网络文艺的飞速发展，新文艺组织建立健全工作机制，积极促进行业发展规范化，如中国网络视听节目服务协会组织制定各类节目内容审核标准、中国电影家协会网络大电影工作委员会制定行业规范，促进网络电影发展。特别值得一提的是，2018 年，爱奇艺、优酷网、搜狐网、腾讯网等大型平台加强自查清理，下线了一批品质低、内容差的节目，促进了上线作品质量的提升，同时，还公布相关分账数据，推动了行业规范化。

总的说来，2018 年以来，一方面，互联网、文艺领域所形成的发展形势进一步为网络文艺发展营造了良好环境；另一方面，网络文艺创作生产乘势而上、积极作为，取得了新成绩、开创了新局面，在网络文艺发展史上写下了浓墨重彩的一页。

三　2018年以来网络文艺的发展特征

2018 年以来，顺应时代发展、社会进步的历史潮流，在“互联网＋文艺”深度转型、政策引导、市场推动和自身演进等多重因素的共同作用下，网络文艺传承创新，呈现以下十大方面的鲜明特征。

（一）深入贯彻落实习近平总书记关于网络强国战略的重要思想和关于文艺工作的重要论述

互联网技术和新媒体的发展带来了文艺观念、文艺实践的深刻变化，使社会文化面临重大变革。特别是，文艺创作生产的格局、人民群众的审美要求发生了很大变化，文艺产品传播方式、群众接受欣赏习惯出现了深度转型，文艺工作的对象、方式、手段、机制等也呈现许多新情况、新特点。作为新兴文艺形式，也作为当代中国文艺的有机组成部分，网络文艺得到了党和国家的高度重视。

2018 年以来，作为一片充满活力的热土，网络文艺创作生产深入贯彻落实习近平总书记关于网络强国战略的重要思想和关于文艺工作的重要论述，呈现繁荣发展的新局面。尽管仍存在“蓬勃发展”与“野蛮生长”并存的情形，但健康、规范、可持续发展是主导面、总基调。具体说来，网络文艺各主要表现形态的创作生产遵循互联网发展规律和艺术规律，艺术质量、审美品质进一步提升；创作者积极运用网络进行创作传播，健康优质原创作品可圈可点；网络文艺与传统文艺的创新性融合进一步深化；新媒体优势进一步发挥，重点文艺网站建设取得新成果，微博、微信、移动客户端等的运用和优秀作品的多渠道传输、多平台展示、多终端推送已成常态；内容管理进一步加强、管理方式进一步创新、传播秩序进一步规范，正能量引领呈现新局面。实践表明，习近平总书记关于网络强国战略的重要思想和关于文艺工作的重要论述为网络文艺创作生产的乘势而上、顺势而为提供了发展路径和重要保障。

（二）新技术、新应用升级换代，数字化、网络化、智能化赋能创新发展

2018 年 4 月，在全国网络安全和信息化工作会议上，习近平指出：网信事业代表着新的生产力和新的发展方向，围绕建设现代化经济体系、实现高质量发展，要发展数字经济，加快推动数字产业化，依靠信息技术创新驱动，不断催生新产业新业态新模式，用新动能推动新发展。① 2018 年 5 月，习近平在两院院士大会上强调：要把握数字化、网络化、智能化融合发展的契机，以信息化、智能化为杠杆培育新动能，优先培育和大力发展一批战略性新兴产业集群，推进互联网、大数据、人工智能同实体经济深

① 《习近平：自主创新推进网络强国建设》，http：//www. xinhuanet. com/2018 - 04/21/c_1122719810. htm。

度融合。[①] 可以说，网信事业快速进步、信息技术创新驱动，以及数字化、网络化、智能化加快融合等既是发展大势，也为网络文艺创新发展提供了强大动力。

实践表明，新技术、新应用的每一次升级换代都会极大促进网络文艺创作生产的创新与发展。比如，目前虚拟现实产业生态初步形成，“VR +”内容应用渗透到娱乐、艺术、文化等多个领域；人工智能已超越技术概念，上升为产业转型升级、国际竞争力提升的新支点、新机遇；5G 发展进入全面深入落实阶段，政企合力推动产业稳步发展；大数据产业不断成熟，持续向经济运行、社会生活等各应用领域渗透。2018 年以来，VR、AI、5G、大数据、云计算及其交织、渗透、开发、应用极大赋能网络文艺，并为其内容生产、产业化等提供新可能、拓展新空间。

（三）用户规模/普及率进一步增长，庞大数量引发质变新动能

据中国互联网络信息中心发布的《中国互联网络发展状况统计报告》，近 5 年来，与总体用户规模/使用率的增长一致，网络视频、网络音乐、网络游戏、网络文学等网络文艺主要表现形态的用户规模/普及率持续增长（如表 3、图 4）。[②]

表 3　2014～2018 年网络文艺主要表现形态用户规模/网民使用率

单位：万，%

主要表现形态	2014		2015		2016		2017		2018	
	用户规模	网民使用率	用户规模	网民使用率	用户规模	网民使用率	用户规模	网民使用率	用户规模	网民使用率
网络视频	43298	66.7	50391	73.2	54455	74.5	57892	75.0	61201	73.9
网络音乐	47807	73.7	50137	72.8	50313	68.8	54809	71.0	57560	69.5
网络游戏	36585	56.4	39148	56.9	41704	57.0	44161	57.2	48384	58.4
网络文学	29385	45.3	29674	43.1	33319	45.6	37774	48.9	43201	52.1
网络直播	—	—	—	—	34431	47.1	42209	54.7	39676	47.9
短视频	—	—	—	—	—	—	—	—	64798	78.2

① 《两院院士大会开幕　习近平发表重要讲话》，http：//www. xinhuanet. com/2018 －05/28/c_1122899992. htm。

② 据中国互联网络信息中心近年来发布的《中国互联网络发展状况统计报告》整理。

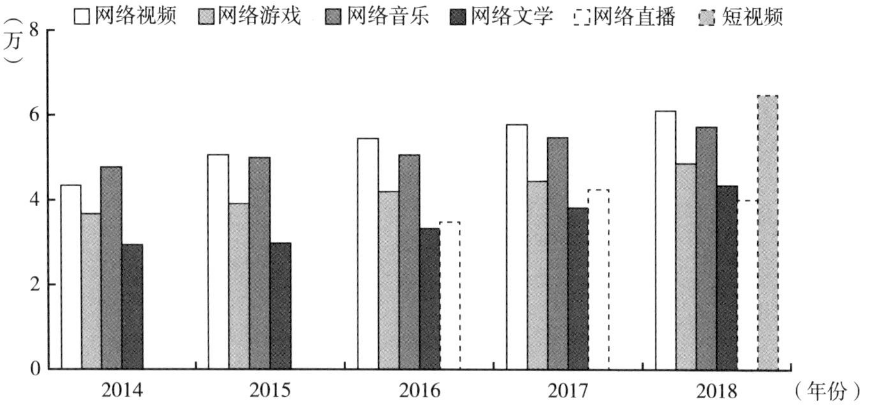

图4　2014～2018年网络文艺主要表现形态用户规模

就当代艺术生产的环境、条件、效益来说，用户规模/普及率的数量庞大不只意味着发展基础的厚实、发展条件的良好，更意味着引发质变的强劲动能。就现状而言，不管是纵向的比较，还是横向的分析，我国人口数量的先在优势，庞大的用户规模和不断增长的使用率有力促进了我国由“网络大国”向“网络强国”迈进的步伐，成就了蔚为壮观、前景繁盛的发展大格局、大趋向，同时，在此“大格局、大趋向”中，“互联网＋文艺”不断突破传统文艺的结构和版图，激发了网络文艺千帆竞渡、百花争妍的新生机、新活力。在这种意义上，2018年以来网络文艺用户规模/普及率的进一步增长既折射出新型文艺形态自我演进的新状况，也体现了网络文艺在成长、崛起的过程中所具有的重塑文艺生态的巨大力量。

（四）“互联网＋文艺”深度转型，表现形态丰富多样、审美特性突显

在当前的媒介新生态、艺术新生态中，“互联网＋文艺”的深度转型与发展已是显而易见的事实。就影响和表现来说，在外在形态上，“互联网＋文艺”深度转型使一批新的文艺类型应运而生乃至飞速发展；在内在特质

方面，“互联网 + 文艺”深度转型使文艺观念、文艺实践和社会文化，以及艺术生产的诸环节和层面发生深刻嬗变。如果说，衡量、观测网络文艺发生、发展及成熟程度的指标大体涉及内容、形式两个要素，那么，“形式”要素往往具有先导性的意义。

从总体性、阶段性的视野回望网络文艺的发展轨迹，其形态变化呈现多样情形：一是一些网络文艺表现形态依据自身特性和优势，轻装简从、开风气之先，比如，网络文学、网络游戏等；二是一些与文艺相关的新形态在互联网助力下蓬勃发展，比如，微视频、微电影、手机音乐、网络演出、短视频等；三是基于技术进步、政策条件、娱乐需求、产业拓展，以及传统文艺滋养、艺术生产方式转变等原因，网络文艺各主要表现形态强势崛起，不仅以不断增长的数量，还以一些引人瞩目的“爆款”作品而产生了巨大影响，比如，网络剧、网络综艺、网络电影、网络音乐、网络动漫、网络游戏等。时至今日，特别是就第三种情形来说，在丰富艺术实践、经验积累的基础上，网络文艺各主要表现形态在取得可观创作实绩的同时，既呈现越来越鲜明的审美特性，还在很大程度上成就了网络文艺与传统文艺相辅相成、相得益彰，乃至双峰并峙的醒目景观。

当然，网络文艺因网而生，也因网而变，换言之，在“互联网 + 文艺”深度转型中，网络文艺仍处于发展变化之中，其表现形态存在诸多变数。技术的进一步发展会催生新的艺术生产方式，网络文艺因之也会不断呈现新的表现形态。另一方面，当代互联网和文艺发展语境中的多元因素及其矢量合力作用，使一些网络文艺的表现形态呈现涨落起伏、发展演化的情形。比如，在激烈的竞合、汇流中，网络直播的用户规模/使用率呈下降趋势，而短视频则于 2018 年迅速崛起，且随着内容生产专业度、垂直度的增强，它还有不小的发展、提升空间。

（五）移动互联成大势所趋，传播 - 接受新模式塑造创作生产新格局

从终端设备或便携式接收设备的使用情况来看，近年来，随着智能、

大屏手机的普及，它与电脑、电视、平板电脑等接收信息的体验差距明显减小，同时，由于在私人化、碎片化等信息接收方面优势突出，手机在用户个人网络服务中担当越来越重要的角色。比如，2018 年我国网民规模、手机网民规模分别为 8.29 亿、8.17 亿，两者差距不大。在某种意义上，这表明：移动化已成大势所趋。就网络文艺来说，近 5 年来，随着手机网络视频、网络音乐、网络游戏、网络文学等用户规模/普及率的持续增长（如表 4、图5），[①] 网络文艺传播 - 接受的移动化特征亦十分明显。

表 4　2014 ~ 2018 年网络文艺主要表现形态手机用户规模

单位：万，%

主要表现形态	2014		2015		2016		2017		2018	
	用户规模	网民使用率	用户规模	网民使用率	用户规模	网民使用率	用户规模	网民使用率	用户规模	网民使用率
手机网络视频	31280	56.2	40508	65.4	49987	71.9	54857	72.9	58958	72.2
手机网络音乐	36642	65.8	41640	67.2	46791	67.3	51173	68.0	55296	67.7
手机网络游戏	24823	44.6	27928	45.1	35166	50.6	40710	54.1	45879	56.2
手机网络文学	22626	40.6	25908	41.8	30377	43.7	34352	45.6	41017	50.2

传播 - 接受的移动化带来一系列连锁反应和深远影响，乃至塑造着网络文艺创作生产的新格局。站在 2018 年的时间节点上，如果说过去的时代是“PC 时代”，那么，当前则是“移动互联时代”。择要说来，其影响有如下方面。一是影响、制约艺术思维。麦克卢汉曾提出“媒介即讯息”，有学者则进一步指出：媒介不仅是“讯息”，还是“思维”。比如，尼古拉斯 · 卡尔认为，随着人类媒介工具的革命，尤其是互联网的普及，人的思维已被彻底改变。[②] 实践表明：移动互联已将这种“思维”方式的变迁推进到新的层次，并深刻影响着网络文艺的创作生产和人们审美接受的习惯和定式。二是

① 据中国互联网络信息中心近年来发布的《中国互联网络发展状况统计报告》整理。

② 〔美〕尼古拉斯 · 卡尔：《浅薄》，刘纯毅译，中信出版社，2010，第 22 页。

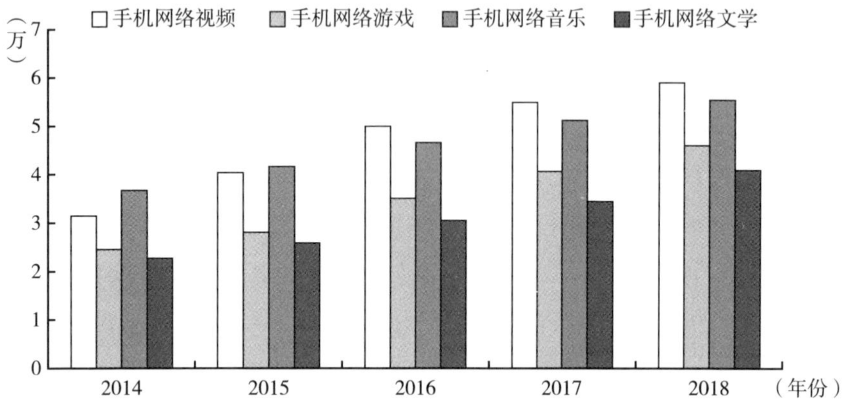

图 5 2014～2018 年网络文艺主要表现形态手机用户规模

激发、催生新的艺术表现形式。比如，竖屏剧。相较横屏剧，它采用竖屏播放，且投入成本低、互动性强，更擅长展示碎片化、生活化的内容。2017 年，Youtube 试水竖屏剧并获青睐；2018 年，优酷、爱奇艺、腾讯借助其内容制作上的经验和优势，也已积极布局竖屏剧。三是规制、调整作品的时间长度。基于移动设备的便携性，同时与用户快节奏的生活方式和随时随地接收高密度、碎片化信息的特点相适应，移动化使不少网络文艺作品内容单一、剧集简短。四是过滤、影响作品的题材类型选择和表现。在某种意义上说，2018 年以来网络文艺作品中之所以充斥喜剧、玄幻、仙侠、惊悚、悬疑等题材，与移动化的大环境、大趋向有内在的关联。

当然，特别值得一提的是，传播－接受的移动化带来诸多便利，但也使人们“浮光掠影”地获取艺术信息。对此，在凯文·凯利所描述的“屏读（Screening）”中，他反思并指责：这种阅读更多地指向“泛阅读”，且拒绝严肃内容。①

（六）与传统文艺融合创新日益深入，走向新常态、缔结新共名步伐加快

2018 年以来，网络文艺各主要表现形态实践丰富、活力充沛，同时，

① 〔美〕凯文·凯利：《必然》，周峰等译，电子工业出版社，2016，第 98 页。

与传统文艺形式的融合创新也日益深入。其显著表现是：随着质量的提升，网络文艺作品与传统文艺作品的区别和界限日渐模糊。特别是在网络视听领域，优秀的网络剧、网络综艺、网络电影作品已难以和电视剧、电视综艺、院线电影区分开来。不仅如此，“网台同步”或“先网后台”的播放模式、“由网入台”或“由台入网”的节目互渗和阵地转移、网络电影获颁“龙标”而在影院放映等，进一步弥合了两者的区别和界限。

事实上，检视2018年以来的网络文艺创作生产，一方面，在互联网主导的媒介生态和新型艺术生产方式塑造的艺术生态中，网络文艺因其语言、思维的嬗变而具有了与传统文艺不同的特征和规律，并以其鲜明的个性和创新的力量改变着传统文艺创作生产的格局和走向；另一方面，在对比性的艺术思维、艺术实践中，网络文艺与传统文艺越来越呈现明显的相互作用、相互影响。特别是在媒体融合的大背景下，媒体/文艺格局的深刻调整、媒介/文艺生态的重大变化带来矛盾、冲突，更带来竞合、汇流与创新发展。

当然，网络文艺与传统文艺的融合创新并不意味着简单的此消彼长，而是一定条件下相互作用、相互影响的“此长彼长”。2018年以来，在“互联网+文艺”的深度转型中，一方面，传统文艺所具有的特点、优势进一步发挥，同时也反向借鉴、吸收网络文艺的新经验；另一方面，网络文艺在丰富实践中所形成的活力、经验、成效、影响、潜能等越来越具有辐射、带动乃至引领作用。就发展趋向而言，如果说，网络文艺的“嬗变”已然开始、传统文艺的“改变”潜滋暗长，那么，两者的融合创新实质上就是审美话语在“传统－现代”的交汇中由过渡转为让渡，并使新的文艺规律沉淀、凝结在文艺场域，进而走向“新常态”、缔结“新共名”的过程。显然，历经多年的积累，2018年以来这一创新融合的步伐显著加快。

（七）“质量为王”意识深入人心，特色化、差异化、精品化凝聚发展优势

近年来，网络文艺迅猛发展，特别是网络剧、网络综艺、网络电影等网络视听文艺的迅猛发展使网络文艺声名鹊起，产生了巨大反响，但它们也给

人“野蛮生长”的印象。2018 年以来，尽管这种印象仍然存在，但“质量为王”意识已深入人心，并渗透到网络文艺创作生产的各个环节和层面。

历史地看，与互联网发展相伴随，诸如渠道为王、技术为王、用户为王、流量为王、内容为王等说法和做法多样并存，但历经实践和时间的检验，“质量为王”终是大势所趋、众望所归。首先，从媒体融合的维度来看，比如，《关于推动传统媒体和新兴媒体融合发展的指导意见》提出，要“将技术建设和内容建设摆在同等重要的位置”，要“以内容优势赢得发展优势”；其次，从文艺创作规律来看，习近平总书记在文艺工作座谈会上强调：文艺创作是观念和手段相结合、内容和形式相融合的深度创新，一切创作技巧和手段最终都是为内容服务的，背离了这个原则，技巧和手段就毫无价值，甚至还会产生负面效应；最后，从产业发展实际来看，作品的质量是市场运作的基础，因而，“质量”标准必然要贯彻到供、求、产、销等各个环节，落实于市场、买卖、消费等运行机制和销售额、利润等经济指标之中。

2018 年以来，质量为王意识的增强直接推动网络文艺创作生产的特色化、差异化、精品化发展。比如，腾讯视频、爱奇艺、优酷等大型视频平台自制节目数量与 2017 年相比呈持平或下降趋势，但播放总量、单剧播放量均大幅上扬，精品、独播、创新的内容形态备受用户青睐，同时，内容生产的专业度与垂直度进一步加深，PGC（专业生产内容）带动 UGC（用户生产内容）打造差异化、特色鲜明的优质内容日益成为竞争的关键。实际上，随着各平台越来越注重质量提升，其市场规模和产业发展日益强势，马太效应凸显。此外，2018 年以来还有一种现象引人瞩目，即，越是大 IP、大投入，越呈现鲜明的特色化、差异化、精品化倾向。原因很复杂，道理却很简单：只有精耕细作，才能得到高品质；只有高品质，才能得到用户认可；只有得到用户认可，才能有高收益并带动产业链的有效运行。

（八）媒介本体地位和影响进一步显现，新型大众文化熔铸新特色、新风格

当今时代，作为一种具有全新特质的媒介，互联网所具有的巨大力量和

影响力不仅渗透到了艺术生产的各个环节和层面，还不断刷新、塑造着人们的文化观。特别是，在人们越来越清晰、越来越自觉的认知中，媒介的地位已由“工具”上升为“本体”，而互联网的作用方式不仅“为思考、表达思想和抒发情感的方式提供了新的定位从而创造出独特的话语符号”，[①] 而且，还更加明确地显现认识论上的巨大意义，更加深刻地成为“一种‘使事情所以然’的动因”。[②]

2018 年以来，飞速发展的互联网进一步塑造着当代中国网络文化的形神。而作为一种新型的大众文化，网络文化为网络文艺创作生产营造了特殊的语境和氛围。特别是，随着改革开放和社会主义现代化建设深入推进，人民精神文化需求日益增长，在思想活跃、观念碰撞、文化交融的背景下，在网络文化的影响下，网络文艺创作生产既有草根文化、青年亚文化与主流文化等文化形态的冲突和交融，也有当下体验与人文关怀的龃龉和展望，还体现出鲜明的时尚、流行、娱乐、平民化等趋向，并呈现新型大众文艺的新特色、新风格。其显著表现大体有两方面：一是网络文艺创作生产进一步以表征时代生活中网络文化精神、气质为显著标识，比如，题材类型的选择、赛博空间的虚拟现实、ACGN[③] 中的二次元文化、网生代的审美偏好与趣味等，均体现出年轻态、个性化、互动性、时尚化、流行性等特点；二是在结构属性上，以中青年群体为主的年龄结构、以中等教育水平群体为主的学历结构、以学生群体和个体户/自由职业者为主的职业结构等，对网络文艺创作生产在题材类型、风格特色、审美爱好，以及传播营销、发展走向等方面都产生了深刻影响。在某种意义上，基于实践上的现实意义，网络文艺已可视为表征时代生活和现代审美文化的最新艺术形式。

（九）网络治理全面加强和完善，清朗空间营造良好生态

互联网发展、文艺发展及其所形成的网络生态、文艺生态相互作用、相

---

① 〔美〕尼尔·波兹曼：《娱乐至死》，章艳译，广西师范大学出版社，2005，第 18 页。

② 〔加〕埃里克·麦克卢汉：《麦克卢汉精粹》，何道宽译，南京大学出版社，2000，第 175 页。

③ ACGN，“A”指 Animation（动画）、“C”指 Comic（漫画）、“G”指 Game（游戏）、“N”指 Novel（小说）。

互影响，形成了复杂的叠加效应，并共同作用于网络文艺创作生产。就网络生态来说，“网络空间是亿万民众共同的精神家园。网络空间天朗气清、生态良好，符合人民利益。网络空间乌烟瘴气、生态恶化，不符合人民利益。谁都不愿生活在一个充斥着虚假、诈骗、攻击、谩骂、恐怖、色情、暴力的空间。互联网不是法外之地”。[①] 因此，“要加强网上正面宣传，旗帜鲜明坚持正确政治方向、舆论导向、价值取向，用新时代中国特色社会主义思想和党的十九大精神团结、凝聚亿万网民，深入开展理想信念教育，深化新时代中国特色社会主义和中国梦宣传教育，积极培育和践行社会主义核心价值观，推进网上宣传理念、内容、形式、方法、手段等创新，把握好时度效，构建网上网下同心圆，更好凝聚社会共识，巩固全党全国人民团结奋斗的共同思想基础。”[②] 特别是，在当今的全媒体时代，加强互联网内容建设、建立网络综合治理体系、营造清朗的网络空间是推进国家治理体系和治理能力现代化的重要方面，亦是促进文艺繁荣发展的题中应有之义。就文艺生态而言，近年来，我国文艺创作生产活跃、内容形式丰富、风格手法多样，涌现了一大批脍炙人口的作品，呈现百花竞放景象，但在思想活跃、观念碰撞、文化交融的复杂情境中，“文艺领域还存在价值扭曲、浮躁粗俗、娱乐至上、唯市场化等问题，价值引领的任务艰巨迫切；文艺创作生产存在有数量缺质量、有‘高原’缺‘高峰’，抄袭模仿、千篇一律、粗制滥造等问题，推出精品力作的任务依然繁重；文艺评论存在‘缺席’、‘缺位’现象，对优秀作品推介不够，对不良现象批评乏力，文艺评论辨善恶、鉴美丑、促繁荣的作用有待强化。”[③] 凡此种种都警示我们：面对文艺环境、业态、格局等的深刻调整和创作、传播、消费等的深刻变化，文艺不能在市场经济大潮中迷失方向，不能在为什么人的问题上发生偏差，否则文艺就没有生命力。

---

① 习近平：《在网络安全和信息化工作座谈会上的讲话》，《人民日报》2016 年 4 月 26 日，第 2 版。

② 《敏锐抓住信息化发展历史机遇 自主创新推进网络强国建设》，《人民日报》2018 年 4 月 22 日，第 1 版。

③ 《中共中央关于繁荣发展社会主义文艺的意见》，《人民日报》2015 年 10 月 20 日，第 2 版。

2018 年以来，网络文艺领域的综合治理进一步加强和完善。特别是，面对网络生态、文艺生态相互交织的复杂情形，机遇与挑战并存的发展局面，主管部门就网络影视、网络游戏、网络音乐、网络文学、网络表演等出台了一系列通知、管理办法、实施意见，及时纠正诸种生态失衡乱象，积极培育向上向善网络文化，有效营造风清气正网络空间，为网络文艺健康发展奠定了基础、提供了保障。

（十）重要性日益彰显，关注度持续提升

从艺术生产和时代生活的关系来看，网络文艺的迅猛发展看似“忽如一夜春风来，千树万树梨花开”，实为时代发展的选择、社会进步的产物。不管是作为新兴的艺术形式，还是作为新型大众文化的重要组成部分，网络文艺经过多年的丰富实践，已成为反映时代生活、表达人们思想情感和现代性体验的重要艺术形式。

2018 年以来，网络文艺的重要性广受认同，关注度进一步提升。其显著表现是：多种多样的网络文艺大会、研讨会、研究报告、教育培训、评选评优活动如火如荼开展，新文艺组织、新文艺群体、研究机构等雨后春笋般涌现。择要说来，第一，在网络文艺大会方面，如国家广播电视总局、国家网信办和四川省人民政府指导，中国网络视听节目服务协会、成都市人民政府主办的“第六届中国网络视听大会”；国家新闻出版署、北京市人民政府指导，中共北京市委宣传部、北京市网信办、北京市新闻出版广电局等主办的“第二届中国‘网络文学 +’大会”；文化和旅游部批准，中国动漫集团、北京市文旅局主办“2018 中国网络文化产业年会”等。第二，在研讨会、研究报告方面，全国各地政府、科研院所、传媒机构、文化企业、高校等主办的相关活动和编辑出版的报告不计其数，其内容广泛涉及网络文艺多个领域和多种表现形态。如，国家广播电视总局监管中心的《2018 网络原创节目发展分析报告》、中国网络视听节目服务协会的《2018 年中国网络视听发展研究报告》、中国作家协会网络文学中心的《2018 中国网络文学蓝皮书》、阅文集团的《网络文学发展报告》等。第

三，在评选评优方面，如中国音像与数字出版协会组织遴选网络文学20年发展历程中“20个标志性事件”“20部优质IP作品”“20个关键词”；首届“中国网络文学周”期间，中国家作家协会网络文学中心发布“2017中国网络小说排行榜”；中央网信办指导，中国网络社会组织联合会、中国互联网发展基金会主办，人民网、中国青年网、光明网等承办“第三届‘五个一百’网络正能量精品评选活动”等。第四，在研究机构方面，比如，中国作家协会网络文学研究院、中国作家协会网络文学中心等。第五，在教育培训方面，如中国文学艺术界联合会主办、中国文联网络文艺传播中心联合有关机构承办“全国中青年网络音乐人才培训班”“全国中青年网络影视培训班”“全国中青年VR艺术人才培训班”“全国短视频人才培训班”等。第六，在新文艺组织、新文艺群体方面，比如，中国音乐家协会成立“新兴音乐群体工作委员会”、中国文艺评论家协会成立“网络文艺委员会”、湖南省成立网络作家协会、内蒙古自治区成立网络文艺家协会等；民营文化工作室、民营文化经纪机构、网络文艺社群等新文艺组织大量涌现，网络作家、签约作家、自由撰稿人、独立制片人、独立演员歌手、自由美术工作者等新文艺群体十分活跃。特别值得一提的是，中国文学艺术界联合会在舆论引导、政策扶持、版权维护、会员吸纳、奖项设置、线下出版等方面做了大量工作，在关注创作生产动态、评价新人新作、总结网络文艺发展的经验教训等方面进行卓有成效的探索，在广泛调动创作者、批评家、新文艺群体、新文艺组织等方面扩大工作覆盖面、延伸服务手臂，用新的政策和方法团结、吸引新文艺群体成员，组织优势和价值引导作用得到有效发挥，有力促进了网络文艺的繁荣发展。

综上所述，在近年来丰富实践和经验积累的基础上，2018年以来网络文艺发展在指导思想、技术赋能、用户基础、形态变化、移动互联、融合发展、质量为王、文化新变、网络治理、学术关注等方面呈现鲜明特征，尽管在艺术创作、文化消费、产业化、国际化发展等方面还有一些显著表现，但上述十大方面大致勾勒了网络文艺发展的基本轮廓，可为进一步的观察和分析提供导览。

四　网络文艺的发展趋向

在新的媒介生态和艺术生态中，中国特色社会主义现代化实践为网络文艺发展奠定了坚实基础，中华民族的灿烂文明为网络文艺发展涵育了丰厚营养，“互联网＋文艺”为网络文艺发展拓展了广阔空间，改革开放的深广推进为网络文艺发展开阔了国际视野。时至今日，以往丰富多样的实践，以及多元要素复杂关联、相互影响的矢量合力作用，在某种意义上都成了基础，并极大地塑造乃至决定着网络文艺的发展趋向。概括说来，有如下五个主要方面。

（一）价值取向：守正创新、空间清朗、精品生产

1.“守正创新”是网络文艺健康发展的基本理念

在2018年举行的全国宣传思想工作会议上，习近平总书记指出：我国宣传思想战线已进入了守正创新的新阶段。就网络文艺而言，“守正”是网络文艺创作生产的基础，这包括坚持中国特色社会主义文艺的发展方向和遵循艺术发展的规律两个主要方面；“创新”则是在守正的基础上，通过理念创新、方式创新，使网络文艺创作生产能够紧扣时代脉搏、贴近现实生活、反映时代精神。

第一，坚持中国特色社会主义文艺的发展方向是网络文艺创作生产的基本思想引领。自诞生之日起，互联网的传播范围就是开放的、全球化的，因此，在艺术创作和国内外传播过程中，网络文艺作品就必须坚守正确的价值维度，坚持以习近平新时代中国特色社会主义思想和党的十九大精神为指导，通过创作更多的文艺精品，传播新时代的中国风貌和中国精神。当然，我国经济社会当前正处于高速发展时期，互联网领域的意识形态以及网络文艺创作生产中不可避免会出现众声喧哗和一些“杂音”，但坚持中国特色社会主义文艺的发展方向是网络文艺创作生产的底色，也是网络文艺健康发展的保障。

第二，社会主义核心价值观是网络文艺创作生产的重要价值取向。正如美国电影擅长通过作品来表现英雄主义、自由主义等美国精神一样，我们的网络文艺创作生产要有正确的世界观、人生观、价值观的灌注，需要积极培育和弘扬社会主义核心价值观，并在艺术创作和时代生活的紧密关联中，将优秀传统文化精华、新时代的中国精神等融入网络文艺作品，并将这些作品转化为文化软实力，实现中华优秀文化的对外传播。

第三，在坚持正确的政治导向和价值取向的基础上，积极推进网络文艺的内容、形式创新。比如，鉴于以往发展进程中的经验和教训，网络文艺创作生产要摆脱动辄依靠引进、改编等创作方式，充分发挥新兴媒介互动性、移动性、及时性等方面的特色和优势，创新网络文艺的题材开掘、叙事范式和艺术技巧等，并在技术、产业、传播等相关领域开拓创新。尤其是，要高度关注庞大的青年受众群体，并根据网络受众的年轻化、族群化特征推进艺术创新，创造新时代的青年文化，使他们成为优秀传统文化的传承者、正能量的弘扬者、主流文化的促进者、社会发展的担当者、时代进步的先锋者。同时，要警惕那些试图依靠亚文化题材吸引受众和模仿国外模式赚取流量的创作方式，避免网络文艺偏离主流的轨道而逐渐成为小众文化狂欢的场域。

2. 进一步营造天朗气清的网络文艺发展空间

党的十九大报告指出，要“加强互联网内容建设，建立网络综合治理体系，营造清朗的网络空间”。伴随网络文艺的飞速发展，针对网络文艺领域中诸多乱象和问题的相关政策、法规不断出台，各大运营商、平台也不断自查、整改，有力地营造了清朗的空间，促进了网络文艺的健康发展。

相关政策、法律法规的出台为网络文艺的健康发展提供了保障，同时，网络空间的清朗化也是网络文艺健康发展的必然要求和发展趋势。首先，确立完善的监管机制。如，早在2016年，国家新闻出版广电总局印发《关于进一步加强网络原创视听节目规划建议和管理的通知》，要求进一步加强网络原创视听节目规划建设和管理，所有视频网站的网络电影、网络剧、网络综艺等影视作品，都需备案、登记、审查，使其摆脱盲目跟风，走出媚俗、跟风的牢笼，真正实现良性发展。其次，严厉打击色情、暴力内容。色情与暴力内容是不良商家宣传的噱头，也是网络文艺发展的一大毒瘤，网络直播因色情泛滥而污名化，网络游戏更是因过度暴力而危害青少年身心健康。最后，增强版权保护意识。在某种意义上，只有保护版权才能真正促进产业发展。如“剑网 2018”专项行动针对剽窃作品、违规转载等行为予以下架封存；平台不得随意转载未经授权的各类作品；版权需要经过正规途径购买授权等。

在运营商、平台方面，他们是维护网络文艺清朗空间的主体。营造天清气朗的网络文艺发展空间首先有必要甄别用户身份。比如，网络游戏对未成年人的限制进一步加强（包括要求上传身份证及其监护人的证件，未成年人进入游戏要经过监护人的同意，不得在晚十二点以后打开游戏等）；抖音、快手等短视频平台开启身份验核，对未成年人有选择性地展示内容。同时还要查处违规作品，平台对上线的作品有义务进行审查并将不合格的作品下线处罚。比如，为蹭热点、蹭 IP 而粗制滥造的作品，内容恶俗低趣味、无看点的作品，传播淫秽色情、血腥暴力的作品等。运营商、平台社会责任意识、自我净化意识越来越强，将会推出更多的打造网络文艺清朗空间的具体举措。

3. 强化质量提升，坚定不移走“精品化”发展之路

“精品化”是网络文艺发展和转型升级的必由之路。无论从历时的还是共时的角度来看，唯有文艺“精品”才能造就文艺高原，达至文艺高峰。

对于网络文艺作品，我们既强调其审美属性，也强调其经济属性，换言之，“事业”和“产业”并行不悖，协同发展，因此，网络文艺的“精品”内涵，一是“作品”意义上的精品，即从内容层面和价值层面上进行考量，追求审美效益；二是“产品”意义上的精品，即从制作、传播和服务等层面来考察，以获得经济效益。事实上，在提升质量的基础上，作品与产品、审美效益和经济效益两者相辅相成、相得益彰。

就“作品”层面的审美效益来说，精品化是网络文艺当下的重中之重。一方面，与传统文艺所达到的高度相比，网络文艺中的“现象级”、能经受历史检验的精品仍然不多；另一方面，从文艺发展的历史维度来

看，文艺思潮的出现必定是由文艺“精品”所带动的，同样，网络文艺的发展必须依赖一批具有“精品”属性的作品而推进。作品的精品化是其内容、价值的内在诉求。具体说来，优质内容是产业发展的决定性因素，为此，网络文艺应反映时代生活、彰显时代精神，将真善美作为作品的内核，融合传统文化、表达人文精神。在价值的层面，有人以“铸魂魄、接地气、聚人气”来厘定网络文艺的价值诉求。“铸魂魄”是指要坚持以习近平新时代中国特色社会主义思想为灵魂，呈现社会主义核心价值观；“接地气”指要真切表现生活在我们这块土地上的人们的所感、所思、所盼、所愿；“聚人气”是指形式喜闻乐见，并要温暖人、感染人、教育人、团结人、鼓舞人，弘扬真善美、传递正能量。① 当然，不同于传统文艺，网络文艺的生成土壤、媒介基础、受众接受、社会语境等都有其特殊性，更注重作品的大众性、普适性、共赏性，因此，如果单纯地以传统文艺的艺术性、高雅性等来要求网络文艺肯定有些简单化，所以也就需要在艺术评价标准上作出调整完善。

就“产品”层面的经济效益而言，在“作品”层面的基础上，精品化意味着制作、传播、服务等的精耕细作。择要说来，相较传统文艺，网络文艺在技术条件、设备设施、资本规模等方面有了长足进步，因此，网络文艺精品不仅要有内容方面的“精美”，还要有创作生产上的“精致”水准。比如，在制作上，网络文艺有更高的起点，其工业化流程日渐清晰、分工日益细化、技术手段应用日臻成熟，这是精品制作的基础保障，更重要的是，精品的生成呼唤“工匠精神”，精益求精、注重细节、富于创新，使产品既有良好的“文艺”品位，也具备高超的“工艺”水平。从传播、服务的角度来说，对作品进行精准的传播、找到作品的受众、满足受众的接受需求、提供良好的后期服务等，都是网络文艺精品应具备的要素和意识。尤其是，互联网时代的“长尾效应”使真正的精品“酒香不怕巷子深”，能经得起市场和时间的考验。

① 罗建辉：《推动网络视听节目精品化》，《人民日报》2019 年 1 月 4 日，第 20 版。

相比之下，如果说，传统文艺更讲求文艺的艺术性、审美性，不断追求内容和价值层面的社会效益，而在产品意识上相对薄弱，那么，当前的网络文艺发展似乎正好相反。然而，实践表明，尽管网络文艺是一个结构异常复杂的综合体，涉及行业内外、不同门类、多个主体等多种因素，但就打造精品而言，“作品”的精美、“产品”的精致是其题中应有之义，也是网络文艺繁荣发展的必由之路。

（二）内容生产：现实题材备受重视、传统文化转化创新、文化身份趋于主流

1. 关注现实生活，走向新型现实主义

2018 年以来，随着网络文艺创作生产的深化，现实题材日益受到关注，同时，现实主义创作开始形成一股潮流。作为当代社会生活的文化表征，网络文艺创作力图与时代发展建立一种新的联系，并为人们观测当代文化的精神风貌、审美取向与深层内涵提供想象性的参照系。

在某种意义上，“现实题材”备受关注是网络文艺主流化、类型化、精品化发展的必然要求和结果。具体说来，网络文艺的现实题材创作在以下几个层面得以开拓创新：一是反映改革开放发展进程，讴歌党、讴歌祖国、讴歌人民、讴歌英雄的创作；二是聚焦社会热点话题，反映现实生活，引发大众广泛关注及共鸣的创作；三是越来越多“现实向”的类型作品涌现，比如，罪案类、青春校园类网络剧越来越多地将目光投向社会现实；四是非现实题材作品也越来越多地注入现实主义的内涵，运用多样题材和多种方法观照现实。现实主义因子和底蕴逐渐成为网络文学、网络剧、网络电影等作品的审美品格的新追求。

进一步说来，网络文艺创作生产既继承现实主义传统，又有现实主义的当代发展。在当今的互联网时代，现实主义不再与现代主义、后现代主义格格不入乃至对立，而是融合发展，并呈现一些新的特性，乃至呈现为一种新型的现实主义。择要说来，第一，网络文艺的“现实”是媒介化的现实，“超现实”取代了现实成为符号生产的主导范式；第二，网络文艺的现实主

义是一种基于社会现实而又试图超越日常生活的“增强”现实主义，换言之，网络文艺以当代日常生活和社会文化为背景，通过网络媒介，增强年轻人对现实生活、生存状态和人生价值的认识、理解和抉择，甚至启发人们思考民族复兴、国家发展和人类命运等深刻议题；第三，在网络文艺的艺术信息交换中，“现实主义”是一种主动的实践。人们参与的可能、分享的意愿、互动的需求和个性化的满足，在交互式、沉浸感的网络世界里，以及新的审美感觉、体验、趣味、思维和文化取向、价值选择等中，表现得更加强烈而实在。

2. 厚植传统文化基础，创造性转化、创新性发展特征鲜明

2017 年，中共中央办公厅、国务院办公厅印发的《关于实施中华优秀传统文化传承发展工程的意见》提出：要“善于从中华文化资源宝库中提炼题材、获取灵感、汲取养分，把中华优秀传统文化的有益思想、艺术价值与时代特点和要求相结合，运用丰富多样的艺术形式进行当代表达，推出一大批底蕴深厚、涵育人心的优秀文艺作品”，“实施网络文艺创作传播计划，推动网络文学、网络音乐、网络剧、微电影等传承发展中华优秀传统文化”。[①] 就 2018 年以来网络文艺创作生产的现状而言，传统文化创造性转化、创新性发展是网络文艺未来发展的重要趋向。

2018 年以来，众多网络文艺作品将中华传统文化资源和现代网络技术、视听技术紧密结合起来。比如，网络综艺《一本好书》为观众“演绎”了多部中国经典书目；网络游戏《太吾绘卷》是一部以我国神话故事和武侠故事为题材的独立游戏，它以古代华夏神州为背景，实现了传统文化和网络游戏的深度结合；网络纪录片《了不起的匠人》持续发力，展现了更多精美的东方传统技艺和器物；网络剧《延禧攻略》展现了绒花、缂丝、点翠等非物质文化遗产元素，引发了多方讨论。

2018 年以来，网络文艺创作生产进入新的调整期，尤其是在挖掘传统

① 《关于实施中华优秀传统文化传承发展工程的意见》，《人民日报》2017 年 1 月 26 日，第 6 版。

资源、展示传统文化的问题上，“挖掘、展示什么”和“如何挖掘、展示”呈现更明确、健康、正面的趋向。随着科技和创作理念的丰富完善，网络文艺各主要形态通过表现形式的不断创新，既实现与传统文化更深入、紧密的结合，又创作出和传统文化精神相契合、符合时代发展特征的作品。就价值取向而言，作为弘扬传统文化的重要艺术形式，通过对传统资源、传统文化的挖掘和展示，并通过新颖的艺术表现形式、手法和渠道，网络文艺呈现丰富的现代性风貌，并成为传承、彰显中华优秀传统文化的重要载体，同时，也成为积极承担社会责任、表现新时代中国精神、传递积极向上价值观念的生力军。

3. 协调、磨合发展，文化身份渐趋主流化

基于网络文艺实践的实际情形和发展潜力，2015 年，《中共中央关于繁荣发展社会主义文艺的意见》强调：“网络文艺充满活力，发展潜力巨大”，要“大力发展网络文艺”。这为网络文艺从“非主流”走向“主流”、从“边缘”走向“中心”、从“亚文化”走向“主流文化”提供了重要的契机。事实上，经过多年的快速发展，网络文艺已成为人们重要的审美娱乐形式，也成为影响人们生活方式、艺术趣味、审美观念等的重要艺术形态。就内容生产来说，与主流的文化接受方式相匹配，网络文艺的文化身份也日趋主流化。

历史地看，在其发生发展中，网络文艺具有鲜明的亚文化特征，草根性、大众性、解构性等一度被认为是网络文艺的基本特性。事实上，网络文艺创作生产本身的草根化、低成本、低门槛等特点，确也使其被人们贴上了“非主流”“边缘化”“亚文化”等标签，且在一段时间内显现与主流文化的明显分野。但随着艺术实践的丰富展开，网络文艺慢慢淡化浓重的亚文化色彩。网络文艺的“主流化”是一个动态的过程，同时，作为网络文艺的生长土壤和环境，亚文化对网络文艺有着深刻的影响，但 2018 年以来的艺术实践表明，在多元文化的协调、磨合中，网络文艺的“主流化”是主导文化、大众文化以及艺术审美、文化产业等多种因素矢量合力作用的必然趋向。特别是，由于政府主管部门政策、资金、法律法规等的促进、规范，创作生产者和机构的自觉自律，以及文化市场逐步成熟，“主流化”的网络文

艺产品的市场价值不断彰显，反过来进一步推动文化经济政策调整、优化，并激发和调动各类网络文艺市场主体的积极性与创造性。

总体而言，2018 年以来，网络文艺以上内容生产的显著特点，既体现了它作为一种重要力量参与到中国特色社会主义文化建设中来的使命担当，也表明了关注现实生活、传承优秀传统文化、表达主流价值、传递时代精神，是网络文艺创作生产繁荣兴旺的必然要求和必由路径。

（三）技术进步：5G、VR、AI、区块链技术等持续赋能

一直以来，技术因素深刻地影响着网络文艺的更新迭代。当前的技术仍处在高速的变革中，在可见的几年内，5G 技术的商用、虚拟现实技术（VR）的成熟、区块链技术等综合应用会与网络文艺产生更大的化学反应。

1. 5G 技术将为网络文艺带来发展新突破

2019 年 6 月 6 日，工业和信息化部正式向中国移动、中国联通、中国电信、中国广电四家企业发放 5G 商用牌照，[①] 这意味着我国正式进入 5G 时代，2019 年成为“5G 元年”。

5G 具有大带宽、低延时、多连接等特点，今后将会给网络文艺带来新突破。首先，在 5G 基础上，4K 高清、8K 环绕 VR 内容、高速视频的功能性家用、电影和游戏互动混合等将有大规模普及的可能。相比以往，在 5G 时代，随着 AR 技术的发展、模拟主播的研发、AI 的进一步强化，网络视频中会增加更多的虚拟内容，从而更加无缝整合真实性和虚拟性，乃至实现超视频化。由此，网络文艺内容的视频化、视觉化的倾向会更加明显。其次，新的技术可能会带来新的网络文艺形态。正如 4G 时代带来了网络直播、短视频，并颠覆了网络文艺的生产、传播格局，5G 技术将结合其他技术一同带来新的网络艺术样式，虽然我们无法预测这种新形态的具体样貌，但交互性、虚拟性、便捷性、移动性更强应该是其基本属性，同时，还将导

---

① 《工业和信息化部向四家企业颁发 5G 牌照》，http：//www. miit. gov. cn/n1146290/n1146397/c6992938/content. html。

致新一轮的平台竞争与格局变动。最后，5G 带来了万物互联。从技术协议、软件 OS、工具应用，再到内容形态，大量的新产品将会出现；从智能家具、云屏，到智能眼镜、无人机甚至老家电，“物联网化”将成为现实，物联媒体即将实现，一键通发逐步演变为一键通控。其间，网络文艺的各环节、各门类将被打通，网络文艺的内容随之发生变革，适用场景也越来越丰富。

2. VR、AI、区块链技术等为网络文艺带来发展新可能

相较于 5G 技术对网络文艺的可见影响，虚拟现实技术（VR）、人工智能技术（AI）、区块链技术等的发展虽然仍需突破，但它们对网络文艺的影响和作用仍可预见。

就虚拟现实技术而言，由于目前的虚拟现实设备往往会给观众带来无法避免的眩晕感，运用到虚拟现实技术的时长通常较短，比如，影视剧的华彩部分，或体量短小的游戏、篇幅简短的非连续性叙事作品，难以对观众产生持续的吸引力，加之设备的昂贵和传播速度、消费场所等的限制，短期内难以现出对网络文艺的大众性影响。然而，在今后的发展过程中，虚拟技术的不断突破、进步，将促进技术与艺术的进一步结合，给用户带来质量更高的网络文艺作品。

就人工智能来说，它一般分为弱人工智能、强人工智能与超人工智能，目前以弱人工智能为主。这一类人工智能能够通过海量数据学习，在某一方面达到“精通”，并进行一定程度上的艺术创作。当然，目前人工智能在人类情感的习得方面还存在不小的问题，同时，基于艺术丰富、深厚的“情感性”，人们能够轻易发现人工智能艺术与艺术家创作艺术之间的不同，比如，人工智能创作的作品内涵稍显薄弱且可轻易复制。尽管如此，就未来发展而言，科学家对于强人工智能与超人工智能的研究始终没有停止，机器也还在学习人类情感的道路上继续前行，在今后的艺术创作中，人工智能很有可能作为辅助艺术家进行艺术生产的助手，辅助艺术家完成一些难度较大、计算精度要求高的作品。

在区块链技术方面，2018 年以来，随着移动智能高速发展，它在游戏领域率先应用落地。区块链的链式数据结构、加密算法、智能合约等技术可

以在分布式数据网络上建立一系列严密、难以篡改的数字版权认证，在网络文艺版权保护方面开始发挥作用，因此，全球游戏产业巨头早已深度布局，抢占“区块链 + 网络游戏”市场。目前，区块链技术仍处于初创开发阶段，没有直观可用的成熟产品，其信息存储、验证、容量等依然存在不少问题。此外，区块链去中心化、自我管理、集体维护等特性在改变人们生产生活方式的同时，还带来监管困难的现实矛盾。因此，区块链技术对网络文艺的影响，取决于技术本身的发展，有待于进一步观察。

值得一提的是，技术发展常常是一柄双刃剑。对艺术生产来说，技术发展带来了有利因素，但也带来了负面影响，比如，先进技术的出现使人沉浸网络世界、越来越呈现一种虚拟生存状态，并带来持续的价值伦理争议。网络文艺创作生产有必要对这种“异化”保持足够的警醒并进行更多的思考。在某种意义上，这也是网络文艺作为一种精神创造理应承担的社会责任。

（四）产业发展：全产业链运营、用户地位彰显、资本回归理性

1. 以优质“IP”为核心的全产业链运营清晰可见

网络文艺与传统文艺的一个显著差别是其具备更强的全产业链运营。目前，网络文艺的产业链意识日益觉醒，诸多大型平台都在尝试构建泛娱乐生态平台，并全方位布局，以优质“IP”为核心全面涉足产业的上、中、下游。当然，产业发展有其自身规律，特别是，优质 IP 资源仍属稀缺资源，且相应的 IP 运营能力亟待提升，但无论是从技术、市场、产业的角度，还是艺术创作、生产的角度，全产业链运营是网络文艺发展的显著动向。

IP 的全产业链开发主要包括三个环节：一是要孵化更多成熟、优质的 IP，尤其以网络文学、网络漫画等为“策源地”；二是针对一个 IP 进行全产业链的布局与运营，即，以内容基因为基础进行跨门类、跨产品、跨产业的运营。比如，以网络影视、网络动画、网络游戏、网络音频等形式通过平台推向市场，实现 IP 的全方面触达，最大限度发挥内容的效益；三是 IP 的变现，即，通过线上线下各种方式进行盈利。这三个环节构成了一个相互转换、相互哺育的过程，其间，既需要平台具有全方位的运营能力，也需要整

个网络文艺产业具备完整的产业体系。2018 年以来，在诸多网络文艺形态的实践发展中，全产业链运营的意识、能力和“体系”越来越清晰、明朗，并有力推动着的网络文艺产业的高效发展。

值得一提的是，网络文艺作为一种现代大众艺术形式，市场对其发展的作用不可或缺。在某种意义上说，商业模式的市场化运作是激励创作、拉动传播、创新经营等的最大推手，也是网络文艺飞速增长的经济支撑。因此，鼓励充分的市场竞争，推进文化产业内部结构转型升级，营造规范有序、公平公正的市场环境，健全完善以优质“IP”为核心的文学、影视、游戏、动漫、音乐、演艺等“泛娱乐”产业链条，是网络文艺健康、可持续发展的必要条件。

2. 用户的重要地位进一步彰显

历史地看，传统文学中的“读者”、影视艺术中的“观众”、音乐中的“听众”和美学、传播学中的“欣赏者”“接收者”等，在当今的互联网时代，有了一个共名——用户。在网络文艺发展中，尽管“用户”带有浓厚的经济学色彩，但其在各个表现形态发展中的地位和作用日益凸显乃至成为“中心”。

2018 年以来，我国网络文艺的用户总量逐步趋近于我国网民总数，其中，尽管不同表现形态的用户数量不尽相同，但随着产业规模的不断扩大，其用户数总体上持续增长。当然，在数量增长的背后，更重要的是网络文艺创作生产逐渐改变了传统文艺以创作者为中心的格局，并使用户在整个文艺领域的话语权越来越强，同时，用户内容自制、用户付费为内容“投票”等都进一步强化了用户的重要地位。

在新的媒介生态中，网络的社交化使网络文艺创作生产各主体之间的关系发生了深刻变化。具体说来，其一是用户间的互动。实践表明，网络文艺往往高度依赖“粉丝”，网络上用户之间原本的身份隔膜被打破，取而代之的是具有强大凝聚力、向心力的“共同体”。其中，“粉丝”在现实空间的差异被最大限度地削弱，并在网络空间建立了新的身份、重构了一个依托于现实而不同于现实世界的微型社会，甚至衍生出新的社交关系、社交语言、社交秩序而对网络文艺产生重要影响。其二是用户与作者之间的互动。在网络文艺创作生产中，依托社交平台，用户与作者建立起平等、有效且不断增强的互动关系。其中，作者不再高高在上，他们采纳读者的意见甚至顺应读者的要求，并在与用户的交流与合作中形成新型的“创作－接受”关系。其三是线上线下的联动与延伸。事实上，前两种互动最终都汇集于线上线下的联动，并形成用户黏性，形成作品创作、传播、接受之间的循环。其中，用户通过线下的自发行为在虚拟与现实世界里建立归属感，其强烈的认同、互动超越了对作者、角色的喜爱，而成为生活的一部分，同时，这样线上线下联动可使粉丝群不断扩大，并对网络文艺发展产生深刻影响。

3. 资本回归理性，创作生产进入精品化时代

就产业发展而言，资本对网络文艺的作用远大于对传统文艺的影响。在实际运作中，网络文艺中的所有形态、所有环节都离不开资本的助推。近年来，网络文艺的迅猛发展吸引了大量的“热钱”和非理性投资，同时，资本的大量流入又在某种程度上助推了一些网络文艺形态的膨胀、野蛮式发展和创作生产的粗制滥造。可以说，资本与生产之间既促进又内耗的关系呈现一幅无序的图景，其中的症结、矛盾显然不利于网络文艺创作，也不利于网络文艺产业发展。此外，2018 年出现的“阴阳合同”“收视率造假”等事件反映出影视行业乃至传媒、文化领域面临一系列突出问题，也反映了资本逻辑的无序和病态。随着政府主管部门的强力介入和市场规律的作用发挥，以及行业自身的自觉和自律，2018 年以来，资本逐步回归理性，网络文艺创作生产中的质量意识、精品意识日益成为共识，这必将影响网络文艺的未来发展。

当前，网络文艺仍处在高速发展之中，客观说来，不管是对资本还是对艺术生产，理性、质量、精品等都是发展进程中重要的生命线。2018 年，相关主管部门出台“限酬令”、打击偷税漏税等行动虽然一时“抑制”了文艺领域某些方面的“热闹”，但对文艺、市场、产业等的健康、可持续发展来说，这显然具有重要的作用。就网络文艺而言，一方面，大量资本的流入

使得网络文艺创作生产呈现明显的“虚火”，作品数量的急剧攀升不等同于质量的提升，恶性竞争不利于行业的有序发展，唯流量、唯票房、唯收视率、唯利润等倾向带来评价标准的偏倚，造成艺术生态的失衡；另一方面，资本客观甄别投资对象，对作品进行全方位风险评估，并将有限的资本集中在优质项目上，对打造网络文艺精品具有重要意义。因此，在社会主义市场经济条件下，资本回归理性、质量意识提升、助推良性竞争、走精品化发展之路，是未来网络文艺发展的必然趋向。

（五）社会影响：艺术地位显著提升、作品“出海”成新常态

1. 实践发展和创作实绩彰显新生力量

2018 年以来，在以往丰富实践的基础上，网络文艺各主要表现形态进一步繁荣发展，并取得了新的创作实绩。历史地看，随着互联网技术和新媒体发展，网络文艺走过了一段由弱到强、由小到大、由隐到显的发展道路。其中，在表现形态上，网络文学、网络游戏等起步较早，但也不过在 20 年时间内，网络剧、网络综艺、网络电影、网络动漫等在近 5 年来迅猛发展，显示了势不可当的蓬勃朝气。在创作实绩上，随着网络文艺实践经验的积累和良好发展环境的营造，尽管整体上的质量、水准还难以和相应的传统文艺创作相比肩，但在网络文学、网络剧、网络综艺、网络动漫、网络游戏等的创作生产中均出现了不少现象级爆款作品，并引发了全社会的关注。由此一来，在影响力上，随着“互联网 + 文艺”的深广发展，网络文艺在丰富的实践中逐渐形成了自身的显著特点和基本特征，成为当代中国文艺百花园中鲜艳夺目的花朵和令人瞩目的新生力量，同时，也深刻地影响和带动着当代中国文艺的整体转型和发展，特别是，从其所显现的活力、规模、特征、成效、经验、影响、潜能、前景等来综合考量，它所具有的示范、辐射乃至引领作用和意义将进一步释放、扩大。

事实上，作为一种新生事物，网络文艺近年来社会影响力的日益提升和发展活力的日益彰显，有诸多显著表征。比如，党和国家的高度重视、行业主管部门加大服务管理力度、资本市场持续活跃、制作生产机构和平台发展

如火如荼，同时，多种多样的网络文艺大会、研讨会、研究报告、教育培训、评选评优等活动广泛开展，新文艺组织、新文艺群体、网络文艺研究机构等雨后春笋般涌现。特别是，就艺术研究而言，鉴于网络文艺创作生产的新发展，借助深入的学理性阐释和深描，有关网络文艺创作与批评的深入思考在“传统－现代”的交汇、冲突、过渡中逐渐改变着某种“失语”或“理论空转”的尴尬、错位和焦虑，不仅有益于重建审美话语的美学阐释能力与活力，也有益于在积极回应诸多“嬗变”的过程中丰富、完善当代中国文艺理论，乃至开启有别于传统的文艺美学的新视野、新维度。

2. 优质作品持续“出海”，国际影响力进一步增强

2018 年以来，优质网络文艺作品的海外传播日益频繁、日益醒目，乃至开启了当代中国文化艺术海外传播的新阶段，开辟了在海外市场传播中国文化的新领域，成为提升我国文化软实力的新载体、新方式。其中，形态由单一转向多样、题材由个别转向丰富、受众面由狭窄转向宽广等是网络文艺国际化发展的显著特点。

网络文艺的国际化发展绝非偶然现象，而是近年来跨文化传播中多种因素合力作用的必然结果。择要说来，第一，产业优势保障网络文艺的海外传播。作为互联网发展的产物，网络文艺发展的背后是互联网产业的崛起、壮大，特别是，以 BAT（B 指百度，A 指阿里巴巴，T 指腾讯）为代表的互联网资本，其跨国、跨境的产业布局带动了网络文艺产业的快速发展。比如，网络文学的成功“出海”离不开起点中文网等网络文学平台多年的积累，众多优秀作品为海外传播提供了源头活水。当然，作为文化产业，网络文艺也有其市场规律，即，充分利用产业发展势能、开辟海外市场。网络文艺作品的海外传播既可以提升我国文化艺术产品的影响力，又能盈利，促进艺术再生产。第二，文化通道的顺畅加速网络文艺的海外传播。一方面，在我国香港、台湾、澳门及东南亚等地区，文化上的同源性、相似性，大大降低了文化壁垒与接受的难度，因而能取得更好的传播效果；另一方面，通过粉丝渠道进行的传播是近年来网络文艺海外传播的突出现象，比如，武侠小说、游戏、ACG 等，这种传播更多的是亚文化群体的快感相通性。相比之下，

建立在审美接受心理层面的文化通道是更为坚固、有效的传播途径，它不仅以人文精神、审美价值为核心，还突出鲜明的本土特色，对开拓新的文化通道具有实践上的启示意义。第三，媒介特性助推网络文艺的海外传播。作为信息时代的艺术形式，网络文艺天然具备互联网的媒介特征，即，网络文艺可以借助互联网优势顺畅发布、推广和传播。特别是，从用户的角度来看，网络文艺作品获取成本更低、方式更便捷，因而受众面更广、用户数量更大。第四，文化属性推动网络文艺的海外传播。在文化属性上，网络文艺具有更多的青年亚文化色彩，加之网络文艺的交互性让人们（尤其是青年人）更加便捷、有效地充分表达自我，因而在网络文艺艺术信息广泛交流与接受中，青年亚文化的参与性、分享性、互动性与个性化等使网络文艺在海外传播中可以获得强大助力和广阔发展空间。

总之，随着我国经济社会的稳步发展，提升文化软实力是增强综合国力、提高国际竞争力的迫切需要，而网络文艺在讲好中国故事、推动中国文化“走出去”的进程中，扮演着极为重要的角色。在这种意义上，强化质量意识、促进网络文艺的海外传播、提升国际影响力，不仅是网络文艺繁荣发展的显著表征，也是网络文艺繁荣发展的时代所需、责任所在。

主要形态篇

Main Forms Chapter

B.2
网络文学发展状况

秦兰珺　陈定家*

摘　要： 相比网络文艺其他表现形态，由于轻装备、投入少、门槛低，加之历史文化传统、创作生产积淀、作者队伍庞大等原因，网络文学在网络空间迅速成长，并于丰富多样的实践中形成了诸多与传统文学不同的鲜明特性。可以说，经过20多年的发展、积累，网络文学已成为改革开放以来文化艺术领域的一项重要成就。2018年以来，网络文学创作生产进一步繁荣发展，“精品化”趋向明显，网文“出海”势头迅猛，同时，在传统文学滋养基础上的融合创新步伐加快，网文生产、消费方式更趋年轻化。

* 秦兰珺，文学博士，中国文联网络文艺传播中心研究规划处干部，副研究员资格，主要研究领域为数字艺术、网络文化；陈定家，文学博士，中国社会科学研究院文学所研究员、博士生导师，主要研究领域为文艺理论、网络文学等。

关键词： 网络文学　精品化　出海　年轻化

在以往20多年丰富实践和成就的基础上，2018年以来的网络文学创作生产进一步强化规范意识、精品意识、责任意识，逐渐在生产机制层面与传统文学、主流文化融合发展，同时也表现出更加突出的“网络性”，特别是，源于网生代用户习惯的新生产、消费形态深度影响和塑造着网络文学的发展。

一　网络文学概述

（一）网络文学的内涵与分类

1. 网络文学的内涵

基于网络文学（简称网文）的创作实践，有研究者指出：“所谓网络文学，是指由网民在电脑上创作，通过互联网发表，供网络用户欣赏或参与的新型文学样式，它是伴随现代计算机特别是数字化网络技术发展而来的一种新的文学形态。”① 除了这种描述性的定义，理解“网络文学”的内涵需要进一步强调两点。第一，中国的网络文学不同于西方的“electronic literature”（电子文学）。后者大多与“互动叙事”“非线性写作”等先锋文学实验密切相关，延续的是文学精英的实验传统，而中国的网络文学，更多的是与大众文学、大众文化结合，延续的是通俗文艺的娱乐传统。第二，理解网络文学不能简单地就文学而说文学，因为理解网络文学的关键是理解“网络”——这也是“网络文学”与传统文学的重要区别。纵观艺术发展史，不同的媒介时代有属于该时代的文学形态。比如，口传时代体现出以诗歌、民间故事为代表的口传文学形态；文字和印刷时代是以雅文学为代表的

① 欧阳友权主编《网络文学概论》，北京大学出版社，2008，第4页。

传统文学形态。在信息时代，“网络”与“文学”结合而成“网络文学”，一方面延续着媒介与信息互动、彼此生成的传统；另一方面还蕴含着一种剧烈的变化，因为“网络”不仅仅是一种媒介形态和载体，更意味着一种全新的媒介形态和生产机制。其中，新媒介发展必然带来传统文艺形态、社会形态、消费形态等的革新，并将其带入网络文学生产、消费的过程。这些变化不仅构成了网络文学发展的生态，也或直接或间接地表现在网络文学的艺术形态之中。因此，不能仅从外在形式、审美特征等来分析、理解网络文学，事实上，社会、历史和技术等因素不只是网络文学发生的背景，它们还影响、制约着网络文学的本体特性。

2. 网络文学的分类

网络文学内容丰富、形态多样。不同的网络文学平台有不同的内容分类方法。相较传统文学，网络文学分类体系有两个显著特点：一是更多元，该体系杂糅中外古今，又不乏自我创造，既有奇幻等西方舶来品，也有武侠等中国古典小说的传承，还有以“盗墓”为代表的本土原创；二是更细分，比如，都市言情下设“总裁文”“宠文”“虐文”“暖文”等，这种多元细分正是“垂直细分”这一互联网内容生态大趋势在网络文学创作生产中的体现，而相比之下，在单向输出内容的大众传媒时代，这种细分几乎是不存在的。

从分析、研究的简便易行出发，我们不妨参照中国作家协会《2018 中国网络文学蓝皮书》的做法，将网络文学分为“现实类”“幻想类”和“历史及其他类”三种，但有两点需要进一步说明。

第一，网络文学的分类不仅涉及内容，还涉及生产机制。目前，支撑“幻想类”“现实类”创作的就是两种不同的生产机制。前者主要依靠网络文学的自身气质和市场的介入：一方面，网络文学在很大程度上承担了为网民营造“幻想空间”的功能，因而，自然与“幻想类”更加匹配；另一方面，“幻想类”题材便于进行动漫、游戏等全产业链开发，更受以版权开发为重要商业模式的网文产业的欢迎。因此，相较于“现实类”，“幻想类”作品数量更多，影响力也更大。当然，得益于政策的引导、宏观调控下的平台资源倾斜和市场需求变化，2018 年以来，现实题材作品的数量、质量和影响力等逐步提高，但此中也显示两者不同的生产机制。

第二，“类型”不是一个固定的概念，而是与当下网文的内容生态密切相关。事实上，每年流行的网文类型几乎都与当年原创网络文学榜单排名靠前的作品一致，或者说，“类型”在很大程度上与该“类型”下某部 IP 的商业成功密切相关，因此，类型与商业运营、产业开发的关系往往比艺术本身更密切。① 当然，这也为网络文学类型的拓展留下了空间。具体说来，新类型的诞生、发展往往与该类型“典范”的创作、成功及后续生产者的模仿密切相关，比如，猫腻的《将夜》是“东方玄幻”的典范、顾漫的《何以笙箫默》为“都市言情”的样板、桐华的《步步惊心》为“清穿文”的代表、天下霸唱的《鬼吹灯》为“盗墓文”的先驱、忘语的《凡人修仙传》为“凡人流”的开山作、天残土豆的《斗破苍穹》为“小白文”的代表、关心则乱的《知否？知否？应是绿肥红瘦》是“宅斗文”的范本等。这庶几表明：只要不断有独树一帜的作品获得受众认可，并能为网络文学的创作树立典范，就会有新类型的持续产生。因此，网络文学类型是发展的阶段性产物，同时，也有其兴衰起伏的内在规律。

（二）网络文学的发展历程

在 2018 年 9 月 14 ~ 16 日举办的“第二届中国‘网络文学 + ’大会”上，中国音像与数字出版协会组织专家学者对网络文学 20 年来的发展进行了系统

---

① 据阅文集团《2018 网络文学发展报告》：2018 中国原创文学风云榜 TOP50 覆盖的品类有“仙侠、悬疑灵异、玄幻、游戏、二次元、军事、都市、历史、科幻、奇幻”等。比如，在阅文集团、东方卫视联合主办的“2018 阅文超级 IP 风云盛典”暨“第四届中国原创文学风云榜盛典”上，《全职高手》《星辰变》《天盛长歌》《扶摇》《如懿传》《斗破苍穹》《圣墟》《遮天》《龙族 V》《大王饶命》《时光和你都很美》等在题材类型上大都可归入此十大类型之中。

的梳理和盘点，并遴选出20年发展历程中的“20个标志性事件”。[①] 这“20个标志性事件”既为我们认识网络文学的历史状况呈现了一幅简明的行程表和路线图，也为我们以2003年、2014年为时间节点，将网络文学划分为两个发展阶段提供了依据。

1. 节点一：2003年，网络文学开始迅猛发展

2003年，起点中文网首创VIP付费制度并成功推广。网络文学开始有了支持自身行业可持续发展的生产机制和盈利模式。实际上，这极大地促进了网络文学进入发展的快车道。

在此之前，网络文学一直缺乏基本的商业模式。无论是网站运营者还是网络作家基本上处于一种探索发展阶段。比如，“网上出名、线下出版”一度是网络文学作家的出路，在这种情况下，网络文学大多是传统畅销书产业的补充。尽管其间出现了诸如榕树下、红袖添香等颇具影响力的网络文学平台，也不乏《第一次的亲密接触》《悟空传》等作品，但作为一个需要保障并持续生产的“产业”，这一时期网络文学仍处于发展的初

① 据“第二届中国‘网络文学＋’大会”发布的研究成果，这“20个标志性事件”是：1. 1998年，《第一次的亲密接触》开网络文学创作先河；2. 1999年，“榕树下”商业注册成功；3. 2003年，起点中文网推出在线收费模式取得成功；4. 2004年，盛大网络收购起点中文网等网站，聚集效应初显；5. 2009年，《大江东去》入选中宣部第十一届“五个一工程”；6. 2010年，中国移动手机阅读业务进入商用阶段，网络阅读从PC端转移到手机端；7. 2011年，以《步步惊心》《甄嬛传》等为代表的网络文学作品先后被成功改编成影视作品；8. 2014年1月，浙江省率先成立网络作家协会；9. 2014年10月，习近平总书记主持召开文艺工作座谈会并发表重要讲话；10. 2014年9月，“扫黄打非·净网2014”专项行动启动；11. 2014年12月，原国家新闻出版广电总局发布实施《关于推动网络文学健康发展的指导意见》等文件，对规范市场行为加强行业监管，提升企业从业者的责任担当和文化自觉起到了积极引导推进作用；12. 2015年1月，中文在线、掌阅、阅文集团等企业先后上市；13. 2015年7月，原国家新闻出版广电总局首次开展年度优秀网络文学原创作品推介活动；14. 2015年10月，中共中央印发《关于繁荣发展社会主义文艺的意见》；15. 2017年5月，阅文集团“起点国际”上线；16. 2017年8月，首届中国“网络文学＋”大会在北京举办；17. 2017年11月，国家版权局印发《关于加强网络文学作品版权管理的通知》；18. 2018年5月，由中国作家协会、浙江省委宣传部、杭州市委宣传部共同主办的首届网络文学周在杭州举行；19. 2018年6月，网络文学用户规模达到4.06亿，签约作者达68万人，作品总量达1600万部，市场规模达129.2亿元；20. 2018年8月，“全国宣传思想工作会议”召开。参见《盘点网络文学20年》，www.sohu.com/a/254937421_651095。

级阶段。

VIP 付费制度开创了具有中国特色的、薄利多销的“微利模式”：一方面是“薄利”，读者以 2～5 分/千字的极低成本，就可以订阅作品的完本；另一方面是“多销”，中国互联网用户人口基数大，网络作家只要能吸引其中一部分读者并形成相对稳定的读者群，就能持续促进创作生产，同时，与作家的付费分成使网站也有了持续发展的进路。

2. 节点二：2014年，网络文学创作生产形成多元利益互动格局

2014 年，资本大举进军网络文学领域，网络文学成为互联网巨头建构的“泛娱乐”生态的重要组成部分，同时，在多方力量的共同作用下，网络文学形成了多元利益互动的格局。如果说，2014 年之前，促进网络文学发展的主要因素大多来自网络文学自身，那么，从 2014 年开始，多种外部因素进入网络文学并使其呈现新的发展格局。比如，以百度成立“百度文学”、腾讯成立“腾讯文学”为代表，随着资本大举进军，网络文学作为优质 IP 的储备库和大工厂，成为互联网巨头“大文娱”闭环中的一部分。网络文学的盈利模式在付费阅读之外，版权开发的比重也越来越显著。与此同时，有关部门的积极介入对规范行业发展起到了重要作用。比如，原国家新闻出版广电总局发布《关于推动网络文学健康发展的指导意见》等文件，数百家违规文学网站在“扫黄打非·净网 2014”专项行动中被关闭或被要求整改，从此网络文学结束了自由、散漫的发展，而逐渐步入有序发展、蓬勃发展的轨道。

（三）网络文学的审美特征

网络文学的发生、发展主要是依托网络载体来推进的，因此，它在创作、传播、阅读等方面展现出有别于传统文学的新特征。如前文所述，理解网络文学的特征，关键是要理解“网络”，换言之，是理解“文学”与“网络”结合中生长出来的除“文学性”之外的“网络性”，即在互联网时代，“网络”是一种媒介载体，同时也是一种全新的文学生产机制，而所谓“网感”这一通常用来描述网络文学风格的术语不过是互联网时代文学生产方

式的外在表征。基于此，网络文学的审美特征与其媒介特征密切相关，并呈现不同于传统文学的以下三个主要特征。

1. 媒介的充裕性、创作的大众性导致了网络文学体量的巨大和内容的丰富

相比之下，印刷媒介是一种稀缺资源，或者说，只能有少数人可以在印刷媒介上发表作品和少数人决定发表谁的作品。这些“少数”构成了文学创作的主体，主导着文学生产的方向。然而，网络却是一种资源十分充裕的媒介，不仅大大降低了作品发表的门槛，还让更多的人参与到网络文学的创作生产之中。目前，在知名网站注册的网络文学作家已超过 1500 万，原创小说超过 1600 万部。① 与之相应，数量庞大的作者队伍大大提高了文学作品的产量，不仅作品数量惊人，每部作品的字数也惊人。如果说，在传统文学领域，10 万字以上算作长篇小说，那么，在网络文学领域，100 万字以上才能称作长篇小说，实际上，上千万字的作品也不罕见。不仅如此，媒介的充裕性、创作的大众性还使得网络文学创作生产在题材的广阔性、内容的丰富性等方面远超由少数作家队伍支撑的传统文学。这不仅表现在上述脑洞大开、丰富多彩的网文类型中，还体现在 2018 年以来逐渐升温的现实主义原创网络文学生产中。

2. 媒介的互动性、生产的趣缘性助推了网络文学的通俗化、“同人”创作和“梗”文化

印刷媒介是一种单向输出信息的媒介，很难实现读者和作者的互动，更不用说让读者常态性地参与到作品的生产中来。而网络是一种互动媒介，读者对于作者是可见的，这无疑促进了作者跳出自己的圈子、面向读者而进行创作。这使网络文学成为互联网时代的“通俗文学”，并承接了印刷时代畅销书产业的主要功能，继承了通俗文学的类型化特征且具有更加丰富、多元的类型。进一步说来，作者与读者深度互动打开了作品的封闭性，助推了更具开放性的文本生产，不仅让粉丝参与到作品创作之中，还开创了“同人文”这一在前网络时代很难大规模存在的粉丝二次或三次创作现象。更重

① 陈定家：《“IP”与“审美”孰轻孰重》，《中国社会科学报》2019 年 2 月 22 日，第 5 版。

要的是，这个在粉丝与作者、粉丝与粉丝的互动中共同生产“文本”的过程还产生了更深层的趣缘身份和人际情感。这些趣缘文化“部落”往往有其独特的文化表达方式——这些只有圈内人才能领会的“桥段”和术语构成了网络文学的“梗”文化。“玩梗”不仅是“同人创作”的重要元素，也是围绕某部作品、某位大神形成的网文圈的重要沟通方式。在“二次元小说”类型中，“玩梗”甚至取代情节，成为最重要的创作方式和卖点。

3. 媒介的综合性、生产的衍生性强化了网络文学的跨界性

在传统媒介时代，文学作品大多出现在印刷媒介上，视听作品出现在银幕和荧屏上，音乐作品则出现在广播中，很难有一种媒介能兼容所有的艺术形式。而在当今的互联网时代，数字媒介是一种综合媒介，它可以同时承载文字、图像、影音、游戏等内容。这无疑方便作品的跨门类生产、传播和消费，催生某作品的文学、影视、动漫、游戏等“全版权”开发模式，并进一步形成以网文为核心的 IP 创意产业。而此时的“网络文学”一方面是作为有待改编为游戏、动漫、影视作品的 IP 而存在；另一方面，它也是作为衍生自某部游戏、动漫、影视作品的“同人文”而存在的。当然，在跨门类改编和衍生中，游戏、动漫、影视也会将其自身的艺术特征传递给网络文学。在这样的泛娱乐生态中，网络文学也就越发具有了游戏性、视觉性等传统文学很少兼有的跨界特征。

二　2018年以来网络文学创作生产状况与特点

截至 2018 年，网络文学读者达 4.32 亿。[①] 原创小说超过 1600 万部，其中，线下出版 7000 余部，相关影视改编 2400 多部、游戏改编 600 多部、动漫画改编 700 多部。[②] 2018 年以来，在一片红火的创作生产大形势中，网络文学呈现以下三个方面的显著特点。

---

① 中国作家协会网络文学中心：《2018 中国网络文学蓝皮书》，http：//www.chinawriter.com.cn/n1/2019/0511/c404023－31079531.html。

② 陈定家：《“IP”与“审美”孰轻孰重》，《中国社会科学报》2019 年 2 月 22 日，第 5 版。

（一）创作生产繁荣发展，“精品化”趋向明显

据国家新闻出版署和中国作家协会联合发布的“2018 年优秀网络文学原创作品”，本年度优秀的作品有：《网络英雄传Ⅱ：引力场》（郭羽、刘波）、《写给鼹鼠先生的情书》（吉祥夜）、《明月度关山》（舞清影）、《零点》（骠骑）、《无缝地带》（李枭）、《挚野》（丁墨）、《拥抱谎言拥抱你》（唐家三少）、《参天》（风御九秋）、《中华女子银行》（不画）、《白纸阳光》（月壮边疆）、《漕运天下》（沙场点兵）、《大山里的青春》（罗晓）、《老妈有喜》（蒋离子）、《剑王朝》（无罪）、《吞天记》（风青阳，17K 小说网选送）、《冰上无双》（真树乃）、《幸福不平凡》（青安）、《龙符》（梦入神机）、《扬帆 1980》（创里有作）、《燃魂传》（管平潮）、《点心之路》（冥灵不可能）、《楚河汉界》（灰熊猫）、《运河码头》（房忆雪）等。[①] 网络文学创作生产的精品化趋势显著，以下分三个方面进行概述。

1. “现实类”网文取得突出进展

一是行业性网文专业度提高，比如，展现山区支教的《明月度关山》、中华厨艺的《点心之路》、体育竞技的《冰上无双》、社区工作的《白纸阳光》、航空业的《翅膀之末》等；二是改革开放题材一枝独秀，比如，《大国重工》《中国铁路人》《扬帆 1980》《春雷 1979》等；三是不乏艺术较精湛、思想较精深的佳作，比如，《挚野》《写给鼹鼠先生的情书》等；四是幻想类“大神”纷纷投身现实主义，以唐家三少创作的《拥抱谎言拥抱你》等为代表；五是涌现了一批新的垂直细分领域，比如，以科普为特点的学霸题材作品《我只想当一个安静的学霸》等。

2. “幻想类”网文依旧占据重要位置

2018 年以来，“幻想类”网文创作总体上依旧占据重要位置，但也呈现一些新的特点：一是“小白文”“爽文”渐趋式微，文章架构更讲究逻辑

① 国家新闻出版署、中国作家协会：《2018 年优秀网络文学原创作品推介活动入选作品（24 部）》，http：//www. chinawriter. com. cn/n1/2019/0225/c403994 – 30901402. html。

性、专业性，“硬核风”代替“丛林法则”，比如，《参天》《诡秘之主》等；二是开始跨媒介创新探索，以《大唐西域直播记》等直播类作品、《修真聊天群》等网络社交类作品为代表；三是科幻尤其是“硬核”科幻更受欢迎，出现了网文和科幻融合的跨界佳作，比如，《零点》（科幻+历史+军事+神话）、《双脑医龙》（中医+科幻）、《修真四万年》（科幻+玄幻+修真）等；四是网文“大神”开启新作，以耳根的《三寸人间》、血红的《开天录》等为代表。

3.“历史及其他类”网文热度不减

一是以“现实主义”的态度正面表现历史的作品数量增长、质量提升，比如，《楚河汉界》《中华女子银行》《漕运天下》等；二是架空类作品更注重贴近传统文化和普通人的历史想象，以《楚臣》《大帝姬》等为代表；三是抗战和特战小说的主题思想和艺术技巧等均有所提升，比如，《无缝地带》等；四是悬疑推理类作品融合历史、人文、人情等丰富多样的内容，以《犯罪画师》等为代表；五是二次元小说发展迅猛，比如，以“玩梗”著称的《书灵记》等。

（二）队伍建设力度进一步增强、成效明显

1.创作队伍日趋扩大化、年轻化

截至2018年，网文注册作家已达1500万人，其中，“Z世代”[①] 95后作家数量快速增长并开始走向网络文学的前台。同时，受媒介文化影响，Z世代用户具有以下显著特点：喜欢互动、受兴趣驱动、爱个性表达等。Z世代不仅是网络文化生态中最具活力的传播、消费群体，在某种意义上还不断创造、更新着网络文化。而Z世代作家进军网文界自然会给网文创作生产带来诸多新气象。

---

① 所谓“Z世代”，大致是指在1990年代中叶至2010年前出生的人。他们又被称为网络世代、互联网世代，是深受互联网、即时通讯、短讯、MP3、智能手机和平板电脑等科技产物影响的一代人。

2. 创作群体组织化程度大幅提高

截至2018年，共有214名网络作家成为中国作家协会会员。2018年，中国作家协会下设的网络文学中心正式开展工作，负责统筹中国作家协会网络文学委员会、全国网络文学重点园地工作联席会议办公室，加强对省级网络文学组织的联络指导，“全国网络文学一盘棋”的工作格局初步形成。此外，2018年以来，福建、内蒙古等省、市、自治区陆续成立网络文学组织，部分网文发达地区还成立了市、县级网络文学组织。目前，全国大部分省、市、自治区都有了地方网络文学组织。

3. 团结网文队伍的方式进一步完善

一是加强学习。通过开展常态化的学习和培训，网络作家的政治意识显著提高。比如，2018年，中国作家协会培训各类网络作家学员354人次，江苏、上海、四川、福建、河北等省作家协会，以及阿里、咪咕等网站也组织了相关培训，并取得良好成效。二是强化服务。浙江、上海、北京等地的网络作家职称评定进入实际操作阶段，网络作家的归属感明显增强。三是加大扶持力度。中国作家协会2018年扶持38部作品，还组织实施中国当代网络文学创作工程规划，开展网络文学优秀原创作品推介活动等。四是加强引导。中国作家协会建立全国网络文学重点园地工作联席会议机制，保证、促进网络文学创作生产健康有序发展。五是诸多品牌活动陆续开展。比如，“中国网络文学周”“中国网络文学+”等，同时，中国作家协会网络文学委员会推出“年度中国网络小说排行榜”，各地相关机构还纷纷开展评奖活动，像浙江的“双年奖”、上海的“天马奖”、江苏的“金键盘奖”，以及阅文集团的现实主义原创网络文学征文大赛等。在这种大形势下，网络文学作家精品意识不断加强，网络文学创作生产的聚焦点从“有没有”向“好不好”深度位移。

（三）网文“出海”势头迅猛、意义深远

网文“出海”输出的是作品，也是文化。目前，起点国际版访问用户超2000万，已上线网文英文译作150余部；掌阅覆盖“一带一路”沿线国

家和地区达40个，已完成英语、韩语等14个语种版本的上线；阅文集团海外出版授权作品达300余部，涉及7个语种，合作方20余家。值得一提的是，在输出机制和模式上，英文网站WuxiaWorld将中国网络文学“提前看”的预读付费机制输出海外；效仿国内，起点国际版其他的商业模式还包括广告、打赏和众筹，同时还正在筹备开启以内容为基础的泛娱乐IP开发模式。①

此外，2018年以来，随着网络文学创作实践的进一步丰富发展，网络文学相关理论研究和艺术批评也同步推进并取得良好成效。其中，对网络文学总体状况及发展规律的研究更加深入，对网络文学的内在逻辑与特质的研究更加明晰，现实题材创作日益受到关注，同时，网络文学评论更受重视，评价体系建构继续受到关注。

三　2018年以来网络文学发展述评

（一）网络文学是改革开放以来文化艺术领域的一项重要成就

2018年恰逢改革开放40周年。以此为契机，人们纷纷在改革开放的大背景下对网络文学20年来的发展历程进行了系统梳理和深入总结。其中，一些重要的活动和研究陆续开展。比如，中国作家协会网络文学委员会与上海作家协会等单位举办的“中国网络文学20年”研讨活动，推出了“中国网络文学20年20部优秀作品”；中共北京市委宣传部等主办的“第二届网络文学+”大会推出了“网络文学20年”中的“20个标志性事件”、“20部优质IP作品”和“20个关键词”。同时，配合各类纪念活动，比较重要的出版物有《改革开放宏阔背景下的网络文学20年》《网络文学的渠道与内容关系解析》《网络文学20年：媒介革命与代际更迭》《网络文学20年

① 邵燕君、吉云飞、肖映莹：《媒介革命视野下的中国网络文学海外传播》，《文艺理论与批评》2018年第2期。

发展及其社会文化价值》《态度与方法：略说介入网络文学20年的学术资源》《中国少数民族网络文学20年巡礼》等。[①]

实践表明，网络文学发生发展的20年是其艺术形态和产业形态不断走向成熟的20年。在20年的发展历程中，网络文学发明了能够“养活”其生产者的“微利模式”和版权产业，孕育了盛大文学等商业平台，培养了唐家三少、猫腻等一批网络作家，涌现了《第一次的亲密接触》《悟空传》等一批畅销作品，形成了盗墓、纯爱等一批新兴大众文学类型。不仅如此，网络文学20年还是其规模和影响力不断扩大、增强并逐渐被主流文化接纳、认可的20年。特别是，党的十八大以来，网络文学的主流化进程明显加速：一是全国作协系统诞生了网络文学相关组织，比如，中国作家协会成立了网络文学委员会、网络文学中心；二是学科专业从无到有，比如，高等教育中出现了“网络文学”“网络文学编辑与写作”等本科专业、出版了《网络文学创作原理》等教材；三是评价标准体系建设成效显著，比如，网络文学年度推优活动、“中国网络小说排行榜”等；四是人才建设有了系统规划和落实，比如，出现了以莫言任名誉校长的网络文学大学，鲁迅文学院开办网络文学作家培训班；五是网络文学优秀作家地位进一步提高，成为备受瞩目的新文艺群体，比如，“茅盾文学新人奖”增设网络文学新人奖，唐家三少等网络文学作家进入中国作家协会主席团；六是在文化“出海”上越发成为主力军，比如，网络文学以数字出版形式进入国家订单集中出口；七是常规性年度活动规格逐步升级且品牌化，比如，中国作家协会等主办的“网络文学周”、北京市委宣传部等主办的“网络文学+”大会等。凡此种种都表明：在当代中国改革开放的历史潮流中，网络文学经过20多年的发展业已成为文化艺术领域中的显著成就。

（二）在传统文学滋养的基础上进一步融合创新

经过20余年的发展，网络文学已从自由生长的“小花”“小草”发展

---

① 中国作家协会网络文学中心：《2018中国网络文学蓝皮书》，http：//www.chinawriter.com.cn/n1/2019/0511/c404023-31079531.html。

成为中国特色社会主义文艺百花园中的重要品类，其中，传统文学的滋养是其发展进程中重要的“在场”和促进要素。当然，历史和实践都表明，任何一种新兴艺术形式的发展都有其继承与创新的艺术辩证法，换言之，当前网络文学在创作、传播、接受等方面所具有的鲜明特点是“继承”与“创新”张力结构的产物。2018 年以来，网络文学与传统文学的互动进一步增强，并呈现融合创新的新风貌。

择要说来，首先是网络文学的产业发展形态更加明晰。这从一些知名网络文学活动和网络文学创作的发展趋势中可见一斑。比如，“网络文学 +”大会、“网络文学周”等，这些由各级宣传部、作协等单位主办的活动越发具有产业意识，尤其是更加强调借 IP 在产业上发力，助推网络文学繁荣发展。其中，“网络文学 +”大会增设“IP 嘉年华活动”，“网络文学周”增加网络文学博览会，前者借助“科技 +”、“体验 +”、“电竞 +”和“影漫游 +”等，更加突出“ +”的概念和意义；后者则强化以优秀网络作家、优质网文为中心，建立推介、孵化、授权等多个板块，努力打造网文创作和产业平台。实践表明，作为“IP”的储备库，网络文学在当下的网络文艺泛娱乐生态中占据重要位置：一方面，以 IP 为核心的版权开发是网络文学产业发展中的重要盈利模式；另一方面，将网络文学精品孵化为优质 IP，对网络文学和网络文艺的整体生态都有重要意义。由此观之，在与传统文学乃至传统文艺的张力结构中，网络文学的产业发展折射出当前艺术生产机制的深层次融合与创新提升到了新的高度。

其次，现实题材创作的发展具有深刻的含义。2018 年以来，现实主义原创网络文学无论是数量、质量还是影响力都有明显提高和增强。究其原因，是政府的导向、市场的需要和网络文学自身的生产机制等在“现实主义”这一常说常新的关键议题上找到了新的聚焦点和共赢点。一是近年来政府主管部门大力引导、扶持现实题材创作，同时，网络文学创作也积极响应并逐渐开始扭转幻想类网文一头独大的倾向。二是现实题材具有良好的市场潜力，一方面，观众对幻想类网文渐生厌倦，比如，在 2018 年以来的一些玄幻类 IP 改编作品中，流量、口碑皆不如投资方和制作方的预期,① 这也带来同类 IP“爆款”改编的反思;另一方面,相映成趣的是,根据阿耐的网文《大江东去》改编的电视剧《大江大河》获得口碑、市场双丰收。这既证明了现实题材网络文学的市场潜力,也预示着网络文学产业发展的新动向。事实上,在多方合力的作用和“现实题材”利好的大趋势下,诸多网络文学平台也迅速跟进。比如,作为网络文学产业的“龙头”企业,阅文集团增设“现实”频道,并于2016 年开始举办“网络原创文学现实题材征文大赛”。截至2018 年,已有《复兴之路》等8 部获奖作品由上海文艺出版社出版纸书,《大国重工》《朝阳警事》等6 部作品签约影视改编。特别值得一提的是,在已举办的三届“征文比赛”和征集到的近三万部作品中,参赛作家覆盖全国大部分地级市,且大部分为兼职(原职业包括教授、技工、律师、医生、白领、小企业主、农民工等),而众多行业、各个阶层的现实生活成为参赛作家网文创作的素材,且关注的视角、题材涵盖的范围比职业作家要更丰富、更广阔。

无疑,网络文学的发展是政府引导、市场调节、平台协调、观众参与等多方面在不同程度、不同层面发挥作用的结果。2018 年以来,网络文学与传统文学的关系更加紧密,其产业发展和现实题材创作及其取得的成效、喻示的方向,既展现了网络文学创作生产的新特点,也表明了融合、创新是网络文学进一步发展的强劲动力。

(三)网络文学的生产、消费方式更趋年轻化

2018 年以来,随着 B 站(哔哩哔哩视频网站)上市、“Z 世代”概念开始流行,“Z 世代”群体登上舞台。“Z 世代”主要活跃在以 B 站为代表的网络视听领域,但也是网络文学领域的一道新风景。截至 2018 年,在网文用户群体中,19 ~24 岁占比 45.1% ,其中阅文集团旗下网站的“95 后”用户规模同比提升近 20% ,是增长最快的用户群体之一,同时,“90 后”作

① 2018 年,以《武动乾坤》(杨洋、张天爱主演)、《扶摇》(杨幂、阮经天主演)等为代表的 IP 改编巨制流量不如预期,豆瓣 6 月评分分别为 4.7、4.9。

者也增长迅速,[①] 并因此带来网络文学创作、接受、批评等方面的一些新动向。

首先，在创作上，“90后”“95后”网文作者更懂得圈粉，其表现主要有以下三个方面：一是“吐槽”，以玄幻类型“日常吐槽流”为代表，不过，这种“吐嘈”与其说是年轻人真的抱怨，还不如说是一种有趣的表达，甚至是一种独特的交流方式；二是“玩梗”，有一部分小说尤其靠各种“梗”来吸引读者，而这些“梗”又大多来自他们共同喜爱的，主要由动画、漫画、游戏构成的“二次元”作品，以至出现了一种可称之为“二次元小说”的新类型。只有属于同一个圈层的人才能辨识、理解被称作“梗”的各种桥段和典故，因此，作为一种重要的创作手段，“玩梗”在某种意义上就成了重要的身份认同方式和沟通方式；三是创作者更倾心轻松、有趣的表达，比如，在“玄幻”新热点“灵气复苏流”中，过去玄幻“打怪升级”“苦大仇深”的套路逐渐式微，而“玄幻+搞笑”成为新配方，像《大王饶命》《难道我是神》《全球觉醒》《牧神记》等幽默搞笑、轻松愉快及“佛系”风格的作品更受年轻用户的喜爱和追捧。

其次，在消费上，网文领域的交互式评论增长迅速。起点中文网2017年推出的“本章说”在2018年得到了大力推广，其基点便是为了增强用户评论的互动性。实际上，边看边表达、边吐槽边分享是当前网文用户日常互动的常态。比如，阅文集团旗下网站评论数量前50的作品就累计了2800多万条评论，其中，《大王饶命》总评论量超150万条，堪称网文之最。此外，网文粉丝的高度活跃还进一步助推了跨界“破壁”，比如，《全职高手》中的主角“叶修”成为麦当劳品牌代言人，而此前的代言人几乎清一色是三次元世界中的真人。

总的说来，尽管网络文学目前已具有了较成熟的生产机制，但该机制仍未完全定型，尚处于发展、进化之中。从发展的维度来看，2018年以来，

① 中国作家协会网络文学中心：《2018中国网络文学蓝皮书》，http：//www. chinawriter. com. cn/n1/2019/0511/c404023－31079531. html。

传统文学形态及其生产机制、当下主流的网络文学形态及其生产机制、正在新兴的网络文学形态及其生产机制，正经历深度互动和融合创新，而随着网络文学实践的发展，开始于2014年的网络文学多元利益互动格局将进一步向深广推进。

B.3
网络剧发展状况

张智华　付李琢　杨玳婻*

摘　要： 在“互联网＋文艺”的深度转型和发展中，网络剧与电视剧两者之间越来越呈现相互作用、相互影响的辩证关系。2018年以来，网络剧创作生产呈现以下显著特点：数量大体平稳，内容品质整体提升；题材丰富多样，类型化、差异化向纵深发展；现实题材数量增多，“风向标”意义引人瞩目；大型视频网站发力强劲，“竞－合”相长激发能量释放。其中，价值导向意识日益觉醒，创作、传播秩序进一步规范；调整、升级成为创作生产的总基调；探索创新迈出新步伐，优质作品走向更大舞台。

关键词： 网络剧　内容品质　现实题材　传播秩序

在互联网技术和新媒体快速发展的大背景下，作为引人瞩目的艺术生产现象，网络剧异军突起，在政策引领、用户需求和平台助推等多方合力作用下得以繁荣兴盛。2018 年以来，随着众多传统影视制作人、资本的大量涌入，以及传统影视机构、各大视频网站的纷纷进场，网络剧市场一时间被推向资本的风口浪尖，网络剧创作生产在创新中呈现一片蓬勃发展的火热景象。

---

* 张智华，文学博士，北京师范大学艺术与传媒学院教授、博士生导师，主要研究领域为戏剧与影视学、网络文艺与文化等；付李琢，艺术学博士，中国传媒大学讲师，主要研究领域为戏剧与影视学、网络文艺与文化等；杨玳婻，文学博士，中国文联网络文艺传播中心新媒体联络处副处长，主要研究领域为传媒文化、网络文艺和影视产业。

一　网络剧概述

近年来，网络剧的蓬勃发展有深广的背景和强劲的动力：一是中国互联网迅速发展、水平不断提升为网络剧崛起奠定了基础，急剧增长的用户规模与使用率催生新的视听需求与艺术形态；二是互联网企业与影视产业的格局变动成为网络剧兴起的直接动因，基于版权费、广告、独播、版权年限等原因，视频网站逐渐摆脱购买电视剧、独播等传统思路，转而尝试打造自制剧和产业发展的新方式；三是视频网站内部资源优化整合为网络剧的蓬勃发展提供了条件，像优酷、爱奇艺、腾讯视频、芒果 TV 等主流网络视频平台在快速发展中积累了用户、制作力量、广告等丰富资源，为自制剧发展铺平了道路并形成了行业内的主导格局；四是政府主管部门“限娱令”“限播令”“限广令”等的出台，使得网络剧在激烈的竞争中逐渐凭借其多种优势而转变广告资源的流向，并使网络剧的创作生产获得了新的发展空间；五是相比电视剧监管束缚多、类型选择少、播出方式单一、同质化严重等问题，早期网络剧以其更加契合当代受众（尤其是年轻用户）需求的内容和形式，一步步在创作生产上拓展出广阔的“蓝海”。

（一）网络剧的内涵与分类

1. 网络剧的内涵

在新的媒介生态和艺术生态中，和电视剧相比，网络剧（简称网剧）是一种以互联网作为传播媒介、以网络用户为主要受众、禀赋互联网艺术思维的视听叙事艺术形式。在“互联网 + 文艺”深度转型和发展的大格局中，基于自身特性、文化条件、审美习惯、积淀优势等原因，网络剧是网络文艺重要的表现形态之一。

网络剧的内涵有广义、狭义之分。从播出载体来看，广义的网络剧是指所有在互联网视频网站播出的影视剧（包含曾在电视端首播的剧集），如《古剑奇谭》《花千骨》《何以笙箫默》等；狭义的网络剧是指专为互联网拍摄，且以互联网为首发和主要传播渠道（包括电脑、手机、平板、数字电视等）的电视剧，如《万万没想到》《暗黑者》《盗墓笔记》等，在这种意义上，那些为电视台制作的电视剧，即使首播结束后继续在网络平台播出，也不被称为网络剧。其次，从制作主体的角度来说，广义的网络剧包括台网联播剧，通常由传统影视剧制作机构出品，在电视台和互联网平台两端联动传播；狭义的网络剧是指自制剧，通常由在线视频网站独家定制，仅在互联网平台上传播，内容端和渠道端都深受互联网的影响。

目前，网络剧发展呈群雄逐鹿态势，视频网站、独立制作公司、传统影视公司、传统广电均有布局。其中，基于视频网站强势提供的新的流量平台，以优酷土豆、爱奇艺、腾讯视频、搜狐视频等为代表的视频网站出品或参与出品了大量的自制剧，是当前网络剧生产、播出的主阵地。此外，无论是万合天宜、芭乐互动等新兴影视制作公司，还是慈文影视、华策影视等传统影视制作公司，专为网络平台服务的规模化剧集生产逐渐形成另一股强劲潮流。而传统电视台开启了“台网联动”乃至“先网后台”播出模式。如今，许多剧集同时在网络与电视上播出在某种程度上不断模糊了网络剧与电视剧的界限。

2. 网络剧的分类

借助互联网和新媒体蓬勃发展的力量，目前的网络剧创作生产蔚为大观。由此带来的分类方式也多种多样。比如，按时长来分，有 45 分钟标准电视剧级别的“长剧”（如《匆匆那年》《延禧攻略》《大明湖畔有人家》《虎啸龙吟》《你好，旧时光》等），有 10 ~ 35 分钟不等的短篇剧（如《报告老板》《暗黑者》《灵魂摆渡》《蔚蓝 50 米》等），还有 10 分钟以下的“迷你剧”（如《万万没想到》系列和竖屏剧《生活对我下手了》等）。又如，按观众的类型偏好来分，有幽默搞笑、侦探推理、都市职场、惊悚悬疑、科幻未来、青春偶像、热血励志、古代传奇、宫廷言情、奇妙幻想、军旅题材、玄幻修真等多种类型。

当然，最普遍的方式还是按“题材”来分类。历史地看，网络剧的题材首先受到互联网传播、接受方式的影响。比如，最早出现的喜剧题材"段子剧"，为适应网络传播"短平快"的特点，每集时长不过十分钟，一般没有复杂的故事情节，便于受众在碎片化的时间里观看。其次，网络剧的题材受到电视剧的影响。电视剧拥有成熟的产业体系，在生产实践中打磨出了多种成熟的类型，这些类型也延伸到了网络剧的体系中。比如，玄幻题材的《花千骨》《三生三世十里桃花》等剧大获成功，形成了稳定的类型，在网络剧领域也同样出现了《海上牧云记》等一批优质作品。此外，网络剧的题材受到网络文学的影响。网络剧创作生产中相当大的比例来自网络文学 IP 改编，而网络文学经历了多年发展，早已形成了商业化的类型体系，如修真、惊悚、探案等题材都可以在网文网站上找到相应的标签。网络文学不但影响了网络剧的题材划分，从更深层面来说还创立了相应题材的一整套叙事体系，这套体系早已为网络用户们所熟悉，网络剧可以直接应用。

就当前创作生产的实际来说，网络剧大致可分为搞笑喜剧、青春校园、都市生活、罪案刑侦、军旅战争、惊悚悬疑、古装历史、宫廷言情、传奇玄幻、科幻、武侠、农村等题材类型（如表 1）。

表 1　网络剧的题材分类

序号	题材类型	代表作品
1	搞笑喜剧	《万万没想到》《废柴兄弟》等
2	青春校园	《匆匆那年》《最好的我们》《一起同过窗》《你好，旧时光》《春风十里不如你》《致我们单纯的小美好》等
3	都市生活	《遇见王沥川》《狐狸的夏天》《我的奇妙男友》《重生》《逆袭》《亲爱的公主病》《北京女子图鉴》《上海女子图鉴》等
4	罪案刑侦	《暗黑者》《心理罪》《他来了，请闭眼》《法医秦明》《如果蜗牛有爱情》《无证之罪》《白夜追凶》等
5	军旅战争	《利刃出击》《兵王》《爱国者》等
6	惊悚悬疑	《灵魂摆渡》《无心法师》《盗墓笔记》《老九门》《精绝古城》《牧野诡事》《黄皮子坟》《鬼吹灯之怒晴湘西》等

续表

序号	题材类型	代表作品
7	古装历史	《大军师司马懿之军师联盟》《虎啸龙吟》《琅琊榜》等
8	宫廷言情	《延禧攻略》《如懿传》《双世宠妃》《将军在上》《花间提壶方大厨》《烈火如歌》等
9	传奇玄幻	《九州海上牧云记》《花千骨》《镇魂街》《器灵》等
10	科　幻	《端脑》《颤抖吧阿部之朵星风云》等
11	武　侠	《新射雕英雄传》《画江湖之不良人》等
12	农　村	《乡村爱情》《陈二狗的妖孽人生》等

择要说来，搞笑喜剧是最早发展起来的题材，早期网剧的代表作品大都是搞笑喜剧。随着超级网剧的发展，喜剧不再是视频平台的首推内容，但由于喜剧创作成本低、投入少，因而在数量上仍占据网剧的半壁江山。青春校园题材是网络剧的一个大类，随着青春电影热潮渐息，网络剧接过了青春题材的大旗。2014 年在搜狐视频独播的《匆匆那年》是此类型的开山之作，不但开启了青春网剧潮流，也让网络剧摆脱了低成本的套路。都市类题材是网剧的重要题材，无论从成本上，还是从编剧、制作上看，都市题材都是门槛较低、性价比较高的代表之一。它包含的范围较广，生活、爱情、偶像、职场等都可归为其中。罪案刑侦是网络剧与电视剧区别很大的题材，从数量上看，此类型的网络剧不占优势，但精品迭出，常有口碑高、影响力大的作品。惊悚悬疑是网络剧发挥优势的题材，在网络剧发展前期，借着网络审查标准宽松于电视，一批高流量作品的出现令此类型引人瞩目。2018 年以来，除以上几大类型化题材外，网络剧创作还在诸如古装美食、护宝探险、体育竞技等垂直细分领域有多样的选题。

（二）网络剧的发展历程

依据网络剧发展的实际，尤其是创作生产的实绩，其发展历程大致分为“初创期”“探索期”“发展成熟期”三个阶段。其中，2014 年被称为“网络剧元年”，2015 年被称为“超级网络剧元年”。

1. 初创期（2005 ~2010年）

网络剧萌芽于 UGC①。在互联网发展的早期，一些视频制作者、影视专业学生上传他们的原创视频，其中就包括许多剧情类的故事片，也蕴含着网络剧的萌芽、雏形。虽然这些作品水平参差不齐，影响力有限，但可视为国内网络剧发展的初级阶段，比如，2005 年的网络短片《一个馒头引发的血案》、2008 年的《嘻哈四重奏》、2010 年的《毛骗》等。在专业制作上，2009 年土豆网推出其第一部网络剧《Mr. 雷》，2011 年优酷推出了名为“十一度青春”的系列短片，包括《拳击手的秘密》《哎》《夕花朝拾》《东奔西游》《泡芙小姐的金鱼缸》《江湖再见》《李雷和韩梅梅》《阿泽的夏天》《老男孩》等。其中，《老男孩》引起了广泛的关注和反响，引发“青春怀旧”的流行，也对网络视听内容生产产生了强力刺激；由《泡芙小姐的金鱼缸》衍生的热门网络剧《泡芙小姐》，讲述都市年轻人的情感故事，取得了不错的点击量。

2. 探索期（2010 ~2013年）

2010 年 11 月 12 日，广电总局印发《广播影视知识产权战略实施意见》，提出要“加强对视听节目服务网站播放正版节目的监督工作，严厉打击互联网侵权盗版，重点打击影视剧作品侵权盗版行为”。在政策规范下，视频网站下架了大量无版权的电影、电视剧作品，并购买正版影视剧补充内容。与此同时，优质电视剧成为视频网站争夺的目标，与电视台同步播出、“网络独播”等播出手段成为视频网站常用的差异化竞争方式。然而，随着竞争的加剧，电视剧版权费用水涨船高，视频网站难以维持巨额的成本投入。因此，因“自制剧”性价比高、可操控性强，大型视频网站纷纷探索新的选项，并开启了网络自制剧的发展之路。

特别是，随着数部网络剧作品的成功，视频网站自制剧开始出现井喷式

① 所谓“UGC（User Generated Content）”，是指由网络用户独立制作、拍摄并上传互联网的内容。UGC 的特点是制作简陋，但富有想象力且带有网络文化、草根文化的鲜明色彩。

发展，各大视频平台都推出了自己的网络剧，一时间各种项目纷纷上马，比如，土豆网的《乌托邦办公室》（2011）、《爱上微笑》（2011）、《爱啊哎呀我愿意》（2012），优酷网的《天生运动狂》（2010）、《全优7笑果》（2010）、《我的泡沫之夏》（2010）、《糊涂囧探》（2012）等，爱奇艺的《在线爱》（2011）、《奇异家庭》（2012）等，酷6网的《紫檀也疯狂》（2010）、《保留》（2011）等，乐视网的《东北往事之黑道风云20年》（2012）、《唐朝好男人》（2013）等，搜狐的《钱多多嫁人记》（2011）、《疯狂办公室》（2011）、《屌丝男士》（2012），新浪的《杜拉拉升职记》（2012）等。这些作品对网络剧的题材、制作方式等进行了多种探索，为日后网络剧的飞速发展打下了基础。不过，由于网络剧还是新生事物，加之制作资金投入有限，此时的网络剧精品不多，甚至给人粗制滥造、品质低劣的印象，其中一些作品还存有色情、暴力等三俗内容和价值导向上的偏差。鉴于此，2012年7月9日，国家广播电视总局、国家互联网信息办联合印发《关于进一步加强网络剧、微电影等网络视听节目管理的通知》。可以说，相关规定的出台及一批"问题"网络剧的下架，为规范、促进网络剧的创作生产发挥了重要作用。

3. 发展成熟期（2014年至今）

2014年被称为"网络剧元年"。所谓"元年"，一是主流视频网站将网络剧作为打造品牌的手段，并大力投入自制剧制作；二是网络剧数量超过千集，且多部现象级作品引发公众关注，也渐渐转变网络剧小众、边缘的印象；三是美剧《纸牌屋》进入国内，引起巨大反响，给业界带来了新启示。事实上，这一时期的网络剧已摆脱低成本、小作坊的制作方式。尽管搞笑喜剧类"段子剧"依然高产，但视频平台积极探索剧情类作品生产，比如，灵异题材的《灵魂摆渡》、涉案题材的《暗黑者》等，值得一提的是，搜狐视频以电视剧制作标准推出了《匆匆那年》。

2014年1月，国家新闻出版广电总局印发《关于进一步完善网络剧、微电影等网络视听节目管理的补充通知》，明确了PGC持证制作、UGC实名上传的基本原则，并提出各视频网站自审自播的网络剧、微电影等节目，应在上网播出前完成节目信息备案并取得相应的备案号，否则不得上网播出。其中，一些作品因为内容涉及色情粗俗、封建迷信、血腥暴力等而被责令整改下架，比如，《屌丝男士》《STB 超级教师》《太子妃升职记》《盗墓笔记》《心理罪》《无心法师》《暗黑者》《探灵档案》等。2014 年 4 月 15 日，“一剧两星”政策实施，电视平台购剧能力下降，而此时视频网站成了很好的补充，传统影视公司过剩的产能开始流向网络剧。在这样的背景下，品质不输于优质电视剧的“超级网络剧”诞生了。

2015 年，老牌影视制作行业的执牛耳者纷纷试水网络剧，像慈文传媒、唐人、欢瑞、正午阳光、完美建信等皆有触网作品。比如，慈文传媒的《暗黑者 2》《执念师》《花千骨》，单剧播放量均超十亿；正午阳光的《他来了，请闭眼》成为首部输出电视平台的网剧。这些作品制作精良，品质已不输电视剧，成本投入也远超前期网剧，并以“超级网络剧”的面貌刷新了人们对网络剧粗制滥造的印象，在经济效益、社会效益上取得了双赢。比如，2017 年的《白夜追凶》以豆瓣 9.0 的评分成为当年评分最高的网络剧，Netflix 买下其海外发行权，在全球 190 多个国家和地区播出，也成为首部通过正式渠道在海外大范围落地的国产网络剧。

随着视频平台对剧集需求的不断增长，视频网站逐渐不再将“自制”作为主要方式，转而同影视公司联合出品，或直接购买作品版权在自家平台播出，同时，网络平台也逐渐处于和一线卫视同等的地位，成为剧集出品方必须考虑的投放平台。其间，随着用户不断向互联网终端迁移，互联网平台与电视台之间的关系出现了反转，新媒体采购价格也远高于传统媒体，在此情况下，“先网后台”播出模式出现了，《大军师司马懿之军师联盟》就是一个突出个案。目前，“先网后台”或“网台同步”已成为网络剧、电视剧的主流播出方式。这一现象表明：一方面，网络剧实现了对以往“简单粗糙”的超越，并以“超级剧集”的面貌刷新了用户和行业的认知；另一方面，网络剧集的制作水准、影响力、审核标准等和电视剧渐趋一致，两者以质量为标准的融合创新日趋明显。

（三）网络剧的审美特征

在“互联网 + 文艺”的深度转型和发展中，网络剧与电视剧两者之间越来越呈现相互作用、相互影响的辩证关系：一方面，电视剧所具有的传统积淀优势将进一步发挥，同时，也将反向借鉴、吸收网络剧的新经验、新特征；另一方面，网络剧将进一步释放其带动、辐射的能量，乃至发挥示范、引领的作用。相对电视剧，网络剧有题材类型丰富、观看时间灵活、“网感”和用户体验强等特点，更重要的是，鉴于文化基因、生产特性、用户审美趣味等方面的差异，网络剧在创作、接受等主要方面逐渐形成了鲜明的特色并呈现显著的审美特征。

1. 网络剧的创作特征

（1）多元主体

在传统的艺术创作中，一般说来，网络剧的核心是作者，但从当前产业发展的大视阈来看，或在整个创作生产的产业链中，作者却只是其中的一环。实际上，居于网络剧产业核心的常常是视频网站——它既是播出方，又是出品方、制作方，产业的上下游都在其中。目前，在网络剧创作生产领域，处于领先的视频平台有优酷、腾讯视频、爱奇艺、搜狐视频、乐视网、哔哩哔哩（又称 bilibili 或 B 站）等，它们都有各自的代表性品牌。另一种生产方式是视频网站和传统影视剧制作公司等专业制作、发行机构或团队的合作：一方面，视频网站借助传统影视剧制作公司的资源优势，获得优质、精良的作品；另一方面，传统影视剧制作公司也拓展、扩大了新的业务范围，减少了对电视台的依赖、分散了投资风险。比如，腾讯视频与老牌制作公司慈文传媒合作制作、发行了《暗黑者 2》；爱奇艺与电视剧导演郭靖宇团队合作制作了《灵魂摆渡》等。此外，还有一批新兴的影视制作公司也是重要的制作主体，它们的优势在于熟悉网络文化、擅于运用互联网思维，与网络剧这种新兴文艺样式有着天然的亲缘联系。

（2）IP 改编

IP 改编是网络剧创作生产的重要方式，也是网络剧作品获得点击量与影响力的一条捷径。IP 改编近九成的来源是网络文学，其余是游戏 IP、舞台剧 IP、节目 IP 等。IP 与网络剧的关系比较复杂，可从产业、用户、作品三个维度来分析。首先，在产业的维度上，IP 是互联网资本与影视产业相结合的产物。特别是，粉丝的存在保证了作品的基本盘，因之也使网络文学影视化的价值得以突显。IP 作品是受众真实的需要通过网络的转化而成为从业者可以直观掌握的对象，因此，即使不少改编作品在艺术层面质量不高，但由于作品与受众在文化层面的调性一致，它们仍取得了不错的成绩。其次，从用户的维度来看，IP 是经过市场验证的用户的情感表达，或者说，“用户情感共鸣”是 IP 的核心元素。在这种意义上，IP 不仅意味着文本，还意味着用户群的认可和情感联系。此外，IP 以大数据为基础，可以预示将来的受众在哪里、有什么需求、愿意用什么方式消费这些 IP。最后，从文本的维度来说，与传统的文学艺术改编一样，IP 可为影视剧提供蓝本，或者说，只要能将优秀作品影像化，其社会效益和经济效益就有了一定保证。

当然，随着产业的快速发展，一些急功近利的倾向和做法也产生了一些泡沫，带来了 IP 过热的负面现象，但总体来说，IP 改编与优质原创的相辅相成是网络剧创作生产的一个显著特征和发展趋向。

（3）艺术与技术融合

当前，艺术与技术的融合思维已渗透到网络剧创作、传播、接受和再生产等各个环节和层面。历史地看，网络剧的发生、发展本就带有数字技术的基因。在创作生产中，“大数据”可以用来分析用户的行为与偏好。在观看网络剧时，用户的每一次选择、点击、拖拽、暂停等操作都会产生数据信息，对这些数据进行分析可以帮助网络剧生产者优化创作。作品播出后，用户可以在豆瓣等网站上进行评分、评论，也可以在播放页面、社交网站上留言、讨论，对这些数据进行分析可以汇集人们的口碑，获知用户的正、负面评价，为下一步的创作提供参考。当然，最重要的是，艺术与技术相融合的背后隐藏着互联网时代艺术生产弥足珍贵的“互动性”，它打破了以往“创作者－接受者”二元分离的关系，并赋予用户/观众更多的主动性和创造性。

2. 网络剧的接受特征

（1）受众年轻化

与电视剧不同，网络剧的主要观看人群和目标受众是青年群体。这一特点具有多方面的作用和影响。具体说来，一方面，网络剧作品的题材、内容、情节设计、表现形式，以及语言结构、思想观念、精神表达等都需把握年轻观众的心理，都需更符合青年群体、网生代的口味与需求。在另一个方面，年轻受众长期浸淫于互联网文化，深谙各种网络热点、新兴词汇，熟知在网络上具有独特含义的“梗”，因而，网络剧也就成为他们沟通交往、进行身份认同的独特场域。

（2）观看碎片化

网络剧的接受具有显著的碎片化特征：一是为适应当今快节奏的生活方式，人们习惯用零碎时间来观看剧集；二是移动设备上网的便捷性极大地降低了互联网的使用门槛。在某种意义上说，碎片化、个人化、细分化、年轻化的新观看文化意味着过去几十年来以电视机为家庭活动中心的客厅文化的解体。相比之下，电视观众注意力比较分散，而网络剧用户往往比较专注，同时，移动终端上的视频体验更加私人且灵活，因此也带来了观看场景、内容、时段的细分。如此说来，如何适应网络剧的这种接受特征并积极回应越来越细分的观看需求，对内容提供者既意味着新机遇，也提出了新挑战。

（3）传播交互性

交互性是网络剧接受过程的重要特点。首先，与传统媒介相比，互联网可以让人们更加便捷而有效地表达自己。在网络剧生产、接受的场域，一方面，人们参与的可能、分享的意愿变得更加强烈而实际；另一方面，在交互式、沉浸感的网络世界里，人们互动的需求和个性化的需要也更加容易实现和满足。其次，除了传播者和接受者，用户之间的互动也十分显著。比如，最具网络媒介特色的“弹幕”互动在某种意义上可视为用户在观看网络剧时的一种集体仪式，其中的网络亚文化内容、趣味爱好、情感共鸣等具有认知、认同的巨大凝聚力量。此外，视频网站的页面评论、朋友圈、微博、网络社区、门户网站等都是用户多向互动的场所——它们共同构成了网络剧传播交互的话语场，并对作品的创作、传播、接受和再生产等带来深远的影响。

二　2018年以来网络剧创作生产状况与特点

据国家广播电视总局监管中心发布的《2018 网络原创节目发展分析报

告（网络剧篇)》，2018 年度，全网共上线网络剧 218 部/4145 集，总时长约 138353 分钟。[①] 其中，TOP20 的网络剧作品是：《延禧攻略》《如懿传》《烈火如歌》《独孤天下》《沙海》《飞虎之潜行极战》《萌妻食神》《武动乾坤之英雄出少年》《芸汐传》《宫心计 2 · 深宫计》《三国机密之潜龙在渊》《法医秦明 2 · 清道夫》《人生若如初相见》《结爱 · 千岁大人的初恋》《乡村爱情 10》《媚者无疆》《天意》《柜中美人》《天坑鹰猎》《为了你我愿意热爱整个世界》。[②] 在 2019 年度优秀网络视听作品的评选中，《古董局中局》《家道颖颖之回家》《独家记忆》《人不彪悍枉少年》四部作品脱颖而出。[③] 总体上说，2018 年以来，在政策引导、市场推动和行业自我演进等多重因素的作用下，网络剧创作生产更加讲品位、讲格调、讲责任，进一步向专业化、规范化、品质化方向迈进，在为广大网民提供丰富多样作品的同时，其关注度继续提高、影响力持续扩大。

（一）创作数量大体平稳，内容品质整体提升

据中国网络视听节目服务协会发布的《2018 年中国网络视听发展研究报告》，2014 ~ 2018 年，上线网络剧数量分别为 205、379、349、295、280 部。[④] 近 4 年来，综观网络剧生产曲线，尽管创作数量有起有伏，但总体呈平稳发展态势。同时，在创作生产经验的积累、用户观剧习惯的形成、播出平台的积极推动等多种因素的综合作用下，网络剧已成长为网民熟知、市场认可的新兴网络艺术形式，出现了《延禧攻略》《如懿传》《北京女子图鉴》《端脑》《虎啸龙吟》《古董局中局》《家道颖颖之回家》《独家记忆》《人不彪悍枉少年》等引发广泛关注的作品。

① 国家广播电视总局监管中心：《2018 网络原创节目发展分析报告（网络剧篇）》，www. sohu. com/a/288432756_ 152615。

② 中国网络视听节目服务协会：《2018 年中国网络视听发展研究报告》，https://baijiahao. baidu. com/s? id = 1618428635208726832&wfr = spider&for = pc。

③ 中国网络视听节目服务协会：《2019 网络视听优秀作品》，http://www. cnsa. cn/index. php/special/meet_ details/id/59/type/1. html。

④ 由于统计时间、范围等原因，不同的研究报告在统计结果上有差别。

整体来看，网络剧创作生产在内容品质和制作水准上进一步提升，其中有些作品在专业制作、文化内涵、叙事风格、画面呈现、服化造型等方面有新突破，乃至树立了新的标杆。比如，在艺术叙事上，《快把我哥带走》聚焦当下“二胎”热点话题，打破了二次元与三次元的壁垒，将校园故事、青春热血、家庭亲情用年轻人的方式欢笑呈现；在风格化方面，《延禧攻略》《如懿传》等既呈现传统文化之美，也有可圈可点的镜头语言之美和剧集色调之美。

此外，从类型来看，2018 年原创网络剧依然占主导地位，但 IP 剧热度较高。播放热度 TOP20 的网络剧中，原创剧的数量仅为 2 部，其余 18 部全是优质中小 IP 剧，由此可见，细致打磨和推敲“内容本身”是网络剧发展的不变主题。

（二）题材丰富多样，类型化、差异化向纵深发展

作为蓬勃发展的新兴事物，网络剧创作生产对题材的探索、开掘仍在进行之中，而多样化、差异化是大趋势。2018 年以来，网络剧类型化生产呈现向纵深发展的总体态势，这些多元的题材选择进一步拓展了类型剧的内容边界、满足了不同圈层观众的个性需求。其中，五种题材类型表现突出（见表 2）。

表 2　2018 年以来网络剧五大题材类型

序号	类型	代表作品	创作特征
1	奇幻、科幻、玄幻、魔幻题材	《冒险王卫斯理》《端脑》《万能图书馆》《来到你的世界》等	1. 故事内容涉及灵魂互换、超能力、特异功能、不老不死、平行时空等，多以特殊的人物、环境设定和天马行空的故事契合网生代的审美趣味 2. 由于制作成本大、特效要求高，加之普遍存在剧情单一、缺少波折、人物扁平等缺点，玄幻题材逐渐降温
2	古装宫廷历史题材	《拜见宫主大人》《虎啸龙吟》《开封奇谈》《萌妻食神》《热血书院》《小戏骨包青天》等	1. 内容涉及权谋、情感、玄幻等诸多方面，在思想性、艺术性上呈现新的特点 2. 在古装剧中融入多样现代元素，其中有天马行空和个性十足的“网感”，但也有片面追求“脑洞大开”而带来戏说历史的荒诞

续表

序号	类型	代表作品	创作特征
3	青春校园题材	《一起同过窗 2》《你好,旧时光》《忽而今夏》《单恋大作战》《致我们单纯的小美好》《独家记忆》《人不彪悍枉少年》等	此类题材还出现了《同学两亿岁》《我和两个他》等融合奇幻、科幻等元素的作品
4	罪案刑侦、惊悚悬疑题材	《法医秦明 3》《热血书院》《护宝联盟》《暧昧侦探》《龙探》《炮灰攻略》《沙海》《推理笔记》《古董局中局》等	单一悬疑内容的作品较少,叠加其他要素并以多元融合形态出现的作品较多,比如,科幻 + 游戏、悬疑 + 探案 + 情感 + 快穿等,“悬疑 +”逐渐成为新常态
5	都市生活题材	《北京女子图鉴》《上海女子图鉴》等	有的作品以普通人日常情感为故事主体,也有的在职场故事中穿插情感故事线,反映网民对贴近日常生活、表现感性世界的作品需求较大

（三）现实题材数量增多，“风向标”意义引人瞩目

回顾中国现当代艺术史，“现实主义”是萦绕中国文艺发展的百年美学话题。由于网络剧浓厚的消费文化属性，现实题材创作一直不占主流，但近年来，网络剧创作逐步走出小天地、关照大时代，在现实主义转向中积极关注、介入火热的时代生活，并把艺术地反映时代生活变革和社会现实发展作为自己的美学追求。2018 年以来，现实题材网络剧数量明显增加，其中不乏形成较大影响的头部作品，这些作品聚焦现实、题材广泛，叙事技巧娴熟，写实特点突出。比如，《大明湖畔有人家》以夏家女儿的情感线为贯穿，描绘了一幅丰富多彩、幽默风趣的济南民俗风情画卷，生动地展现了时代的变迁和社会的发展；《乡村爱情 10》取材百姓日常生活，并以其写实风格表现了当前农民积极创业和农村大龄青年婚恋、生活等一系列难题；《北京女子图鉴》《上海女子图鉴》两部作品则聚焦“北漂”“沪漂”女性在大

都市的拼搏经历，并于现代职业女性婚恋观、职业观、金钱观的展现中引发了观众的大量热议和思考；《家道颖颖之回家》以现实主义的创作手法歌颂了好家风的永恒价值；《独家记忆》和《人不彪悍枉少年》用准确的时代特征、真实的生活细节呈现青春的美好，凸显年轻人朝气蓬勃、奋发向上的青春态度。

（四）大型视频网站发力强劲，“竞－合”相长激发能量释放

在现代艺术生产中，影视剧是重装备、大投入、高风险的领域。因此，网络剧生产主体方面的资质、条件、实力等显得格外重要。在网络剧的发展进程中，各大视频网站和平台起到了巨大的推动作用。2018 年以来，大型视频平台持续发力，进一步丰富、完善创作生产机制，不断增强自身优势，引领、辐射和带动作用日益增强。

各大视频网站既是网络剧的主要内容生产方，又是主要传播平台：一方面，继续加大投入，大力培养创作团队，全面参与自制剧、定制剧的策划、制作、发行流程；另一方面，根据各自特点谋划制作、传播等环节的发展策略，并以开放姿态为众多腰部、尾部作品提供传播渠道。2018 年以来，在爱奇艺、腾讯视频、优酷等上线的网络剧总数超九成，其中，大部分头部剧集均有视频网站的深度参与，同时，热播剧目大体是以独播的形式面世。由此观之，在“竞争”“合作”相辅相成的大浪淘沙中，大型视频网站继续保持领先优势，其地位持续稳固，占据市场的绝大部分流量，并进一步拉大了与二、三梯队的差距。

2018 年以来，网络剧创作生产中原创内容持续增长，同时，随着各大视频网站在文创产业布局的深入，产业链上、中、下游的互动进一步增强，文学板块与视频内容的合作联动更加深入（比如，由阅文 IP 改编的《萌妻食神》、阿里文学改编的《S. C. I. 谜案集》等），并且，“超级剧集”数量继续大幅增长。此外，各大视频网站进一步深度参与境外剧的出品，并以网播境外剧的流程引进方式锁定播出权，进一步巩固、提升自身的品牌和优势。

三 2018年以来网络剧发展述评

2018 年以来，在政策、资本、竞争等因素的合力作用下，网络剧创作生产的鲜明倾向是进一步回归理性和常态。具体说来，在政策方面，主管部门接连出台相关法规、意见，以治理影视行业中的诸多乱象；在资本方面，影视行业整体面临“寒冬”，行业间并购减少、上市步伐放缓、产业规模缩水；在竞争方面，短视频迅速崛起，碎片化的娱乐方式挤压网民的观剧时间，网络剧的制作、营销和传播方式等面临新的挑战。总的来说，不管是外部的规范、处境、挑战，还是内部自我提升、完善的愿望，都驱使网络剧创作生产进一步向内容为王、质量为上的一边倾斜，同时，这也在多个方面促进、带动了网络剧创作生产的新发展。

（一）价值导向意识日益自觉，创作、传播秩序进一步规范

近年来，随着投资的迅猛增长、影视娱乐业的火爆繁盛、网络剧数量的井喷式增长，多种负面乱象沉渣泛起。2018 年，相关政策、通知陆续出台（见表 3），有力、有效地促进了包括网络剧在内的影视艺术创作生产的良性发展。其中，在政策引导、观众需求等多方面的作用下，正确的价值导向意识日益自觉，网络剧创作生产进一步突出审美内涵、传承中华优秀传统文化、打造精品亮点。事实上，精神引领、艺术价值和互联网思维的融合进一步规范了网络剧的创作、传播秩序，既营造了一种良好的文化语境，又使价值导向意识、精品意识渗透到创作生产的各个环节与层面，极大地促进了网络剧的健康发展。

（二）调整、升级成为创作生产的总基调

2018 年以来，在多元审美话语、多种影响因素合力作用的文化语境中，“调整”与“升级”进一步成为网络剧创作生产的总基调。就“调整”来说，各大视频网站进一步优化网络剧的分账模式，鼓励优质内容的入驻。比

表 3　2018 年网络剧相关政策

序号	时间	政策文件	主要内容
1	2018 年 3 月	国家广播电视总局发布《关于进一步规范网络视听节目传播秩序的通知》	坚决禁止非法抓取、剪拼改编视听节目；进一步加强网上片花、预告片等网络视听节目的管理
2	2018 年 6 月	中央宣传部、文化和旅游部、国家税务总局、国家广播电视总局、国家电影局等联合印发《通知》	加强对影视行业天价片酬、"阴阳合同"、偷逃税等问题的治理，控制不合理片酬，推进依法纳税，促进影视业健康发展
3	2018 年 10 月	国家广播电视总局发布《关于进一步加强广播电视和网络视听文艺节目管理的通知》	坚决遏制追星炒星、泛娱乐化等不良倾向；鼓励以优质内容取胜，不断创新节目形式，严格控制嘉宾片酬；加大电视剧网络剧（含网络大电影）治理力度；坚持同一标准、同一尺度；坚决打击收视率（点击率）造假行为；不得恶性竞争、哄抬价格购买播出电视剧网络剧（含网络大电影）；不得以明星为唯一议价标准；建立节目综合评价体系等

如，优酷、爱奇艺、腾讯视频三大平台网站都摆脱“唯点击率”或“买断”的旧规，其分账模式设计更加公开、细化和多元，并使制作方的收入与视频流量、网络剧热度、制作成本、制作水平等紧密联系起来。在优质内容的争夺中，这给优秀制作公司带来利好，也为其提供了更多的保障与选择。

就“升级”而言，最突出的是网络剧制作水平和质量水准的升级。一是更多拥有丰富影视剧制作经验的知名导演参与网络剧创作，这直接带来了作品水平的提升；二是理性投资意识增强，而投机资本减少；三是“IP + 流量明星”的简易模式逐渐失去昔日的“威力”，不再是屡试不爽的“杀手锏”，比如，由鹿晗/关晓彤主演的《甜蜜暴击》、杨幂/阮经天主演的《扶摇》、杨洋/张天爱主演的《武动乾坤》等，无论是口碑还是收视率都差强人意，相反，像《你好，旧时光》《蔚蓝 50 米》等新人主演的作品虽无大咖加持，但因制作精良、剧情紧凑等鲜明艺术特点赢得了观众的欢迎与好评。

（三）探索创新迈出新步伐，优质作品走向更大舞台

在艺术、技术、市场等多种因素及其相互作用构成的媒介新生态和艺术新生态中，探索创新是网络剧发展的不竭动力，也是其生存发展的必然要求。2018年以来，网络剧创作生产继续在探索创新的道路上迈出新步伐。择要说来，以优质作品为前提，以下六点显现了网络剧新的风貌和特色。

1. “短剧集”是网络剧创作生产的新宠

随着智能手机用户的逐年增多，着意于付费观看、适合流媒体观看的剧目成为主流。所谓“短剧集”，一般是指集数在30集以内、每集时长不超过40分钟的网络剧。传统电视剧的“集数”通常意味着广告收入和收视保障，但对视频网站来说，用户付费模式变得越来越重要。这意味着，网络剧并不是越长越好，而是要求有高品质和快节奏。比如，爱奇艺推出了“海豚计划”，这一计划类似Netflix的盈利模式，其核心是付费会员可以观看大量剧集短、质量高且一次性推出的网络剧。实践表明，这种“高质量”的付费收看模式有良好的吸引力和发展前景。事实上，圈层爆款的热门短剧具备节奏紧凑、故事引人入胜、演员演技在线、制作精良等特点，助推网络剧行业快速发展。

2. IP剧热度居高不下

2018年以来，在网络剧创作生产的总体格局中，IP剧热度较高。比如，在播放热度TOP20的网络剧中，原创剧的数量仅为2部，其余18部全是IP剧。如此看来，进一步聚焦“内容”本身的打磨和推敲并推出更多更好的原创作品是网络剧发展中的重要命题。

3. 播出方式多样探索

具体有四种表现。一是独播策略。“独播”有益于打造垂直品牌、增强竞争力。在优酷、爱奇艺、腾讯视频等上线的网络剧中独播剧占比超90%，比如，爱奇艺的“爱青春剧场”“奇悬疑剧场”，腾讯视频的《如懿传》全网独播。二是季播策略。“季播”对网络剧的内容提出了更高要求，亦可形成良性循环，有益于提升质量、打造品牌，还有益于在剧集更新上呈现差异

化。三是日播、周播策略。其中，每周更新1～2集的播出节奏居多，但不同的平台各有特点，比如，优酷以日播为主，爱奇艺以周播为主，腾讯则日播、周播各占一半。四是“出圈”策略。即，各大视频平台先抓住某个圈层的核心用户，再突破圈层，依靠口碑传播获得大众共鸣，进而期望打造头部爆款。

4. 接收终端进入“多屏时代”

各视频平台打出组合拳，使手机屏、iPad屏、电脑屏、电视机屏等“跨屏化”观看网络剧成为现实。各视频平台还为用户提供了更加多样的选择。比如，各大视频平台实行会员制，VIP可以抢先观看；为满足受众的多样化需要，推出节省时间的1.5倍速、2倍速等观看选项；甚至，为填满网民的碎片化时间，视频平台推出了几分钟的槽点集合、剧集高潮CUT版、混剪版等。

5. 传播渠道多元并存

网络剧的传播渠道经历了“先台后网”到“台网联动”“先网后台”的位移。尤其是后两种方式逆转了此前业内对电视渠道和网络渠道分众观看的认知，也反映了资本、风向、话语权等之间的复杂关系。

6. 网剧“出海”成新常态

在网络剧的海外传播方面，继《白夜追凶》被Netflix购买发行权并全球播出后，《延禧攻略》等在一些东南亚国家掀起了观赏热潮。可以说，这既拓展了网络剧的传播范围、提升了网络剧的影响力，同时，也进一步促进了优质网络剧的创作生产。

可以预见的是，随着产业链继续延伸、IP的全线开发在探索中前行、网络剧培养人才能力增强、超级剧集时代推动，网络剧的创作生产将进一步向着更健康、更有序的精品化、正规化方向发展，并进一步强化、提升其在网生内容产业的重要地位和作用。

B.4
网络综艺发展状况

郑向荣　杨玳婻*

摘　要： 在丰富多样的网生内容中，网络综艺以其轻松、活泼、娱乐性强等特性而广受人们的欢迎。2018 年以来，网络综艺创作生产呈现质量双飞，类型题材多元，内容细分加深，精品化趋势增强；节目原创度高，用户定位精准，“周边”开发成新常态；大投入风行，头部爆款、小众题材精彩纷呈，人气阵容成亮点；“综 N 代”IP 化，产业链优化完善，变现渠道多样化等显著特点。其中，在价值导向上，政策法规监管、引导促进创作生产健康发展；在竞争与合作的交织中，大型视频网站大力推动，引领网络综艺发展潮流；在生产升级方面，破解发展误区，构建创新发展的新生态。

关键词： 网络综艺　精品化　节目原创　综 N 代

网络综艺是各种综艺节目形态与互联网联姻后产生的重要网络文艺表现形态，是一种具有多种样式和多样功能的开放性、综合性的视听节目形式。随着互联网基础资源日益丰富、应用领域不断拓展、网民规模和普及率不断

* 郑向荣，中国传媒大学戏剧影视学院教授、硕士生导师，主要研究领域为戏剧与影视学；杨玳婻，文学博士，中国文联网络文艺传播中心新媒体联络处副处长，主要研究领域为传媒文化、网络文艺和影视产业。

提高，2018 年以来，在多年积累的丰富经验和实践成果基础上，网络综艺市场整体投资规模进一步增长。[1] 头部网综以独播、真人秀节目为主，创作生产精品意识进一步增强、原创能力和水平进一步提升、市场投资规模进一步扩大，呈现繁荣兴旺的新景象和创新发展的新前景。

一　网络综艺概述

近年来，我国综艺节目数量整体呈上升态势，与此同时，互联网技术和新媒体发展的助推、移动端成为重要的传播渠道和载体、大众观看视频习惯的变化、大众碎片化时间的消费需求，以及资本的大量涌入、优质内容生产者的积极参与等多种物质基础和生产力因素的合力作用使网络综艺创作生产迎来爆发性增长。其中，创作生产在内容上日益注重品位、格调，在形式探索上不仅深挖网民精神需求，还重视叙事风格、布景音效等的创新突破，形成了内容更丰富、题材更全面、形式更多元的发展格局。从产业发展的维度来看，网络综艺是继网络剧之后的又一个“新兴网生内容”，精品化趋势、主流化特点营造了良好生态，社会影响力进一步提升，成为各大视频平台和专业制作机构等争夺网络用户的重要阵地。

（一）网络综艺的内涵与分类

1. 网络综艺的内涵

一般来说，网络综艺（简称网综）是指由视频服务商、制作机构或个人创作生产，以网络平台为首播渠道、以网络观众为主要受众群体，综合运用各类视听表现手法、广泛融合多种艺术形式进行艺术创作的视听节目。其中，“以网络平台为首播渠道”是网络综艺区别电视综艺的显著标志。此外，从更大的范围来说，“多版本节目”和“衍生节目”所用素材由主体节目拍摄过程产生或与主体节目情节设置有相通性，并且，它们的制作播出已成常态化，因此，这两类节目形

① 据中国网络视听节目服务协会发布的《2019 年中国网络视听发展研究报告》，2018 年网络综艺市场整体投资规模达 68 亿元，同比增长 58.1%，www.cssn.cn/yingshi/yingshi_gghy/201906/t20190613_4917143.html。

态亦可纳入“网络综艺”的范围。其中，前者是对原版节目的重新编排（比如，增加花絮、互动内容等），后者是围绕节目本身、在原有素材上进行的二次创作。

2. 网络综艺的分类

相比网络剧、网络电影等网络文艺表现形态，网络综艺属于非剧情类作品，其边界相对模糊，分类也复杂多样。首先，从节目内容和形式来看，网络综艺是对多种文艺形式的融合和再度创作，近年来，在政策引导与市场推动下，其内容不断扩展、形式不断创新，因而，混搭各种元素的节目比较常见。其次，从节目制作的角度来看，网络综艺创作主体多元，节目制作水准参差不齐，这既带来了网络综艺题材内容的丰富多样，也给其分类带来诸多困难。最后，在观众喜爱偏好的维度，网络综艺有搞笑、美食、音乐、旅游、时尚、情感、才艺、健康、选秀、亲子、游戏、话题、家装等题材，其中涵盖竞秀养成类、生活服务类、娱乐报道类、单项艺术类、综艺晚会类等多种类型。如果按照简单、实用的原则来划分，网络综艺大体可分为“真人秀类”“访谈脱口秀类”“音乐类”“互动娱乐类”“文化科技类”“晚会类”等，同时，其下还会有细分的亚类型（见表1）。

表1　网络综艺的分类

序号	主类型	亚类型	代表性节目
1	真人秀类	生活/旅行体验型	《哈哈农夫》《野生厨房》《变形计之平行世界》《我们的侣行》《月是故乡明》《好汉两个伴》《奇遇人生》《锵锵行天下》等
		游戏生存型	《火星研究院》《勇敢的世界》《了不起的兽人族》《明星大侦探》《王者出击》等
		少儿亲子型	《超能幼稚园》《放开我北鼻》《萌仔萌萌宅》《童游记之诗意唐朝》等
		婚恋/情感交友型	《爱的时差》《我家那闺女》《送一百位女孩回家》《女儿们的恋爱》《幸福三重奏》《妻子的浪漫旅行》《喜欢你我也是》等
		职业观察型	《我和我的经纪人》等
2	访谈脱口秀类	主题辩论型	《奇葩说》《黑白星球》《娘娘说》《言值大作战》等
		知识分享型	《晓说》《罗辑思维》《一千零一夜》《听说》《局部》等
		话题谈论型	《暴走法条君》《火星情报局》《秦朔朋友圈》《大头圆桌会》《圆桌派》等
		吐槽评论型	《暴走大事件》《笑工坊》《吐槽大会》《唐唐说电影》等
		人物访谈型	《拜托了冰箱》《大牌驾到》《拜托了衣橱》《姐姐好饿》《无与伦比的发布会》等

续表

序号	主类型	亚类型	代表性节目
3	音乐类		《我是传奇》《中国有嘻哈》《声入人心》《明日之子》《偶滴歌神啊》《这！就是原创》《乐队的夏天》《我是唱作人》等
4	互动娱乐类	趣味演绎型	《爱笑会议室》《超凡小达人》《就匠变新家》等
		专业竞演型	《青春有你》《创造 101》等
		体育竞技型	《火星世界杯》《机器人争霸》《这！就是铁甲》《大冰小将》《奇兵神犬》等
5	文化科技类	读书分享型	《一本好书》《读书人》等
		文玩博物型	《百心百匠》《博物奇妙夜》《了不起的匠人》《脑洞大开博物馆》《上新了·故宫》《纳兰夜话》等
6	晚会类		网易“2002 年虚拟春节联欢晚会”、新浪“2006 全球华人春节网络联欢晚会”、虎年网络大过年、首届央视网络春晚、首届农民网络春晚以及全国各地的网络元宵晚会、网络中秋晚会、网络元旦晚会、网络动漫春晚等

（二）网络综艺的发展历程

在早期发展中，网络综艺节目多为小成本、粗制作、缩略版，且缺乏独立性。直到 2007 年，搜狐视频的《大鹏嘚吧嘚》上线并以其真实、有趣、接地气等特点让人耳目一新，获得良好反响。此后，在竞合过程中，一方面，电视综艺节目的网络播出成本持续攀升；另一方面，网络视频用户规模的增长、平台付费模式的日渐成熟、网络综艺的广告价值走高、商业转化率增强，加之政策调控的助推，使得网络综艺创作生产逐渐走出了一条兴起、繁盛之路。概括说来，网络综艺的发展历程可简要分为以下三个阶段。

1. 萌芽生长期（2002 ~2010年）

这一阶段出现了几个标志性的节目，并有力推动了网络综艺的发展：一是网易旗下频道社区联合相关机构推出“2002 年虚拟春节联欢晚会”，它以生动的网络文字、Flash 动画和声情并茂的影像等区别于传统的 CCTV 晚会模式，开网络综艺晚会的先河；二是“2006 年全球华人春节网络联欢晚会”充分发挥网络特点和优势，开启了与电视截然不同的互动模式，并将娱乐空间从舞台扩展到 PC 端，突破电视媒体的固有模式，带给广大观众新鲜的审美体验；三是 2007 年，搜狐视频推出《大鹏嘚吧嘚》，该节目开始固定时间和形式，标志着网络自制综艺的开始；四是中国网络电视台 2010 年开播《明星来了》，并以其专业性和影响力拓展了网络自制综艺的发展空间。总的来说，这一阶段的网络综艺伴随着互联网技术和新媒体的发展而发展，一些门户网站和传统主流媒体开始布局，可视为网络综艺的肇始，但此时的网络综艺大多制作成本低廉、节目类型单一，且不少节目“搞笑”成分浓厚，乃至靠大尺度吸引眼球，与电视综艺相比，数量和质量都相去甚远。

2. 探索发展期（2011 ~2014年）

这一时期网络综艺的创作生产有两个突出特点。第一，视频网站迅猛发展，网络综艺制作投入加大。从 2011 年开始，资本市场开始逐步关注视频网站的建设，其中有几个事件标志着视频网站的格局逐步形成：2012 年 8 月 20 日，优酷土豆集团公司正式成立；2013 年 5 月 7 日，百度宣布以 3.7 亿美元收购 PPS 视频业务，并将 PPS 视频业务与爱奇艺进行合并，PPS 将作为爱奇艺的子品牌继续保留；2013 年 10 月 28 日，苏宁宣布向 PPTV 投资 2.5 亿美元，占 PPTV 股份的 44%，成为第一大股东。随着视频网站的发展，网络综艺创作生产在资本投入的保证下进一步开启了内容和形式的创新发展。第二，节目类型以语言类为主，虽较显单一，但成就了新起点、呈现了新气象。比如，2011 年 7 月，由奇艺网和台湾金牌综艺制作团“金星娱乐”联袂打造、台湾新生代主持“小天王”陈汉典主持的《爱 GO 了没》上线；2012 年 3 月，高晓松主持的网络脱口秀节目《晓说》上线，着力打造视频化的“高晓松专栏文章”；2012 年 6 月，爱奇艺重金打造、著名相声演员郭德纲倾力加盟主持的大型评论性脱口秀节目《以德服人》上线，该节目被称为互联网多媒体平台上第一档高端评论性脱口秀节目。这三档节目均属语言类，尽管相较电视综艺的水准仍有较大差距，但亦表明网络综艺已处于蓄势生长的状态，并预示了一些创新性、高质量节目的出现。实际上，2014 年《奇葩说》的大获成功离不开这种经验积累和发展动能。

3. 创新突破期（2014年至今）

2014 年被称为网络综艺的自制“元年”，“爆款面世”“数量翻番”是其显著标志。近年来，各大视频网站尤其是占主导地位的几家巨头纷纷制订自制内容计划，且有 100 多档网络综艺节目上线，制作水平和节目数量也大大提高。2014 年，爱奇艺打造的中国首档说话达人秀《奇葩说》横空出世，节目旨在寻找华人华语世界中观点独特、口才出众的“最会说话的人”，一经播出，口碑、播放量大获全胜，产生了前所未有的影响，同时也颠覆了人们对网络综艺的固有观感。2015 年，网络综艺热度继续，内容也越发优质，《歌手是谁》《好笑头条君》《你正常吗》《隐秘而伟大》等引发全行业对网络综艺的高度关注。2016 年以来，在视频网站的大力推动下，网络综艺创作生产高速发展，数量居高不下，内容和形式更加丰富多样。特别是，一批传统电视人、制作公司和机构等纷纷进军网络综艺场域，致使众多节目在投资成本、制作水准、节目阵容、节目形式等方面均可与传统电视综艺相媲美，同时，也使得网络综艺成为“网生”内容的重要组成部分。

（三）网络综艺的审美特征

当前，集娱乐性、艺术性、思想性于一体的网络综艺节目已渗透到人们的日常生活中，在满足大众文化消费需求的同时，也极大地影响着当代审美文化的风貌，甚至像一面镜子，清晰地映射大众的趣味、爱好及其发展变化。和电视综艺相比，网络综艺突破了传统的闭合圈模式，使艺术信息传播中主客体的交互作用进一步泛化、艺术的雅俗共赏得以实现，并形成了新的审美特征和富有活力的审美生态体系。

1. 网络综艺的创作特征

在互联网文化语境中，面对“传统－现代”的张力结构，网络综艺创作生产的最大特点莫过于“艺术思维”上的变化。一方面，参与、分享、互动和个性化等是互联网媒体区别于电视媒体的显著特点；另一方面，在互联网时代，资本、市场等因素具有巨大的制约作用和影响力。如此一来，在丰富的实践中，网络综艺创作生产逐渐形成了以“网感”为表征、以“时尚体验”为内容、以“互动交流”为核心的表达方式，同时，也呈现创作灵活、原创度高、更新速度快、内容风格多元、高频即时互动等鲜明特性。

可以说，这种“表达方式”和“鲜明特性”深刻地塑造着网络综艺创作生产的艺术思维，并在题材类型、受众体验、思维方式、节目设计、话题选择、网络语言等方面打下了鲜明的烙印。比如，《奇葩说》《吐槽大会》《拜托了冰箱》等网综，即使形式较简单，但所讨论的话题大多从私人领域出发而达于公共领域，其内容涉及青年亚文化的诸多方面，接地气、贴近生活、蕴含着丰富的思想和情感体验，因而深受青年群体的喜爱和追捧。在某种意义上，这也证明了“网感”所具有的强大力量。

2. 网络综艺的接受特征

网络综艺用户的主体是年轻人群，因此，充分把握和满足年轻人的审美需求往往是网络综艺节目迈向成功的第一步。与之相应，网络综艺在审美接受上具有“年轻化”“互动化”等鲜明特征。就“年轻化”而言，一是参与主体的年轻化。这既是一种现实需要，又是一种策略设定。二是节目语言的年轻化。比如，在节目命名上，相比电视综艺的“中规中矩”，网综节目体现了醒目的时尚、潮流乃至诡异的特点，爱奇艺的《偶滴歌神啊》《中国有嘻哈》、腾讯视频的《作战吧偶像》《明日之子》等即是典型的代表。三是主题设置及节目理念等强化个性化、追求自我。比如，《偶滴歌神啊》消解严肃、专业性等核心评判标准，打出“非大型、不靠谱、伪音乐”的口号，并自称为“解压”节目；《明日之子》作为一档音乐偶像养成节目，通过“美颜”“实力”“才华”三大赛道来强化选手的个性特征，并以“就这样唱”为节目口号。四是在题材选择方面，网络综艺更多地关注“小众”，越发偏向年轻人喜爱的题材。比如，网综音乐类节目中很多是电音、嘻哈、古风、二次元歌曲等，而少见民歌、美声之类。

就“互动化”来说，互联网具有开放、平等、互动的特性，青年用户具有思维灵活、活泼好动、视野开阔等特点，而受两者的制约和影响，网综节目大多将实时性、互动性、体验性的直播模式作为其最佳选择。事实上，在直播观看中，观众有更大的互动空间，且实时播出可以使观众更能感受到节目的真实性，因此，在技术升级和专业化制作的助推下，“互动化”的直播模式越来越受欢迎。比如，腾讯视频的《明日之子》除了前3期初选是录播外，之后的12期比赛均为每周直播，且平均时长达3个小时。此外，节目在获得诸多关注、强化话题焦点的同时，即时“弹幕”进一步增强了观众的体验感，使互动的规模、影响等成为节目成功的重要因素。

二　2018年以来网络综艺创作生产状况与特点

据国家广播电视总局监管中心发布的《2018网络原创节目发展分析报告（网络综艺篇）》，2018年度，在爱奇艺、腾讯视频、优酷、芒果TV等21家网站上线播出的网络综艺节目共385档（其中重点节目214档、多版本节目48档、衍生节目44档）、10912期，总时长约237400分钟，相较2017年的各项指标呈进一步增长态势。[①] 豆瓣评分排名前十的有：《一本好书》(9.3)、《奇遇人生》(9.2)、《圆桌派3》(9.2)、《锵锵行天下》(9.1)、《明星大侦探3》(9.1)、《博物奇妙夜》(9.0)、《这！就是街舞》(8.6)、《晓说2018》(8.5)、《这！就是铁甲》(8.1)、《放开我北鼻3》(7.7)。此外，热度较大的网络综艺节目还有《创造101》《明日之子2》《偶像练习生》《热血街舞团》《勇敢的世界》《幸福三重奏》《中国新说唱》等。在2019年度优秀网络视听作品的评选中，《考不好　没关系？》《奇遇人生》三档节目脱颖而出。[②] 另据中国网络视听节目服务协会于2019年5月27日发布的《2019年中国网络视听发展研究报告》，2018年新播国产网综节目数量为162档，较去年增长14.1%。头部、腰部网综全面升级，尾部网综市场进一步被压缩，进入更为激烈的竞争阶段。访谈脱口秀类综艺最

① 国家广播电视总局监管中心：《2018网络原创节目发展分析报告（网络综艺篇）》，www.sohu.com/a/278415411_692735。

② 中国网络视听节目服务协会：《2019网络视听优秀作品》，http://www.cnsa.cn/index.php/special/meet_details/id/59/type/1.html。

被看好，原创文化类节目“逆袭”突破。[①] 在平台方面，腾讯视频、爱奇艺、优酷、芒果 TV 四足鼎立，但未来仍有行业地位洗牌可能。总体上看，2018 年以来，网络综艺整体格调积极健康，节目品质直追电视综艺，在备受观众喜爱的同时，其社会影响也进一步扩大，并呈现以下显著特点。

（一）质、量双飞，类型题材多元，内容细分加深，精品化趋势增强

经历了前几年的逐渐兴起到资本狂热追逐的粗放式量产，加之监管机制和自律机制的不断完善，2018 年以来，网络综艺制作进入一个相对冷静期，并逐渐向精品化创作生产时代迈进。

首先，在数量激增的同时，越来越多的节目更加注重品位、格调，低俗倾向得到扭转，内容品质有了显著提升，并通过积极探索，进一步提升内涵表达和精神高度。特别是，头部节目在主旨、题材、形式等方面下大功夫，力求出新出彩；一批超级网络综艺产生了较高的社会影响力，甚至成为一段时期的社会热点热词，进一步聚集了一批粉丝。究其原因，一方面，资本、资源的聚集效应进一步凸显，更多拥有丰富制作经验的传统电视人纷纷投身网络综艺的制作，为网络综艺发展注入了强劲动力；另一方面，随着监管加强、政策收紧，一些打擦边球、博流量的节目受到限制，而那些以更时尚玩法、更“网感”表达、优质内容取胜的精品化制作和超级网络综艺成为双赢的重点。

其次，在题材类型方面，随着类型化生产经验的不断丰富，网络综艺节目在内容、题材等方面均有进一步的开拓，细分程度逐步加深，并涉及文化、科技、生活、才艺、婚恋等社会生活的诸多领域和方面。比如，在前些年竞技、选秀节目的基础上，竞秀养成类节目异军突起，《偶像练习生》《创造 101》等更加突出“养成”概念；互动娱乐类节目着重提升品质，趣

① 中国网络视听节目服务协会：《2018 年中国网络视听发展研究报告》，https://baijiahao.baidu.com/s?id=1618428635208726832&wfr=spider&for=pc。

味性、娱乐性增强；文化科技类节目持续发力，《一本好书》《博物奇妙夜》等选材广泛、呈现方式翻新、文化内涵较深。此外，还出现了多档选材新颖的节目，比如，爱奇艺的《机器人争霸》、优酷的《这！就是铁甲》等将科技元素融入节目之中，展现机器人格斗场景，制作也较精良。

最后，就制作机构来说，视频网站和各专业机构仍是主力，但也呈现一些新情况。一是头部、腰部网综全面升级，尾部网综市场进一步被压缩，进入更为激烈的竞争阶段。2018 年全网新上线网络综艺节目 162 档，其中，腾讯视频、爱奇艺分别上新 63 档、55 档，在整体中的占比均在 30% 以上，优势明显；优酷、芒果 TV 的数量分别为 24 档、22 档，占比在 13% 左右。[①] 二是随着传统制作机构、专业制作人的陆续加入，以及直播平台、营销公司、平台内部制作团队的纷纷涌入，视频网站独立制作、参与制作的节目数量虽有增长，但占比呈下降态势，而专业机构制作出品数量则升幅较大乃至占据大部分市场。三是平台与制作方的合作模式亦逐渐清晰化、成熟化，具体可分为联合投资、委托制作、资源投入、平台分账、版权采购等。四是作为网络综艺节目制作的重要主体，腾讯视频、爱奇艺、优酷、芒果 TV 等主流视频网站和平台在激烈的竞争中各出奇招、差异化发展，进一步形成了垂直深耕、侧重不同领域发力的局面。比如，优酷布局综艺矩阵、主打青年路线，腾讯视频打造偶像养成类节目、结合内部 IP 孵化与外部 IP 引进，爱奇艺开设内部工作室强化原创自制、挖掘小众圈层的开发潜力，芒果 TV 重视口碑和流量双收，以独特内容借势乘风突进。[②] 可以说，通过深耕主流类型与垂直领域、注重新技术的创新突破、引进国外优秀模式、加强版权布局、强化营销价值等多方面的努力，各大网站平台有力推动、促进了网络综艺创作生产逐步走出“野蛮”生长模式，朝着精品化方向发展。

---

① 中国网络视听节目服务协会：《2019 网络视听优秀作品》，http：//www.cnsa.cn/index.php/special/meet_ details/id/59/type/1.html。

② 鲸准研究院：《2018 年中国网络综艺报告》，https：//www.jingdata.com/article/8.html。

（二）节目原创度高，用户定位精准，“周边”开发成新常态

由于制作环境相对宽松，且年轻受众对新鲜内容的接受度和期待度更高，网综原创度和创新力远高于传统电视综艺节目。在节目模式来源方面，据国家广播电视总局监管中心发布的《2018网络原创节目发展分析报告（网络综艺篇）》，在2018年度上线的385档节目中，属于引进境外节目模式的有16档，仅占全部节目的4%，部分节目在引进后还成功实现了本土化改造。尽管仍有个别节目被指涉嫌抄袭、照搬境外节目模式，但优质原创节目的发展仍鼓舞人心。不仅如此，2018年以来一批节目通过自我沉淀，不断创新升级节目内容和形式。特别是，通过精准定位受众的类型偏好来选择制作相关主题的节目，在满足不同群体需求的同时，还取得了较高的观众接受度，获得了高收视和高评分，甚至达到与传统电视综艺并驾齐驱的地位和影响力。

此外，多版本、衍生、先导预告等“周边”节目的走红，亦是网络综艺形式创新的一大亮点，已成为头部节目的新常态。这种“新常态”的形成是各大视频网站为扩大其超级网络综艺影响力的必然选择和结果。比如，《创造101》通过加长节目内容、展现全部训练过程和导师/选手日常生活等方式，开发了《创造101悠享版》《创造101导师教师》《101进阶练习室》《101宿舍日记》《创造101评级连连看》等衍生节目。大量开发衍生综艺既可以进行热度营造、拓展节目的影响力，又可以提高素材、资源的利用率；既可以延长节目的后续影响、增加用户付费，还可以满足不同观众群的需求，是一种多方共赢的创新之举。

（三）大投入风行，头部爆款、小众题材精彩纷呈，人气阵容成亮点

随着网络综艺创作生产的日渐成熟和迅速发展，市场投资规模大幅提升。其显著表征是：大制作节目增多，超级网络综艺大量涌现。2018年以来，基于各平台对头部内容的角逐，各大视频网站推出了一系列节目，比

如，爱奇艺的《偶像练习生》《热血街舞团》《中国新说唱》、腾讯视频的《创造101》《即刻电音》、优酷的《这！就是街舞》《这！就是对唱》、芒果TV的《妻子的浪漫旅行》《勇敢的世界》等。其中，大体量、大制作、大明星已成标配，一些节目的制作成本甚至达亿元级，这庶几表明网络综艺“大时代”的来临。

在题材、内容上，以超级网综为代表的头部节目引领作用强劲，有的节目通过文物、图书等文化载体带领观众探寻历史时空和精神世界，有的节目积极回应观众在衣食住行等方面对美好生活的期待，有的节目充分呈现特定艺术形式和竞技活动的魅力等。这些节目在青年网民文化生活中具有强大的话题引领能力。相映成趣的是，垂直选题节目因鲜明的互联网特色而备受关注，尤其是，“小众”题材制作引人瞩目，比如，各大平台相继推出的男团女团、电音、街舞、说唱、机器人格斗等节目脱颖而出。这些小众题材往往以青年人的兴趣为导向，并深挖、放大内容的特异性乃至“奇观化”，对青年观众有着特殊的吸引力，是网络综艺节目创作发展的一条新路径。比如，芒果TV的《勇敢的世界》以2018年大热的《绝地求生》等游戏为原型进行综艺化创作，由于游戏玩家数量大，加之明星阵容，节目在实战性、纪实性的全方位展现中赢得了一批受众的欢迎和喜爱。

此外，和网络剧、网络电影等相比，网络综艺节目一般需要主持人、嘉宾的参与。主持人主要有三类：电视节目主持人、各个领域的专家学者和草根；嘉宾的类型则丰富多元，除大众熟知的明星、艺人外，还有学者、运动员、网络红人、微博大V等。2018年以来，主持人、嘉宾的出色表现与相关节目的火爆相互辉映，既呈现了一道道独特的风景，还成就了一批“网红”。

（四）“综N代”IP化，产业链优化完善，变现渠道多样化

2018年以来，网络综艺“综N代”节目表现亮眼并持续获利。就实际操作来说，在第一季取得成功后以之为IP并开发“第N季”，既有利于将节目价值最大化，也能留住特定的观众群。比如，优酷的《了不起的匠人

3》《圆桌派 3》、腾讯视频的《明日之子 2》《吐槽大会 2》《我们的侣行 2》、爱奇艺的《无与伦比的发布会 3》、芒果 TV 的《明星大侦探 3》等。对视频平台来说，系列化开发对降低投资风险、培育节目品牌、提升节目的变现能力有重要意义，但由于节目数量增多、市场不断优化、观众素质提高、节目创新乏力等，一些“综 N 代”节目也出现了关注度降低、影响力减弱等情形。因此，网络综艺“综 N 代”须在原有节目要素的基础上增加新创意，在节目模式、结构设置、内容把握等方面进一步优化发展，否则，一些固步自封、创新乏力的节目将难以承受市场的检验而被淘汰出局。

就网络综艺市场来说，2018 年以来，随着内容制作、广告植入、艺人收入、节目播出等环节的进一步规范、优化，网络综艺上、中、下游产业链更趋健康、变现渠道更加多元。具体说来，在上游部分，原来单一的制作机构逐渐转变为了多方、多领域参与。比如，广告商、广告代理公司、艺人经纪公司等参与到网络综艺制作过程中来，像《吐槽大会 3》在节目中运用短视频的方式设置“隔屏吐槽”环节，一些网络综艺在内容中插入符合节目调性的剧情广告等。在中游部分，网络综艺的播出平台逐渐由原来的国内视频网站、电视台向国际视频平台进行分销，更多网络综艺模式得到国际认可。在下游部分，商业化内容变现渠道得到加大拓宽。比如，在前向付费方面，视频网站的会员建设、节目付费等方式不断加强和改进；在后向付费方面，广告收入、艺人经纪、线下演出、版权分销、节目模式售卖等都为网络综艺的商业化变现提供了更多渠道。

三　2018年以来网络综艺发展述评

2018 年以来，网络综艺创作生产进入承上启下的发展关键期：一方面，内容、质量在丰富实践中不断提升，政策法规不断完善，市场格局大致形成；另一方面，在内容制作、产业开发、技术提升、媒介融合、创新实践、审美趣味等方面仍需优化、完善，以便进一步开拓健康、可持续发展的新路径、新空间。

（一）价值导向：政策法规监管、引导，促进创作生产健康发展

在经历了前几年资本狂热的爆发式量产阶段后，网络综艺生产逐渐趋于理性、成熟。其中，相关政策法规的监管和引导发挥了重要的作用，确保了网络综艺朝着更健康、更积极的方向迈进。

就文化内容而言，相比电视综艺，网络综艺的主要特点之一是其具备符合互联网特质的“网感”。所谓“网感”，是指它蕴含着新生的、草根的、多元的、富有青春朝气的丰富内容。具体就网络综艺来说，它所表现的更多的是一种“小众”文化，在某种意义上，这也是一些网络综艺受到欢迎的原因之一。比如，《吐槽大会》表现的吐槽文化、《拜托了冰箱》表现的“宅文化”、《中国有嘻哈》表现的嘻哈文化等。网络综艺具有表征新的文化内容的独特优势和功能，因此，针对年轻人的个性追求、价值表达和对多元文化的包容态度，艺术地传达那些富含年轻化、个性化的文化内容常常能使一些网络综艺节目获得成功。当然，在一些网络综艺节目中，小众文化的运用也存在问题。比如，一些竞秀养成类节目刮起了“新风潮”，但也因片面追求所谓“轰动”效果、点击量等而在价值引领方面有所欠缺，也引发了一些非理性的追星现象。为此，2018 年 7 月，国家广播电视总局就做好暑期网络视听节目播出工作发出通知，明确要求“偶像养成类节目、社会广泛参与选拔的歌唱才艺竞秀类节目，要组织专家从主题立意、价值导向、思想内涵、环节设置等方面进行严格评估，确保节目导向正确、内容健康向上方可播出”①。通知出台后，此类现象得到了明显改观。

当然，就网络综艺发展来说，政策法规有监管的一面，也有引导促进的一面。比如，受 2017 年相关政策导向的激发，2018 年以来，文化科技类节目在丰富多样的网络综艺节目类型中表现得尤为突出，不仅节目数量有增加，而且在思想深度、精神高度、文化厚度上呈现新风貌。比如，腾讯视频

① 国家广播电视总局：《关于做好暑期网络视听节目播出工作的通知》，http：//www. sapprft. gov. cn/sapprft/contents/6588/382234. shtml。

的《一本好书》《奇遇之旅》、优酷的《了不起的匠人 3》《局部 2》《一千零一夜》、爱奇艺的《博物奇妙夜》《心灵捕手》等一批节目，因其高品质、高格调而在口碑、播放量等方面都收到了良好效果。

（二）竞争与合作交织：大型视频网站大力推动，引领网络综艺发展潮流

2018 年以来，网络综艺创作生产数量猛增、传统卫视金牌制作团队纷纷涌入、主持大咖竞相加盟、制作费与冠名费齐头上涨……在愈加激烈的市场竞争与合作中，网络综艺野蛮生长与精品化发展交织并存，横空出世、傲视群雄的现象级作品越来越常见，腾讯视频、爱奇艺、优酷、芒果 TV 四大平台各自发力、差异化发展的格局大体形成。在市场争夺战中，腾讯各方面较均衡发展；爱奇艺在数量上成平台之最，但在播放量、节目知名度上略显逊色；优酷在播放量份额上领先全网，有较明显优势；芒果 TV 凭借多部超高播放量的自制综艺，在激烈的竞争中占据一席之地。相比之下，乐视视频、搜狐视频等的话语权则较弱。

就网络综艺发展来说，这种格局和态势影响深远：第一，随着自制能力的增强，优势视频网站发展势头强劲，并成为娱乐行业中不可忽视的力量；第二，在网络综艺领域的激烈竞争中，各优势平台逐步构建差异化发展格局，以期占据有利地位，并着力推出精品内容，追求现象级爆款；第三，各大优势视频网站的竞争客观上促进了网络综艺节目数量的增长。但更重要的是，由于内容质量的提升离不开强大制作力量的保障，而市场竞合的结果必然带来内容制作方式的成熟，特别是，随着大批专业制作团队投入网络综艺领域，四大视频平台还通过多种多样的合作，吸纳大量专业人才汇入，这在客观上进一步推动了网络综艺节目质量的提升，以至成为引领网络综艺发展潮流的主力军。

与此同时，网络综艺大制作的火爆与繁盛使得视频网站与电视台的关系发生了悄然的变化：过去，视频网站一般是向电视台采购综艺节目；如今，随着网络平台节目生产数量、质量和能力等的大幅提升，网络综艺节目反向

输出电视台渐成常态，或电视台主动寻求与视频平台合作生产节目。这证明了大型视频网站和平台制作能力及话语权的提升，同时，也开启了媒介融合在“竞争”与“合作”中的发展新路径。

（三）生产升级：破解发展误区，构建创新发展的新生态

无疑，在愈加激烈的市场竞争中，网络综艺创作生产的发展主轴不在数量而在质量、不在个别的局部爆款而在特性彰显、风格鲜明，换言之，推进创作生产的“精品化”、构建创新发展的新生态是一个涉及诸多方面的系统工程。就 2018 年以来的实际来说，主要有以下六个方面。

1. 在类型创意上，化解节目形式的同质化、单一化

作为一种辩论类节目，《奇葩说》以其吻合互联网特质的年轻化、个性化、时尚化等特点而引发了网络综艺的第一次收视热潮，并在发展中成为网络综艺视觉表达和内容创意的一种成功模式，为类似节目提供了基本的视觉形构、话题语域、角色配置、价值取向等“范本”。比如，优酷的《火星情报局》《暴走法条君》、腾讯视频的《耐撕秀》等，这些节目在一定程度上受到了追捧、获得了可观的点击量，但它们并没有创造独特的话题、人物角色和价值表达，在品牌建设上也没有与其他节目形成差异，甚至，大凡辩论类节目都难以跳出《奇葩说》的架构，节目形式同质化、单一化可见一斑。然而，网络综艺要发展就应该在核心创意的层面进行多层次的深度挖掘，并全方位打造优质内容，而不是对同类型节目的模仿或浅层次创新。

2. 在节目要素上，破除依赖、消费明星嘉宾的惯性

在电视综艺的发展阶段，明星的大量使用即是其重要特点之一，在网络综艺发展初期，大量的节目仍然沿袭了这一老路。但互联网的特性和观众观看的碎片化、随时性、交互性等特征表明，网络综艺其实不必像电视综艺那样拼资本、拼明星，而应该将内容的丰富性、深刻性作为创作的重点和发展的路径。换言之，通过对节目内容的垂直生产、素人参与，网络综艺同样可以获取更多的用户选择和点击收看，同时，也可以克服因明星资源稀缺和头部平台垄断所带来的问题。比如，在优酷“看理想”文化系列中，像梁文

道的《一千零一夜》、马世芳的《听说》、陈丹青的《局部》、窦文涛的《圆桌派》等，这些节目基于文化内容的垂直内容，虽然没有大量明星的加盟，但仍获得了较高点击量和良好的社会效应。

3. 在节目模式上，促进多领域交叉互动

当前，不少网络综艺的模式依旧是电视综艺的翻版，尽管内容上有创新，但思维上没有质的变化，特别是，没有将互联网的便捷性、交互性等渗透到节目之中。因此，利用好互联网并借助互联网特性而创新发展，可以为网络综艺创作生产拓展新的发展路径和广阔空间。比如，"综艺 + 电商"模式，天猫推出了谈话类节目《举杯呵呵喝》、互动家装真人秀《大梦小家》、时尚综艺秀《疯狂衣橱》、嘻哈音乐真人秀《说唱秀才》、生活方式类节目《摩登中产》等；"综艺 + 游戏"模式，2017 年腾讯视频依据其爆款手机游戏《王者荣耀》推出了游戏改编节目《王者出击》；"综艺 + 直播"模式，战旗 TV 出品的《Lying Man》等是网络直播综艺的有益尝试。

4. 在媒体融合上，推进多屏互动，打造融媒体内容

在媒介新生态和艺术新生态语境中，媒介融合已成必然趋势，而网络综艺的发展也必将融合不同的媒介平台，进行全方位的内容呈现。具体说来，一是打破电视平台与网络视频平台之间的隔阂，进一步增强网络综艺与电视综艺的互鉴、互惠、互动，生产更加符合媒介融合大趋势下所需要的优质内容。二是基于不同平台的属性，生产多元内容。跨屏内容生产代表着一种新的产业革命，这种"革命"必将突破各种屏幕、平台之间的边界，营造全新的内容生产环境，消融各个媒介所属的综艺产业的边界，形成新的产业链和价值链，迎来新的综艺业务模式和盈利模式。

5. 在内容开发上，推进专业化分工与受众细分

在互联网迅猛发展的大背景下，各行各业都在寻找尚未开发的领域和"蓝海"。这意味着，网络综艺自然也应强化进一步的专业化创作生产，以吸引不同的受众。首先，深耕垂直内容可以更加直接地抵达相关受众群体，因而，它是网络综艺的一大发展方向。其次，在制播分离的背景下，视听节目的制作已越发依赖专业化操作。就网络综艺而言，基于时代生活的内容分

众化、垂直化，有益于全方位、多层次的专业化生产，也有益于提高生产效率、取得最佳效益。

6. 在表现形态上，依托“移动”、创新“表达”

2018 年以来，“短视频”炙手可热，与之相应，微综艺、竖屏节目等新形态也呈现新的风貌和力量。作为短视频节目或“微型化”轻综艺，“微综艺”时长 15 分钟左右，短小精悍、节奏轻快、网感社交强、话题度高，加之垂直细分题材，深受年轻用户的欢迎和各大平台的推崇。比如，腾讯的 YOO 视频、字节跳动的火山小视频等都在加紧布局，节目内容也由以搬运剪辑其他节目为主，转为以自身制作节目和专业机构制作为主。此外，随着智能、移动设备的普及，为吸引和改善手机用户的视频需求和观看体验，一些视频平台还推出了竖屏格式短视频。比如，腾讯视频推出的访谈节目《和陌生人说活》就以“竖屏”形式呈现，其创新性尝试取得了较好的反响和效益。

B.5
网络电影发展状况

张净雨　杨玳婻*

摘　要： 作为网生内容的重要形态之一，网络电影传承电影艺术的特性，同时又创新发展，具有后来居上的发展潜质。2018 年以来，网络电影创作生产呈现题材丰富多样，类型市场集中度高；格调品质进一步提升，质量水平整体居中等显著特点。其中，审查、监管力度进一步加强，艺术生态环境仍须不断净化，专业化制作水平有待提升等新趋势，将继续营造良好发展条件，优化产业发展动力，促进网络电影健康有序发展。

关键词： 网络电影　风格化　系列化与剧集化　提质减量　专业化

近年来，网络电影在数量、质量上有较大增长和提升，但其身份和特性由于受到多种因素的影响而显得有些模糊。比如，它可以说是由以往的"微电影"进化而来，也可以说是网络微电影与院线电影的混合物。从质量水准、现象级作品、用户口碑等角度来看，在同为"网生内容"的网络剧、网络综艺和网络电影中，网络电影的观众群体、社会影响力等不如前两者。尽管如此，随着大量资本、资源的涌入，网络电影创作生产的数量仍然大幅

* 张净雨，电影学博士，中国传媒大学戏剧影视学院副教授、硕士生导师，主要研究领域为戏剧与影视学；杨玳婻，文学博士，中国文联网络文艺传播中心新媒体联络处副处长，主要研究领域为传媒文化、网络文艺和影视产业。

增长，尤其是，部分作品“点”上的成功对整个网络电影的“面”形成了强烈刺激，带来了创作生产质量的持续提升。

一　网络电影概述

在互联网时代的媒介新生态和艺术新生态中，网络电影的兴起和发展有多样、复杂的原因。择要说来，一是作为现代大众艺术的重要形态，电影艺术一直备受观众青睐；二是21世纪以来，院线电影上映率逐年上升，激发了人们的观影需求，但其产能无法匹配观众持续上升的需要；三是基于中国电影市场的特殊环境和条件，中国的B级片市场、付费电影发行渠道等基本上为空白，同时，院线电影又有一整套复杂、规范的立项、审查、许可等环节和程序；四是电视电影市场规模越来越小，存在利润低、垄断、不利于出精品等问题；五是院线电影或电视电影面向的主体是“大众”。在这样的情形下，网络电影应运而生。特别是，面向“中众”或“小众”的网络电影在类型、观影群体方面可以走差异化发展路线，其用户的付费意愿和习惯及新的商业模式有利于实现行业规模化、持续性生产。尽管目前网络电影的创作生产还存在诸多问题和困难，特别是急需提升质量、急需标杆性的作品来提振市场，但基于它所显现的活力、规模、特征、影响、潜能等多种因素，网络电影仍具有广阔的发展前景。

（一）网络电影的内涵与分类

1. 网络电影的内涵

2014年3月，在爱奇艺主办的“网络大电影成就梦想”高峰论坛上，“网络电影”概念首次出现。理论来自实践，对网络电影的内涵界定要在“对比”中来阐释。显然，相较于院线电影、微电影等，其质的规定性扎根于“网络”之中。一般说来，“网络电影”是指依托互联网而生产、传播和接受的类电影叙事艺术形式。具体说来，网络电影是指依托互联网而生产、传播和接受，时长不少于60分钟，投资规模较小，具备完整电影的结构与容量，采用付费点播分账模式，符合国家相关政策法规，主要通过电脑、平板、智能手机等新媒体设备观看的影片。

一般说来，网络电影具有小成本、周期短、差异化、面向中等规模受众等特点，更符合互联网用户的个性化需求。在投资规模、拍摄播放许可证、观看体验等方面，它与传统的院线电影有显著差异。比如，制作成本集中在50万~300万，制作周期一般从筹备到后期制作需要1~3个月，其中，拍摄周期十天左右；在制作方面，与短视频相比，网络电影制片方是对创作和制作能力要求更高的PGC，特别是，要具备完整电影的结构与容量，符合电影叙事规律，故事内容完整。尽管这些描述性“指标”难以揭示其特质，但对于仍处于发展变化中的网络电影来说，这种描述性显然是规范性的基础，并有益于促进网络电影的进一步发展。

2. 网络电影的分类

对网络电影创作生产来说，一方面，实践永远是鲜活的，因而，几乎无法找到一个共识的标准来对丰富多样的题材类型进行分类；另一方面，以下所列的题材类型反映了网络电影实践的活跃，也是其进一步发展的基础。据国家广播电视总局监管中心发布的《2018网络原创节目发展分析报告（网络电影篇）》，网络电影题材分类情况是：情感、喜剧、动作、剧情、悬疑、奇幻、惊悚、青春、恐怖、科幻、都市、犯罪、古装、魔幻、玄幻、刑侦、武侠、动画等。[①] 另据中国网络视听节目服务协会发布的《2018年中国网络视听发展研究报告》，2018年上新网络电影的前台播放量分布各题材依次是：动作、悬疑、爱情、奇幻、喜剧、剧情、武侠、科幻、犯罪、冒险等。[②] 就题材类型来说，以上分类中既有与院线电影、电视剧/网络剧相同的类型，也有网络电影独有的新类型。

---

① 国家广播电视总局监管中心：《2018网络原创节目发展分析报告（网络电影篇）》，http://www.sohu.com/a/288392790_152615。

② 中国网络视听节目服务协会：《2018年中国网络视听发展研究报告》，https://baijiahao.baidu.com/s?id=1618428635208726832&wfr=spider&for=pc。

（二）网络电影的发展历程

网络电影发展历史较短，基于一些重要节点，其发展大致可划分为以下三个阶段。

1. 微电影期（2010 ~2013年）

随着国内视频网站的发展，大量微电影开始以短视频的形式出现。继 2013 年被业内称为微电影鼎盛之年后，2014 年，比微电影体量更大、篇幅更长的网络大电影呈现在人们面前。但此时的所谓“网络电影”还处于微电影的自然、自发延展之中，且制作观念、水平远未达到自觉阶段。

2. 飞速成长期（2014 ~2017年）

以爱奇艺提出“网络大电影”概念为时间节点，网络电影创作生产的数量快速飞升，质量也远超微电影。2015 年，网络电影出现了点击量过亿的影片（比如，《山炮进城》《道士出山》系列）；2016 年，尽管网络电影的品质良莠混杂、参差不齐，但其播出总量飙升至 2279 部。其中，除爱奇艺外，腾讯视频、优酷、乐视、搜狐等相继高调入场，且在制作观念、评价标准、商业模式等方面有了较清晰的思路。虽然网络电影的制作水平、评价标准还不能与院线电影同日而语，但其规模、影响力与日俱增，并奠定了它在网生内容和网络文艺中的地位。

3. 平稳发展期（2018年至今）

2018 年以来，在经历了野蛮生长之后，网络电影逐渐进入转型调整期并开启了由“量”到“质”的转变过程，其题材类型更加丰富、艺术水准和品质格调整体提升。随着更多资金、资源、人才等的汇入、聚集，网络电影形态得以进一步调整、完善，制作水平逐渐提升、整体形象开始蜕变，精品化生产沉淀为发展的主旋律。一些豆瓣评分高的作品既提振了发展的信心，也标志着网络电影进入了理性、平稳发展的新阶段。

（三）网络电影的审美特征

从其简要的发展历程中，我们可以看到，网络电影的兴起繁盛受益于中国整个电影市场近年来的蓬勃发展。这种发展既带动了人们的线下观影需求，也提升了线上观影的愿望。就审美分析来说，2018 年以来，网络电影的提“质”降“量”具有重要的意义，这标志着网络电影创作生产之路由外延式扩张转为内涵式发展，并使网络电影逐渐显现区别于院线电影的审美特征。

1. 分众化的审美趣味

从创作的维度来看，网络电影在早期阶段拍摄了一大批接地气，但制作相对粗糙、审美略显低俗的作品。随着经验的积累和市场的检验，网络电影创作生产进一步适应、强化互联网的特性及分众化的审美需求。大致说来，青睐网络电影的观众有两类。一类是那些无法定期进入商业影院的观影群体。院线电影是最为普及的大众艺术形式之一，但它票价较高且县城、农村院线建设欠发达，这使得院线电影仍有几分精英色彩。相比之下，企鹅智酷发布的《2017 小镇青年泛娱乐白皮书》显示：网络电影观众平均年龄在 24 岁以下，70% 生活在三线城市，男女比例为 7∶3，动作、喜剧、魔幻是他们最爱的题材，其中，44. 1% 的小镇青年每天在网上看影视剧超过一个小时，49. 3% 的小镇青年有过付费行为。① 这些在不同场合被称为“草根”或“小镇青年”的网民或因昂贵票价、观影条件限制而放弃影院观影，或因与艺术电影精英话语表达的隔膜而选择叙事明了、贴近实际并具大众狂欢特质的网络电影。第二类观众是那些艺术趣味多元，同时又希望看到不同于院线电影的另类电影形态的观众。作为自我认同的“网生代”，他们既特立独行又期盼志同道合，因而表现出对某些“异样”题材、类型或风格的情有独钟。这类观众或是沉浸于 B 站的二次元宅男宅女、豆瓣文艺青年，或是自媒体、微视频平台的影视弄潮儿，他们也到院线观影，但互联网的分众传播与交互特性使他们能够根据自身审美趣味有针对性地选择网络电影。

2. 多元化的创作主体

与分众化的审美需求相呼应，制作力量的多样化也应运而生。早期网络

---

① 企鹅智酷：《2017 小镇青年泛娱乐白皮书》，https：//36kr. com/p/5104066。

电影的投资大多几十万元，低廉的拍摄成本难以吸引业内高端人士，却聚合了一批在主流影视圈内不易获得机会或边缘性的艺术作者。这首先是一些非科班出身的网络电影作者，他们往往打破专业影视的常规并创作出一些符合草根受众审美趣味、独具网感的电影。其次，一群职业作者加盟网络电影创作，他们或是早期拍摄网络微电影，或是从广告领域跨界进入。这类作者长于短片创作并凭借时尚酷炫的视听语言给网络电影创作注入了新的美学元素。这种“新”美学有别于宏大叙事的院线电影，充分体现出网络电影碎片化、短平快的特色，尤其是，在审美话语上显现丰富、多元乃至异类的创新风格。最后，网络电影的创作在某种程度上还是艺术院校相关专业学生的练兵场，成为学院派电影人才的孵化器。总的说来，不管是哪一类作者，他们的艺术实践呈现可贵的探索性、创新性。事实上，那些被誉为“口碑之作”“爆款电影”的作品确实也呈现了新型作者独特的风格。在这种意义上，网络电影“平台”担负起传承电影艺术特性的责任，成为互联网文化语境中多元审美话语众声喧哗、百舸争流的“舞台”。

3. 风格化的艺术叙事

小成本制作、小屏幕播放、明星稀少、制作简略的网络电影要更多地倚靠本土故事、中国特色，充分利用观众熟悉的现实生活、时尚风潮、文化传统等接地气、网感强的内容来吸引观众。具体说来，其风格化的艺术叙事有以下主要表现。第一，玄幻形象：传统文化符号的开掘与后现代式的审美改编。在网络电影的影像谱系中，立足中国传统文化的玄幻题材作品是引人注目的一大类型。在艺术表现上，不同于院线电影中玄幻类影片通常发挥造梦功能并打造一个充满想象力与视觉冲击力的“异”世界，网络电影往往通过脑洞大开的奇思妙想，另辟蹊径地突出古典与现代、现实世界与二次元世界的混搭，或者，借鉴《大话西游》式的后现代无厘头桥段，呈现类型混搭、戏谑精神、山寨风格的样态。第二，现实题材：话题性、情怀性、私人性交织的叙事选择。由于贴近当下社会问题并具有真实生活的质感，现实题材受到了网络电影制作的青睐，其艺术叙事常常通过生活化的场景和非特效、非明星乃至非职业演员的真实表现，呈现真实生活的本来面貌并唤起观众的亲切感、认同感。第三，话语形态：语言类喜剧与地域文化的风格化表现。近年来，在网络电影创作中，一些有着话剧、小品基因的语言类喜剧和地域文化特色鲜明的作品深受欢迎。这类作品往往依靠语言“段子”制造笑料，同时符合移动环境中的观片需求，并以熟悉的方言、城市空间、视听符号激活观众的生活记忆，为年轻观众提供院线大片无法满足的亲切感与现实感。

二 2018年以来网络电影创作生产状况与特点

国家广播电视总局监管中心发布的《2018 网络原创节目发展分析报告（网络电影篇）》显示：2018 年度，全网共上新网络电影 1526 部，总时长 116126 分钟，较 2017 年度同期下降 31%，在经历了爆发式的数量增长后，网络电影进入提“质”降“量”的平稳发展期。[①] 其中，爱情、悬疑、动作、喜剧、剧情等五大类题材占比超八成，最受欢迎的是动作类、悬疑类、爱情类影片。网民口碑好、认可度高和豆瓣评分好的代表性作品有《驯兔记》（8.2）、《灵魂摆渡 · 黄泉》（7.1）、《我是好人》（7.0）、《罪途1》（6.9）、《夺命剑之风云再起》（6.9）、《罪途3》（6.6）、《画师》（6.6）、《阴阳诀之祭情》（6.5）等。在 2019 年度优秀网络视听作品的评选中，《霍元甲之精武天下》《大汉十三将之血战疏勒城》《火线任务》《独家记忆之再见爱》四部网络电影长片脱颖而出。[②] 总体上看，2018 年以来，网络电影数量呈下降态势，发展趋于理性，题材丰富多样，深耕质量、创新发展是其创作生产的显著特点和发展趋向。

（一）题材丰富多样，类型市场集中度高

网络电影在题材类型上具备一定的优势：一是院线电影常见的题材可以

① 国家广播电视总局监管中心：《2018 网络原创节目发展分析报告（网络电影篇）》，http://www.sohu.com/a/288392790_152615。

② 中国网络视听节目服务协会：《2019 网络视听优秀作品》，http://www.cnsa.cn/index.php/special/meet_details/id/59/type/1.html。

平移到网络电影的创作生产中来；二是网络电影可以凭借自己的网生特性，并针对互联网用户群体的不同喜好，在题材类型上做多样的垂直细分，或以更大的想象力和包容度做出更多的探索，更好地满足观众多元化的观影需求。2018年以来，网络电影的题材类型丰富多样，呈现以下四方面的主要特点。

1. 情感、喜剧、悬疑、动作题材成主导要素

2018年以来，网络电影创作生产中含有情感、喜剧、悬疑、动作等元素的数量较多，而含有动作、喜剧、超现实、古装等元素的影响力较大。其实，这些元素是最“百搭”的主流类型叙事元素，因为几乎所有剧情片都会涉及人的情感，而喜剧、动作则保证了电影的观赏娱乐性，其涵盖的受众面也更广泛。比如，情感题材代表作有《那朵花的名字叫白兰》《我的唐朝恋人》《特工总裁俏冤家》等；在喜剧题材中，有东北喜剧风格的《彪哥闯奉天》《超级大山炮》《江湖学院》《山炮大明星》《笑嗷喜剧人》、港式喜剧风格的《白夜侠》《大梦西游》《大唐嘻游记》《济公》《江湖小龙侠》等；在悬疑题材中，代表性作品有《大明阴阳师》《大蛇》《的士神探》《夺命剑之风云再起》《疯狂的快递》等；在动作题材中，有武侠类型的《夺命剑》《霍家拳》《火烧云》《龙门驿站》《跃影江湖》《最后的武林》、军旅类型的《超级兵王》《铁血飞虎》《铁血英雄》《特别有种：特警使命》《特种兵》等。

2. 现实、超现实和武侠题材等创新发展

2018年以来，在“现实”与“超现实”之间，网络电影的创作生产发生了新变化。一方面，奇幻、玄幻、魔幻、科幻等“超现实”题材作品数量继续增长。比如，《超自然事件》《狄大人驾到》《斗墓占花魁》《灵魂摆渡·黄泉》《齐天大圣》《青天降妖录》《少女茯苓》等，这些影片凭借脑洞大开的剧情、极具视觉冲击力的特效等来满足观众的好奇心，并获得较高热度，而以往那种神怪恐怖、惊悚灵异等注重感官刺激的题材的作品数量大幅下降，体现了网络电影格调、水平的提升。另一方面，一些反映时代精神、关注社会现实、贴近百姓心声的优秀作品进一步扩大影响。像《爱也有阿禾》《灿烂

光辉》《达拉的青春》《罪途》《冬日暖阳》《爹地情感》《来不及拥抱》《那一片星光》等影片不仅体现了创作者的文化责任和社会担当，还弘扬了真善美、传递了正能量，预示着网络电影创作生产发展的新路径和方向。

2018 年以来，武侠片首先在数量增幅上令人瞩目。和院线电影武侠片日渐式微的情形相比，网络平台再度点燃了人们对武侠片的热情，金庸的离去也极大地唤起了大众对武侠的追忆情怀，赵文卓、樊少皇、谢苗、张晋等动作明星纷纷涉足网络电影。其中，奇树有鱼等公司甚至提出了“新武侠”的概念，并呈现新的叙事策略。比如，《跃影江湖》系列放弃了“特效”与“无厘头”搞笑，转而注重叙事和人物塑造，同时，坚持以“侠义精神”为主导，回归正宗武侠。其次，更多的武侠片采取了类型混搭的策略。像项氏兄弟的《四大名捕》就在原著“探案”的基础上，融合魔幻、恐怖的元素；《狄仁杰之蚩尤血藤》中的树妖杀人、蚩尤巫术更是将天马行空的打斗场面与匪夷所思的魔幻镜头结合起来；《新七侠五义之屠龙案》则集古装、武侠、悬疑为一体，同时，融入“死而复生”的表达手法，还与当今流行时尚“打怪”元素相结合。此外，受好莱坞英雄片的影响，“中国侠客 + 超能英雄”成了新武侠的流行模式。比如，《夺命剑》中的多位武林高手更像好莱坞超能力英雄，《济公之英雄归位》中的英雄人物则直接借鉴了漫威电影的复仇者联盟形象。当然，无论是从中国古典武侠小说还是网络原创文学中寻找侠客故事，或依据新武侠大师温瑞安的作品拍摄武侠电影，如何在旧模式和故事中呈现新元素，以满足新一代观众的审美需求，是“新武侠”需面对和解决的首要问题。

3. 多元类型杂糅

“类型杂糅”是题材类型的多元素融合。2018 年以来，越来越多的作品突破单一元素而将多种元素融汇到一部影片之中。比如，《灵魂摆渡·黄泉》虽延续了原有 IP 的玄幻风格，但以爱情故事为主；《不良千金》在喜剧片中融入综艺真人秀元素。这些创新性的多元类型杂糅不仅给人耳目一新的感觉，也体现出网络电影的特性和优势。特别值得一提的是，悬疑题材类作品的创作生产以推理为核心，融入多种元素，比如，《罪途》系列的“悬疑+犯罪+刑侦”、《大蛇》的“冒险+灾难+怪兽+惊悚+动作”、《大明阴阳师》的“悬疑+情感+奇幻”、《夺命剑》的“悬疑+古装+武侠”、《疯狂的快递》的“悬疑+喜剧+警匪”、《怪兽》的“悬疑+科幻”、《王者游戏》的“悬疑+科幻+青春”、《阴阳诀》的“悬疑+情感+动作+奇幻+古装”等。这些作品通过曲折的故事情节，引发观众内心的紧张感与好奇心，并在多样悬念的设置中满足了观众的多重需求。

4. 小众题材亚类型崛起

互联网传播的受众细分、分众传播使网络电影不仅类型比院线电影更为丰富，还涌现多种具有特定故事模型、审美程式的小众题材亚类型电影。这些亚类型的划分跟网络文学的分类有直接关联。比如，“盗墓”文学的火爆使盗墓片成为一种亚类型，基于天下霸唱、南派三叔作品衍生的网络电影是其典型代表。此外，古风爱情、职场励志、玛丽苏等网络文学类型也成为网络电影的亚类型，还有电竞类、运动类、军事类、科幻类，以及音乐、体育、舞蹈、少儿等独具特色的分众作品也具有较高的话题度和关注度。

整体上看，网络电影主类型的市场集中度高。在2018年的作品中，爱情、悬疑、动作、喜剧、剧情五大类占总量的82.1%；在前台播放量中，动作、悬疑、爱情、奇幻、喜剧五大类占总量的86.6%。[①] 这表明：网络电影类型化生产还未形成“多元化”的发展格局。显然，类型市场集中度高不利于释放题材丰富多样所蕴含的红利，也不利于产业的可持续发展。尽管网络电影的一些独特题材在一定程度上可填补院线电影的市场空白，但类型化开发和挖掘不足却会削减这种优势。尤其是对众多小型网络电影公司来说，瞄准蓝海内容、重点发力小众观影用户是一条发展道路，同时，随着市场规模不断扩大、受众人群持续增加，小众内容的汇聚还可以产生良好的市场收益。

（二）格调品质进一步提升，质量水平整体居中

2018年以来，网络电影新片总量的回落是行业发展日趋理性的表现。

---

① 中国网络视听节目服务协会：《2018年中国网络视听发展研究报告》，https：//baijiahao.baidu. com/s? id = 1618428635208726832&wfr = spider&for = pc。

在这种由量变向质变的转变过程中，政策引导力度加强、行业自律意识提高、专业力量持续涌入、创作方式不断创新等发挥了重要推动作用，并带来了两方面的直接结果：第一，以往那种依靠低俗庸俗、封建迷信、色情暴力等违规内容、打擦边球情节来博取眼球、吸引流量的影片明显减少，大体保证了作品具有正确的“三观”底色；第二，创作生产中传递正能量、弘扬真善美的作品明显增加，并呈现品质格调提升、题材类型丰富、艺术水准提高的面貌，比如，根据真实历史改编的《一个人的冬天》讲述了抗日战争期间江苏省海安镇沦陷后，苏北海安名士韩国钧老先生不为日伪威逼利诱所动的抗日故事；青春励志片《达拉的青春》以“中国梦、创业梦、我的梦”为主题，聚焦青年创业者故事，充分表现当代中国的青年“双创”典型；《特别有种：特警使命》讲述公安特警部队消灭本地毒枭、捣毁国际恐怖组织的故事，展示了我国公安特警不畏牺牲、热血奉献的英雄本色；《再见 18 班》根据真实故事改编并以此致敬唐锐光老师，以及那些不放弃任何学生的好老师。

与此同时，通过精心打磨剧本、提高制作成本、优化制作过程，网络电影的整体艺术水准得以显著提升，涌现了一批在故事结构、思想内涵、人物刻画、剧情表达、画面制作等方面可圈可点的作品。比如，《烽火逐金》剧情一波三折、引人入胜，通过冲破各种阻挠、成功将药品运往抗日前线的故事，表现了主人公的坚强意志和优秀品质；《罪途》以悬疑故事折射对社会现实的关照和对人性的叩问。值得一提的是，2018 年获得《电影片公映许可证》却以互联网为第一发行渠道的作品剧增。这些“龙标”网络电影对标院线电影的创作标准，内容品质更佳，既给观众带来新的观影体验，也通过先网后院、院网同步等方式获得了更好的传播效果。

（三）竞－合分流强化特色，风格化发展开创新局面

2018 年以来，网络电影的创作生产既积淀优势、形成特色，又积极探索创新，并逐渐呈现风格化发展的新局面。

1. 东北网络电影：城乡碰撞生幽默，文化“乱炖”出国界

在受众的层面，东北喜剧网络电影与“二人转”有较高的重合度，同时，大批优秀的东北喜剧演员都拥有广大的粉丝基础，因此，自网络电影诞生起，东北网络电影团队制作的东北喜剧就一直处在分账大户的前端。2018 年，具有东北文化特色的喜剧网络电影在票房排行榜上仍名列前茅。其中，分账过千万的影片有《二龙湖疯狂代驾》《S4 侠降魔记》《彪哥闯奉天之做梦没想到》《超级大山炮之海岛奇遇》《四平青年之喋血曼谷》《江湖学院》《报告老师我是东北银》。其中，赵家班、张浩与崔俊杰延续了“二龙湖系列”“山炮系列”这几个东北文化原创 IP 的特色，影片的制作也更加精良，吸引了一批忠实粉丝。特别是海外元素的加入为“土味”东北喜剧增添了“洋气”佐料，比如，《二龙湖疯狂代驾》中的异国公主，《S4 侠降魔记》中的海外雌雄大盗，《四平青年之喋血曼谷》则是泰国取景、泰星加盟。如果说，“山炮系列”的创意之核在城、乡文化的“碰撞”，那么，把触角伸向海外则使东北网络喜剧电影烹制出土、洋结合的文化“乱炖”。比如，《报告老师我是东北银》聚焦文化冲突，并在校园青春类型片的框架下，让霸道“糙”东北与清新“嗲”台湾的搭配产生出一种轻喜剧感。该片票房、口碑名列前茅，是一次文化混搭的成功尝试，但不少观众表示不能接受二人转喜剧与好莱坞大片的混搭，二人转喜剧演员根植于农村的幽默风格与好莱坞式表演需要寻找新的契合点。

2. 港式网络电影：香港团队深挖经典，改编续写需与时俱进

“港式网络电影”包括由香港影人创作的网络电影，也包括从题材类型、风格特点、文化特质等方面效仿香港经典类型电影的“山寨片”。在多年实践的基础上，香港电影形成了完善、多元的类型电影体系，拥有诸如僵尸片、赌片、无厘头喜剧片、黑帮片、武侠片等一批具有港味特色的类型片，并创造了一系列极具票房号召力的经典 IP 故事，像周星驰的“大话西游”系列、徐克的“黄飞鸿”系列、王晶的“赌侠”系列、吴宇森的“黑帮”系列等。特别是，在徐克、杜琪峰等个人风格突出的导演的引领下，

港式类型片具有鲜明的类型语言可供参照模仿。

2018 年，在分账突破千万的影片中，港式网络电影有《齐天大圣·万妖之城》《济公之神龙再现》《济公之英雄归位》《新僵尸先生 2》《黄飞鸿之南北英雄》《大梦西游 4》《九门提督》《天下第一镖局》。其中，前 3 部的主演为林子聪、陈浩民：前者是周星驰的御用演员兼副导演，后者则在多部港剧中塑造过“段誉”“孙悟空”“济公”等经典人物形象。林子聪、陈浩民的经典搭档，加之周星驰式的无厘头喜剧风格和港剧港片的粉丝效应，为这些网络电影提供了良好的受众基础与分账成绩。此外，脱胎于经典港片 IP 的改编或续集作品，像赵文卓主演的“黄飞鸿”系列、“僵尸先生”原班底制作的《新僵尸先生》，延续了经典港片的故事题材、类型风格，甚至保留了影片的主创、主演，充分发挥了从故事到明星的 IP 号召力。当然，尽管这些影片取得了较高的分账成绩，但口碑上却不尽人意，不少观众认为是“炒冷饭”，已不符合当代观众的审美需求。由此可见，港味网络电影要与时俱进，在继承香港电影精髓的同时，也要依据当下文化语境进行创新式改编和续写。

3. 日式网络电影：二次元特色鲜明，专业化赢得口碑

2018 年，效仿日本影视剧、以二次元漫感风格主导的日式网络电影亦受到了年轻受众的欢迎，其专业化制作普遍获得了较高的口碑。从豆瓣评分看，像《男狐聊斋 2》《阴阳诀之祭情》《忍者通告》《不良街区》《天才 J》等日式网络电影表现突出，并呈现鲜明的风格特色。就《男狐聊斋》《阴阳诀》来说，摄影师出身的导演李遥波与动画导演出身的制片人陈未衾充分把握了二次元观众的审美爱好，精准定位此类作品的受众群体，并融合中国古风和日本和风两种艺术风格，还特别引入 COSER（角色扮演）圈里的名人小梦为主演，以唯美的古风漫感效果吸引了动漫圈的不少受众。《忍者通告》《不良街区》两部作品皆在日本拍摄，前者还上线了普通话和日语配音两个版本。其中，无论是冷面傲娇女忍者与日系废柴萌大叔的典型日漫 CP，还是中日黑帮龙虎斗的故事，对于沉浸在日本动漫手游、影视作品中的观众都极为熟悉亲切。《天才 J》三部曲则明显受到《死亡笔记》《胜者即是胜

利》等日本著名影视剧的影响，中二天才少年的人物设定、脑洞大开的世界观都带有浓厚的日式文化成分，影片中女主角的形象设计与表演风格，甚至是管家的人设都和《胜者即是胜利》如出一辙。

（四）深层挖掘、释放 IP 潜能，系列化、剧集化特征突出

网络电影诞生伊始，就与 IP 有着紧密的关联。从早期备受诟病的“蹭IP”，到疯狂购买版权、囤积 IP 资源，再到直面日益严峻的 IP 竞争并着力于全产业链条的 IP 孵化和原创，网络电影的发展之路始终与 IP 相伴相随。2018 年以来，深层释放 IP 潜能是网络电影多方面合力形成的必然选择，同时，体现出鲜明的系列化、剧集化特点。

1. IP 来源丰富

2018 年，在 34 部千万级票房网络电影中，有 27 部依托 IP 制作。在这 27 部影片中，IP 来源丰富，具体有三种情形。

（1）经典 IP 仍是最重要的改编资源

在分账千万级的网络电影中，有 2 部“济公”、3 部“狄仁杰”、2 部“西游”、1 部“黄飞鸿”、1 部“张三丰”。由此可见，头部影片对经典 IP 的依赖非常明显。除了这些头部影片，2018 年不少网络电影还改编自中国经典故事、神话传说，比如，在《三国演义》基础上改编的《魔国志》，依托《白蛇传》改编的《法海你不懂爱》和系列“新白蛇传”，还有改编自《山海经》的《山海伏魔追月》、改编自《聊斋》的《男狐聊斋 2》、改编自《三侠五义》的《封神演义》等。可以说，经过历史的筛选，经典 IP 有广泛的受众基础，其故事也为广大中国受众熟知并喜爱。

对于此类 IP 的改编，需要注意的一是不破坏观众对原作故事的审美期待，二是要根据新的文化语境，添加新的审美趣味。比如，《齐天大圣·万妖之城》便对《西游记》进行了大胆的改编：妖怪不再执着于吃唐僧肉而觊觎于孙悟空的心，“石心”大圣对花妖动心，唐僧在轮回中悟到了一切冒险不过是自己的心魔。虽然故事较原作进行了较大的改动，但影片自身风格完整，改编后的主题与《西游记》的主旨也和谐，因而在票房、口碑上获

得了双重认可，评价甚至超越了同年上映的《西游记》院线改编电影。此外，对于不少中国经典人物 IP，网络电影也通过对英雄少年时期的“陌生化”处理，拉近了经典英雄与当下青年的关系。比如，《张三丰之末世凶兵》为观众展现了一个不学无术、武功低微，终日幻想悬壶济世、拯救苍生的“中二少年”在经历了一系列劫难后，最终成长为“铁甲战士”的青春成长故事。

（2）顶级 IP 进入网络电影领域

2018 年以来，不少顶级 IP 垂青网络电影，比如，拥有众多粉丝的《四大名捕》《鬼吹灯》《沙海》《法医秦明》《牧野诡事》等。顶级 IP 不仅能吸引院线团队和知名艺人加盟，还有益于全产业链开发，形成联动效应。比如，依据天下霸唱与南派三叔的盗墓小说改编的网剧、电视剧、动漫、游戏都具有很高知名度，同样，改编的网络电影也获得了更多的关注。

（3）依据其他原创艺术形式的改编

依据其他原创艺术形式改编是 2018 年以来网络电影 IP 改编的显著特点，具体说来，其来源有多个方面。一是依据原创网络剧改编。其中不少作品取得了亮眼的成绩，比如，网剧转网络电影的《灵魂摆渡·黄泉》获分账排行；依托网络原创网剧《天才 J》制作的系列网络电影虽然分账没有过千万，但网络互动活跃，已拥有固定的粉丝群体；同时，早期网络电影中的原创 IP，像“山炮系列”“二龙湖系列”等仍具有一定的号召力。二是依据超人气网络原创国漫改编。比如，《盛唐妖异志》改编自网易同名漫画，《白门五甲》《花悸》是“比翼新电影计划”的产品，这些网络电影从魔幻到新武侠再到科幻，覆盖类型丰富，在类型创新的同时，也保持了原作的二次元漫感与中国文化韵味。三是根据网络热门游戏改编的真人网络电影。像《剑网三之四海流云》等不仅取得了较好反响，还开启了网络游戏 IP 改编的新路。此外，巧借民俗传说打造的“宝塔镇河妖”系列、基于地域文化打造的“海昏侯”系列，以及短视频转网络电影的《陈翔六点半之铁头无敌》等，都为网络电影改编创新了思路、拓展了路径。

2. 系列化

IP具有广泛的受众感召力，同时，网络电影的制作发行特点使“系列化”具有极大的优势，因此，随着网络电影创作生产的发展，2018年产生了一批以“IP”为中心，由同一机构出品、同一主创团队制作、在类型风格上比较统一的系列网络电影（见表1）。

表1　“系列化”网络电影

片名	上映日期	平台	导演	点播量/热度	评分	时长（分）
《跃影江湖1·唐家诀》	2018.3.16	腾讯视频	吴俊贤	播放量1322	网站7.3	90
《跃影江湖2·森罗万象》	2018.3.23	腾讯视频	吴俊贤	播放量1350	网站7.3	90
《跃影江湖3·龙门之约》	2018.3.25	腾讯视频	吴俊贤	播放量1406	网站7.4	90
《守墓人之龙棺海昏侯》	2018.11.15	爱奇艺	张耘海	热度1487	网站7.3	90
《守墓人之海昏侯迷踪》	2018.11.2	爱奇艺	张耘海	热度1015	网站7.2	90
《魔国志1》	2018.3.7	爱奇艺（下架）	回　宇	—	—	95
《魔国志2》	2018.4.6	优酷	回　宇	热度737	豆瓣4.3	88
《天才J之第二个J》	2018.8.22	优酷	曾庆杰	热度601	豆瓣6.0	90
《天才J之致命推理》	2018.8.24	优酷	曾庆杰	热度596	豆瓣5.9	90
《天才J之谜题里的倒计时》	2018.8.30	优酷	曾庆杰	热度553	豆瓣5.6	75

注：数据截止日期为2019年3月。

从表1可以看出，首先，系列网络电影注重人物、故事、主题、视听元素等的一以贯之，强化主导人物与系列故事之间的关联，以及相同明星的使用。比如，赵文卓饰演的黄飞鸿构成了故事IP与明星IP共同吸睛的效果。其次，系列网络电影常常由点到面建构作品的宏大世界观。此外，系列网络电影往往是一部作品塑造一位英雄，同时，注重每部作品之间的差异，比如，《杨戬传》走热血格斗路线，《赤雷传》走青春懵懂情感路线，《土行孙传》则走插科打诨的诙谐喜剧路线，其效仿漫威打造的“群英会”，试图以多个人物实现IP的联动效应。

在这些系列电影中，最红火、最特殊的当属“狄仁杰”系列。2018年，该系列共出品了7部网络电影，尽管这些作品由不同机构、不同主创制作，但其制作都十分精良，商业成绩也很卓越，其中有3部作品的分账跻身千万级。作为系列网络电影的代表，“狄仁杰”系列拥有并体现了一个优质IP的典型属性：一是兼具悬疑、推理、古装、历史、奇幻、动作、爱情、权谋等多元热门类型元素；二是以“案件”为核心的故事架构，既保证了系列电影的关联性，又保证了每部电影的完整性，且具有无限拓展的可能；三是主要人物形象立体多元、经历丰富，具有多层面、多角度的阐释可能性。

3. 剧集化

“剧集化”是2018年以来网络电影创作生产的显著特点，比如，《罪途》《夺命剑》《少女茯苓》《杀无赦》等（见表2）。这些“剧集化”的网络电影多以2~4部讲述一个完整的故事，类似电视连续剧，作品之间具有情节上的因果联系，同时，为保持观众对剧情的记忆、对悬念的耐心，每部网络电影上线的时间最多不超过一周。可以说，打包制作与宣发使这类网络电影节约了成本，但第一集能否靠剧情设置吸引观众，并使后续影片保持乃至增强吸引力是该类网络电影能否取得成功的关键。

表2　“剧集化”网络电影

片名	上映日期	平台	导演	点播量/热度	豆瓣评分	时长（分）
《罪途1》	2018.5.11	腾讯视频	马小刚	播放量1.8亿	6.8	70
《罪途2》	2018.5.15	腾讯视频	马小刚	播放量6921	6.7	63
《罪途3》	2018.5.18	腾讯视频	马小刚	播放量4969	6.7	70
《夺命剑1》	2018.7.24	腾讯视频	张　萌	播放量4649	6.5	80
《夺命剑2》	2018.7.27	腾讯视频	张　萌	播放量2225	5.9	70

续表

片名	上映日期	平台	导演	点播量/热度	豆瓣评分	时长（分）
《少女茯苓1·萌乖夫君养成记》	2018.1.2	腾讯视频	杜子曰	播放量1015	—	82
《少女茯苓2·七生七世桃花劫》	2018.1.5	腾讯视频	杜子曰	播放量2035	—	120
《杀无赦1》	2018.1.7	爱奇艺	托尼·蒂尔斯	热度669	5.0	70
《杀无赦2》	2018.1.7	爱奇艺	托尼·蒂尔斯	热度793	4.6	70
《杀无赦3》	2018.1.7	爱奇艺	托尼·蒂尔斯	热度822	4.4	70

注：数据截止日期为2019年3月。

2018年，最成功的“剧集化”网络电影当属《罪途》。这部在封闭空间内展开的悬疑推理故事颇具《东方快车谋杀案》的特色。作品凭借“凶手是谁”的经典悬念设定，聚焦当下“性侵”这一热点话题，群戏角色覆盖社会不同阶层，其内容的现实感与关切获得了受众的广泛认可。第一部播放量高达1.8亿人次。特别是，就悬念设置而言，“凶手是谁”便于推理展开剧情，同时，不断的反转使得每一集都能对悬念进行解答与颠覆，使观众既获得悬念的部分满足，又因新的悬念产生继续观看的好奇。当然，“剧集化”网络电影和一部电视连续剧或网络剧有相似的一面，这就需要根据体裁选择和确定影片的类型、悬念的设定和叙事的节奏，以便更好地符合观众的心理期待。就不足来说，当前的“剧集化”网络电影大多在受众数量上存在逐集递减的问题，而且不少观众反映“人物太多，剧情过于复杂看不懂，剧情突兀”。在某种意义上，这都是影片体量与剧作失衡带来的结果。

此外，还有一类短片集锦式的网络电影。比如，在豆瓣获6.7、7.7高分的《的士诡谈》和《天方异谈》以故事嵌套故事的形式，将几个独立的怪谈故事综合在一起，其结构方式类似日本的《世界奇妙物语》；还有，爱奇艺出品的《故事贩卖机》是短片之作的拼盘，其中《驯兔记》获得了2018年网络电影豆瓣最高评分。这类作品可视为“单元剧”式网络电影的微缩本。

三 2018年以来网络电影发展述评

（一）审查、监管力度进一步加强，艺术生态环境仍需净化

2018 年以来，经过前几年的积累，尽管网络电影的艺术生态和艺术质量大有改善和提高，但仍存在诸多问题。比如，数量惊人却平庸者多且票房平平，题材同质化、山寨抄袭、蹭 IP、蹭热点、三俗化、标题党、擦边球、恶搞经典、“前 6 分钟”等顽疾仍然不同程度地存在，市场上追名逐利的浮躁氛围较浓、播放量数据造假等。资本疯狂进入市场带来的混沌也受到了从业者、专家、观众等的一致诟病。与此同时，随着“精品化”的呼声越来越高，政府主管部门频繁出台相关审查、监管政策法规，同时，各视频平台也纷纷响应，像爱奇艺划定“9 条红线”、腾讯视频发布“抵制声明”、乐视视频制定“大屏电影十不准”等。可以说，随着监管力度的加强和行业自律意识的增强，作为重灾区的网络电影市场必然进一步走向规范，同时，这也意味着，进一步提升品质格调、净化艺术生态环境仍具有现实的紧迫意义。

（二）提质减量，进一步满足观众的多样化需求

2018 年以来，在外部、内部多方面力量的规范和调整下，网络电影创作生产进入“提质减量”的升级变革关键期。

第一，针对部分作品还存在“重经济效益、轻社会效益”“剧情俗套、没有吸引力”“内容、桥段抄袭”“演员演技差”等问题，艺术创作中“剧情设计”“人物塑造”“价值导向”“音效、服装造型、道具布景”“画面剪辑”等的重要性进一步突显。第二，随着行业发展日趋成熟理性，更多精品化的网络电影呈现在观众面前。比如，2018 年出现了《灵魂摆渡 · 黄泉》《陈翔六点半之铁头无敌》等口碑、票房都较好的作品，2019 年出现了《啥是佩奇》《一壶老酒》《我梦想　我奋斗　我奔向》等网络电影短片和《霍

元甲之精武天下》《大汉十三将之血战疏勒城》《火线任务》《独家记忆之再见爱》等网络电影长片。这些优秀作品用现实主义精神和浪漫主义情怀关照现实生活，既有主流价值观的引导，也有内容、形式上的创新。第三，分账模式多元化发展，大力促进优质内容生产。2018 年，在新上线的网络电影中，独播网络电影占 95.2%，付费电影占 88.6%。特别值得一提的是，爱奇艺、优酷、腾讯视频等相继公布最新分账模式，其中，优酷平台播出的《大蛇》单片分账金额突破 5000 万元，是年度分账金额最高的网络电影，此外还有 33 部网络电影的分账金额破千万。① 可以说，平台对独家合作影片提供更高分成及补贴，既有利于吸引优质内容，又可以保证平台优势，属于双赢的创新发展模式。由此观之，在网生产业提质增效、线上线下标准统一的大趋势下，打造“精品”内容、满足多样化需求必将成为网络电影发展的方向。

（三）视频平台关闭播放量，倒逼制作方回归内容

近年来，制片公司通过各种渠道“购买”播放量几乎是公开的“秘密”，但动辄数十亿计的“刷量”严重扰乱了影视市场秩序。实际上，播放量并不能全面反映作品的价值，一部作品的影响力和导向意义不能以一个简单的指标来衡量。在此背景下，2018 年 9 月，爱奇艺关闭前台播放量。2019 年 1 月，优酷也宣布关闭前台播放量。腾讯视频调整内部剧集考核体系，强化内容对会员拉新的促进作用，同时，以“内容热度”代替原有播放量。热度数据包含用户观看行为、互动行为、分享行为等综合数据维度。关闭前台播放量是优化行业环境的必要之举，可以给真正做好内容的公司带来利好，同时也倒逼制作方回归内容。不仅如此，更重要的是，此举有益于破除流量喧嚣，营造良好产业环境，有助于行业内部将精力放在内容本身，使创作生产朝着积极健康的方向发展。

---

① 中国网络视听节目服务协会：《2019 网络视听优秀作品》，http：//www.cnsa.cn/index.php/special/meet_ details/id/59/type/1.html。

（四）生产机构日益多元，专业化制作水平仍需提升

近年来，随着网络电影逐渐成为文化产业投资的重要选项，网络电影创作生产的机构日益多元化。其中，制作机构主要有影视文化公司、个人影视工作室。出品机构则涵盖广泛，包括一线视频网站、传统影视公司、新生代影视公司、传统广播电视机构、政府相关机构等。据统计，2018 年度上线的 1526 部网络电影共涉及 2590 家出品机构。当然，数量虽众，但大多数机构只出品过一部影片，同时，网络电影的导演仍以“80 后”为主体。因此，就专业化制作来说，尽管 2018 年以来网络电影创作生产的主体力量显示出“专业化”升级的态势和特点，但导演队伍的整体专业化制作水平还有不小的提升空间。进一步说来，在市场加速洗牌的过程中，拥有核心竞争力的公司将越发优势突出，而企图用小成本挣快钱的投机者必将加速离场，同时，亦可乐见，网络电影领域作为年轻导演的“练兵场”，大浪淘沙之后会涌现一批新生力量。

（五）营造良好发展条件，优化产业发展动力

当前，网络电影创作生产处于升级变革关键期，因此，如何营造良好发展条件、优化产业发展动力是其发展的重要问题。概括说来，要做好两方面的工作。

首先，就影响网络电影产业发展的条件来说，大致有四个。一是用户需求。相比之下，电视剧和少量头部网络剧制作周期长、成本高，可以拉新却无法持续生产，而院线电影的类型相对单一且产量较低，难以满足视频网站用户需求，因此，网络电影具有比较优势。二是商业模式。近年来，尽管竞争激烈，但经过探索实践，以会员付费模式为主，买断、保底等补充合作模式为辅的格局不断成型。三是资金。比较而言，院线电影投资门槛高、风险大且项目少，民间资本投资无门，而网络电影单个项目投资低，相对风险较小，还可以通过多个项目分担风险，提高投资回报率。四是人才。相比来说，院线电影的高门槛将大量影视制作人员和爱好者拒

之门外，或者说，大量年轻人没有参与电影项目的机会，而网络电影可为这些青年演员、导演、制片人、编剧等提供锻炼、学习和提升的机会。

其次，就推进网络电影产业发展的动力而言，大致有四种，即“生产要素”驱动（低制作成本、低营销发行成本等）、“投资”驱动（制作成本上升、营销发行成本上升等）、“创新”驱动（商业模式创新、内容创新、细分市场创新等）、“财富”驱动（金融产品创新、投资并购等）。当前，网络电影正处于由“生产要素”驱动向“投资”驱动过渡的发展阶段，其中，院线电影人才的入场拉高了网络电影的制作、营销发行成本，并进一步推高投资成本，如此一来，平台、投资方将进入“创新”驱动阶段，并更加用心研究内容和细分市场受众，而到了“财富”驱动阶段，行业领导者则可能寻求通过投资行业内外产业、兼并对手来减少竞争，获得更多财富。总的说来，对于网络电影产业发展来说，多种动力的矢量合力作用将越来越明显，但着眼于网络电影的健康、可持续发展，“创新”是最值得关注和推崇的驱动力。

B.6
网络音乐发展状况

李小莹*

摘　要： 随着互联网技术和新媒体的发展，网络音乐获得了极大的普及和广泛的接受。2018 年以来，网络音乐创作生产呈现用户持续增长、版权环境向好发展、平台加速投融资、全产业链开发等显著特点。其中，生产主体多元化、传播平台多样化、创作生产泛娱乐化，以及“草根化”创作快速发展、AI 对音乐创作模式改变等特色，为网络音乐拓展了广阔空间。

关键词： 网络音乐　生产主体　传播平台　泛娱乐化　草根化

一　网络音乐概述

（一）网络音乐的内涵与分类

作为一种新的音乐形式，网络音乐既包括借助互联网进行制作、传播和消费的电子化音乐，也包括经由电信网、移动互联网进行传播和消费的数字化音乐作品。数字化制作、传播和消费是网络音乐的显著特点。

在科技快速发展的背景下，依托互联网、移动通信网进行传播的网络音乐形态渐趋多样，包括无线彩铃、Flash 音乐、在线音乐、网游音乐、MIDI

* 李小莹，音乐学博士，中国传媒大学音乐与录音艺术学院副教授、硕士生导师，主要研究领域为音乐学。

音乐等。特别是，随着移动流媒体平台的普及和应用，在线音乐快速崛起。由此，网络音乐可分为“无线音乐”“在线音乐”两大类：前者是指无线网络运营商通过无线增值服务在手机终端播放的音乐，以中国移动无线音乐彩铃为典型；后者是指能够在处于网络连接状态的移动终端或电脑终端进行下载或播放的互联网音乐，以酷狗音乐、酷我音乐、虾米音乐、QQ 音乐、网易云音乐等为代表。

基于移动互联网的快速发展，在线音乐平台在较短时间里快速赶超无线音乐，同时，也进一步开发了网络音乐应用平台除“听”之外的多种功能。近年来，网络音乐市场呈现“在线增、无线降”的趋势。一听音乐网曾作为国内最大的在线音乐网站，可提供免费歌曲在线试听与下载。之后，移动音乐应用平台兴起，酷狗音乐、QQ 音乐和网易云音乐等在线音乐平台崛起，用户渗透率不断增强。早期国内多家在线音乐平台提供的多为免费音乐，用户不仅可以免费聆听，还可以免费下载或廉价批量下载。因此，在线音乐发展早期，网络音乐版权侵权现象比较普遍。为避免日益严重的网络音乐侵权，2015 年国家版权局发布《关于责令网络音乐服务商停止未经授权传播音乐作品的通知》（以下简称《通知》）。《通知》被称为“最严版权令”，一经发布，百度音乐、一听音乐、多米音乐等在线音乐平台纷纷下线未经授权传播的网络音乐作品。这有效规范了网络音乐版权的秩序，同时，良好的网络音乐版权管理体制又促成了中国网络原创音乐的有序发展，网络音乐平台开始涌现一批具有影响力的音乐作品。

（二）网络音乐的发展历程

在科技发展的大背景下，我国网络音乐内容产品多样化发展，包括音乐 Flash、在线音乐、彩铃、数字音乐专辑等。网络音乐内容产品的创作、制作和推送等各个环节都与新媒体音乐编辑和传播行为密切相关。依据这些状况，网络音乐的发展历程大致可划分以下三个阶段。

1. 萌芽期（1997 ~2004年）

网络音乐的早期萌芽主要得益于音频压缩技术。1993 年，MP3 音频压缩技术的诞生使只有几个 MB 大小的音乐得以在互联网上便捷复制、下载和传播。虽然音频压缩技术为音乐的互联网传播提供了技术支持，但当时数字音乐传播没有被著作权法许可，网络音乐的发展尚处于自发和无序的状态。1997年，有音乐人将歌曲《惠多》上传到互联网上，这被视为中国第一首广义的网络歌曲。由于当时中国的实体唱片正处于发展黄金期，且互联网还没有普及，网民数量也比较少，因此，这首网络音乐并没有引起人们的真正关注。

2001 年 3 月，Flash 版的《东北人都是活雷锋》开始在互联网热播，成为第一首走红的网络歌曲。Flash 制作者——“闪客”，被视为最早的网络音乐编辑。通常的情况是：演唱者提供一段音频后，经由“闪客”运用 Flash 技术进行制作并上传网络，从而完成这种集音乐、卡通、画面、文字为一体的、适合网络传播的音乐 Flash。此类音乐 Flash 由于具有容量小、便于传播的特点，加上音乐风格灵活，适应了网民对轻松音乐作品的需求，因此成为早期网络音乐发展的主要类型。比如，《东北人都是活雷锋》《2002 年的第一场雪》《老鼠爱大米》《两只蝴蝶》等均是创作于中国互联网发展早期，并具有广泛影响力的网络歌曲。其中，《东北人都是活雷锋》以朴实无华的大白话和简单重复的旋律，表达东北人身边现实的故事与情感，被视为国内网络音乐文化的先行代表。《老鼠爱大米》依托网络平台掀起热潮，是较早流行的网络歌曲，还获得了 2005 年第五届华语音乐传媒大奖“最佳网络歌曲奖”、“最受欢迎卡拉 OK 歌曲奖”和“最受欢迎网络歌曲奖”等，创下单曲月下载 600 万次的纪录。歌手杨臣刚也凭借此曲成为首位登上央视舞台的网络歌手。值得一提的是，在网络音乐发展早期，用户免费下载和使用是普遍现象。

2. 探索期（2005 ~2014年）

2005 年，《一万个理由》《哎呀》等因互联网走红的网络歌曲开始成为人们的手机铃声。通过彩铃等业务，中国无线音乐市场一度风生水起。但伴随移动互联网的快速发展，在线音乐得以飞速发展并赶超无线音乐。

互联网与通信行业的变革发展，以及行业分工的日益细化，进一步促成了我国网络音乐内容的生产发展。一听音乐网曾是国内最大的在线音乐网站。之后，酷狗音乐、酷我音乐、虾米音乐、QQ 音乐、网易云音乐等在线音乐平台崛起，为国内网络音乐用户提供多种可选的收听渠道，并各自占据一定的市场份额。

在线音乐的快速崛起促进了网络音乐全面渗透互联网用户的日常生活。在线音乐快速崛起的2013年前后，多方机构开始密切关注用户的网络音乐消费习惯和市场规模。据文化部文化市场司发布的《2014中国网络音乐市场年度报告》，网络音乐在中国网民中拥有最多用户，其居高不下的用户规模和使用率确立了网络音乐在中国网络文化中不可替代的地位；从市场规模来看，当年的网络音乐总体规模达到75.5亿元，其中，无线音乐市场规模为24.3亿元，在线音乐市场规模为51.2亿元，呈现“在线增，无线降”的特点。[①] 此外，如何引导网络用户为网络音乐“买单”是此一时期热议的话题，一些网络音乐平台也积极探索行之有效的收费模式。

3. 发展期（2015年至今）

伴随着传播方式的不断创新，以及艺术与技术关系的日益紧密，以移动互联网为主的新媒体音乐创作、编辑、传播和营销也迎来新的发展机遇，同时，网络音乐的激烈竞争也悄然开启。人们对网络音乐的理解和关注已不再停留于热播的网络歌曲，而更多地指向那些通过网络平台传播的音乐作品。

为加强对网络音乐的版权保护，国家版权局于2015年7月8日发布了《关于责令网络音乐服务商停止未经授权传播音乐作品的通知》，要求网络音乐服务商停止未经授权的音乐作品的传播。之后，16家网络音乐服务商主动下线作品220余万首。其中，百度音乐下线64.2万首、一听音乐下线60余万首、多米音乐下线40余万首、QQ音乐下线2.37万首，国家版权局的规范管理有力促进了网络音乐的发展。

网络音乐的快速发展也带来了新问题，其中，网络音乐作品的版权归属成为各网络音乐平台关注的焦点，他们开始争相收购音乐版权。随着音乐版权的正规化进程，在短时间内，中国几大数字音乐平台兼并重组：2015年，

---

① 文化部文化市场司：《2014中国网络音乐市场年度报告》，http://www.199it.com/archives/364074.html。

酷狗音乐与酷我音乐合并组建成新的海洋音乐集团，阿里巴巴收购天天动听和虾米音乐并组建了新的阿里音乐，百度音乐和太合音乐集团合并，咪咕音乐和多米音乐开展战略合作；2016 年，腾讯宣布与中国音乐集团合作，QQ 音乐、酷狗音乐和酷我音乐合并为新的音乐业务公司。艾媒咨询数据显示：截至 2017 年，腾讯音乐娱乐集团（简称 TME）旗下的酷狗音乐、QQ 音乐、酷我音乐三大手机音乐客户端累计下载量分别占比 30.6%、18.5%、16.3%，位列行业前三，中国手机音乐客户端市场“三巨头”地位进一步巩固，[1] 而合并后的三大平台的产品和品牌保持独立，用户原有的服务不变。

经过激烈的版权之争和资源重组、“洗牌”后，网络音乐平台有了新布局。其中，QQ 音乐、酷狗音乐、酷我音乐、网易云音乐、百度音乐成为新阶段的主要网络音乐应用平台，并拥有绝大多数音乐作品版权。与此同时，在激烈乃至残酷的竞争中，一些音乐应用平台相继停止服务。比如，2016 年 10 月 1 日，“天天动听”停止服务；2018 年 2 月 28 日，“多米音乐”也宣布无限期停止服务。

当前，随着音乐版权正规化进程的推进，集音乐搜索、音乐试听、音乐下载、音乐社交等于一体的网络音乐应用平台仍在积极收购和布局音乐版权。国家版权局和各级文化管理部门也对快速发展的流媒体数字音乐版权和音乐内容管理给予了高度重视，并通过逐步强化事中、事后监管制度来进一步营造良好的网络音乐环境。在多方的共同努力下，网络音乐逐步形成了发展的新格局，开拓了更加规范、有序的管理与运营之路。

二 2018年以来网络音乐创作生产状况与特点

（一）用户持续增长

2018 年以来，中国网络音乐用户呈持续增长态势。据中国互联网络

① 艾媒咨询：《2017～2018 中国手机音乐客户端市场监测报告》，https：//www.sohu.com/a/227025818_533924。

信息中心发布的数据，截至 2018 年 12 月，网络音乐用户规模达 5.76 亿，占网民总体的 69.5%；手机网络音乐用户规模达 5.53 亿，占手机网民的 67.7%。其中，虽然 2018 年中国网络音乐用户的数量创历史新高，但由于连续多年的用户增长，网络音乐用户的增长速度略有减缓。以 QQ 音乐、网易云音乐、酷狗音乐和酷我音乐等为代表的在线音乐平台的月活跃用户数量过亿，中国网络音乐市场成为备受全球资本青睐的新兴市场。

特别值得一提的是，2016 年 9 月上线的音乐短视频社区“抖音”，在经过两年的快速发展后，于 2018 年已成为网络用户关注度非常高的热门短视频平台。据“抖音”平台的公开数据显示，截至 2018 年 7 月，“抖音”全球月活跃用户达 5 亿，《学猫叫》《沙漠骆驼》《纸短情长》等歌曲依托“抖音”平台成为传播度非常高的作品。

（二）版权环境向好发展

受“最严版权令”的冲击，曾占领国内网络音乐市场一定份额的“多米音乐”于 2018 年 2 月宣布终止相关业务。伴随网络音乐平台监管力度的加强，网络音乐平台的发展两极分化愈加明显，而一些规模较小的应用平台基于版权与管理等方面的原因停止了音乐服务。

在国家版权局的推动下，国内网络音乐版权秩序明显好转。比如，2018 年 2 月，腾讯音乐和网易云音乐达成新的音乐版权转授权合作，双方相互授权音乐作品数量超过各自独家音乐作品数量的 99%；2018 年 3 月，网易云音乐和阿里音乐达成网络音乐平台的作品转授权合作。多家平台音乐版权转授权合作的达成，使网络音乐平台之间激烈的垄断版权之争得以平息。由此，持续近 3 年的以垄断版权为目标的网络音乐市场封闭式竞争，逐渐转向了以共享版权为途径的开放式竞争。中国网络音乐平台也由此进入了新的发展阶段。然而，如何改善用户体验、加强平台原创音乐建设、精耕细作音乐内容产品等，成为网络音乐平台发展新的关注点。

（三）平台加速投融资

2018 年 6 月，关注音乐生态体系建设的太合音乐集团完成了融资、并购和品牌升级等一系列调整。11 月，网易云音乐完成了总额超过 6 亿美元的 B 轮融资，新一轮融资后，网易公司仍保持对在线音乐平台的控制权。12 月，腾讯音乐娱乐集团在美国上市，成为全球第二家、国内第一家上市的在线流媒体音乐平台，备受全球音乐产业的关注。来自腾讯音乐娱乐集团的公开数据显示：2018 年上半年腾讯音乐娱乐集团营收 86.19 亿元，同比增长 92%；利润 21.12 亿元，同比增长 189%（如图 1）。

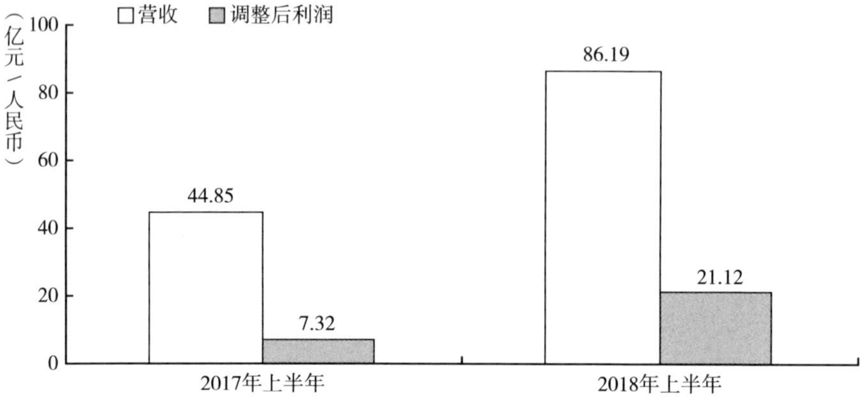

图 1　2017 上半年、2018 上半年腾讯音乐娱乐集团财务数据

（四）全产业链布局与开发

2018 年以来，网络音乐平台通过多方合作、产业链布局，为网络音乐产业发展带来了更多发展契机。具体说来，一是网络音乐平台依托流量优势，积极布局“线上＋线下”的音乐活动与项目，更加注重网络音乐平台的上游内容生产制作和下游内容推广传播。其中，网络音乐平台对上游音乐内容的支持主要体现在对网络原创音乐人的扶持，以及对网络音乐版权的收购与保护。比如，与音乐内容密切相关的短视频平台“抖音”推出“看见音乐计划”，有效提升了原创音乐人的创作热情；而另一短视频平台“快手”也在2018年4月推出了“快手音乐人计划”，用于扶持原创音乐人的创作。短视频平台通过布局原创音乐的方式吸引了众多用户的关注与参与，也进一步增强了平台的用户渗透率。

二是网络音乐平台积极开发下游音乐产业，通过结合演出、娱乐、教育、电影产业等进一步拓展和延伸音乐产业链。比如，歌曲《栀子花开》《不能说的秘密》等音乐IP的影视化、《王者荣耀》等热门游戏的音乐单曲制作等，显示了网络音乐与其他关联产业的合作愈加紧密。与此同时，网络音乐与网络电影、网络动漫、网络文学、网络游戏等之间的关联也有所增强，并给网络用户带来了更丰富的新作品与新体验。比如，腾讯音乐娱乐集团推出的热门音乐网综《创造101》《明日之子2》等，集听、看、唱、演出、社交等场景体验为一体，有效延伸了在线音乐娱乐版图。此外，像“音乐+旅游”“音乐+社交”“音乐+演出”等泛娱乐生态布局，既使网络音乐平台的应用和收入更加多元化，也赋予了平台更多的功能。

三 2018年以来网络音乐发展述评

（一）生产主体多元化

2018年以来，以PGC（专业生产内容）和UGC（用户生产内容）为代表的内容生产模式是网络音乐平台内容生产的主要特点。

首先，基于PGC的网络音乐内容提供方包括传统唱片公司、音乐制作公司、电台电视台音乐类节目等。其中，传统唱片公司和音乐制作公司的专业内容生产为网络平台提供了大批制作精良的音乐产品，而传统电台电视台的音乐类音视频节目也是网络音乐平台作品曲目的有机组成部分。

其次，小厂牌和独立音乐人的作品也是网络音乐平台的重要曲库来源之一。网络音乐平台通过相关扶持计划，挖掘和鼓励原创音乐人创作生产优质音乐原创作品，比如，网易云音乐的“石头计划”、虾米音乐的“寻光计划”、腾讯音乐的“腾讯音乐人计划”等。诸多扶持原创音乐的活动使网络音乐平台呈现新的生机与活力。特别是，2018 年大热的网络短视频 APP 极大地引发了小厂牌、独立音乐人音乐制作的火爆，也极大地丰富了中国网络音乐的应用类型。其中，独立音乐制作者通过网络视频直播、自媒体等渠道将自己创作的、各式各样的音乐作品发布到网络平台，为网络音乐营造了自由、多元的发展氛围。

最后，音乐领域的人工智能研究与应用有了新的突破和进步。2018 年 11 月 26 日，中央音乐学院与美国印第安纳大学联合举办“AI 之夜——音乐人工智能伴奏系统音乐会”，专业演奏家们与人工智能乐团首度携手演出了十余首中外经典作品。这是我国首次采用世界顶级人工智能技术，用信息化的交响乐团“信息爱乐”提供可随演奏者音乐节奏变化而变化的现场协奏形式音乐会，也是音乐人工智能伴奏系统的世界首演。当然，虽然此次人工智能伴奏系统的亮相引发了学界、业界的广泛关注，但音乐会的现场艺术表现和创作水平不尽如人意。这表明：通过数据分析学习和套用模板的方式进行创作与演出的人工智能伴奏系统，其实际艺术表现力与人类艺术创作的表现力尚存较大差距，人工智能的自主创作水平仍有很大的增长空间。

（二）传播平台多样化

在 2018 年的网络音乐平台排行榜上，QQ 音乐、网易云音乐、酷我音乐、酷狗音乐、全民 K 歌、千千音乐、爱音乐、华为音乐、咪咕音乐、虾米音乐名列前十。[①] 可以说，网络音乐平台是网络音乐传播的主渠道，然而，传唱度较高的《学猫叫》《海草舞》《沙漠骆驼》《纸短情长》等网络歌曲却不是直接源自这些网络音乐平台，而是来自抖音、快手、动次等短视频应用平台。这既说明了网络音乐传播平台多样化，也预示着互联网时代传播 - 接受的新动向。实际上，通过短视频应用平台，网络音乐得以传播并成为脍炙人口的热门歌曲，而短视频应用平台之所以成为网络歌曲的传播平台和重要发

---

① 《互联网周刊》&eNet 研究院：《2018 十大网络音乐平台》，http：//www. enet. com. cn/article/2018/1119/A20181119056581. html。

源地，一是基于移动互联网技术发展和用户利用碎片化时间娱乐的有利条件；二是因为移动短视频的音乐取材和视频选择均注重创意，而不同的音乐、文字、声音、视频等的有机结合可以更好地表达用户的喜、怒、哀、乐和思想情感。在这种意义上，通过“音乐+视频”的结合，移动短视频进一步增强了音乐的娱乐功能，也使自身成为最受网络用户喜爱的娱乐形式之一。

音乐在“抖音”“快手”等短视频应用中的积极作用不可小觑。比如，某“抖音”短视频平台“网红”透露：制作火爆短视频的关键要素是音乐的选取。在这种意义上，歌曲《往后余生》《一百万个可能》《学猫叫》《隔壁泰山》《可能否》《我已经爱上你》《讲真的》等在抖音平台的流行和火爆，很难说是歌曲成就了视频，还是视频成就了歌曲。不仅如此，像《创造101》《明日之子》《中国新说唱》等音乐类网络综艺节目，深受网络音乐用户喜爱。其中，作为一档组合青春成长节目，《创造101》受到了众多网络用户与音乐爱好者的关注，也再度引发了网络用户对流行乐演唱组合的关注；《明日之子》作为音乐偶像养成节目，曾获得中国泛娱乐指数盛典ENAwards 2016～2017年度最具价值网络综艺奖；《中国新说唱》作为国内第一个以“剧集式”叙事理念制作的真人秀节目，也备受关注。通过网络综艺平台的老歌新唱和新歌推介，一些具有潜质的歌手和歌曲脱颖而出。比如，歌手吴青峰在电视选秀节目翻唱《起风了》，使这首歌曲成为2019年初网络热播歌曲，与此同时，新生代歌手的一些新作品也在网络传播后成为各平台的热播新歌。在这种意义上，网络综艺也成为孕育和传播网络音乐的重要渠道。

（三）创作生产泛娱乐化

在移动互联网兴起之初，音乐类APP多以音乐播放为主要功能，其社交机制、内容生产、爆款产品等相对匮乏。近年来，在热门短视频应用平台的带动下，短视频类APP显示出强劲的社交功能，内容生产也更加灵活。在这种情势下，酷狗音乐、网易云音乐和虾米音乐等在线音乐平台也积极拓展短视频内容产品，以增加平台的用户黏性与热度。音乐和短视频的结合助推了《海草舞》《学猫叫》《带你去旅行》等歌曲的共享与传播，更重要的是，“泛娱乐化”促进了网络音乐的不断拓展与延伸，也进一步丰富了网民的音乐娱乐生活和视听体验。

（四）“草根化”创作快速发展

依托互联网及科技的发展，网络音乐制作平台吸引了更多“草根”用户的参与，而“草根”用户自制内容生产的增长又使得网络音乐平台更加活跃。一方面，互联网平台便捷的操作系统和应用软件进一步降低了网络音乐制作的门槛，网络音乐制作与共享平台吸引了更多非音乐专业人士的参与；另一方面，“草根化”创作和用户自制内容的丰富带来了网络音乐数量的快速增长。当然，网络音乐数量攀升的背后也隐藏了一些问题。比如，有的网络音乐创作比较低俗，缺乏一定的审美高度；有的网络音乐制作因追求速度而忽略作品的品质。这表明，网络音乐内容的生产离不开更多专业人士的关注与参与，离不开平台对具有潜质的“草根”创作者的进一步扶持与引导。

（五）AI 改变音乐创作模式

在音乐创作领域，伴随着人工智能（Artificial Intelligence，简称 AI）的高速发展和应用，AI 音乐创作（包括 AI 创作、AI 伴奏、AI 歌曲合成）的深度学习和神经网络研究已在国外逐渐成熟，并已有相关平台投入市场（比如，在 AI 作曲方面，有谷歌开发的 Magenta，以及 Amper、Jukedeck、Musical. ai、Humtap、AIVA 等）。在我国，从互联网音乐公司到创业公司，AI 音乐创作正以迅雷不及掩耳之势进入中国音乐产业。比如，虾米音乐推出了“探乐计划”，中央电视台《经典咏流传》第二季“读诗成曲”推出了在线互动工具，还有在 AI 歌声合成方面，有以唱歌为主打功能的音乐短视频产品“鲸鸣”APP 等。

人工智能作曲通过模拟人类作曲家，让计算机“学会”音乐创作中的和声、曲式、配器等基本要素，从而“创作”出具有一定风格特征的音乐作品。比如，2018 年初，中国平安人工智能技术通过智能认知与音乐的深度融合成功实现了人工智能在作曲领域的应用。在世界 AI 作曲国际大奖赛中，平安 AI 获得了第一名的佳绩，也反映了中国人工智能在音乐创作领域技术的成功探索。再比如，2018 年 5 月 16 日，微软小冰为知乎 · 盐 Club 新知青年大会作词并演唱主题曲《我知我新》；8 月 10 日，由阿兰 · 达瓦卓玛和微软小冰合作推出的单曲《好热好热》上线；8 月 18 日，微软小冰第三次登上 CCTV-1《机智过人》，为苏轼的《念奴娇 · 赤壁怀古》作曲；9 月 10 日，微软小冰发布单曲《桃花梦》。

AI 音乐创作的出现反映了人们探索音乐创作的新玩法，也反映了音乐市场对优质音乐内容和创意音乐内容的需求在增加。尽管网络音乐平台的曲库已有约 2000 万首作品，但由音乐人自主上传的作品仅占网络曲库的 3%。当网络音乐内容的生产无法满足音乐市场的新玩法与需求时，越来越多的人工智能“音乐创作者”出现了。人工智能音乐创作模式的开启，也必将给网络音乐平台带来新的音乐版权和内容产品。当然，如何使 AI 作曲触及人心和表达情感，仍需迭代优化和继续探索。

综上所述，2018 年以来网络音乐呈现蓬勃的发展活力，网络音乐市场也成为备受关注的新兴市场。伴随网络音乐版权的进一步正规化，网络音乐发展的侧重点是更加关注内容产品的个性化、差异化服务，内容细分更加垂直化，并形成音乐播放、移动 K 歌、演艺直播、音乐短视频等新的业务模式与运营机制。同时，可以预见的是，随着科技创新渗透到音乐产业链的各个环节，以及 5G 技术广泛应用，网络音乐创作生产也将呈现新的特点，网络音乐的产业发展也将有新的突破。

B.7

网络动漫发展状况

黄心渊　蒋莹莹*

摘　要： 作为一种新媒体艺术形态，网络动漫借助日新月异的互联网技术而繁荣发展，深受年轻用户的青睐。2018年以来，网络动漫创作生产呈现丰富多样的题材，其中玄幻奇幻、搞笑日常、校园恋爱最受欢迎。除此之外，该领域还展现制作能力持续提升，口碑表现良好、市场规模进一步扩大、行业发展困中求变等显著特点。其中，对传统文化的弘扬和对低俗内容的清理，以及全产业链的开发、海外市场的拓展、二次元破壁进阶的年轻化、主流化发展，等等，都为网络动漫注入新的活力。

关键词： 网络动漫　制作能力　年轻化　主流化

2018年以来国产动漫稳中有进、取得重要发展。尽管2017年开始，国内动漫市场投资热潮渐退，但并未迟滞国产动漫的发展。与2017年相比，2018年以来国产动漫在数量、质量、播放量、口碑等方面均表现更好，内容生产朝精品化方向发展，出现了《斗罗大陆》《斗破苍穹第二季》等人气动画、《快把我哥带走》等二次元破壁大电影，以及《武动

* 黄心渊，文学博士，中国传媒大学动画与数字艺术学院院长，教授、博士生导师，主要研究领域为动画艺术学、数字媒体艺术等；蒋莹莹，动画艺术学博士，北京化工大学数字媒体专业师资博后，主要研究领域为动画艺术学。

乾坤》《怦然心动》《甜美的咬痕》等一批得力新作。而在众多优质作品的背后，以哔哩哔哩（又称 bilibili 或 B 站）、爱奇艺、腾讯视频等为代表的视频平台，以阅文集团等为代表的网文平台，以快看漫画、小明太极、腾讯动漫为代表的漫画平台，以及平台之外的新、老动画出品制作公司（比如，若森数字、玄机科技、视美影业、分子互动、啊哈娱乐等）、漫画工作室（比如，夏天岛工作室、快看漫画团队、洛神动漫等）都在网络动漫发展中扮演着重要的角色，起到了良好的促进作用。

一　网络动漫概述

（一）网络动漫的内涵与分类

1. 网络动漫的内涵

“动漫”是“动画”和“漫画”的合称（Animation & Comic），即两词各取一字，合二为一而成“动漫”。“网络动漫”的概念是相对于电视动画、影院动画、纸质漫画等传统动漫而言的，作为一种新媒体艺术形态，主要是指以互联网为传播载体，以电脑、手机、平板等新媒体设备为传播终端，以视频网站、软件应用（APP）等网络平台为最初或主要发行渠道的动画、漫画作品。从传统意义上的阅读漫画书籍、收听动漫广播剧、收看电视动漫作品，到依照个人喜好在互联网上观看网络动漫，日新月异的互联网技术是培育绮丽多彩的网络动漫的沃土。

2. 网络动漫的分类

依据制作、传播等的差异，网络动漫大体可分为两类：一是将传统动画作品数字化后借网络平台传播的动画作品；二是通过计算机软件技术创作出来的、符合网络传播特点的动画作品。与传统动漫通常由制作方完成整部作品，获得版权后在电视等传统媒体播放的方式不同，网络动漫大多是制作方完成一部分就发布到网络上，有时为加快更新速度、及时满足网络受众的观看需求，甚至不得不缩短每集时长。网络动漫由此构筑了一种更加大众向的快餐文化，体现出更通俗、更草根的价值取向。

基于数字媒体的特性及网络用户的需求，网络动漫形态多样，包括动画番剧、网络大动画、漫画表情、条漫、动态漫画、漫动画、虚拟偶像及其他基于互联网信息技术传播的动漫新品种。

（二）网络动漫的发展历程

1. 萌芽期（20世纪90年代末至2005年）

20 世纪 90 年代末，我国出现了网络动漫的萌发。1999 年，Flash 4.0 发布，网络上开始出现以 Flash 制作的动画影片，这是最早可以实现在线播放的网络动漫。同年，中国第一个专业 Flash 动画网站“闪客帝国”诞生。2000 年 2 月，由老蒋制作并发布的 Flash 动画作品《强盗的天堂》成功证明了 Flash 不仅可用于制作网站和广告，还可以制作动画。这激励了一大批动画爱好者开始使用 Flash 进行动画创作，标志着国内网络动漫的兴起。2003 年，出现了一股引爆网络的“闪客热”，Flash 动画得以进一步发展，涌现一批具有代表性的优秀网络动漫作品，比如，来自中国台湾的《阿贵》系列、白丁的《少儿不宜》、Show Good 出品的《大话三国》系列等。但这股热潮只是基于个人兴趣，极少给创作者带来经济收益，也没有进入商业运作阶段，因此，热情过后，大量 Flash 创作者们纷纷转向，风行一时的 Flash 动画也因此降温。

2. 探索期（2005 ~2009年）

互联网的快速迭代升级给国内动漫创作带来了新机遇，很多优秀原创网络动漫开始以即时通信表情的形态进入大众视野。其中，“兔斯基”卡通形象不仅在网络爆红，甚至还代言摩托罗拉手机，一跃成为网络动漫史上最红的“兔子”。不仅如此，依靠“先形象、后商业”的模式，表情动漫在网络和现实生活中得以“病毒式”快速传播，同时，从动漫表情衍生出的网络动画《小破孩》等系列短片也采取了以形象为重心的创作模式。

此一阶段，Flash 动画播放网站日趋衰落，而流媒体技术的成熟带来了专门的在线视频播放网站。比如，国内第一家视频网站土豆网在2005年正式上线，为各种类型的动画提供了网上展示与传播的平台，其内容主要来源于用户上传，独立的和业余的动画作者可以将自己的作品发布到网上，使Flash以外的动画作品得以集中展现。这为网络动画的进一步发展奠定了基础。

此后，网络动画不再等同于Flash动画，而是多种形式的作品呈现，同时，网络动画也进入了发展的新阶段：一是网络动画开始向长片进军，像《女孩，你的一分钟有多长》《李献计历险记》等获得网友追捧；二是技术进步为新动画的创作提供了更多可能，像《包强》和《功夫兔》系列等长篇连载的网络动漫开始了各自的新探索。当然，受资金、产业发展程度等条件的限制，这些作品并未在商业上取得重大突破。

3. 成熟期（2009年至今）

随着网络带宽的增大、网络硬件设备的发展，网络环境和条件的改善催生了大型主流视频网站，同时，腾讯视频、爱奇艺、优酷土豆等互联网巨头纷纷涉足网络动漫领域，并打造高成本、大制作的精品。这些精品改变了网络动漫初期言语粗俗、趣味低俗、恶搞抄袭等“难登大雅之堂”的消极形象，并为网络动漫的繁荣发展拓展广阔空间。时至今日，网络动漫已成为视频行业重点开发和投资的领域，从内容制作到营销推广都日趋成熟。特别是，随着动漫制作技术的飞跃式进步，诸如口型对不上、动作不流畅、面瘫等早期“硬伤”在当下3D网络动漫作品中几乎销声匿迹。随着资本、资源的日益丰厚，优秀的网络动漫创作生产几乎达到了可与银幕电影并驾齐驱的制作水平和艺术水准。

（三）网络动漫的审美特征

与传统动漫相比，网络动漫在某些方面弥补了传统动漫的不足，并拓宽了我国动漫的发展空间。特别是，随着网络动漫创作生产在融资渠道、成本控制、制作周期、评估手段、产业价值链条等方面的新探索和新实践，网络动漫在作品的审美倾向、题材选择、表现尺度、类型细分、叙事节奏、视觉呈现等诸多方面呈现新的审美特征。

1. 创作特征

不同于以往先投放作品再获取观众的方式，“互联网+”时代的网络动漫创作生产一边与用户互动沟通，一边研发产品，积极培育粉丝群体，以求投其所好获取最大利益。互联网给动漫制作公司和观众提供了开放的平台，让观众有选择的权利，并可以对网络动漫进行评价，发表自己的观点和意见。这种新型的“创作-传播-接受”方式让制作团队与观众能即时沟通，同时，观众的反馈对作品的改良升级、提高亲和力具有重要作用。此外，动漫粉丝可以进行二度创作，主要形式包括同人动漫、二次元剪辑等。其中，同人动漫是基于同人群体对作品中喜爱的动漫角色等进行的二次创作，包括延续原作中角色身份、职业、性格、爱好等的故事改编，和脱离原作设定而演绎的新故事。二次元剪辑则凭借创作周期短、技术门槛较低，且特效炫目、风格多变的特点，成为网络动漫二次创作的新生力量。为此，针对二次元剪辑圈网络动漫粉丝超强的活跃度，哔哩哔哩、腾讯动漫、timmad论坛等国内知名动漫站点陆续推出赛事，既点燃了粉丝们的创作热情，也为二次元剪辑的发展攒足了人气。

2. 文本特征

在产业先行、娱乐风潮、用户至上等观念的烘托下，网络动漫创作生产已显露鲜明的类型化特征，在时空设计、叙事旨趣、矛盾冲突、视听风格等方面呈现模式化趋向。具体说来，在题材上，网络动漫以动作、情感、娱乐为中心，吻合观众需求，并以作品的影响力营造粉丝效应；在叙事上，由于不少作品具有“多文本化”的非线性叙事特征，观众可以选择播放动画的不同片断、可以移动动画中的角色，或点击不同的按钮就会欣赏到不同的叙事情节，而故事内容也因不同的选择而有不同的结局。作品的情节就像是一个纵横交错的网络，欣赏者可以根据自己的想法畅游其间，享受视听的愉悦和互动带来的新鲜感。这是传统动漫所无法想象和做到的。

3. 接受特征

早期国产动漫作品受众大多集中于低龄群体，但随着网络动漫成人化趋势的不断增强，越来越多的人群加入网络动漫的梦幻世界。不仅学生群体，很多都市白领也成为网络动漫的观众主体。观众的年龄及地域差异、教育层次、职业背景等状况对网络动漫创作生产都具有重要影响，同时，观众需求的分众化、多样化也带来了网络动漫的多元发展，并破解了以往传统动漫类型单一的困局。针对不同的受众，国内主流视频网站大都对网络动漫内容进行分类处理，设置了少儿频道与动漫频道。其中，少儿频道又根据儿童的认知阶段进行作品分类；动漫频道则瞄准成人需求而对动漫内容进行分类。时至今日，根据视频网站关于网络动漫的点播数据，网络动漫在审美接受上呈现鲜明的分众化、多样化特征。

二 2018年以来网络动漫创作生产状况与特点

（一）题材丰富多样，玄幻奇幻、搞笑日常、校园恋爱最受欢迎

2018 年以来，网络动漫的题材类型主要有玄幻奇幻、搞笑日常、仙侠武侠、校园、冒险、爱情言情、科幻、竞技、美食、战争、悬疑推理、历史、惊悚灵异等。

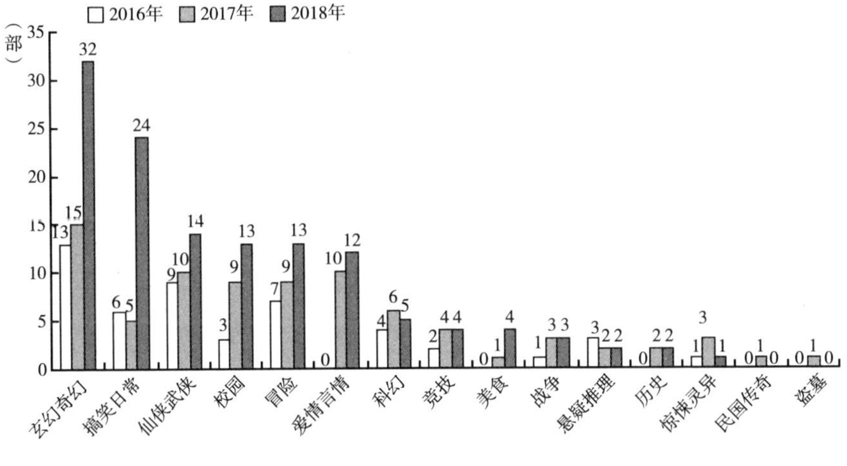

图 1 2016～2018 年新增动漫各题材数量对比

从数量增长的维度来看，玄幻奇幻、搞笑日常两大类作品表现突出：近年来，玄幻奇幻类动漫作品持续领先，是 2017 年、2018 年最热的动漫题材

（如图 1），其中，2018 年的玄幻题材动漫《斗罗大陆》播放量位列榜首；动漫作品上新数量排名第二的是搞笑日常类，像《刺客伍六七》《非人哉》《请吃红小豆吧》等作品在流量、口碑和商业广告等方面都表现出色，其中，《刺客伍六七》自 2018 年 4 月开播以来，长期位居哔哩哔哩新番榜第一名，且是 2018 年唯一入围法国昂西国际动画电影节主竞赛单元的国产动漫。除玄幻奇幻、搞笑日常题材外，仙侠武侠、校园、冒险、爱情言情题材等网络动漫作品数量也有稳定增长。

就题材类别总数和作品评论数排名来说，在快看漫画平台作品排名前 3000 的作品中，数量位列前三的题材类型分别为恋爱言情、玄幻奇幻、搞笑日常。头部作品评论数排名第一的是校园、治愈题材漫画《怦然心动》，排名第二、第三的分别是恋爱题材漫画《甜美的咬痕》和《朝花惜时》。[①] 在小明太极平台漫画作品评论数排名前 2000 的作品中，作品数量位列前三的分别是恋爱题材、都市题材、热血题材。该平台的独家玄幻题材漫画作品《斗破苍穹》累计评论数达 124 万条，总收藏数达 1550.8 万次，是小明太极集团所有网文改漫画作品中评论数、收藏数最高的一部。在腾讯动漫平台评论数排名前 5000 的漫画作品中，作品数量位居第一的是恋爱题材，其中，《妖怪名单》累计评论数达 21.5 万条，位居腾讯动漫平台人气作品榜首；位列第二的是爆笑题材，该题材漫画评论数排名前三的作品分别是《通灵妃》《王牌御史》《狐妖小红娘》。

此外，在观看作品时，网络动漫用户首选依据是作品的题材类型；在观看偏好上，超过 50% 的动漫用户偏爱观看悬疑推理类、冒险热血类动漫；在性别上，男性用户偏好机战科幻类、体育运动类动漫，女性用户则偏好少女恋爱系、治愈萌系题材。[②]

总体来看，无论是网络动画还是网络漫画，玄幻奇幻、日常搞笑、校园恋爱题材作品最受欢迎。2018 年，网络动画作品数量以玄幻奇幻、日常搞

---

① 骨朵动漫：《2018 国内漫画发展研究年度报告》，2019 年 4 月。

② 艾瑞咨询：《2018 中国动漫行业报告》，2018 年 11 月。

笑类作品居多；网络漫画作品则以恋爱题材为最多，其次是玄幻奇幻、日常搞笑类作品。

（二）制作能力持续提升，口碑表现良好

伴随各大平台内容生产的业务自主，其角色从“播出平台”转向“全产业链运营”，自制内容的好坏成为判断平台强弱的重要依据。

据统计，2018 年各大平台全年上新的网络动画番剧共 75 部，其中，原创 30 部，改编 45 部（如图 2）。由知名 IP 改编的动画作品的整体播放量较高。[①] 由网文、漫画改编的动画作品《斗罗大陆》是 2018 年度全网播放量最高的动画；由网文改编的动画《斗破苍穹第二季》《星辰变》等作品获得巨大流量。由此可见，IP 改编是网络动漫内容生产的一大特征。

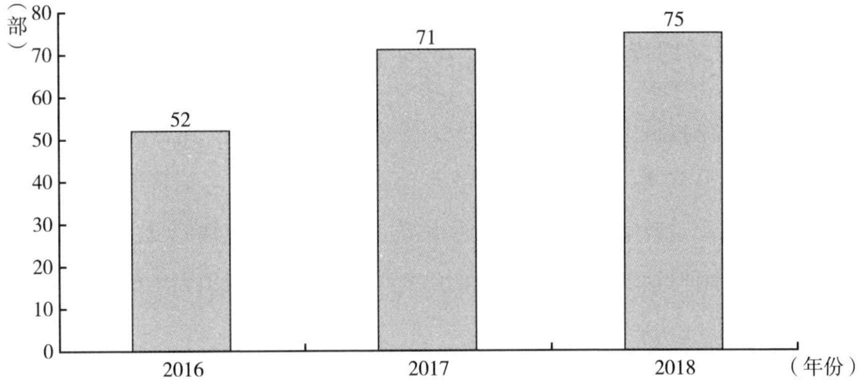

图 2　2016～2018 年上新动画数量对比

就 2018 年上新国漫豆瓣评分情况来说，豆瓣评分 9 分以上的作品有 3 部，8～9 分的作品有 11 部，相比 2017 年 8 分以上的作品仅有 7 部的数据，2018 年的国产动漫在口碑上取得不错的成绩。[②] 与口碑相呼应，2018 年新上网络动漫的播放量也较 2017 年有很大的提升（如图 3）。这再次证明：好

① 骨朵动漫：《2018 国产网络动画发展研究白皮书》，2019 年 4 月。

② 骨朵动漫：《2018 国产网络动画发展研究白皮书》，2019 年 3 月。

的内容是动漫作品成功的不二法则，培育精品动漫 IP、实现全产业链变现依然是未来发展的立足之本。

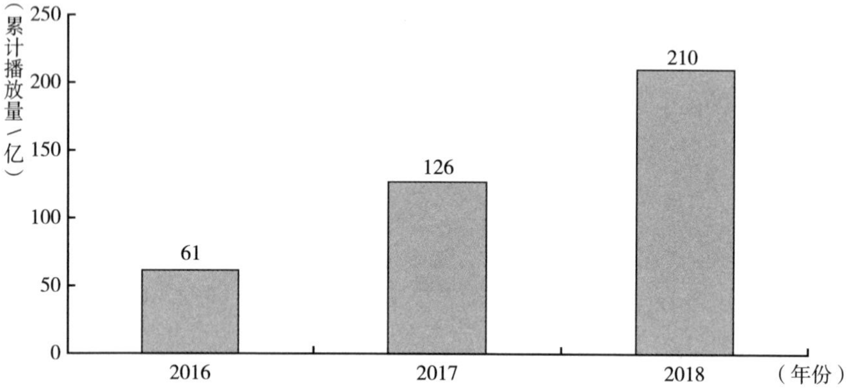

图 3　2016～2018 年上新动漫累计播放量趋势

（三）市场规模进一步增长，行业发展困中求变

近年来，在政策引导、资本活跃、新媒体快速发展、用户付费意识增强等多重因素的影响下，我国动漫产业产值持续增长。据艾瑞咨询统计，2018 年我国动漫行业总产值达 1700 亿元，泛二次元用户规模近 3.5 亿，其中，网络动漫在线用户达 2.19 亿；相比 2016 年的 1.1 亿、2017 年的 1.6 亿，网络动漫用户数量急剧上升。①

当然，现今的动漫用户大多是在免费获取互联网资源环境中成长起来的年轻人，他们还没有完全养成内容付费的习惯。据统计，“95 后”漫画用户在 ACGN 消费中购买周边产品占比 56.2%，为游戏付费占比 48.5%，购买漫画占比 47.3%。② 另有调查发现：用户为动画内容的付费意愿最低，为漫画内容付费的意愿略高于动画，而在玩具、文具、文化衫等周边产品

① 艾瑞咨询：《2018 中国动漫行业报告》，2018 年 11 月。

② 中国互联网络信息中心（CNNIC）：第43 次《中国互联网络发展状况统计报告》，http://www.cac.gov.cn/2019-02/28/c_1124175677.htm。

上的付费意愿最高；60.6%的漫画用户、76.4%的动画用户表示愿意为动漫周边付费，原因在于周边商品的价格相比于专业手办便宜，且实用价值更高。[①]

在产业投融资方面，随着2017年以来资本热潮的降温，“改变”“理性”成为2018年以来国漫行业的显著特征。实际上，早在2015年，视频网站和漫画平台便因肃清盗版而经历了一场动荡和洗牌。在内容匮乏、无法满足用户需求的情况下，2016年动漫产业的投融资行为达到高峰。2017年，动漫行业经历了顶级漫展“ACG联盟”现金流困境、布丁动画关停、漫画平台接连倒闭等事件后，动漫资本进入调整期。之后，随着业内负面影响的出清，动漫行业融资披露频率重回正轨，但已不再像最初那样狂热。到了2018年，资本开始以审慎、理智的态度投资动漫市场，不好的项目或企业被剔除出局，新的赢利模式逐渐被挖掘出来。比如，漫画平台方改变“以免费内容聚集流量、平台补贴稿费”的烧钱模式，向“内容付费模式”转进，加强现金流管理、精减作品数量，降低内容购买成本并培育用户付费习惯，同时，通过内容自制实现动漫IP的全方位、多渠道变现。2018年8月以来，从免费向付费模式转变的动漫平台规则全面铺展开来。

在以上创作生产的大环境中，熬不过的公司面临淘汰，同时，行业资源加速聚集于头部大平台、大企业。比如，面对资本冷却的寒冬，二次元动漫巨头B站不仅没有退缩，反而进一步推出漫画APP，并全资收购网易漫画；快看漫画依然保持高产量的内容输出，并宣布进军动画领域；漫画平台小明太极则进行大手笔资源整合，建立一套“360°一站式打造爆款IP帮控服务体系”，并从市场调研、大数据分析、题材选择、创意策划、编剧、漫画绘制、产业开发、内容运营、IP推广等方面全方位打造爆款IP。这表明：在投融资趋缓的市场环境下，动漫行业正在经历一场新的变革。

---

① 骨朵动漫：《2018国产网络动画发展研究白皮书》，2019年3月。

三　2018年以来网络动漫发展述评

（一）弘扬传统文化，内容品质提升

近年来，国产动漫在美术风格、故事题材等方面大量借鉴中国传统文化元素。在网络动漫创作生产中，这一特点表现得尤为突出。从 2007 年的《秦时明月》到 2015 年的《京剧猫》，再到 2017 年的《少年锦衣卫》、2018 年的《斗破苍穹》《画江湖之侠岚》《刺客伍六七》《非人哉》《斗罗大陆》等，网络动漫在人物造型、剧情设计、动作表演、场景设计等诸多方面都渗透、散发着浓浓的古风。比如，《非人哉》以《山海经》《西游记》《封神演义》及诸多中国古代神话传说为创作素材，将现代都市北京作为故事发展的环境，对传统文化进行了脑洞大开的解读，在美术风格方面也具有中国白描的特点；"画江湖系列"以中国古典武侠为叙事蓝本，画面古风浓厚；《观海策》借鉴《山海经》中的神话素材，讲述了史学名著《战国策》中战争绵延、政权更迭的故事，构建出基于中国文化的庞大异世界独立世界观。就影响来说，由玄机科技倾力打造的、改编自唐家三少同名网络小说的武侠动画《斗罗大陆》，在 2018 年全年国漫总播放量排名中位列第一，显示出国风网络动漫的巨大影响力。

2018 年以来，总体上看，网络动漫创作生产在以往丰富多样实践的基础上，故事讲述能力、内容品质进一步提升，市场发展前景良好、潜力巨大。特别是，故事是网络动漫的骨架和灵魂，承担着表达事件的重任，也承载着传递精神、挖掘人性、深化情感等使命。比如，动画短片《咚咚呛》以符合西北人民豪放热情性格的鲜艳配色和生动丰满的人物形象，成功地将孩童戏腰鼓的故事以风趣的形式呈现在观众面前，作品表现形式新颖、喜庆、活泼，极具观赏性；动画系列片《领风者》立足青少年受众群体，运用动画形式展现伟人青年时代故事，聚焦马克思少年时期的理想与成长过程，选题新颖，制作精良。

当然，由于网络环境的复杂性，加之内容创作相对自由，网络动漫创作生产当前仍存在一些问题。比如，2018 年初，国内网络平台上出现了一批打着“益智”“识字”“少儿”“亲子”等标签，实则不利于儿童健康成长的“邪典”动画。2018 年 7 月 20 日，央视新闻频道点名批评了一些动漫网站和 APP 上存在的、不利于青少年观看的“暧昧语言和动作”“兄妹恋”主题等低俗动漫作品。随后，相关部门对此类低俗作品进行了及时、全方位的排查清理，要求视听网站对动漫内容进行严格把关。这对网络动漫的创作生产起到了积极的促进作用。

（二）二次元破壁进阶，年轻化、主流化促进发展

近年来，伴随着二次元动漫内容质量的不断提高和二次元动漫人群数量的逐年增加，人们对二次元文化的认知也发生了变化，甚至有人认为：二次元文化已成为当今年轻人的主流文化。与之相应，面对强大的二次元用户需求，投资者也逐渐将目光投向二次元文娱领域。

在漫画改真人影视剧方面，如何在“还原原作”的基础上对故事剧情“做加减法”，如何将二次元画面用三次元影像生动地呈现出来，如何最大化满足二次元原著粉丝的审美期望等等，是摆在创作者眼前的紧迫命题。对此，2018 年的漫改真人大电影《快把我哥带走》是一个成功的例子。作品获得近 2 亿票房，豆瓣评分 7.1；此外，同名真人网剧累计播放近 14 亿次，豆瓣评分 7.5。可以预见，未来会有更多动漫 IP 在真人影视剧中出现，并促进这一市场走向强大、成熟。

作为动漫领域有待开发的一片蓝海，虚拟偶像市场也正突破二次元壁、走向进阶之路。2018 年 9 月，哔哩哔哩宣布增持虚拟偶像“洛天依”母公司香港泽立仕的部分股份，成为控股股东；10 月 23 日，泛二次元互动社区克拉克拉宣布融资 1.2 亿元，提出“人人皆可虚拟偶像”的愿景；10 月 28 日，在《王者荣耀》三周年音乐盛典上，腾讯宣布将推出“王者荣耀虚拟偶像”，人气英雄“貂蝉”成为“峡谷第一舞姬”；10 月 30 日，哔哩哔哩再次宣布，将与日本 GREE 社成立合资公司，共同开展手游以及 YouTube 上

的虚拟偶像业务。当前，随着企业、资本对动漫虚拟偶像领域的进一步关注，动漫虚拟偶像已逐渐走出“虚拟歌姬”的固有模式而向网红化、大众化的三次元运行模式发展。从单一的歌姬式虚拟偶像，到多路径互动式虚拟偶像，再到未来的“人人皆可虚拟偶像”，使得虚拟偶像粉丝群体不断扩大，泛二次元用户进一步增长，也有力地促进了网络动漫的发展。

可以说，通过漫画 IP 改真人剧、打造动漫虚拟偶像等方式突破二次元文化壁垒，网络动漫既扩大了二次元文化的消费群体，也极大地促进了创作生产的繁荣发展。

（三）全产业链开发，平台内容自制成新热点

网络动漫产业链的构成主要包括上游的内容孵化、中游的渠道发行和下游的衍生品开发。从近几年网络动漫内容市场的收入结构来看，收入主要源于内容付费、广告和衍生授权三大块。当然，动画市场、漫画市场的盈利侧重点有所不同：在线动画的受众门槛低，因此，由动画内容播映带来的广告费和平台付费成为主要收入来源；在线漫画内容的受众门槛较高，用户拥有更好的忠诚度，付费意愿相对较高，且漫画多为原生 IP，因此，其衍生开发授权金在网络漫画市场中占据着重要分量。但总体上看，2018 年以来，网络动漫企业布局的重点逐渐覆盖整个产业链。

爱奇艺动漫频道在全产业链布局、开发等方面拥有丰富的经验。在儿童动画领域，爱奇艺兼顾家长、儿童的双向需求，秉持“智趣成长”理念，布局集“动画内容、播放平台、衍生授权”为一体的全产业链生态系统。比如，爱奇艺自制动画《嘟当曼》在正式上线前，便详尽规划了未来衍生开发的路径，并于 2018 年 10 月与广东思成智能玩具有限公司成功签约开发《嘟当曼》相关授权玩具。2019 年 4 月，《嘟当曼》周边玩具产品正式登陆全国各大玩具专卖店、商场超市及网络商城，打通了从内容到播放，再到衍生、授权的产业链闭环，有效释放了儿童动画 IP 市场的潜能。

就动漫平台的内容生产来说，在很长一段时间内，它仅是“播出平台”，而播出内容主要由动漫工作室、制作公司等提供。随着国内新一代年

轻用户审美品位、观看需求的变化，市场上少量爆款动画已不能满足二次元用户的观看需求，因而，平台亟须探索一条既能够降低版权采购成本，又能最大化满足用户需求的内容供应模式。为此，“平台内容自制”日益自觉并成为2018年以来网络动漫创作生产的显著趋向。比如，作为动漫平台巨头的爱奇艺早在2015年就开始实施动漫自制计划，其自制动漫网络剧《灵域》（2015）目前已更新到第六季，同时，基于《灵域》改编的游戏、影视剧、衍生品等全产业链开发也卓有成效。2018年5月，爱奇艺发布“2018年自制动画作品上线及开发计划”，预计上线12部青年及儿童动画IP。8月，爱奇艺自制动漫《四海鲸骑》上线，吸引了大量原著粉丝及泛二次元圈层用户的关注，再次吹响了爱奇艺高规格自制内容的号角。再比如，作为目前国内最为活跃的二次元社区平台，B站也持续在动画自制领域发力。2018年5月，B站联合绘梦动画成立多啦哔梦（上海）文化传播有限公司；9月，B站宣布收购日本娱乐公司Fun - Media的少数股权，期望联合Fun - Media旗下的动画工作室，为用户制作更多优质动画作品。此外，腾讯动漫、微博动漫、快看漫画等平台也在自主孵化国产动漫IP上加快步伐，国内动漫行业正从版权购买持续向动画制作上游前行。

（四）拓展海外市场，作品“出海”意义深远

近年来，随着国内原创动漫质量的提升，加之相关政策的引导，国内动漫产业在经历了2015年、2016年“爆买”日本动画的狂潮之后，对国外新番的采购力度明显减弱。相反，国产动漫正逐渐走向海外市场。其中，在地理、文化上与中国接近的日本，网络动漫用户持续增加，缺乏女性向动漫作品的美国，以及动漫内容较为匮乏的非洲、东南亚地区等，都成为国产漫画输出的潜在市场。

2017年，腾讯动漫出品的《狐妖小红娘》登陆日本电视台，行业内由此深入关注、讨论国产动漫如何“走出去”，并积极拓展海外市场。2018年，优酷携“中国风”动画作品《京剧猫》《艾米 & 咕噜》《巨兵长城传》《少年锦衣卫》《大楚巫的面具》等亮相法国昂西国际动画电影节。其中，

《京剧猫》的海外发行覆盖美国、新加坡、马来西亚、印度尼西亚、文莱和非洲等60多个国家和地区。2018年，腾讯动漫、绘梦动画联合出品的玄幻题材动画《灵契》（第二季）实现全球放送，覆盖美国、英国、西班牙、葡萄牙、法国、德国、意大利、俄罗斯、泰国、印度尼西亚等多个国家和地区。如今，《灵契》第一、二季全网总播放量突破10亿次，成为网络动画作品中“出海”最成功的IP之一。

不仅如此，伴随着国产漫画数量、质量的提升，过去很长一段时间内以“代工”方式进入日本、美国漫画市场的状况发生了很大变化。2015年，国内漫画APP“Webcomics”进入欧洲市场四个月拥有150多万用户；2018年，国内漫画APP“MangaToon”在海外Google Play、Appstore上线三个月就拥有近200万用户。在这种意义上，国产漫画的成功“出海”不仅标志着国漫走出国门，更意味着作品质量、品格等的综合提升和文化影响力的增强。

综上所述，2018年以来，网络动漫创作生产整体发展势头较好，尤其是作品质量进一步提升。虽然“投资热”退去后的动漫市场正在经历新一轮洗牌，但也催生了“减少购买成本”“优质内容自制”“全产业链联动”的运营新模式，同时，随着网络动漫付费模式的进一步实施，在竞争、合作交织并存发展的过程中，更加健康、有序的网络动漫格局正在形成。

B.8

网络游戏发展状况

张 旭 张利国 蒋希娜*

摘 要： 在互联网快速发展的进程中，网络游戏以其娱乐特性、产业属性蓬勃发展。2018 年以来，网络游戏呈现题材类型细分化、创作生产精品化和无端化、全球化等显著特点。其中，以“质量”为核心成为网络游戏的发展共识，功能游戏为网络游戏发展提供了新机遇，5G、云计算等技术推动网络游戏迭代升级，电子竞技为网络游戏发展注入了新力量，扬帆“出海”开创了网络游戏发展的新局面。

关键词： 网络游戏 功能游戏 电子竞技

一 网络游戏概述

（一）网络游戏内涵与分类

1. 网络游戏内涵

“网络游戏”也称在线游戏（Online Game），简称“网游”，指以网络为传输媒介，以游戏运营商服务器和用户计算机为处理终端进行信息交互，

* 张旭，思异互娱科技有限公司主策划，主要研究领域为网络游戏设计与策划；张利国，哲学博士，中国文联网络文艺传播中心研究规划处干部，主要研究领域为网络文艺、文艺理论、文艺评论；蒋希娜，动画艺术学博士，北京师范大学艺术与传媒学院讲师，主要研究领域为功能游戏、交互设计等。

旨在实现娱乐、休闲和交流而取得虚拟成就的多人在线游戏。与传统电子游戏及其发展演变之路不同，网络游戏不仅因为游戏终端设备不同带来了差异化的新体验，还因为游戏的制作方式、传输方式、传播载体等变革，不断走向深化、成熟。

2. 网络游戏分类

首先，根据设备终端不同，网络游戏大致可分三类：PC 端游戏（端游）、网页游戏（页游）、移动端游戏（手游）（如图 1）。其中，PC 端游戏是指在电脑上安装游戏客户端软件进行联网运行的游戏；网页游戏是指在电脑上通过互联网浏览器运行的网络游戏；移动端游戏是指在智能手机上安装游戏客户端软件或使用手机网页浏览工具而运行的游戏。就移动端游戏来说，随着微信生态圈的发展和 Html5（H5）技术的成熟，2018 年以来移动端游戏领域“微信小游戏”和“H5 游戏”井喷式发展。微信小游戏是指基于微信客户端的游戏，即点即玩，无须下载安装；H5 游戏是指移动端 WEB 网页游戏，无须下载软件即可体验。

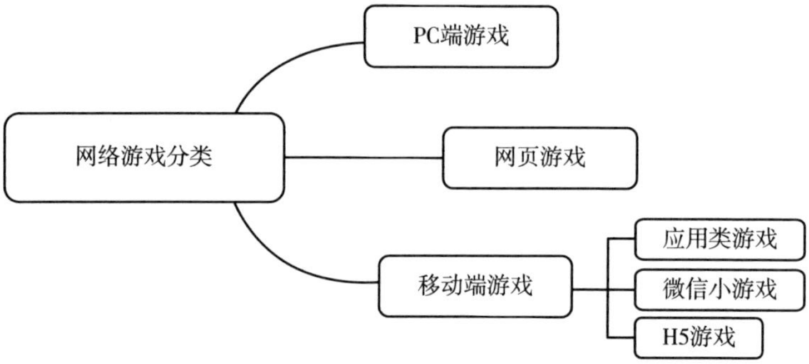

图 1 依设备终端不同的网络游戏分类

其次，按照传输方式划分，网络游戏可分为“强联网游戏”和“弱联网游戏”两类：前者是指客户端实时连接网络与服务器不断进行数据传输和验证交换，其特性是能够极大地满足用户之间即时交互的需求；后者是指客户端间断性连接网络，以便实现保存数据、实现计费等功能而与服务器进行数据交换，其特性是用户在无网络时也能进行游戏。

最后，按照游戏内容划分，目前市场最受欢迎的游戏类型有角色扮演类、动作类、策略类、体育类、竞技类、休闲类等。

（二）网络游戏发展历程

1. 萌芽与发展期（20世纪90年代初至2006年）

1992 年，中国台湾大学生张英豪制作了中国首个 MUD 游戏（Multiple User Domain，多用户虚拟空间游戏）。MUD 游戏是文字网游的统称，是我国最初的网络游戏形态，由文字和字符画，而非图形画面构成。1999 年，中国台湾雷爵咨询公司研制开发的《万王之王》游戏上市，它是中国最早的图形网络游戏。2001 年，中国华义国际代理的日本 JSS 公司研发的网络版《石器时代》将国内网络游戏市场向前推进了一大步。这款游戏以图形指令的方式进行操作，具备独特的回合制战斗系统、组队机制及宠物养成玩法，成为回合制网游的开山鼻祖。2002 年，网易根据周星驰同名电影推出《大话西游 Online2》，这款游戏以其独特风格而成为当时国内网游的翘楚之作，赢得了百万玩家的青睐。2003 年，继《大话西游 Online2》之后，网易推出的《梦幻西游》成为回合制网游中的经典之作。

2. 端游成熟期与页游分化期（2006 ~2011年）

从 2006 年开始，国内端游市场涌现《诛仙 Online》系列、《天龙八部 Online》、《剑侠情缘 Online》系列、《征途》等，他们都取得了一定的成功，收到了良好反响。其中，巨人网络 2006 年推出的《征途》依靠先服务后消费、透明消费等设计理念给国内网络游戏市场带来较大影响，推动国内网游产品逐渐采用“游戏免费 + 道具收费”的机制和模式。2009 年，金山公司研发的《剑侠情缘 Online3》以良好的游戏制作水准、独特精致的中国传统风格成为国内大型角色扮演类网络游戏的代表作，被众多玩家誉为心目中的“良心”网游。

随着新的网络游戏形态不断推出，以及 Flash 技术的逐渐成熟，网页游戏凭借简单快捷、无客户端等特点逐渐兴起，并在发展中呈现迅猛上升趋势。特别是，SLG（模拟游戏）《傲视天地》《七雄争霸》、ARPG（动作角色扮演类游戏)《傲剑》《盛世三国》《英雄远征》、MMORPG（大型多人在线角色扮演游戏)《神曲》等一系列网络游戏的诞生将网页游戏推向发展高潮。

3. 移动时代（2011年至今）

在智能手机普及、移动网络技术加速变革，以及人们生活节奏变快、碎片化时间增多、新型社交形态转变等多种因素的影响下，手机游戏迎来黄金时代。2013 年，端游向手游转化、微信游戏上线导致手游用户数爆发式增长，同比增速达 248.4%，移动游戏用户规模达 3.1 亿人。近年来，尽管移动互联网用户红利逐渐回落，移动游戏用户增速放缓，但 2017 年、2018 年用户规模仍为 5.54 亿人、6.05 亿人，同比增速 4.9%、9.2%。与此同时，游戏数量高速增长。以手机游戏应用程序为例，截至 2018 年，我国游戏类移动应用程序数量约有 138 万，较 2017 年的 107 万增长 29.0%（如图 2）。①

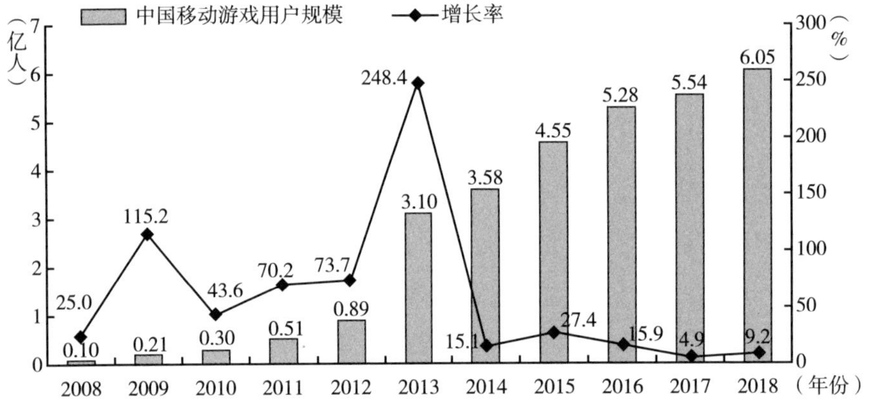

图 2　2008 ~ 2018 年中国移动游戏用户规模

从 2011 年开始，手机游戏从萌芽、快速发展到红海，均有代表作推出。比如，萌芽期（2011 ~ 2013 年）的代表作有《捕鱼达人》、《胡莱三国》（手机版)、《神仙道》（手机版)、《三国来了》等；快速发展期（2014 ~ 2015 年）的代表作有《我叫 MT Online》《天天酷跑》《大掌门》《王者之剑》《时空猎

① 中国音数协游戏工委（GPC）& CNG 中新游戏研究（伽马数据）：《2018 年中国游戏产业报告》，https://www.useit.com.cn/thread-22501-1-1.html。

人》《刀塔传奇》《新神曲》等；红海期（2016～2018年）的代表作有《梦幻西游》《阴阳师》《荒野行动》《王者荣耀》等。而随着市场规模不断扩大和资本的迅速聚焦，手游逐渐超越端游、页游而成为主流游戏类型。其中，2014年之前，由于市面竞争对手较少，手游行业呈现“低成本、高收益”景象；2015年以来，随着手游产品越来越多、用户的要求越来越高，手游逐渐从“开发商主导”转为“渠道商主导”，并进一步深化了精品化路线，同时，游戏商逐渐积极开拓细分市场及海外市场，并寻求存量市场新的增长点。

回顾中国网络游戏的发展史，端游从蓝海到红海用了10年，页游用了约4年，手游则用了2年。面对用户红利时代结束及竞争的白热化，网络游戏具有以下显著特征：一是网游市场迅速转向大众化、精品化路线，产品类型迅速扩展；二是游戏开发商从端游到页游、从页游到手游，逐步占据市场空间；三是新厂商陆续加入，从细分市场、创意想法等方面逐步突破；四是独立游戏团队坚持原创作品，逐步成为市场新的关注点。

二　2018年以来网络游戏创作生产状况与特点

经过多年的发展，网络游戏在促进互联网经济发展、激发文化创新活力等方面发挥了积极作用，但在发展进程中，一些网络游戏也存在价值导向偏差、文化内涵缺失、社会责任感不强等问题，不仅带来了一些负面影响，还制约了游戏行业的健康发展。2018年以来，在多年丰富实践的基础上，网络游戏创作进一步发展，特别是，随着行业相关政策与法规的出台，网络游戏行业发展在新形势、新要求中呈现新的风貌。

（一）网络游戏发展概述

数据显示，2018年，中国游戏市场规模达2144.4亿元，其中，网络游戏总规模为2085.7亿元，占比97.3%。[①] 可见，网络游戏产业生态进一步

① 中国音数协游戏工委（GPC）& CNG中新游戏研究（伽马数据）：《2018年中国游戏产业报告》，https://www.useit.com.cn/thread-22501-1-1.html。

扩大，几乎覆盖了整个游戏产业。总体来看，在相关政策与法规的进一步规范和引导下，网络游戏创作生产呈现一些显著的发展特征，其中，用户版权意识、付费意愿及能力不断提升，多家中小型创作团队加入游戏创新制作行列，国内独立游戏市场实现快速、高质量发展，网络游戏产业发展呈现细分化、国际化、无端化等趋向，国内游戏厂商在海外市场的营收能力逐步提升。

1. 相关政策与法规

（1）暂停发放游戏版号。2018 年 3 月，原国家新闻出版广电总局发布《游戏申报审批重要事项通知》，暂停游戏版号审批工作；6 月，文化和旅游部关闭国产网游备案通道；8 月，进口游戏停止更新备案文号。

（2）预防中小学生沉迷游戏。2018 年 4 月，教育部下发《关于做好预防中小学生沉迷网络教育引导工作的紧急通知》，要求了解掌握中小学生使用网络基本情况，重点排查学生沉迷游戏等问题，随后，《王者荣耀》等网游健康系统启动升级改造。

（3）整顿棋牌类网络游戏市场。2018 年 4 月，文化和旅游部市场司召集游戏行业 15 家重点企业召开“通气会”，对即将出台的“棋牌类网络游戏管理政策”作出重要提示，要求各平台立即停止德州类游戏下载，并于 6 月 1 日前全面终止德州类游戏运营。

（4）实施网络游戏总量调控等措施。2018 年 8 月，教育部、卫健委、国家新闻出版署、国家广播电视总局等八部门联合印发《综合防控儿童青少年近视实施方案》，推行“实施网络游戏总量调控，控制新增网络游戏上网运营数量，探索符合国情的适龄提示制度，采取措施限制未成年人使用时间”等措施。

（5）打击二手游戏版号交易行为。2018 年 11 月，全国“扫黄打非”工作小组办公室、财政部、国家新闻出版署、国家版权局联合印发《“扫黄打非”工作举报奖励办法》，对于举报买卖书号、刊号、版号及许可证书等新闻出版相关工作的违法违规行为，给予一定奖励。由此，网络游戏行业买卖版号行为将依法得到惩罚。

（6）成立网络游戏道德委员会。2018 年 12 月，网络游戏道德委员会成立，并对首批 20 款存在道德风险的网络游戏进行评议，其中 11 款游戏被责成修改、9 款游戏不被批准。

（7）恢复审核游戏版号。2018 年 12 月，游戏版号恢复审核后首批过审名单出炉。国家新闻出版署公布 12 月份国产网络游戏审批信息，共计 80 款游戏在列。在 2018 年度中国游戏产业年会上，相关部门指出：未来的审批监管将实施宏观调控、精准调控，旨在推动游戏产业走高质量发展之路。同时，针对产业发展中存在的过度逐利、侵权抄袭、消费欺诈等突出问题，相关部门将加快制定专门规范，探索建立信用档案，严格规范市场竞争秩序，有效保护创新创造，确保市场环境公平有序、风清气正。

2. 不同类型网络游戏的发展

（1）移动端游戏

中国音数协游戏工委（GPC）、伽马数据（CNG）联合发布的《2018 年中国游戏产业报告》显示，2018 年中国移动端游戏总规模达到 1339.6 亿元，市场份额持续增长，但相比上年，增速快速下滑、收入增长放缓。究其原因，一是用户需求发生了较大变化。特别是，以短视频为主的新型娱乐形式抢占了用户注意力和碎片化时间，导致游戏用户黏性松动，使用时长缩短。二是获取用户难度不断上升。从游戏推广来看，老产品通过长线运营获取了市场上大部分存量用户，新产品获取用户难度加大，同时，随着视频广告逐渐成为游戏推广的主要方式，广告投放成本不断攀升，高成本推广对于企业综合实力要求进一步提升；从用户体验来看，用户主动选择精品网络游戏产品的意愿更加明确，对游戏品质的要求也更加强烈。三是网络游戏新产品竞争力较弱。受游戏行业政策监管等因素影响，新产品进入市场的数量大幅减少，少数热门游戏占据市场大部分流量份额，存量市场游戏精品化速度加快，新产品进入市场的门槛提高。

（2）PC 端游戏

PC 端游戏市场份额持续减少，中国音数协游戏工委（GPC）、伽马数据（CNG）联合发布的《2018 年中国游戏产业报告》显示，2018 年，中国 PC

端游戏实际销售收入619.6亿元。随着市场用户不断减少，存量用户成为发展的关键点，同时，游戏产品的品牌效应备受关注，进而使得以高质量发展为核心、走“少而精”的发展路线成为必然。

（3）网页游戏

与PC端游戏相似，2018年，在用户持续流失和广告成本上升的压力下网页游戏市场份额持续减少，中国音数协游戏工委（GPC）、伽马数据（CNG）联合发布的《2018年中国游戏产业报告》显示，2018年，中国网页游戏实际销售收入126.5亿元。特别是，随着游戏用户向移动端游戏迁移，网页游戏唯有采取精品化制作、精细化运营手段，才能有效延长游戏的生命周期。

3. IP改编游戏

近年来，借助文学、动漫、影视等多领域的IP改编，手游市场呈现繁荣发展态势（如图3、图4）。具体说来，手游领域的IP主要源于文学IP、影视IP、综艺IP、动漫IP、端游IP等。这几类IP改编的作品各有特色，仅从端游IP手游化、文学IP网游化和动漫IP网游化就可见一斑。

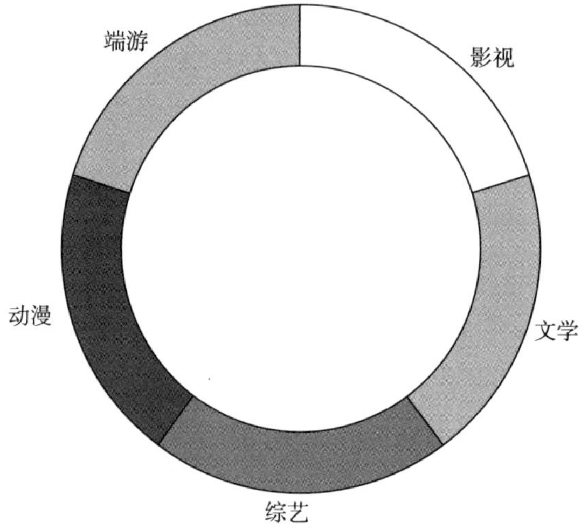

图3　IP改编游戏分类

资料来源：CNG中新游戏研究（伽马数据）。

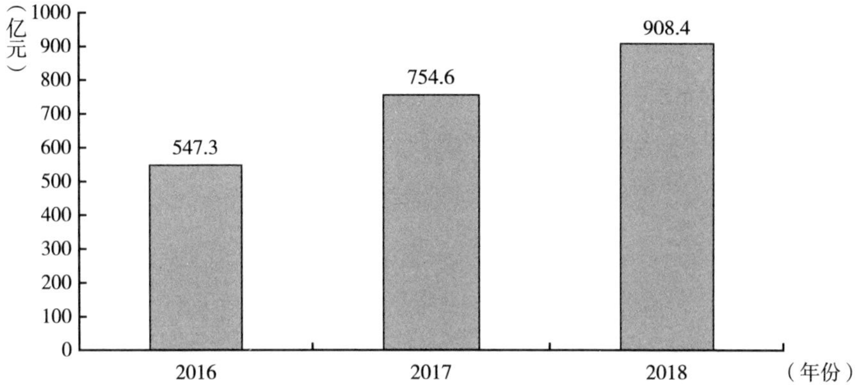

图 4　IP 改编移动端游戏市场收入状况

资料来源：CNG 中新游戏研究（伽马数据）。

（1）端游 IP 手游化

经过多年的运营和发展，PC 端游戏积累了庞大的用户基础，并在设计、视觉效果、操作体验等方面都有成熟经验，也为端游 IP 手游化奠定了良好基础。2018 年，国内手游单用户获取成本已接近百元，而且，随着买量游戏增多及市场竞争加剧，这一数值还将上升。为此，游戏厂商看中了这一契机，迅速步入端游 IP 手游化的高速发展通道。伽马数据联合《每月经济新闻》发布的《数字娱乐 IP 改编移动游戏价值评估报告》显示，2018 年 48.4% 的手游 IP 改编自 PC 端游戏，它们贡献了 IP 改编手游 62.1% 的收入份额，端游 IP 已成为手游领域价值最大的 IP。

（2）文学 IP 网游化

文学作品以文字为载体向读者展现跌宕起伏的故事情节、丰富多彩的情感表达。网络游戏通过丰富的视听效果、拟真的操作手法，可以为玩家提供身临其境的沉浸感，并引发玩家的情感共鸣，达到文学艺术的动情效果。

从端游、页游到手游，大量文学作品被改编为游戏作品。其中，传统古典文学作品中网游化次数最多的是《三国演义》《西游记》《山海经》，当代文学作品中网游化次数最多的是金庸武侠系列小说。实际上，在互联网文化语境中，网络文学作品中东方仙侠、西方魔幻、盗墓系列等无论是世界观架

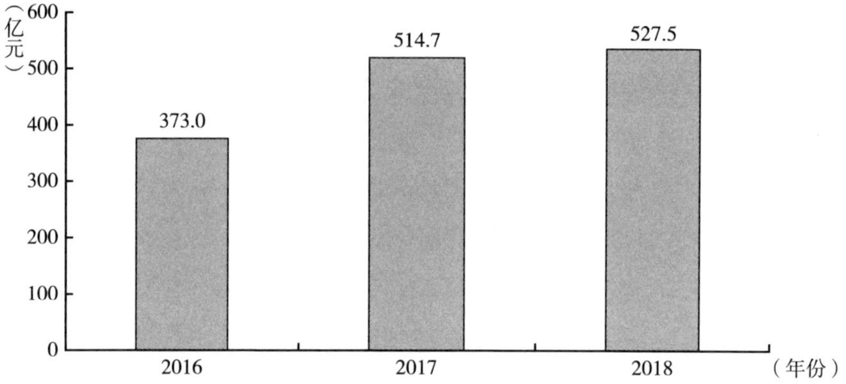

图 5　端游 IP 改编游戏市场规模

资料来源：CNG 中新游戏研究（伽马数据）。

构还是叙事结构，都非常适合网游化，比如，《鬼吹灯》《诛仙》《苍穹变》等。2018 年，文学 IP 改编的手游市场引人注目，其规模大幅提升，达到 63.1 亿元，相比之下，2016 年、2017 年仅为 29.4 亿元、23.5 亿元（见图 6）。可见，文学 IP 始终是改编网游的主力，受到游戏企业和青年玩家的追捧和青睐。

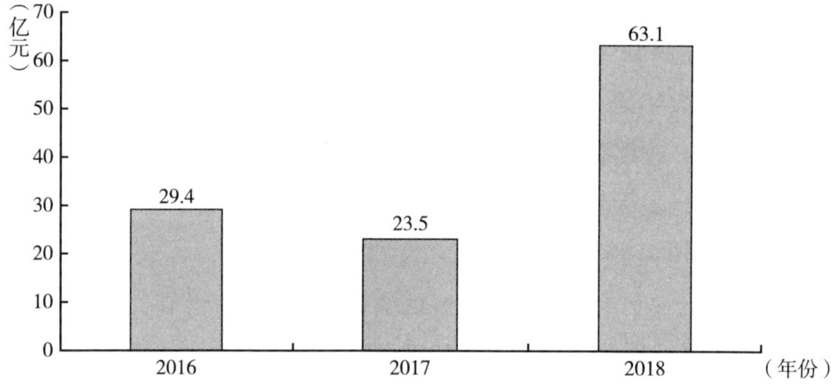

图 6　文学 IP 改编移动端游戏市场规模

资料来源：CNG 中新游戏研究（伽马数据）。

（3）动漫 IP 网游化

动漫 IP 对大多数二次元用户具有强大的吸引力。2018 年，动漫 IP 改编是网络游戏行业新的突破点。据统计，动漫 IP 手游市场规模达 90 多亿元，其中，《航海王》《火影忍者》《七龙珠》等 IP 改编游戏累计流水均高达数十亿元规模。国漫 IP 改编手游流水也快速增长。比如，国漫原创 IP 游戏《我叫 MT4》2018 年 8 月上线，首月流水约 10 亿元，而《狐妖小红娘》等国漫改编手游的预约人数达到百万级。

（二）网络游戏发展特征

1. 题材类型细分化

随着网络游戏市场趋于饱和、增长速度放缓，游戏厂商在竭力挖掘存量市场空间的同时，还在游戏品类领域进一步细分用户市场，推进精细化运营。其中，MMORPG（大型多人在线角色扮演游戏）类游戏在 2018 年 TOP100 游戏中占比依旧较大，核心玩家留存稳定，仍具备较强付费意愿和付费能力；MOBA 类（多人在线战术竞技游戏）稳居第二，主要由《王者荣耀》等带动；《王国纪元》《乱世王者》《率土之滨》等 SLG 类（战争策略模拟游戏）由于生命周期较长，在 2018 年手游排行榜中也占据一席之地；此外，竞速类、射击类、音乐舞蹈类游戏的占比也提升较为明显，主要由《QQ 飞车》《荒野行动》《QQ 炫舞》等游戏带动。此外，以《第五人格》为代表的非对称性对抗游戏作为一种新的游戏类型亦受到市场认可。特别值得一提的是，年轻用户喜爱的二次元题材游戏发展迅速，质量显著提高，像《恋与制作人》《崩坏 3》等产品在爆发力、用户 LTV（生命周期价值）、销售收入等方面表现良好（如图 7）。

2. 创作生产精品化

随着端游、页游发展进入瓶颈期，以及智能手机、网络带宽性能不断提升，手游市场井喷式发展。手机游戏不但品类齐全，而且在产品性能、开发技术、画面效果等方面也不断突破，逐渐成为游戏市场的主流，也成为各大游戏厂商争夺的主战场。

不仅如此，随着游戏市场整体趋于饱和，获取新用户难度逐步加大，用户对游戏产品的需求越来越多、审美标准越来越高，流水线式生产的游戏产

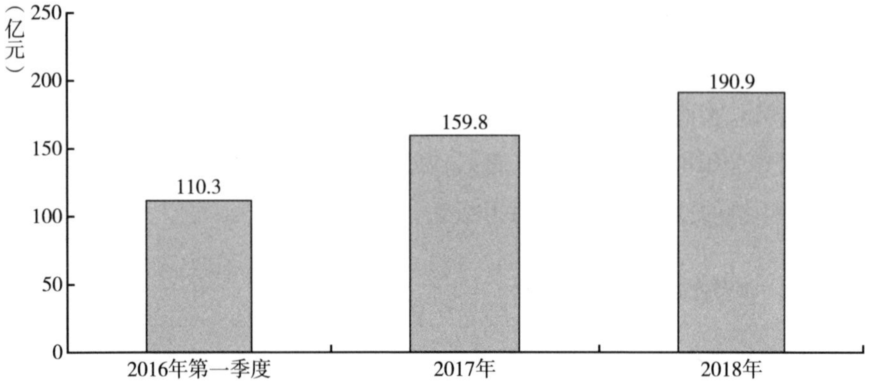

图 7　2016～2018 年中国二次元移动端游戏市场实际销售收入

资料来源：CNG 中新游戏研究（伽马数据）。

品已无法满足用户的需求，这使得网络游戏精品化趋势越来越明显，《阴阳师》《王者荣耀》《梦幻西游》等精品手游受到大量玩家追捧就是明证。2018 年以来，多种类型的精品力作不断涌现，比如，MMO（大型多人在线游戏类型）的突破之作《楚留香》、女性向游戏《恋与制作人》、竞速休闲游戏《QQ 飞车手游》、战术竞技型射击类沙盒游戏《绝地求生：刺激战场》、国风妖怪游戏《神都夜行录》等。事实上，成熟游戏玩家品牌意识、精品需求的提升，促使优质网游对渠道的依赖性下降，同时，也开启了游戏行业"品质决胜"时代的新格局。

3. 网络游戏无端化

"无端化"是指无须下载安装网络游戏客户端，打开网页即可畅玩的游戏，网页游戏是无端化的典型代表。受游戏监管力度加大、研发发行成本上升、小游戏和 H5 市场买量成本较低等因素影响，加之 H5 游戏本身具备跨平台的特性且较易改成小游戏产品，同时，小游戏也可以封包成移动端产品进行发行，越来越多的游戏公司纷纷关注、转向小游戏、H5 游戏。2018 年以来，微信小游戏、H5 游戏平台都出现了爆款级产品，比如，微信小游戏《跳一跳》《海盗来了》等、H5 游戏《传奇来了》《我的地盘 OL》等。与此同时，面对"无端化"的发展前景，各大平台都在积极打造自己的小游戏平台，比如，百度小游戏、今日头条小游戏等。据 GameLook 官方网站统计，截至 2018 年，月度活跃用户数（MAU）达千万规模的小游戏有 31 款、五百万规模的有 52 款；MAU 超过千万的 APP 手机游戏有 19 款。从数量来看，千万用户规模的小游戏已远超 APP 手游，这充分体现了小游戏的独特优势。由此看来，网络游戏“无端化”的发展趋势表明移动端应用类游戏有逐渐被 H5 游戏、小游戏取代的可能。

4. 网络游戏全球化

2018 年以来，一方面，经过多年的丰富实践，国内网络游戏的整体规模、产品质量等显著提升；另一方面，一系列相关政策法规相继实施，市场竞争日益激烈，用户获取成本直线上升。这都促使游戏厂商纷纷瞄准海外市场，或者说，“出海”成为游戏行业发展的新潮流。数据显示：2018 年中国自主研发的网络游戏在海外市场实际销售收入达 95.9 亿美元，成为中国游戏企业重要的收入来源，其中，中国游戏在美国 IOS 游戏榜单 TOP100 占比超过 20%，在韩国畅销榜 TOP100 中超过 30%，在日本 TOP100 超过 10%。从“出海”格局来看，专注于游戏“出海”的 FunPlus、IGG、智明星通收入排名靠前，主要是 SLG 类产品；从制作主体来看，2017 年、2018 年，腾讯、网易纷纷加快游戏“出海”步伐，其中，腾讯网游 Arena of Valor 日活用户数量（DAU）破 1300 万，月流水达 3000 万美元，网易网游《荒野行动》《第五人格》在日本取得不俗成绩。①

三　2018年以来网络游戏发展述评

（一）以“质量”为核心成为网络游戏的发展共识

近年来，网络游戏市场充斥着大量以短期盈利为目标的游戏产品，

① 中国音数协游戏工委（GPC）& CNG 中新游戏研究（伽马数据）：《2018 年中国游戏产业报告》，https：//www.useit.com.cn/thread-22501-1-1.html。

尤其是，移动端游戏市场常常有快速“换皮”的劣质游戏产品，它们既透支了用户对国产网络游戏的信心，也不利于网络游戏产业的发展。因此，规范市场秩序、治理劣质网络游戏产品充斥市场乱象、扭转用户对国产游戏“挖坑深、重氪金、品质差”的负面印象，换言之，坚持以质量为核心、走精品化发展之路，成为业界的发展共识。具体说来，一是网络游戏企业在研发、创新、运营等方面开始去同质化、去低俗化，创作生产优质网络游戏产品；二是网络游戏企业要更加重视消费者的权益保障，加强对未成年人的保护；三是网络游戏企业要积极承担社会责任，加强文化内容建设，弘扬积极向上的价值观，营造风清气正的网络文化氛围。

（二）功能游戏为网络游戏发展提供了新机遇

功能游戏有广义和狭义之分：广义的功能游戏强调功能的游戏化，研发初衷是解决社会与行业问题，将游戏的元素、设计、技术和构架创新应用于其他领域，比如，教育类、训练类游戏等；狭义的功能游戏是指延伸性功能游戏，强调游戏的功能化，研发并不以解决社会或行业问题为唯一目的，比如，沙盒类、模拟经营类游戏等。

功能游戏具有跨界性、多元性、场景化三大特征，有利于提升游戏行业社会价值，引导玩家树立正确价值观，同时，也有利于探索游戏市场的新兴空间。比如，沙盒类游戏《我的世界》将其功能性应用划分为学习教育、知识普及、艺术创作、工程应用、康复治疗等几大方向；《荒野行动》与中国海军蛟龙突击队深度合作，将蛟龙经典作战服植入游戏之中，并邀请前蛟龙突击队队员参与游戏动作捕捉，为游戏角色录制专业动作数据，增强玩家国防意识；《绘真·妙笔千山》则融入大量中国传统绘画元素，让玩家在绿水青山中感受国风意蕴，领略中国传统神话魅力。

2018 年被称为中国功能游戏的“元年”。所谓“元年”之说，是因为腾讯、网易等游戏企业先后入局，并促使功能游戏成为网游转型升级的突破口。据伽马数据《2018 年功能游戏报告》显示：2020 年全球功能游戏市场规模预计将达54.5亿美元，中国功能游戏潜在用户达4.8亿。[①] 在2018年中国互动娱乐大会（南京）暨中国网络游戏行业峰会上，多位专家学者也认为：推动网络游戏行业转型升级势在必行；大力发展功能游戏，除了要在现有游戏中增加功能性模块外，还须加大功能游戏研发、运营、宣介等方面的资金、人才投入。

（三）5G、云计算等技术推动网络游戏迭代升级

1. 5G网络提升用户留存率

2019年是5G商用“元年”。5G网络具有高速率、低延时、高容量等特性。对网络游戏来说，它可以解决网络游戏因安装包较大而影响用户随时随地畅玩游戏的痛点，使“即下即玩”成为现实；也可以解决竞技游戏的延时问题，为竞技类游戏提供更好的用户体验。可以说，5G网络将为网络游戏注入强大发展活力，同时，也将有效提升用户留存率，促进网络游戏产业跨越式发展。

2. 云游戏开创网游新业态

“云游戏”又称游戏点播，是一种以云计算技术为基础的在线游戏新形态。与相对有限的轻端设备相比，云技术使图形图像处理和数据运算能力提高，利于运行高品质游戏。在云游戏场景下，游戏的核心数据在云端服务器运行，云端服务器将游戏场景渲染为音视频流，并通过网络传输到玩家游戏终端，因此，终端仅需拥有基本的流媒体播放能力即可获取玩家输入的指令并发送给云端服务器。与传统游戏模式相比，云游戏在很大程度上减少了终端设备的成本和游戏公司发行与更新维护的成本，进一步降低了网络游戏的准入门槛。

当然，与传统游戏相比，云游戏仍有一定差距。传统网络游戏仅需传输游戏数据状态，而云游戏的多媒体数据传输对网络速度及延时更敏感，因

① CNG中新游戏研究（伽马数据）：《2018年功能游戏报告》，www.chinairn.com/scfx/20180713/112247605.shtml。

此，高延时会降低游戏用户体验。但随着5G网络技术的逐步普及，云游戏网络传输瓶颈将被打破，并迎来高速发展。如此一来，云服务器既可以助力网游公司部署、测试、推广、支付等一系列服务，又可以加速网络游戏产业全球研发、运营的一体化进程，而网游的新业态亦将呈现新的风貌。

（四）电子竞技为网络游戏发展注入新力量

2017年10月，国际奥委会宣布电子竞技运动为正式体育项目。这意味着电子竞技正式成为奥运会比赛项目，预计最早出现在2024年巴黎奥运会上。

随着全球电子竞技产业规范化发展，中国已成为全球电竞产业发展最快的国家之一。对中国电竞来说，2018年意义非凡：在雅加达亚运会电竞表演赛中，中国团队在《英雄联盟》《王者荣耀》《皇室战争》三个项目上摘得两金一银；在2018英雄联盟全球总决赛中，中国LPL赛区队伍突破重围最终夺冠。2019年，备受瞩目的Ti9（第九届DOTAz国际邀请赛）将在上海举办，中国电竞的全球影响力将有新的表现。

从网络游戏的附属品到实现快速产业化，电竞体现出独特的产业特点和价值。目前，其游戏开发、版权分销、赛事运营、赛事衍生内容制作、电竞电商等细分市场和产业链逐步形成。就发展趋势来说，有三点值得关注：一是电竞行业监管力度加强，促进行业规范发展；二是国内电竞行业用户群体不断扩大；三是电竞职业化和国际化发展趋势明显，国内外电竞赛事有序开展，电竞选手、职业战队、内容制作产业链等逐步完善。

（五）扬帆“出海”开创网络游戏发展的新局面

随着国内网络游戏人口红利的逐渐减弱，中小游戏公司面临着巨大的生存压力，于是，积极开拓海外市场成为破局的新动能、发展的新方向。对此，业内人员甚至有“不出海便出局”的说法。实际上，近年来，中国原创游戏的海外出口快速增长，特别是，扬帆“出海”不再是依循简单的授权出口模式，而是在海外成立子公司或通过并购实现海外拓展。其中，有三点值得关注：一是在“产品”上，实施差异化发展并通过独立运营等方式出口海外，实现中国自主研发网络游戏海外出口规模增长；二是从“渠道”上看，与脸书、谷歌商店等多个海外渠道建立长期稳定的合作关系，积极、有效地拓展全球市场；三是就“平台”来说，通过收购或自建平台聚拢用户。比如，腾讯、三七互娱、游族网络等游戏企业已全面展开海外平台布局，强化对用户的深度运营。

B.9

“泛”网络文艺发展状况

詹乃德　刘怡男*

摘　要：　在丰富多样的网生内容中，以“审美性”为视点，除网络文学、网络剧、网络电影等典型表现形态之外，网络文艺还可以宽泛地涵盖其他的“互联网+文艺”形态。2018年以来，短视频、网络直播、网络音频等“泛”网络文艺形态实践丰富、用户数量庞大，既反映了网络文艺的多样性、生动性，又反映了网生内容的蓬勃活力和发展潜力。

关键词：　“泛”网络文艺　互联网+文艺　网生内容

和哲学社会科学或其他人文科学相比，艺术有其特有的规定性——审美性，因而，艺术的创作生产也要遵循特有的艺术规律。和传统文艺相比，尽管网络文艺具有新的审美特性和新的艺术生产规律，但“审美性”依然是其内在的规定性。这在网络文学、网络剧、网络综艺、网络电影、网络音乐、网络动漫、网络游戏等网络文艺的主要表现形态中有鲜明的体现。然而，在时代发展、社会进步的历史进程中，随着日常生活的“审美化”和审美的“日常生活化”，以及互联网孕育新事物、催生新形态的巨大潜能，网络文艺除了以上几种主要表现形态，还有短视频、网络直播、网络音频，以及在线美术馆、VR/AR/MR、AI等表现形

* 詹乃德，历史学硕士，文艺网（北京）传播有限公司编辑，主要研究领域为中国思想史与西方思想史；刘怡男，中国传媒大学2018级传媒艺术学专业博士研究生。

态。这些借助互联网力量而蓬勃发展的形式、产品等含有文艺因子又非“典型”网络文艺，或具有丰富潜能却处于发展的初级阶段。随着网络用户日益增长、网络内容生产越来越丰富，这些表现形态的网民参与度越来越高、市场规模持续扩大、影响力不断提升，因此，我们不妨将其纳入“泛”网络文艺的范围来考察、分析。

一 “泛”网络文艺概述

2018 年以来，不论是音频、视频，还是直播，“泛”网络文艺整体上迅速发展。其内容主要可分为“娱乐放松”“知识讯息”两大类。

“娱乐放松类”内容是互联网时代广受大众追捧的网络文化成分和产品，绝大多数网站均有涉猎。尤其是在短视频和直播领域，娱乐放松类内容更是重要组成部分。这些内容往往聚焦不同生活场景，并通过多种形式向网民呈现一些不同的生活体验。

从内容生产方式的角度来看，一般而言，此类内容有平台自制，也有用户上传。其中，综合类的综艺节目大多属于平台制作，比如，芒果 TV 拥有大量直播的娱乐综艺节目；抖音、火山小视频、虎牙、斗鱼等直播或短视频娱乐内容则多为用户上传。

除大众性的娱乐放松内容，一些形成圈层的特殊群体在一定特殊爱好范围内分享与传播其他“泛”网络文艺内容，比如，二次元、“鬼畜”等。他们以恶搞或调侃的特殊形式来输出内容，并聚在一起建立情感纽带，形成群体性效应。

2018 年以来，知识讯息类内容快速增长，其显著表现是各大官方媒体都在抖音上传播相关的信息内容，比如，人民日报、浙江卫视、人民网等。其中，人民日报的抖音粉丝量接近 800 万，浙江卫视的粉丝量超过 650 万。

讯息类内容通过短视频形式快速传播，且越来越重要，成为 2018 年以来的新亮点。而知识类内容制作，目前以商业财经、技能培训、人文科技、亲子教育四大类为主。相比之下，讯息类内容更多以短视频或音频为主，方便用户快速接收信息；而专业知识类内容则更多是以中长视频或音频为主，以便内容传递更准确、有效。

（一）主要表现形式

1. 短视频

短视频特指播放时长在5分钟以内的网络视频，它具有社交属性强、创作门槛低和观看场景便捷等特征，更加符合移动互联网时代的碎片化消费习惯。[①] 2018年以来，短视频领域持续升温，且正向三四五线城市扩散。其内容以才艺、生活、职场等为主，且流量逐渐向优质内容集中。

2. 网络直播

网络直播是指在特定现场架设音频、视频之类的独立信号采集设备，通过直播网页端即时展示音视频内容，由网民自主浏览、选择、观看的一类网络服务形式。[②] 网络直播主要以用户直播为主，但平台会依流量情况而加大推送力度，从而打造网络红人。大部分是通过分享话题，进行情感互动，激发主播与受众群体之间的情感共鸣，“社交化”特征非常明显。此外，网络直播中的游戏内容占有重要位置，且成为收入的重要来源。

3. 网络音频

广义的网络音频是指通过网络传播和收听的所有音频媒介内容。狭义的网络音频不涉及网络（数字）音乐，其包括音频节目（播音）、有声书（广播剧）、音频直播以及网络电台等实现形式。[③] 本报告使用狭义的网络音频定义来展开研究。网络音频自2018年以来持续发展，并呈现向高学历化发展的趋势，越来越多的高学历群体参与音频收听，且中青年城镇居民居多。

音频内容生产主要集中在喜马拉雅、荔枝、蜻蜓FM、企鹅等几家。从发展规模看，喜马拉雅一家独大，荔枝、蜻蜓FM、企鹅都在持续增长。此外，

---

① 田斌：《移动短视频应用的内容生产及传播模式研究》，河北经贸大学硕士学位论文，2018。

② 王乃考：《直播经济：“互联网+泛娱乐”时代的连接变革》，中国铁道出版社，2017，第6页。

③ 艾瑞咨询：《中国网络音频全场景发展研究案例报告》。

2018 年喜马拉雅、蜻蜓 FM 都进行了新一轮的融资，市场估值数十亿美元。

音频内容使用的最大优势在于它不占用其他活动时间，可在开车、工作、做家务时同步进行，同时，其内容覆盖了综艺娱乐、学习、情感互动等诸多领域。此外，“有声书”占有较大份额，各大音频平台也在争夺有声书的版权。

（二）主要生产方式

网络文艺内容丰富，生产形式多样，“泛”网络文艺几种主要表现形态的生产亦是如此。大体说来，生产方式可分为 PGC（Professionally Generated Content，专业生产内容）、UGC（User Generated Content，用户生产内容）、PUGC（Professional User Generated Content，专业用户生产内容）、OGC（Occupationally - generated Content，职业生产内容）四类。

1. PGC

不论是音频还是视频，平台制作的多是付费内容，比如，爱奇艺、优酷、腾讯、喜马拉雅等均以专业生产内容为主。PGC 是目前最重要的一种内容生产方式。通过专门的内容制作团队，平台可以建立统一的标准和规范形式，也可以保证内容的质量，以及用户的良好体验。PGC 也是平台吸引用户的最有效手段。依靠几个甚至一两个极度经典节目，平台就足以吸引大量粉丝与受众群体，并带来巨大的流量。

在内容上，PGC 生产的质量要求较高、制作成本较大。音频多为 10 分钟左右，视频多为 5 分钟左右。青年接受人群数量明显高于其他年龄段人群。2018 年以来，PGC 优质内容点击量持续提升，专业性也进一步增强，比如，《财约你》《吴晓波频道》获得较高播放量，乃至成为行业头部内容。

2. UGC

UGC 是最常见的内容生产方式之一。论坛、豆瓣、直播、微博等均可视为 UGC。随着平台向用户开放，用户上传分享内容，进一步促进了 UGC 发展。UGC 在体量上远大于 PGC。以“喜马拉雅”为例，每天用户上传的内容达十几万甚至几十万条，而专业生产每年不过几万条。

UGC 能极大地调动用户创造内容的主动性，但内容质量参差不齐，且关注度没保证，收益转化也难以得到广告商的支持。因此，在 UGC 为主的直播领域，其内容往往更多体现在颜值、卖萌、才艺表演、介绍不同生活体验等，甚至提供社交、电商服务。除直播平台外，一般平台很少只是开发 UGC，而是将 PGC 与 UGC 结合，从而打通平台与用户之间的沟通渠道，并且，在对外宣传时，平台还会把 PGC、UGC 内容加起来，以便增强关注度和影响力。

3. PUGC

PGC 与 UGC 的融合形成了一种新模式——专业用户生产内容。这些内容生产具有一定的制作经验，且知道什么样的模式适合传播，甚至有些生产者还拥有相当规模的制作团队。这种在平台之外，能生产专业性内容的机构被称为 MCN（Multi - Channel Network），它们往往以工作室或公司的形式呈现。

一般来说，业内比较重要的大咖（内容明星）都会采取这种模式，比如，马未都、高晓松、吴晓波等。平台也会从用户上传的内容中把一些有价值的内容筛选出来，然后加工成优质内容推送出来。此外，平台还会对最优质的内容生产者进行物质奖励，让他们由用户变成生产者，同时，开放弹幕，让用户广泛参与评论，进而在平台、内容生产者、用户之间建立起紧密的纽带关系，打造一种新的生产形式。如 bilibili 网站中有 85% 以上的内容是 PUGC 的产物。2018 年 3 月，bilibili 在美国纳斯达克上市，既表明了 PUGC 模式的成功，也体现了网络用户在内容创造上强大的生命力。

4. OGC

职业内容生产是基于某些特殊的内容（比如，艺术审美、财经评论、新闻等），由特定专家群体来进行创作并满足特定群体需求的内容生产形式。一般说来，OGC 由平台出钱或以其他方式来采购这些内容，因此，OGC 和 PGC 之间存在一定交叉，只是 PGC 的生产者往往是平台自身，而 OGC 往往是特定的专业群体。如果这些特定的专业人士被平台雇用，那么，PGC 和 OGC 之间就会重合。

二 2018年以来“泛”网络文艺主要表现形式的发展状况与特征

2018 年以来，在网络文艺蓬勃发展的大环境之下，以用户为导向的网络短视频、网络直播、网络音频等取得了长足发展，日臻成熟，覆盖面和影响力急剧扩大。用户生产内容为主要组成部分的这一类“泛”网络文艺细分领域，相对来说更平民化、去中心化，展现了多种民间文艺形式与群众生活图景，抒发了人民情感，表达了时代精神。

（一）短视频发展状况与特征

2018 年以来，作为网络文艺的热门分支，网络短视频在各个平台上开始大放异彩，也得到了广大用户的青睐，成为不可被忽略的一种整合多种形式与内容的新型网络文艺形式。

1. 短视频发展状况

国内的短视频应用与短视频内容早已有之，但直到 2018 年，互联网短视频才真正迎来一个全面、快速的发展期，被推向了行业的风口，进入业界、学界的视野。

（1） 总体特征与市场规模

中国互联网络信息中心第 43 次《中国互联网络发展状况统计报告》显示：截至 2018 年 12 月，短视频用户规模达到了 6.48 亿，用户使用率为 78.2%。[①] 2018 年，抖音 APP 的日活跃用户突破 2.5 亿，月活跃用户超过 5 亿，接近手机网民总用户人数的 2/3。[②] 与 2017 年短视频在一线城市爆红不一样的是，进入 2018 年，以抖音、快手、西瓜视频等为代表的短视频应用

---

① 中国互联网络信息中心（CNNIC）：第 43 次《中国互联网络发展状况统计报告》，http：//www. cac. gov. cn/2019 －02/28/c_ 1124175677. htm。

② 抖音短视频、字节跳动算数中心：《2018 抖音大数据报告》，http：//www. sohu. com/a/295033885_ 228332。

从春节期间就已经开始迅速下沉至三、四线城市，用户规模持续增长。2018年，网络短视频的用户红利期开始逐渐消退，用户增速呈现明显减缓的趋势，所以，各大平台与渠道在过去一年里开始逐渐对用户数据进行检测与画像，细分领域、深耕用户。同时，各大平台分别与MCN、网络视频达人等进行合作，充分调度与整合平台内外的优质内容资源，以形成自己平台的品牌效应。

从市场规模上来看，2018年短视频营销迎来了快速发展期。艾瑞咨询的调查与分析显示，2018年短视频营销市场规模已经达到了140.1亿元，同比增长率高达520.7%。2017年、2018年头部短视频媒体平台在短视频营销上的商业平台搭建，提供了大量的短视频营销变现机会。另外，广告主预算的逐渐倾斜，内容方、MCN和营销服务商不断推动短视频营销能力的专业化，都是促使短视频营销市场规模增长的主要原因。①

（2）行业治理与规范

2018年以来，短视频行业规范逐渐建立，监管部门对于短视频平台上存在的内容、版权、平台风险等问题进行了相关的整改治理。2018年7月，国家版权局、国家互联网信息办公室、工业和信息化部、公安部联合开展了“剑网2018”整治侵权与盗版的专项行动，约谈了15家重点短视频平台网站，下架短视频作品共57万部，对平台上存在的疏于把关、纵容低俗内容传播等问题进行了批评教育与限期整改，这些举措从宏观层面对平台方进行了引导。② 具体来说，针对平台的监管措施包括对PGC上传者进行各项实名制认证、账户绑定的举措，对UGC的组织代码、许可证与上传内容是否在许可范围内的审核等。用户方面，对短视频的内容与上传者资质也开始进行初筛和把关。

2019年1月10日，中国网络视听节目服务协会发布了《网络短视频平

① 艾瑞咨询：《2018年中国短视频营销市场研究报告》，http：//www.sohu.com/a/280156722_152615。

② 《15家短视频平台下架侵权盗版作品57万部》，http：//www.gov.cn/xinwen/2018－11/07/content_5338225.htm? _zbs_baidu_bk。

台管理规范》《网络短视频内容审核标准细则》两项文件，制定了短视频行业的从业规范，对短视频的平台、创作者、内容等方面都起到了约束和指导作用，短视频行业经历了从野蛮生长到监管介入的行业规范化发展。

（3）作为“平台”与“功能”的短视频

2018 年以来网络短视频平台呈现特征细分、深耕领地的发展趋势。总体来说，任何一个短视频平台都没有把目光局限于一种或者一类短视频上，而是争取包罗万象、多点开花，在给观众提供一个打开短视频信息窗口的同时，找到部分值得深耕的领域进行重点发展。比如，抖音的用户更为年轻化，背景音乐多为电音、舞曲，视频多具有强烈的节奏感，能在短时间内通过形式吸引观众；快手的主要阵地则是在对生活的展现上，特别是对新时代农村美好生活的反映；微视用户也多为年轻人，依托于腾讯公司可以直接将短视频通过微信传播；西瓜视频、火山小视频、秒拍、梨视频上的 PGC 资讯类内容相对更多，一些抖音、快手上的视频也要通过秒拍等 APP 整合之后才能在微博、微信等社交媒体上进行链接分享。微博官方推出的“微博故事”、微信官方推出的“时刻视频”等功能在 2018 年也相继被添加到两个 APP 中。网络短视频已经不再局限于在特定短视频 APP 与短视频用户中分享、传播。此外，淘宝、知乎、钉钉、唱吧、网易云音乐等非短视频类 APP 也先后将短视频功能添加进应用中，这直接彰显了 2018 年以来短视频在传媒领域的影响力与号召力。①

（4）短视频进入国际市场

2018 年，部分短视频 APP 的国际版开始走出国门，在国际市场上迅速发力，并在很多国家的用户中都取得了良好的口碑。比如，抖音国际版 APP “Tik Tok”，不仅在 2018 年 9 ~ 10 月蝉联美国 APP store 月下载量榜首，还促使 Facebook 公司推出功能类似的短视频应用“Lasso”来抢夺用户。此外，“Tik Tok”在日本 APP store 也表现抢眼，在日本中学生中广受欢迎，还作

① 艾瑞咨询：《2018 年中国短视频营销市场研究报告》，http：//www. sohu. com/a/280156722_152615。

为外国赞助商赞助了日本热播电视剧《无法成为野兽的我们》。在印度，“Tik Tok”则根据其社会发展与用户构成情况，走起了快手式的下沉路线：不局限于城市风，乡村内容也被拥抱与接纳。这种 APP 因地制宜的定位与市场策略的改变，吸引了更多国际用户加入。

2. 短视频内容分析

在短视频时代，艺术创作与接受之间的边界非常模糊，由于创作方式的简化，每个平凡的观众都是潜在的创作者，有了通过短视频表达自己的可能性。同时，由于观众基数大，短视频内容就更为丰富、更加多元。具体来说，短视频一般可以分为明星秀场类、娱乐搞笑类、生活记录类、新闻资讯类、知识科普类、技术艺术类等，传统文化、政企服务等内容也在 2018 年与新兴的短视频应用有了密切合作，主流内容也在互联网这块全新的传播场域中绽放新的活力。①

相较于之前的短视频，2018 年短视频的形式变得更加多样。微博、微信中分别添加了“微博故事”“微信时刻视频”两种 15 秒内小视频的功能；秒拍、微视等与社交媒体兼容的 APP 使得部分时长稍长的短视频在社交网络上也有了传播渠道；微博观看短视频还可以通过自带的播放器调整播放速度，最大能将视频时长压缩至原时长的二分之一，将短视频变得更短。各大视频网站上 VLOG 的兴起更是将短视频的概念进行了延伸。通过观看 VLOG、新闻资讯类短视频等时长更长的作品，观众逐渐发现短视频也能讲好故事，也能有叙事情节，也能起到陪伴作用，这很大程度上消除了部分传统观众对于短视频的偏见与抵触。

2018 年最具代表性的短视频主要有两种类型：一类是随着快手、抖音等 APP 火遍民间的、反映群众文艺生活的短视频；另一类则是将主流内容压缩至短视频时长，并通过短视频 APP 上的官方账号发布的官方资讯类短视频。

---

① 抖音短视频、字节跳动算数中心：《2018 抖音大数据报告》，http：//www. sohu. com/a/295033885_ 228332。

（1）短视频井喷与丰富的群众文艺生活

互联网的飞速发展使得媒介"去中心化"这一特质表现得越发明显，火爆的短视频 APP 如快手、抖音，已然成为民间生活分享者最衷爱的创作工具。这些载体的出现带给普通互联网用户一个表达生活、展示创意的渠道，让他们能够将自己最鲜活的生活状况、最有热情的创作传递出去。15秒左右的短视频内容一般以搞笑或者才艺展示为主。如抖音网络红人"代古拉 K"以跳舞出名，"黑脸 V"主要展示高超的视频剪辑技巧等。而对于时长更长一点的民间短视频节目，其内容的重要性则被强调。比如，2018年暑期爆红的以各种方法烹饪竹鼠的"华农兄弟"、擅长反串模仿的"戏精牡丹"等，都在短视频节目中创造了一些令观众产生记忆点、让人不自觉发笑的"梗"，并将这种风格延续到创作的系列视频中。另外一种短视频则是热度在"95 后""00 后"中不断升温的 VLOG。这一类短视频一般的内容都是记录自己的个人生活，包括学习经验分享、美妆穿搭分享、购物经验与推荐、旅游记录、健身经验分享等，风格从严肃认真到自黑搞笑，是一种具有极强伴随性质、展现创作者日常生活、分享生活经验的文艺形式。2018年，这些以 UGC 为主的内容不再局限于小范围内的传播，通过各大短视频 APP，这些来自民间的鲜活内容在互联网上取得了裂变式的传播效果，展现了广大民众丰富的文艺生活。

（2）官方短视频兴起与社会心理变化

2018 年，主流媒体与政企服务平台也注意到了短视频这一最为鲜活的网络文艺创作领域，纷纷建立、运营官方短视频账号，以求将官方内容通过新型的互联网文艺形式进行一种全新的表达，实现尽可能广泛的传播影响。抖音 APP 官方报道显示，2018 年，1344 个抖音媒体号发布了总数超过 15.2 万个的短视频，累计获赞超过 26 亿。其中"人民日报"以 793 万的粉丝订阅量排名第一，全年共收获超过 1.7 亿次点赞；浙江卫视、人民网、央视新闻、江苏卫视等媒体官方抖音账号的粉丝量也都超过 200 万。此外，2018年，抖音平台上已有的 5724 个政企服务号发布了超过 25.8 万个短视频，累计获赞超过 43 亿。其中，"四平警事"以 1043 万的粉丝订阅量排名第一，全年共收获超过5400万次点赞。[①] 稍早的几年中，观众更加倾向于以互联网图文形式获取新闻资讯，在2018年，对于资讯的获取方式有了明显的视觉转向，官网短视频账号的入场很大程度上改变了观众通过互联网汲取信息的方式：动态的、声画兼备的、时长凝练的短视频资讯成为2018年的一大亮点。随着短视频技术的发展、平台的不断成熟、行业与政策的逐渐规范，主流观众逐渐开始放下偏见，尝试、接受并且习惯、喜欢上了这种新型的互联网传播形式。

（二）网络直播发展状况与特征

2018年以来，网络直播面临着内部头部资源整合与外部网络短视频的竞争。在这种状况之下，网络直播的生存空间受到了一定程度上的压缩，相对于前几年热度有所下滑，人口红利已然消失。但在相关部门的监管之下，网络直播已经从前几年的野蛮生长向规范化转变，市场规模开始稳步扩大，发展也逐渐趋于良性与冷静。

1. 网络直播发展状况

2016年被称为网络直播元年，各类直播APP层出不穷并进行了各方混战，之后两年，直播行业在不断发展的同时，进行了自我完善。2018年，网络直播进入了调整期，用户人数开始出现下降，大量用户从PC端涌向移动端，短视频分流情况显著，网络直播市场趋于稳定。

（1）总体特征与市场规模

中国互联网信息中心第43次《中国互联网络发展状况统计报告》显示：截至2018年12月，我国网络直播用户规模达到3.97亿，较2017年末下降2533万，用户使用率为47.9%，较2017年末下降6.8个百分点。除了网络游戏直播用户基本稳定、体育直播略有下降之外，真人秀、演唱会直播用户使用率都有明显的下降，但用户黏性得到提升。同时，截至2018年12

① 抖音短视频、字节跳动算数中心：《2018抖音大数据报告》，http://www.sohu.com/a/295033885_228332。

月，我国网民使用手机上网的比例已经高达98.6%。网络直播最早是针对PC端用户，而如今，随着手机网民所占比例的不断提高，移动端的优势已然展现出来。此外，网络直播行业外部监管日趋规范，行业整合加速，各大直播平台进入精细化运营阶段。

从直播平台来看，2016年以来，直播行业进入混战，追求主播数量，各方势力争相划分势力范围、争夺领地。进入2018年，互联网直播行业已经明显进入洗牌期，直播市场日趋稳定，各大直播平台进行内容整合、网罗大主播、打造头部精品内容、注重质量、走可持续发展道路。在2018年的竞争中，部分直播平台已经表现出明显的颓势，被逐渐淘汰，但总体来说，网络直播的收益依然在缓慢增长中。网络直播的整体正向着移动端倾斜偏移，移动直播与移动电竞正在成为网络直播中不可或缺的组成部分。[①] 直播平台对于网络主播的招募与签约更为规范，过去动辄天价的大合约已经较少出现。平台对于头部主播的竞争越发激烈，2018年，单从熊猫直播出走的著名主播就有小楼、小绝、JY、2009、囚徒等。他们分别被虎牙、斗鱼等竞争平台挖走，以期打造更为专业的电竞新平台。由于外部监控不断强化，过去网络主播呈现的质量参差不齐现象已经有明显的改善，尽管由于网络直播的特殊性，一些监管措施只能延后半拍，但对于一些不规范主播的警告、封禁等处理无疑给主播们打了预防针，即要想获得更多的观众与更加长久的收益，打造差异化的优质内容才是吸引观众的正确手段。

（2）网络直播平台与内容分析

①竞技游戏类直播——用户细分、垂直深耕

斗鱼直播、虎牙直播以游戏直播为主，自网站创办以来就一直致力于打造专业且全面的游戏直播平台，网罗了各种游戏门类的各大流量主播。2018年，虎牙直播的狼人杀节目《God Lie》表现依然亮眼；斗鱼直播则与ImbaTV合作，承办了多项DOTA2游戏比赛项目，在游戏玩家中取得了不错的口碑。

① 艾瑞咨询：《2018中国移动电竞行业研究报告》，http://www.sohu.com/a/282642492_204078。

直播平台对于用户的精细化运营表现得也更为突出。以斗鱼直播为例，在主页对各种竞技游戏、网络游戏、手机游戏、单机游戏、传统游戏等都有详尽的分类，几乎涵盖了当前所有的热门游戏品类；同时，借助于与赛事方和电竞战队的良好合作而以战队为单位整队引进职业选手进行直播：VG 战队 DOTA2 分部的四名队员与一名教练先后都在斗鱼平台开通了直播，每一位主播的界面都可以直接链接到队友的直播界面，这种将粉丝聚拢在一个小型的“直播公寓”的操作，无疑对战队、直播平台、观众都是有利的。

②颜值秀场类直播——监管下的变革与创新

还有一种则是主打颜值秀场类的直播，如花椒直播、YY 直播等，这类直播平台上的主播多以才艺展示为主。2018 年之前，颜值秀场类直播主要展现主播歌舞、户外、脱口秀等各种形式的才艺，主播构成成分稍显混杂，泛娱乐倾向明显，违规比例相对游戏类、资讯类等明显更高。许多主播将直播当作自己成为网络红人、明星的一块跳板，为了出名，部分主播在直播中对各种违规违法内容打擦边球。2018 年，被 YY 直播平台封杀的主播李天佑（用户名“MC 天佑”），原是一个喊麦主播，但在走红之后开始在直播中描述吸毒的感受，被监管部门发现之后，其所在的直播间被禁封。监管手段的强力介入在一定程度上净化了此类直播的生态环境。

③互动答题类直播——引流老用户、吸引新用户

2017 年年底至 2018 年年初，以“冲顶大会”“百万英雄”“芝士超人”等为代表的直播竞答类游戏 APP 上线。参与门槛低、兼容趣味性与益智性、奖励丰厚、满足观众的竞技心理等特征使得这一类直播一经上线就引发了全民的参与狂潮。同时，通过答题 APP 特有的邀请好友来获取答题复活机会的激励机制，此类 APP 以裂变的传播方式在 2018 年年初成为现象级的直播模式。这种全民参与的直播将很多原本目光集中在 PC 端的直播用户吸引到手机端上来，同时，也给未曾体验过网络直播的观众提供了一个低门槛渠道。通过红极一时的直播竞答类 APP 的引流，更多观众开始关注移动端直播这一全新的领域。

此外，在 bilibili 直播平台上，二次元直播、生活类直播、学习类直播

是主要类型。新闻资讯类的直播，如光明网等媒体政企服务号都有一直播的官方直播账号。

2. 乱象治理与行业规范

网络直播的乱象阻碍了行业的发展。技术手段虽然使自动监管成为可能，但是部分主播依然冒着被禁封的风险打擦边球，为的就是博取更多观众的关注来获得更大的利益。这种情况下，就需要管理员进行内容的人工审核，这种审核往往都有一定的滞后性，导致违规内容屡禁不止。同时，同类直播平台对直播资源、主播资源、赛事资源难免会有一些竞争，一些直播平台会雇用“水军”对敌对平台主播进行污蔑、人身攻击等，对于平台的健康发展也是不利的。

目前，各大直播平台对主播的审核仅仅是上传身份信息，很多主播在成为主播之前并没有进行过素质、能力测试，主播行业的准入门槛相当低。2018年，被央视、人民日报点名批评的主播卢本伟（用户名“White55 开”），作为一名职业的英雄联盟选手赢得过许多荣誉，但在直播平台上，他不仅弄虚作假，使用游戏外挂欺骗粉丝，还对网友进行无理的谩骂，最终被各大直播平台永久封号。同时，短时间内蹿红的主播对于现实生活与虚拟网络之间的情感把控可能会失衡，部分主播会在直播间里将自己的生活形态展现出来，比如，不自觉骂人、说脏话；还有一些主播则会与粉丝群里的 KOL（关键意见领袖）有现实生活中的互动，或者直接明码标价贩卖自己的微信号、手机号等私人联系方式，并与观众在线下进行不平等交易等。此外，部分网络主播对自己在网络直播平台上播出的内容不负责任，或习惯于在网络上传递一些负能量，对观众造成不良的影响。依靠短视频出名的主播杨凯莉（用户名“莉哥”）在其直播间对国歌进行曲调改编，并嬉皮笑脸地演唱，作为其直播演唱会的开场，被网友举报之后，她的直播间被封停，她被处以行政拘留。

2018 年 8 月，全国“扫黄打非”办公室会同工业和信息化部、公安部、文化和旅游部、国家广播电视总局、国家互联网信息办公室联合下发了《关于加强网络直播服务管理工作的通知》，部署各地各有关部门进一步加强网络直播服务许可、备案管理，强化网络直播服务基础管理，建立健全长效监管机制，大力开展存量违规网络直播服务清理工作，这对行业规范起到了重要作用，效果正在逐步显现。

（三）网络音频发展状况与特征

与网络音乐注重旋律性不同，网络音频更注重以声音为介质传播的内容，主要有音频节目、有声书、音频直播以及网络电台等形式。2018 年以来，网络音频的发展十分迅速，并且在用户数量、人均音频播放时长、付费内容的消费等方面都有明显的提升。

1. 网络音频发展状况

音频这一媒介具有信息、情感、伴随、娱乐属性，网络音频通过将一些网络文学作品有声化，将一些网络视频、网络综艺等去视觉化的方式，整合了大量互联网优质内容，从其他成熟的网络文艺形式中分流了部分观众。

2018 年网络音频行业的市场规模也在进一步扩大，以喜马拉雅、荔枝、蜻蜓 FM 等为代表的网络音频平台在 2018 年均取得了进一步的市场融资，市场估值也高达数十亿美元。

2018 年，网络音频平台也进入了垂直细分、深耕领域的阶段。网络音频平台一般分为包含多种音频节目内容的综合性音频平台、以直播与交流为主的音频直播平台、将内容进行有声化的阅读类平台等。一方面，既存的音频平台已经开始挖掘平台优势领域，将平台内容进行详细分类，以便满足听众的各种需求，培养高黏度用户；另一方面，受到泛媒体时代的影响，一些原本没有音频收听功能的平台也开始内嵌进了音频系统，特别是一些依靠文字传递信息的 APP，这种功能的添加能够让听众直接将文字转化为语音，通过耳朵接收信息，解放听众的眼睛。

2. 网络音频类型与内容分析

网络音频强调对用户听觉的占有。听众可以在收听网络音频的同时，伴随其他感官的休息或调用，这一特点成为音频内容抢夺用户时间的一个原因。2018 年以来，音频平台更加着重打造内容，注重用户与内容之间的黏性，培养深度用户，并将这种深度用户逐步转变为付费用户。比如，喜马拉雅推出了付费内容《红楼梦》全本有声剧，邀请到上海电影译制厂刘风、著名演员张国立、台湾大学教授欧丽娟进行演绎、解惑、解读，加之以专业的配音演员进行录音，吸引了海内外的众多听众，在喜马拉雅人文类付费榜单上表现出色。据调查，在夜间 22 点以后，占有流量上升的网络文艺形式仅有网络音频一种。[①] 在用户日渐细分的过程中，网络音频在节目、有声书、网络电台等方面都取得了不错的传播成果与市场盈利。

（1）音频节目：原创新内容与视频节目的降维播放

一般来说，网络音频节目主要分为音频平台的原创内容与视频节目的音频截取内容。在知识付费经济的助推之下，互联网用户愿意通过音频等方式获取资讯、知识，这也催生了互联网原创音频节目的诞生。蔡康永的《201堂情商课》、杨澜的《私人书单：BigGirl 养成记》等节目也因为富含知识性这一特点，备受网络音频软件用户的喜爱。另一种具有代表性的网络音频是将综艺、视频进行降维，即将音频部分做成相对原综艺节目更加碎片化的片段，给观众进行播放。比如，喜马拉雅上就有湖北卫视出品的综艺节目《非正式会谈》第四季的节目音频。这档综艺节目内容主要以思辩为主，并不需要听众对于画面的过多解读，是提取音频的良好来源。

（2）有声书：文学作品的内容听觉化

另一种解放观众视觉的方式则是将网络文学等二维网络文艺作品进行内容听觉化。2018 年，各大音频 APP 上的听书栏目异常火爆，一些主打听书的 APP 如懒人听书、腾讯 FM 等，也在内容运营方面越发成熟。得益于文化类综艺节目如《一本好书》《中国诗词大会》等的助力，观众对于书本与知识的需求变得更为突出。网络音频可以在听众起床后、行车时、休闲时、睡觉前等给听众提供一个相对静谧的环境与氛围，通过专业声优对书籍的阅读，听众可以在较为轻松的状态下得到知识的输入，是一种非常新型的接受

① 蜻蜓 FM、艾瑞咨询：《2018 年中国睡前音频收听场景研究报告》，http：//report. iresearch. cn/report/201803/3183. shtml。

知识与内容的方式。

（3）网络电台与音频直播：情感交流与陪伴

除去音频节目、有声书之外，打造独有内容的网络电台与音频直播也是网络音频的重要组成部分。一般来说，这两种形式更加注重与听众之间的情感交流与互动，多采用声音素质良好的专业主播，而音乐、生活、脱口秀则是听众最关注的三种直播内容。[①] 网络音频在睡前时间段最受欢迎，很大程度上是因为网络电台与音频直播的很多内容都能够让听众缓解压力，可以更快、更好地进入睡眠状态。

三 2018年以来"泛"网络文艺发展述评

（一）短视频

1. 正能量成为行业发展的共识和主题

2018 年以来，相关部门对网络短视频内容的把控更加严格，对短视频平台的约谈、对不合规内容的下架、对违规账号的封号处理等，都彰显了国家对于短视频行业的关注与监管决心。这些监管举措也让短视频从业者意识到，过去那样单纯靠低质量内容吸引观众眼球、搏出位、搏流量，无异于饮鸩止渴，并不能让短视频行业长期、良性地发展，甚至还会起到杀鸡取卵的负面效果。如何通过短视频传递正能量，用短视频讲好中国故事，已然成为从业者最需要解决的问题与最直接的诉求。一些正能量的短视频策划如春节期间各地推出的"我和我的祖国"快闪活动、向边防战士致敬的短视频、对环卫工人的歌颂短视频等，已经在各大短视频 APP 上取得了大量的点击与称赞。这些成功的经验都在告诉短视频创作者，在新时代，观众对于积极向上的正能量作品依然是喜爱和推崇的。

① 艾瑞咨询：《2018 年中国网络音频行业研究报告》，http://report.iresearch.cn/report_pdf.aspx?id=3308。

同时，主流媒体也在向着新生事物靠拢，2018 年，抖音成为江苏卫视跨年晚会的赞助商，2019 年央视与各大卫视春晚中“抖音”元素的加入，都是主流媒体与短视频的合作。播放主流、专业内容，吸引更多主流观众的关注，可以给短视频带来更加光明的未来。同时，短视频内容的主流化趋势也越发明显，对于壮丽山河、美好生活、重要时刻的记录，都是短视频对于主流内容的新鲜展示。在今后的发展中，网络短视频需要不断地提升艺术质量，以最新颖的文艺形式反映最美好的人民生活，以最专业的文艺内容对观众进行潜移默化的艺术熏陶，自觉承担起这一传媒形式所具有的社会责任。

2. 信息冗余与审美异化需引起重视

在快手、抖音等短视频 APP 中，很多博主都会在短视频中不断重复、强化相似的动作：唱相似的歌、跳相似的舞蹈、说相似的段子。这样的重复对于观众来说，无形中是一种时间的占用，大量相似的无意义信息出现，就会产生信息冗余，需要耗费观众更多的时间进行甄别与筛选。同时，通过大数据、云计算等不断更新的技术手段，互联网公司能够生成每个用户的画像，并根据每个用户的浏览信息，对用户的趣味进行精准定位，再给用户推荐其感兴趣的信息。这一手段本无可厚非，但部分短视频平台过于依赖数据而忽略了用户作为人的主观能动性，只给用户精准推荐数据所得出的、可能会激起用户兴趣的短视频。这一运营方式容易给观众编织出信息茧房，让观众沉溺于一种类型或相似内容的短视频中，而失去对其他信息的了解与兴趣。

短视频由于时长“短”这一特点，深度上就会存在一定程度上的缺失：作为一个轻量级的载体，短视频承载内容有限，无法进行深层次挖掘，只能作为一种迅捷的方式将信息传递出来。长此以往，观众的审美接受会受到潜移默化的负面影响，即观众更习惯对碎片信息的接收和浅层化的审美，一旦接触到需要深层次思考的事件或者艺术作品时，往往会感到不适应。很多短视频本身是没有意义的，但却在契合了观众或审美或猎奇的心理之后，红极一时，引得无数人争相模仿，这无疑是一种审美的异化，需在今后的发展中引起高度重视和进行有效引导。

（二）网络直播

1. 内容深耕与精品节目产出

2018 年，直播平台对内容进行了垂直细分与内容深耕，不仅对平台内容进行整合，将标签细分，还对用户进行了精细画像，以进行相关内容的推荐和产品的营销。同时，直播平台不再局限于直播本身，而是对直播衍生内容进行了专业化的运营与深耕。各大游戏直播平台分别推出自己的综艺类节目，并将这些节目的影响扩展到传统的互联网视频网站上。比如，虎牙直播在 2018 年推出了与优酷视频合作出品的狼人杀节目《GodLie》第二季，在播放量与用户口碑上都取得了不俗的成绩。

2018 年以来，直播内容不断进行突破，传统文化的元素开始频繁出现在直播中。6 月，为了拉近普通观众与非物质文化遗产的距离，陌陌直播平台上进行了三次民乐与传统文艺的直播，箜篌、古琴、骨笛、秦腔等乐器与艺术形式竞相登场，给观众带来一场视听盛宴的同时，也让观众意识到传统文化的保护需要每个人的努力，需要代际的传承。据统计，共有 200 多万人在线观看了此次非遗系列直播。①

2. 社交与伴随属性增强

2018 年，一直播平台并入新浪微博，成为微博官方支持的直播平台。主播通过一直播可以直接将直播链接分享到新浪微博，观众不需要下载一直播客户端，就可以通过微博 APP 直接观看直播视频。除了弹幕之外，观众还可以通过微博留言与主播进行互动，并通过微博直接了解主播的生活动态，增强与主播之间的社交黏性。此外，主播可以在直播平台更新文字、图片等直播内容之外的社交动态。直播平台对社区的打造也在 2018 年变得更加突出。随着近年来战术、社交类游戏成为直播新的主流内容，直播的社交属性被一再强调。比如，一些主播会带上自己的粉丝进行团队协作类游戏的

① 《穿越千年的古音乐来袭　非遗直播精彩上演》，http：//www. xinhuanet. com/culture/2018－06/13/c_ 1122978524. htm。

直播。这类游戏直播的社交性远大于竞技性，职业选手带上非职业观众虽然会使战队整体的硬实力下降，但可以带来轻松搞笑的直播氛围，满足观众的娱乐需要，经常收获意外的直播效果。

随着直播类型的不断多元化，一些更加强调伴随性的直播也逐渐兴起。传统的秀场类直播需要靠观众与主播之间的互动、打赏来维持二者的关系，但在一些相对小众的直播平台上，一些主播的直播只是为了给观众提供一个伴随性的空间。比如，bilibili 网站上部分主播的直播内容就是学习，这种主播多为学生，学习的内容从初高中知识到考研考博、出国留学考试科目等都有涉及；另一种主播的直播内容则是在平台上打造“电影院”，与观众一起观赏平台上的电影资源。这类直播会让观众产生一种陪伴感，在虚拟平台中产生真实情感，并通过直播将这种情感维系下去。这种强调伴随性的直播也是网络直播 2018 年的一个新动向。

3. 产业链上下游整合联动

网络直播由于其独具特色的时效性，被广泛运用到线上线下活动的联动中。一些线下活动由于场地限制，并不能满足每一个潜在观众的观看；另一些则由于制作经费的限制，不能将节目中的所有物料精美包装之后再展示给观众。针对这些情况，网络直播就起到了一个关键性的作用。对于一些备受关注但现场名额有限、同时又具有强烈时效性的节目与活动，官方或民间渠道的直播可以扩大活动的影响范围。同时，借助于社交媒体的影响，此类直播会在短时间内产生巨大的传播效果，达到“直播 +”的目的。比如，湖南卫视的工作人员在跨年晚会、春节晚会、元宵晚会等节目的后台进行直播探班与采访，这种方式可以让观众第一时间看见演员、嘉宾们的准备情况，满足观众的好奇心，吸引节目的潜在观众。

（三）网络音频

1. 单维听觉是双刃剑

对于音频内容本身来说，其生存与发展的过程就是在信息爆炸的时代抢夺用户时间的过程。但是，由于音频内容本身所含有的信息相对于视频来说比较单薄，用户更多是以碎片化的时间来对网络音频进行获取与消费。正如前文所述，网络音频的一个重要特质就是只需要调动听觉这一感官就能够进行内容的获取，这使得网络音频具有了极高的伴随性。然而，这一特质也成为一把双刃剑。在另一个角度来说，单纯依靠听觉这一感官吸引的用户，可能具有很高的用户黏性，与音频的关系也更加紧密，但这部分用户的广度却几乎不能与网络视频、网络直播等能够同时调动用户视、听觉的网络文艺形式所抗衡。一些优质的综艺内容并不适合以音频的形式进行传播，如果少了视觉，节目效果会大打折扣。于是，如何让网络音频的单维内容在网络文艺形式中突出重围，就成为一个值得关注的点。

2. 深耕内容是发展重点

目前，网络音频提供了丰富的音频内容，主要集中在音乐、资讯、知识、情感等方面，但提供的音频内容同质化现象较为严重，区分度不高。未来，用户黏度高、付费意愿足的特色文化内容以及历史文化内涵丰富的有声读物将成为在线音频平台内容制作方的发展重点。此外，在体育、亲子等细分领域的内容打造也是未来在线音频平台差异化发展的路径之一。随着各大平台引进 IP、打造 IP，并加大力度扶植音频内容创业者，优质的、专业化的内容将成为争夺用户和提高用户黏性与活跃度的重点。

3. 知识付费习惯养成

2018 年以来，知识付费经济进一步走热。更多听众愿意为知识进行付费，也开始逐渐接受非物质劳动也需支付这一消费观念。网络音频平台上，一些教育培训、财经、人文、亲子类内容的关注量与购买量呈现持续走高的趋势。知识付费经济在国内的成熟预示着观众消费观念越发成熟，消费能力也逐渐升级，但同时，知识付费经济异军突起也体现了民众目前正普遍处于一种知识焦虑的状态之下，即用户、听众希望通过“听音频”这种娱乐方式，较为轻松地收获实际的知识与经验，这种浅表焦虑也与我国当前网络社会中的浮躁风气有所关联。在经历爆发式发展后，聚焦知识付费的“知识狂欢节”不断向包含了硬知识、泛知识和娱乐类内容的内容付费转变。此外，在线音频平台为会员提供的增值服务越来越多，进一步提升用户体验，有利于吸引更多潜在用户。

4. 网络音频跨出国门

2018 年以来，具有代表性的一些国产网络音频平台开始走出国门，在国际市场上表现亮眼，受到了当地音频爱好者的喜爱。过去，国人依赖苹果手机自带的 Broadcast APP 对音频进行获取，而现在，这种现象发生了逆转，更多外国友人正在通过中国自主研发的音频 APP 对中国原创的音频内容进行消费，这对于中国的网络音频行业来说，无疑是一个好兆头。由于音频文件体积相对较小，便于制作，传播速度也更快，网络音频很适合进行跨文化传播。目前，我国的一些网络音频 APP 如喜马拉雅、蜻蜓 FM 等都已经在美国、日本等互联网应用商店上线。在今后的发展过程中，网络音频应该会在着眼于精品内容的打造的同时，开拓海外市场，将优质内容传播到海外。

除此之外，“泛”网络文艺还有更多表现形态和细分领域，例如虚拟现实技术支撑的线上美术馆、展览馆，人工智能带来的机器人创作等等。每一种形态都具有网络属性，也都有独特的传播、审美特征，与上述多种形态共同构成网络文艺复杂而多样的行业生态。同时，伴随着技术的不断革新、表达形式的不断探索，更多的网络文艺表现形态将不断出现，带来全新的审美体验，拓展网络文艺的边界，使网络文艺的内涵更加丰富，网络文艺的生态更加多元。

产业与市场篇

Industry and Market Chapter

B.10

网络文艺的产业发展

赵　琳*

摘　要： 随着互联网技术和新媒体的蓬勃发展，在新的媒介生态和艺术生态中，网络文艺既是事业，又是产业；其产品既具有审美属性，又具有商品属性。2018年以来，网络文艺产业发展在产业链、内容生产、投融资、用户属性、盈利模式方面呈现出产业互渗与竞争博弈、由量到质转型升级、头部强势与多数惨淡、粉丝经济与自主生产、多元拓展与模式探索等新动向，并显示出“产业”属性更加明晰、政策与资本驱动转型升级和竞争加剧、格局变动等发展趋势。

关键词： 产业发展　审美属性　商品属性　网络文艺

* 赵琳，山西师范大学传媒学院讲师，主要研究领域为戏剧与影视学、网络文艺与文化。

从产业维度审视一个行业的发展，能够了解行业所产生的经济效益与社会效益相辅相成，全面透视行业发展情况。近年来，网络文艺产业以互联网为促生因素，在政策、技术、资本等多重因素的相互作用和影响下，实现了跨越式发展，日益成为重要的产业力量。

一　网络文艺产业发展概况

从产业发展的角度来说，2018 年网络文艺总体规模得到了进一步提升，达到了约 3000 亿元，实现了自身的高速发展。网络文艺不仅丰富了大众的社会文化生活，还成为文化产业、网络经济的重要组成部分。

网络文艺产业的细分领域众多，从产业格局角度来看，构成了“一超多强”的基本格局（如图 1）。网络游戏虽然 2018 年的增长速度低于其他领域，但从总量上看，可谓是网络文艺产业的“半壁江山”，其 1339. 6 亿元的总产值占到了整个产业规模的一半；网络直播位列第二，达到了 649. 2 亿元的规模，从某种意义上来讲，已超越了中国院线电影（609. 8 亿元，2018 年）的市场规模；达到百亿级产业规模的有网络文学（157. 3 亿元）、网络

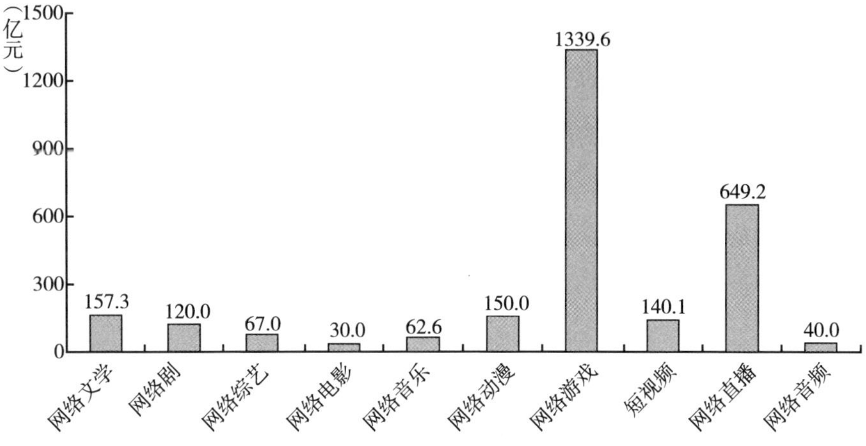

图 1　2018 年中国网络文艺细分领域产业市场规模

资料来源：工业与信息化部、国家广播电视总局和艾瑞咨询、艺恩咨询相关网站与报告。

剧（120 亿元）、网络动漫（150 亿元）、短视频（140.1 亿元）等；包括网络综艺（67 亿元）、网络电影（30 亿元）、网络音乐（62.6 亿元）、网络音频（40 亿元）在内的其他网络文艺细分领域的产业规模也都达到了数十亿的规模。因此，诸多细分领域都实现了规模化、产业化发展。从内部份额来说，网络游戏在网络文艺产业中的比重在逐年下降，网络影视、网络直播、短视频等不断扩张，其产业比重在不断加大。2018 年网络文艺细分领域的格局发生了一定的变化。

从增长速率的角度来看，2018 年度，短视频成为增长速度最快的细分领域，达到 110%，显现强劲的发展势能；而 2018 年是游戏行业的“寒冬”，网络游戏由于基数庞大和政策规约等因素，增长率相对较低，为 15%。其他网络文艺领域均实现了 30% ~50% 的增长速率。可以说，网络文艺产业的整体发展态势十分迅猛。

我们应看到，互联网对各个细分领域的渗透或冲击程度是不一样的。网络游戏作为在互联网文化领域起步最早的形式之一，迄今已有 1339.6 亿元的市场规模，而整个游戏产业的总规模是 2144.4 亿元，网络游戏占比 62.5%，由此可以看出，游戏产业的互联网化已经非常成熟。相比较而言，互联网介入时间较短的细分产业与传统产业还有较大差距，2018 年度，中国院线电影的总票房达到 609.76 亿元，而网络电影的市场规模约为 30 亿元，在整个产业占比 4.6%；2018 年动漫产业的总产值突破 1500 亿元，而网络动漫市场规模为 150 亿元，占比 10%。可见，这些领域的网络文艺细分产业相对于传统文化产业还有较大差距，同时，比照游戏行业，可以发现这些网络文艺细分领域还具有巨大的发展潜力。

二　2018年以来网络文艺产业发展的新动向

（一）产业链：产业互渗与竞争博弈

网络文艺的产业链条按照传统的产业链条模式逐步搭建起来，也日渐成熟。传统文化产业的各个细分领域保持相对的独立性，而网络文艺细分领域的边界正在逐步打破，相互渗透。如果说，传统文化产业依然可以用文学、电影、电视、动漫、游戏、音乐来划分的话，时至2018年，网络文艺产业应以IP来进行划分。一个独立的IP往往以网络文学和漫画作品为“策源地”，逐步生产出系列性的跨界内容作品，实现文学、动漫、游戏、直播、影视剧、衍生品、商城等全产业链布局。由网络小说改编影视作品、由动漫作品改编网络游戏是产业互渗的初级阶段，IP的进一步延伸与跨界是产业互渗的新阶段。“斗破苍穹”作为网生大IP，原是一本连载于起点中文网的古装玄幻小说，经过网络游戏、网络动漫、网络音乐的开发后，2018年同名网络剧（台网联动）的播出实现了圈层突破，是典型的网络文艺产业互渗案例（见表1）。

表1 “斗破苍穹”网络文艺产业链开发一览

细分领域		年份	制作与播出平台	基本情况
网络文学		2009～2011	起点中文网	小说《斗破苍穹》是由作者天蚕土豆（李虎）在起点中文网连载的玄幻小说，总字数528.96万，总点击量达24424.22万
网络游戏	在线	2013	搜狐畅游	大型多人在线角色扮演游戏
	手游	2015	华益天信、Y2Game	动态卡牌游戏，14天问鼎新游期待榜前10，创下了最快登榜的时间纪录
网络动漫	漫画	2012	知音漫客	由知名漫画作家任翔执笔，累计阅读52亿次，评分高达9.7分
	动画	2017～2018	腾讯视频、阅文集团	已播出两季和特别篇。动画开播首日点击量即迅速过亿，至第12集点击量突破10亿，成为当时国内最高3D动画点击量纪录
网络音乐		2015	全网播放	乐团组合墨明棋妙改编自小说《斗破苍穹》
网络音频		2016	喜马拉雅	有声剧，共计1190集，总播放达1.6亿次
网络剧		2018	万达影视、新丽传媒、腾讯视频	上映的第一集获得0.5903%的收视率，市场占有率为5.9791%，均为同时段卫视所有节目榜单中的第一位

但同时，由于每个细分产业之间的创作差异和技术壁垒依然存在，各细分产业仍在独立生长和发展，尤其是网生产业（网络直播、短视频等），显

现巨大的产业能量。网络文艺产业各个细分领域，已经在2018年出现了相互竞争的态势，尤其是对用户时间的争夺异常激烈。如，长视频（网络电影、网络剧、网络综艺）受到短视频的强大冲击。数据显示：2018年前三季度视频应用总使用时长有所下降，但短视频用户总使用时长同比增长144%。[①] 从某种程度上来说，短视频开始挤占长视频的生存空间。这仅仅是整个网络文艺产业内部竞争的其中一个维度，用户日均停留在互联网上的娱乐时间毕竟是有限的，或说是有上限的，看影视、玩游戏、听音乐、观直播，彼此之间必定形成竞争关系，相互之间的博弈也会带来企业和资本的突围与重构。

（二）内容生产：由量到质转型升级

网络文艺借助互联网的东风在短时间内迅速崛起。产业在发展初期往往以“量”的积累为显著特征，网络文艺之所以能够蔚然成风，也得益于作品数量的急剧增长。进入2018年，由于政策监管、资本退场、IP失效等诸多因素，网络文艺完成了原始积累，多个领域作品数量开始下降（如图2、图3）。[②] 同时，得益于网生内容的精品意识、版权意识、用户付费意识增强及信息监管从严等因素的共同作用，网络文艺正在摆脱“低俗”“盗版”“廉价”的标签，开始寻求“质”的转型升级。以网络电影为例，近三年来数量不断下降，而在内容质量上有所提升，并得到了相应的市场回报。

由此所引发的重要问题就是对IP价值的重估。网络文艺产业发展的显著特征就是对核心资产——IP的追逐，相关创作机构大量占有IP进行“大IP+大制作+流量明星”的模式开发，而在现今这种唯IP、唯流量的模式逐渐失效。真正的IP应当是成熟、完整的网络文学或动漫作品，并且形成了较强的用户黏性。企鹅影视副总裁韩志杰提到：“我们现在选择IP不看重小说数据，更看重它的故事是否足够好，是否具备大众性；不看重作者是否

① Quest Mobile：《2018短视频行业洞察报告》，https://www.afenxi.com/59921.html。

② 国家广播电视总局监管中心：《2018网络原创节目发展分析报告》，www.sohu.com/a/288432756_152615。

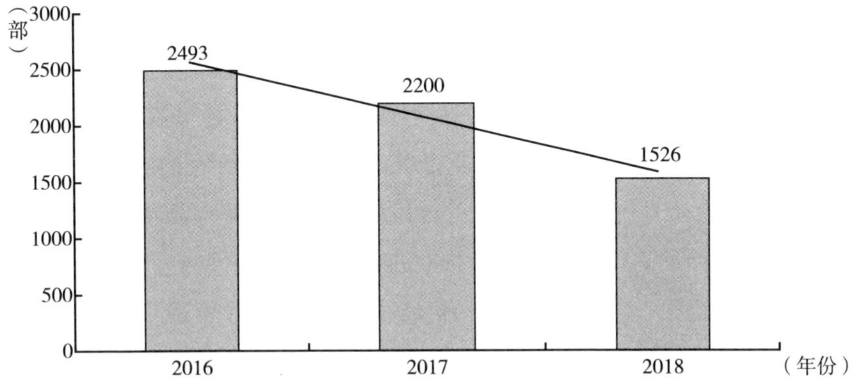

图 2　2016～2018 年网络电影的播出数量

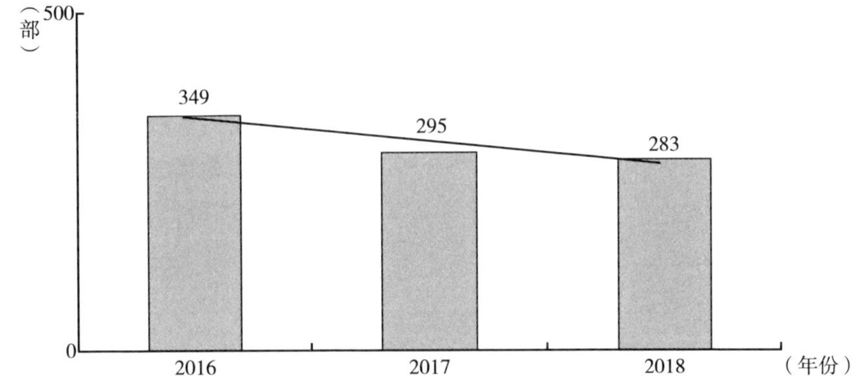

图 3　2016～2018 年网络剧的播出数量

是大神，更看重作品本身的影视化可行性；不看重它请来的卡司，更看重幕后的制作团队是否有充分的驾驭能力，是否具备创新性。”① 对于 IP 的考察已经由原来硬性的数据考察转移到软性的品质考察，这是 IP 价值重估和定位的表现，也是网络文艺产业成熟的表现。2018 年资本退潮的情况下，有限的资本会向优质内容倾斜，“马太效应”将逐步显现。

① 韩志杰：《寒冬之下：回归用户价值与创作初心》，https：//tech. qq. com/a/20181213/008085. htm。

（三）投资融资：头部强势与多数惨淡

将2018年定义为文娱产业的“资本寒冬”已经毋庸置疑，税收政策的收紧、外部资本流失、文娱企业大批撤离，对网络文艺产业自然也产生了影响。从投资和融资角度来说，依旧符合传统的二八原则，20%的投资可以盈利或持平，而80%的投资则处于亏损状态。

从融资的角度来说，截至2018年11月，文娱行业有279家企业获得了702.2亿元融资，[①] 融资规模大幅上涨，而获得融资的企业数量则大幅下滑。其中，网络文艺相关领域如爱奇艺、哔哩哔哩、第七大道、指尖跃动等在内的10余家文娱企业上市；与此同时，巨头投资并购频繁，NewTV、快手等获得超十亿级规模投资，亿级以上投资数量占比持续增加，平均单笔融资额再创新高。但应看到，已上市企业正在面临股价下跌、市值缩水、业绩下滑、高质押风险、资产抛售等多重问题。Wind数据显示，截至2018年12月28日，文化传媒板块累计跌幅已达41.2%，平均市盈率为20.96，市净率为1.638；[②] 同时，大批企业正在排队等待首次公开募股（IPO），在资本市场日渐冷清的情况下，这些企业的上市之路也困难重重。

表2　2018年网络文艺融资规模重点案例

项目	募资金额(亿美元)	行业	投资方
New TV	18	网络视频	迪士尼、阿里巴巴集团战略投资部、NBC环球、二十一世纪福克斯等
快手	14	短视频	腾讯、红杉中国
网易云音乐	6	网络音乐	百度、美国泛大西洋投资集团、博裕投资
新丽传媒	5.24	影视制作	腾讯产业投资基金
华人文化	3.76	文化传媒	万科、阿里巴巴集团战略投资部、招银国际、腾讯

资料来源：投中信息：《2018年中国文化传媒行业数据统计报告》。

① 景星DI：《2018年文化娱乐行业总体投资情况扫描报告》。

② 壹娱观察：《20家影视上市公司2018沉浮史》，https：//new.qq.com/omn/20181230/20181230A19LBY.html。

从投资的角度来看，2018年，文娱行业的主要投资机构包括阅文集团、真格基金、IDG资本、创新工场等，其中，阅文集团以155亿元收购新丽传媒，形成最大单笔投资，同时基本形成了网络IP的全产业链开发模式。网络文艺中不同领域的产品其投资回报比例本身是不尽相同的，网络文学、网络音频、网络音乐等产品的投入相对较小，投资风险也较小，投资回报比率较高，作为单一产品来讲，总体收益情况较好；而网络电影、网络剧、网络综艺、网络游戏、网络动漫等产品投入规模相对较大，投资风险较高，仅有“头部”产品能够获益。各个细分领域中，爆款“暴利”、多数亏损的情况依然存在。2018年以来，网络文艺领域中的网络剧《延禧攻略》、网络游戏《王者荣耀》（2017年上线，2018年仍是收益榜首）、网络电影《灵魂摆渡·黄泉》、网络综艺《创造101》等都是投资回报比率较高的典型，但网络文艺中的大部分作品都是投资收益持平或亏损的状态，这与传统文化产业的情况一样，是资本逐渐冷静和退场的原因所在。

（四）用户属性：粉丝经济与自主生产

得益于网民数量的持续增长和网络文艺潜力的不断挖掘，2018年网络文艺的总用户数依然处在增长的状态，但增长态势趋稳，与整个互联网经济的态势基本一致，人口红利已渐渐消失，网络文艺在用户层面进入“深海”竞争。在用户市场日渐饱和的状态下，网络文艺使文艺产品用户进一步下沉，也使用户分层愈加明显。其中，付费用户约2亿人，全网视频网站的会员付费规模与中国院线电影票房基本相当。① 2018年的用户新动向表现在：粉丝经济指向网络文艺用户的消费属性，而自主生产则指向用户内容生产趋势。

粉丝经济并非新生事物，但得益于网络文艺产品的升级与互渗、粉丝社交平台的成熟、支付条件的普及等因素，偶像产业进入高速发展期，其经济

① 《首届中国新媒体发展年会》，http://news.e23.cn/jnnews/2018-10-11/2018A1 100016.html。

能量日益凸显。粉丝与IP之间的强关系，直接影响着网络文艺的变现能力。2018年，“粉丝+追星平台+电商”模式成为新风口。粉丝社交平台超级星饭团与蓓昂斯卸妆水开展的“偶像电商”，使蓓昂斯天猫旗舰店在“双11”销售额达4000万元，同比增长67%；①《创造101》节目使用经典的粉丝投票推出偶像模式，投票时跟腾讯视频的会员用户结合在一起，吸引了2000万会员，扩张了平台用户规模。此外，二次元消费、游戏装备充值、知识付费等消费不断增长，且仍然有很大的增值空间。

此外，伴随着短视频、网络直播、网络音频等低门槛文艺品类及其平台的成熟，网络文艺产业的发展进入了用户自制内容的爆发期。在移动硬件设备的提升和互联网环境优化的条件下，相较于传统视频网站和微博等社交媒体，素人在抖音、快手、映客等平台的成名可能性更高，这激发了用户自主生产内容的热情。报告显示，抖音的纯素人内容发布者占49.1%。

（五）盈利模式：多元拓展与模式探索

网络文艺产业的特性之一就是盈利方式更具灵活性、复合性和直接性。当前网络文艺产业的盈利模式从大的方面来讲仍是广告收入和用户付费，但不同的细分领域结合自身产品属性开发出了更加多元的盈利方式（如表3）。

表3　网络文艺细分领域盈利模式

细分领域	盈利模式
网络文学	付费阅读、实体书出版、IP授权、广告收入
网络影视	付费观看、广告植入、投票打赏、线下活动
网络音乐	广告/营销、会员收费、专辑销售、音乐直播、歌手服务
网络动漫	动漫发行、IP授权、衍生产品
网络游戏	计时付费和道具付费、广告植入、衍生产品、游戏直播、跨界版权
短视频	广告/营销、小游戏开发、内容电商、直播分成
网络直播	主播打赏、增值服务、代理游戏、赛事竞猜、页面广告、付费问答、版权发行
网络音频	广告/营销、知识付费、硬件销售

① 36氪研究院：《粉丝经济下的用户行为观察报告》，www.199it.com/archives/825092.html。

2018 年以来，网络文艺产业在盈利模式上有以下特点：第一，由 IP 产业链的拓展带来的与粉丝经济捆绑更加明显，收益更丰；第二，从广告投放来看，赞助商的类型更加多元，广告形式更趋趣味性和定制化；第三，电商作为盈利模式运用越来越多，且收效明显。但即便在盈利模式日趋多元的情况下，网络文艺产品的盈利情况仍亏损频现，一方面是由于内容与产品本身的盈利能力不足，另一方面与盈利方式的有效性和单一化有关。多数产品的盈利仍依赖传统的广告模式，因此，对于当前已存在的盈利模式的开掘成为重要方向，用户为优质内容或平台付费的潜能得到挖掘，IP 版权的授权、电商模式的开发仍有巨大潜力；同时，通过细分领域之间的交叉贯通、线上线下的融合、新技术赋能的盈利模式仍在不断探索中。

三　网络文艺产业发展趋势

（一）“产业”属性更加明晰

网络文艺的野蛮生长，导致其产业发展不够成熟，产业属性并没有得到很好的诠释，投融资、产业链、盈利模式的内涵亟待丰富。首先，投融资的内涵开始发生变化，也就是从财务投融资过渡到产业投融资。对于网络文艺产业而言，资本不再是单纯的“钱”的投融资，而具备了更多的“文化”属性。洪泰大文娱产业基金合伙人金城表示：“纯财务投资的路会越走越窄，产业投资才是未来。资金并非稀缺资源，企业发展各个环节涉及的行业、人才、政府、国际以及跨界等资源才是未来投资的关键。”① 其次，产业链趋于完善。唯有产业的协同才能创造更大的营收，优质 IP 进一步打通各网络文艺门类的产业环节，从而也会提升用户的获取效率，其价值还将溢出网络文艺和文化产业，与传统文化产业、其他线上线下产业进行融合。还

① 《一个文娱投资人的 2018：我怎样在寒冬里为新基金募资 4 亿》，http：//tech. qq. com/a/20181229/001516. htm。

有一点值得关注，网络文艺产业生产、营销环节会进一步细分，各细分工种的水平也会不断提升，这也是产业链成熟的表现。最后，盈利模式更加多元。多样化的盈利模式是产业得以存续的重要支点，从当前的发展来看，除了继续拓展内容付费的空间，近两年的盈利模式的探索主要集中在与电商的联通上，让网络文艺内容的接受实现与电商平台的有效转化深度绑定，同时，探索场景化消费，利用网络的便捷性、移动性、社交化特征触达用户的消费场景。

（二）政策与资本驱动转型升级

在诸多促发因素中，当前网络文艺产业发展成果的首要助推力当属资本。首先，国家减少了文化产业的整体投入。2019 年起，中央财政通过政府投资基金对文化产业予以支持，这意味着政府扶持文化产业更侧重于充分发挥市场机制。其次，从市场层面来看，2018 年资本市场如上所述进入冷清期。整体的经济环境是造成资本退场的背景性原因，更重要的是对于网络文艺产业而言，一方面，越来越多的资本无法在网络文艺产品中获得预期收益，甚至面临亏损的境地；另一方面，一些轻量级的网络文艺产品以小博大的现象进入资本的视野。因此，2019 年，资本泡沫将渐渐破灭，“政策安全”和“市场安全”成为内容生产的关键词，资本市场开始进行调整和转型，“量”的积累依然是网络文艺的基础性建设任务，但“质”的提升成为关键，而调整的方向就是从量到质、从关注“数字”到关注内容、从 IP 的热度到 IP 的品质、从内容融合到产业融合。

（三）竞争加剧、格局变动

对于细分领域纷繁庞杂的网络文艺来说，不仅存在着与传统文化产业之间的竞争关系，各细分领域之间也存在着竞争，以及同一领域不同产品之间的竞争，因此，在参与竞争的“赛道”越来越多之时，网络文艺产品的生存空间也面临着挑战。如果将视野进一步放大，新闻资讯、线下娱乐等都在占用用户的休闲时间，因而，从用户时间的竞争上来说，网络文艺产品虽然有一定的优势，但用户时间的有限性是既定事实；从付费的角度来看，虽然付费意识已形成，付费制度已建立，但无论对广告主还是用户来说，网络文艺产品付费占其可支配收入的比例是一定的，其数额也是有上限的。由此，网络文艺产业的竞争更趋白热化，其结果也不言而喻：大鱼吃小鱼，快鱼吃慢鱼，“好鱼吃坏鱼”。

与此同时，每个细分领域的发展变数依然很大，政策、技术、资本、平台等因素的触发抑或限制，都会使细分领域发生新的变动。正如政策之于网络游戏，使其在网络文艺产业中的份额进一步收紧，其他领域的产业份额也将会不断发生变动。伴随着新技术的发展，网络文艺新兴业态还会出现，就像网络直播、短视频等一样搅动整个网络文艺产业的现有格局。

B.11

网络文艺的平台发展

赵 琳 詹乃德*

摘 要： 无论是就艺术进步来说，还是就产业发展而言，“平台”对网络文艺发展均具有重要的意义。2018年以来，在网络文艺的平台格局基本形成的大背景下，泛娱乐平台和垂直类平台两大类平台呈现构建全产业生态、寻求差异化竞争的发展新状况。在平台发展模式的调整与完善方面，制作模式体现为自制、合作、采购协调发展；分账模式体现出力求平台与创作者的良性互动；盈利模式体现了线上、线下的全面布局。值得一提的是，在前台、中台、后台协调一致的发展中，“大中台”呈现新的发展风貌和趋向。

关键词： 平台发展 泛娱乐平台 垂直类平台 发展模式 大中台

“平台”是网络文艺创作、传播、接受的载体。当下，网络文艺的平台已经逐步成熟，基本形成了两大类别：贯通网络文艺的泛娱乐综合型平台和深耕细分行业领域的垂直型平台，它们构成了整个网络文艺的产业生态。同时，平台在发展过程中不断调整制作模式、分账模式、盈利模式，以寻求长久的、良性的平台发展。2018年以来，网络文艺的平台格局已经基本形成，多数平台都有

* 赵琳，山西师范大学传媒学院讲师，主要研究领域为戏剧与影视学、网络文艺与文化；詹乃德，历史学硕士，文艺网（北京）传媒有限公司编辑，主要研究领域为中国思想史与西方思想史。

BAT（Baidu，Alibaba，Tencent 的缩写即百度、腾讯）三家互联网巨头的背景，共同扩大着网络文艺的市场规模和社会影响力，同时也存在着激烈的竞争。

一　2018年以来两大类平台发展状况

（一）泛娱乐平台：构建全产业生态

2018 年以来，泛娱乐平台加速布局，且基本格局已经形成。以“IP”为核心的产业链条是网络文艺的显著特征，因此，一些资源丰富、资本充裕的平台开始逐步打造“全产业”型平台，囊括网络文艺的多个细分领域，构成完整的产业链条，成为综合性的泛娱乐平台。此类平台主要有三个特征：一是涉及网络文学、网络影视、网络动漫、网络游戏、网络音乐等多个细分产业，其中，以网络视频平台为核心环节，联结其他各个形态和领域（如图 1）；

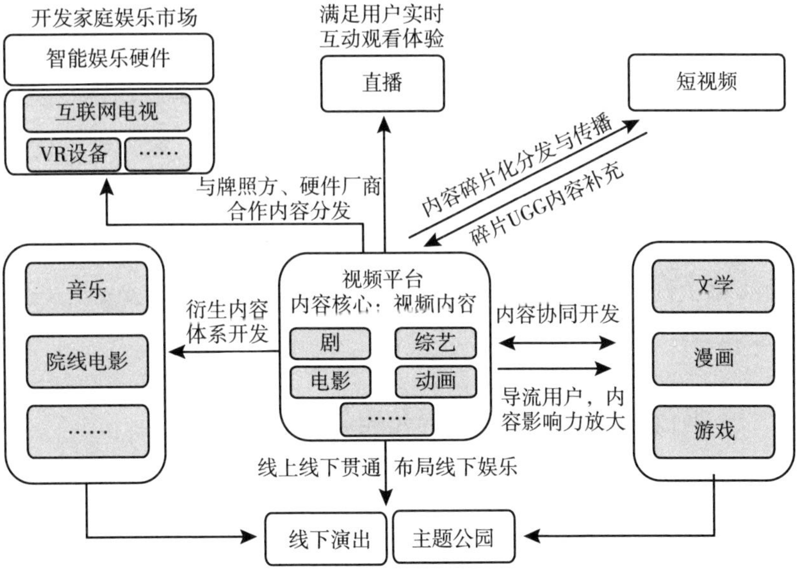

图 1　以视频为核心的泛娱乐平台模型

资料来源：易观咨询。

二是从IP培育到IP运营再到IP变现，单一平台构成了相对独立的娱乐生态；三是打通线上和线下，全方位触及用户娱乐生活的各个领域。这种全面的生态布局一方面满足了用户的娱乐需求，更好地打通各种用户的使用场景；另一方面则建构了平台的市场竞争壁垒，以IP为内容基础，实现全产业开发与盈利。目前，比较典型的就是BAT主导的三大泛娱乐平台：爱奇艺、腾讯和优酷及其辐射的其他形态。

以爱奇艺为例，在IP培育环节，爱奇艺文学、爱奇艺漫画、轻小说原创等作为产业上游，孵化和生产优质IP，促使其进行影视化改编。由此可以看出，网络文学和网络动漫通常情况下是IP的核心来源，这也是近一两年大型泛娱乐平台加快布局这两个形态领域的原因。同时，促使IP传播效果最大化的手段就是进行网络电影、网络剧、网络综艺等的改编，使其产生广泛的影响力。在IP运营环节，爱奇艺视频平台作为目前国内最具影响力的视频平台，用户数量率先破亿（截至2019年6月22日），涵盖了网络电影、网络剧、网络综艺、网络动漫、网络纪录片等多形态内容，构成多元化生态。在IP变现环节，主要以各类广告、会员服务、内容分发为主，并拓展多种盈利模式。如爱奇艺商城的衍生产品销售，爱奇艺游戏通过开发影游联动游戏获利，以及以奇秀直播、爱奇艺泡泡圈、线下演唱会、艺人经济、智能硬件设备销售等方式进行变现。2018年，《延禧攻略》《偶像练习生》《中国新说唱》等爆款节目，使平台的影响力不断扩大，也带来丰厚的收益。在此基础上，爱奇艺于2018年3月在美国纳斯达克上市，成为网络文艺领域在2018年为数不多的上市平台。

（二）垂直类平台：寻求差异化竞争

泛娱乐平台是大型的综合类平台，旨在构建全产业的娱乐生态，而在各个细分形态领域，都有一些专注于单一形态或内容的平台。在激烈的竞争过程中，平台通过不同的定位，深耕内容，形成差异化发展路线，以占有相应领域的市场。

比如，网络文学领域基本形成了“一超多强”的行业格局。阅文集团在整合腾讯文学和盛大文学后上市，成为网络文学领域最大的综合性平台。而其他平台也寻求不同的定位，形成了各具特色的网文平台，比如掌阅文学在玄幻、都市题材（主要为兵王文、小白文等流派）方面表现突出，此外还有一些小众的平台，如擅长灵异类作品的磨铁中文网，擅长都市类作品的红薯文学、阿里文学等。即便如此，仍有许多平台不断“搅局”，对网络文学的产业格局产生影响。2018 年，书旗小说被阿里收购，成为阿里文学的重要组成部分，也必然会受益于阿里泛娱乐产业。2018 年 6 月，“爱奇艺阅读”上线，采取影视剧原著阅读的方式，主推热播影视剧的原著小说，截至 2019 年 2 月，用户数已达 900 万，并且推出了“云腾计划”以培育优质 IP，成为爱奇艺布局上游产业的举措之一。

再比如，网络音乐平台在版权之争渐渐平息之后，也进入差异化竞争阶段。目前，从各个平台的下载量和用户渗透率看，其竞争格局也渐趋明朗。以 QQ 音乐为核心的腾讯系网络音乐平台占据榜首，网易云和阿里系音乐平台紧随其后。在竞争过程中，各平台依托不同的企业背景，进行差异化竞争。腾讯系音乐平台主要包括 QQ、酷狗、酷我三大音乐平台，拥有最为丰富的音乐版权和最多元的音乐渠道。2018 年，腾讯系音乐平台的市场份额达到 76%。[①] 阿里系音乐平台主要有虾米音乐和千千动听，聚焦独立音乐领域，与独立数字版权代理机构 Merlin 在版权营运、内容宣发等方面开展战略合作。2018 年 3 月，阿里集团全资收购票务平台大麦网，与阿里音乐实现业务联通，形成艺人、票务、粉丝三方联动的运营模式。网易云音乐则以“音乐社交”为特色，主打发现和分享、转发、关注、评论等互动功能，这强化了网易云音乐的社区属性，增强了用户黏性，尤其是用户生成的音乐评论已经成为网易云音乐的特色标签和营销重点。

此外，作为网络视频、网络动漫领域差异化竞争的范例之一，bilibili 于 2018 年 3 月在美国纳斯达克上市，以 ACG（动画、漫画、游戏）及快速崛

① 华经情报网：《2018 年数字音乐行业发展分析，“一超一强”格局形成》，https：//baijiahao.baidu. com/s? id = 1618276334866272290&wfr = spider&for = pc。

起的电子竞技为主打内容，已成为“Z 世代”潮流文化的重要组成部分。2018 年以来陆续推出了“创作激励计划”“新星计划”“创作激励新秀奖”等扶持项目，向粉丝数、作品播放量达到一定级别的 UP 主提供官方奖励金；同时，正式上线了“哔哩哔哩漫画”和“哔哩哔哩电竞”等，都是打造其特色化、差异化战略的举措。短视频领域的两大巨头抖音和快手则分别采用了“中心化”和“去中心化”的差异性策略：抖音的产品定位聚焦于年轻人的优质音乐短视频，迎合都市年轻人追求个性、酷炫、好玩的生活态度，而快手的定位是使每个普通人都平等地得到展示机会，不会刻意偏向头部用户。这种差异在核心用户和用户构成、用户需求和内容生态、内容分发机制、产品架构、核心功能和典型交互、运营方式和成长路径、商业化方式等方面都有所体现。①

二　2018年以来平台发展模式的调整与完善

（一）制作模式稳定：自制、合作、采购协调发展

网络文艺平台的内容来源或制作模式不尽相同。目前，各类平台的主要制作模式包括三种类型：一是平台自制，所有制作环节均由平台来把握；二是联合制作，平台联合其他制作公司进行内容制作，提出内容需求，参与部分制作环节；三是内容采购，平台不参与任何制作环节，通过购买或分账方式进行。以网络游戏平台为例，腾讯的 WeGame 平台是目前最具影响力的网络游戏平台，该平台上基本上都是腾讯自制的网络游戏，自产自销，如 LOL（《英雄联盟》）、CF（《穿越火线》）、DNF（《地下城与勇士》）等；暴雪游戏平台则包含其自制和代理的各类游戏，如魔兽世界、星际争霸、炉石传说、暗黑破坏神 3、风暴英雄等暴雪公司的经典游戏；Steam 游戏平

① 《抖音 vs 快手：中心化 or 去中心化?》，https：//www. jianshu. com/p/fd001a05b9b3？utm_ campaign = maleskine&utm_ content = note&utm_ medium = seo_ notes&utm_ source = recommendation。

台是目前全球最大的综合性数字发行平台之一，玩家可以在该平台购买、下载、讨论、上传和分享游戏和软件，包含各类国际知名的单机游戏，主要采取第三种也就是采购和分账模式进行。

2018 年，网络视频平台从最初的以采购内容为主已经逐渐过渡到当下的以自制为主，尤其是头部作品基本上都是由平台来主导，同时为腰部和尾部作品提供传播。平台掌控了行业主动权，从三大网络视频平台联合六大影视公司发布的声明即可看出。① 这一方面是响应政府部门的号召，对当下影视行业存在的如天价片酬、“阴阳合同”、偷逃税、不遵守合约等诸多乱象问题的治理，另一方面也显现视频平台的强大话语权。而这种话语权的提升正是得益于制作模式的转变与稳定。网络视频平台的机制体制越来越接近于电视台的配置，以各个内容形态为划分标准，成立不同的制作中心，同时由“总编室”负责整体资源的配置与播出规划。以爱奇艺为例，目前已经成立了 3 个中心和 21 个工作室（如表 1）。

表 1　爱奇艺内容制作部门一览

内容方向	工作室
网络剧	爱奇艺自制剧开发中心（偏向现代类）、奇星戏剧工作室（偏向古装、悬疑类）、奇佳戏剧工作室、新奕戏剧工作室、灿然戏剧工作室、爱上乐戏剧工作室
网络综艺	节目制作中心、节目开发中心、奇观工作室（偏向体育综艺）
短视频、竖屏内容、互动内容	艺匠工作室、三始工作室、莱特工作室
网络文学、网络游戏等	Fancy monster 工作室、莫比斯工作室、花间工作室、默奇工作室、米勒工作室、开普勒工作室、大眼睛工作室、小明工作室、方糖工作室、青山工作室、易星工作室、长风工作室

① 2018 年 8 月 11 日，爱奇艺、优酷、腾讯视频三家视频网站联合正午阳光、华策影视、柠萌影业、慈文传媒、耀客传媒、新丽传媒六大影视制作公司采取切实有效的行动，对片酬限价发出联合声明：演员、嘉宾总片酬不得超过制作成本的 40%，主要演员片酬不得超过总片酬的 70%；单个演员的单集片酬（含税）不得超过 100 万元人民币，其总片酬（含税）最高不得超过 5000 万元。

目前，网络视频平台逐步形成了以自制为主，以联合制作和内容采购为辅的制作模式。以网络综艺为例，爱奇艺综艺节目制作中心主要承担平台的内容自制，《中国新说唱》《偶像练习生》等是其代表作品；节目开发中心则主要联合制作公司进行节目制作；采购部门负责采购由电视台或制作公司制作的综艺节目。由此可以看出，以自制为主，以合作、采购为辅的策略已经成为视频平台的制作模式。

（二）分账模式探索：力求平台与创作者的良性互动

各类平台根据自身的发展特点和发展规划，都在寻求利益的最大化。分账模式的不断变化和探索就体现出平台在控制和规避风险、扩大利润方面的一系列举措。2018 年，平台实施诸多举措，不断调整与创作者之间的关系，以开展多维合作达成最优配置，显现更大的格局和野心。

2018 年，作为领军网络游戏平台的 Steam 重新规划了游戏分成比例：游戏总收益超过 1000 万美元时，分成将变为 75%/25%；当总收益超过 5000 万美元时，分成将变成 80%/20%。[①] 网游平台 Epic Games 宣布将推出新的 PC 游戏商店，其分成比例为 12%，开发者获取 88%，并且用“虚幻”系列引擎开发的游戏在 Epic Games 商店发售，无须为使用引擎支付任何费用。同时，网络游戏平台 Discord 则不仅降低进入 Discord 商城的门槛，推出自助式游戏发行平台，而且进一步降低分成比例：不管是 3A 游戏，还是单人团队，开发者们都能在 Discord 上自我发行游戏，开发商可以拿走 90% 的收入，剩下的 10% 归于 Discord 的营业成本。[②] Discord 还通过优化自身技术、提高效率来进一步探索如何降低成本。平台在分账比例上的不同策略显现网络游戏平台竞争之激烈，尤其对于非自主开发类平台来说，主要以此作为竞争手段来吸引更多的开发者，但这种竞争方式必然不能持久，因

① 《Steam 调整游戏收入分成比例　照顾大型游戏厂商利益》，https：//www. ali213. net/news/html/2018 - 12/396335. html。

② 《游戏平台竞争激烈　Discord 商城宣布仅收 10% 分成》，https：//www. ali213. net/news/html/2018 - 12/399001. html。

为任何一个平台的核心竞争力还是在开发者和用户之间关系的联结能力和服务能力上。

对于网络视频平台来说，自制内容主要集中在网络剧和网络综艺上，而在网络电影领域则主要是由制作公司进行制作或联合制作，平台以分账模式来进行利润获取。2018 年，各大视频平台都调整了分账策略，不断完善其分账模式。

表 2　网络视频平台网络电影分账模式一览

视频平台	分账模式	具体内容
爱奇艺	合作分成模式分为内容分成、营销分成、广告分成三大类	内容分成:每付费用户播放单一付费授权作品时长超过 6 分钟,计为一次有效付费点播 营销分成:针对平台独播 A、B 类影片的营销推广分成 广告分成:影片付费转免费后,内容方获得的广告分成
优酷	有效观看时长分账模式;会员拉新奖励模式;"播后评级"策略	有效观看时长分账模式:由会员观看有效时长、有效播放量(VV)对应单价决定——有效时长 × 有效 VV 对应单价 + 运营奖励 会员拉新奖励模式:每个自然月对优酷会员拉新排行前五名的作品给予现金奖励 "播后评级"策略:规避由海报等宣传内容换来的点播
腾讯	分成最高达 100%,享受会员拉新激励收益	各种合作模式皆可享受会员拉新激励收益 项目合作类:保障合作方优先回本并且回本后可以继续按照投资比例与平台方进行分成,降低合作伙伴的投资风险,保障合作方的收益空间 成片合作类:所有影片不论级别,合作方的分成比例最高可达到 100%,平台不再设置分账比例,影片的最终收益只与播出效果有关
芒果 TV	由保底 + 分成两部分构成;四个评级,分成最高达 100%	评级定位 S、A、B、C 四个评级,将每付费用户观看时长超过 5 分钟的一次或一次以上的观影行为,计为一次有效付费点播 保底模式:保底金额作为基础收益,在保障合作方覆盖部分成本的同时,还可获得累计有效付费点播分成收益,最终实现保底 + 分成的双重收益。除了 C 级评级的非独家影片外,其他三个级别均可以获得保底比例,最高保底比例可达到 100%,超 S 级项目可获得买断合作

分账策略的变化与调整，旨在处理好平台收益与创作者收益的关系。一方面，通过激励性策略大力引入和发展头部作品和资源，如100%分成策略的提出、平台让渡收益，使这类作品提升平台的影响力；另一方面，平台对腰部和尾部作品则采取保底策略，确保创作者的创作活力和合作愿望。

（三）盈利模式拓展：线上、线下全面布局

各类互联网平台往往以线上的方式完成内容布局和资源变现，但当下线上广告、电商、会员内容付费等盈利模式已经不能满足其发展。随着场景化策略的不断深入，为提升用户黏性，各个平台都开始积极拓展线下活动，尝试线下盈利模式。

综合泛娱乐平台本身就具有线上、线下相结合的特点。其中，用户见面活动、线下演唱会的培育、实体娱乐空间的打造等成为线下模式的主要层面。“2018爱奇艺粉丝嘉年华”在上海举办，以泡泡社区为核心的粉丝娱乐互动体验圈，从线上拓展到线下，构建起一站式的娱乐服务体验平台，诸多线下活动吸引了核心用户的参与。2019年1月，由腾讯视频和创梦天地联合打造，华侨城文化集团投资的“腾讯视频好时光”在广州开业，包括私人影院、线下游戏体验、餐饮美食、网红店拍照打卡、电竞赛事、周边购物在内的不同类型综合娱乐服务，成为腾讯集团泛娱乐产业重要的线下品牌。同时，依托《创造101》《明日之子》等网络综艺而开展的线下演唱会也逐步拓展到各级城市。

音乐是一种强伴随性的文艺形态，拥有丰富的使用场景，因此各类网络音乐平台尝试在线下进行营销活动，提升平台的影响力和用户黏性。在出行、购物、运动、聚会等领域进行音乐场景的拓展，同时针对会员衍生出一系列升级体验，这一方面是产品服务的延伸，另一方面则进一步满足用户在其他生活场景中的个性化音乐需求，让音乐真正融入大众的日常生活。2018年4月，QQ音乐与国际顶级时尚品牌老佛爷合力打造音乐时尚派对“MUSIC FASHION SHOW”，将音乐和时尚进行联结，并为会员用户设立了专属特权专区，打造沉浸式“音乐+购物”体验；8月中旬，QQ音乐与超

级猩猩联合推出“M 计划——Music × Monkey”，携手超级猩猩门店，在线下为会员提供音乐专题健身课程，形成“音乐 + 体育”模式。网易云音乐继续延伸“音乐生活王国”的概念，联手自家的网易严选和考拉海购，不定期为会员带来各项电商专属福利折扣。2018 年 5 月，网易云音乐与屈臣氏跨界合作推出了 6 款以不同音乐为主题的妆容，除了进一步延伸音乐场景外，也将双方的会员体系相互打通，为会员用户带来购物优惠。虾米音乐则联动淘宝、优酷、饿了么等阿里体系中的其他产品，充分覆盖购物、餐饮、娱乐、出行等日常生活领域。如“虾米 VIP 会员日”，每月开放低折扣的会员购买机会，并提供飞猪旅行券、天猫超市券、电影票等福利的抽奖活动，为用户带来了诸多“第三方权益”。

三 “大中台”发展趋向

互联网平台一般都分为三个部分，分别是前台、中台和后台。前台负责内容生产和内容运营；中台负责技术支撑、业务支撑、资源的分配与协调；后台负责系统的维护，包括财务与法务等。平台能够运营良好，是多种要素结合的结果，前台、中台、后台的协调一致，才能保证业务正常、有序地开展。

2018 年，互联网平台发生了较大的变化，以腾讯、阿里巴巴等为首的公司，开始在平台建设上进行调整。2018 年 9 月，腾讯成立“云与智慧产业事业群”和“平台与内容事业群”，这是腾讯近 6 年来，作出的巨大战略调整，标志着腾讯由“面向用户”（“to C”）到“面向商家”（“to B”）的转向，并且腾讯进一步向商家开放云平台，为商家提供云平台服务，同时注重内容生产服务。2018 年 11 月，阿里巴巴公司的“阿里云事业群”升级为“阿里云智能事业群”，继续推动阿里集团的战略发展计划，在技术上将与智能更进一步融合，面向社会开放云平台服务。

随着前台生产的内容越来越多样化，体量也会越来越大，前台的组织架构也变得非常复杂。为了更便捷地应对市场、更轻松地调整策略，要求前台体量变小、中台体量变大，“大中台”也就酝酿而生。各大头部网络平台开始更加注重中台的建设，标志着平台的发展规划已经进入一个新的阶段，即由传统的为用户服务，变为更加开放、面向商家服务。平台发展“中台计划”，不论是从技术、业务还是组织上会全力为前台提供服务，而前台也就变得更加灵活，能够及时、机动地应对市场上的变化，满足用户的需求。同时，平台进一步发展“云平台”的智能等级，提高相关计算能力以及资源整合能力。这些平台公司的战略调整为互联网内容发展带来划时代变革，使平台变得更加开放。

相比较前台直接面对客户来说，中台更多的是面对商家以及资源整合，从而能够给前台提供更多的资源服务。中台的功能分为对内和对外两种：对内的是在技术上、业务上和组织上协调前台与后台，提供相关云平台计算与数据服务，分配资源给前台的不同部门；对外的则是，围绕前台的产品给予相关的商业与政府资源支撑，具体表现为七个方面（如表3）。

表3　互联网平台“中台”的主要功能

主要功能	具体内容
用户业务服务	账号管理、用户权限等相关服务；订单、购买产品、优惠折扣服务；用户消费后的信息反馈等
数据信息服务	消化与处理市场反馈的信息，判断出哪些内容在市场上比较受用户的欢迎，哪些的市场反馈很差，由此能够调整前台发展方向和内容
云平台服务	为用户提供云计算的服务，用户或入驻生产商都可以通过云平台来享受相关的大数据、共享信息服务，查看业务进展情况，享受平台提供的技术资源
算法推送	根据收集的用户信息，进行用户画像定位，从而推送相关的内容产品，来促进用户的消费
技术研发	根据用户的产品技术满意度，开发出让用户感到便捷的技术，从而提高平台的技术支撑能力，同时为前台提供相关技术支撑，处理内容制作上遇到的难题，包括特殊音效、画面等相关的技术问题
资源分发	根据不同内容的等级，对不同的资源进行推送，包括渠道分发；对于市场反馈较好的，可以进一步加大资源的推送，反之市场反馈平平的，可能不再推送，甚至下架
组织内部协调	对内协调不同内容生产部门之间的关系，对外进行资源整合，同时将内容生产效益最大化，根据市场情况反馈给前台，辅助前台对内容生产进行战略性调整

事实上，随着互联网平台的急速发展，前台完全有可能成为入驻商家，与平台不构成隶属关系，而中台就会变成平台的服务基站，为这些内容生产的入驻商家提供相关配套服务。这种情况将越来越普遍，随着互联网平台的进一步快速扩展与头部化，这种趋势也会越来越明显。

B.12
网络文艺的传播分析

刘 青 吴 雷*

摘 要： 2018年以来，在国内传播方面，网络文艺呈现传播主体多元化、传播模式多样化、传播形式视听化、传播推送和审核智能-人工并行化、受众群体社群化、传播运营商业化等显著特点，并体现出传播形态与渠道更加多元、传播覆盖面进一步扩展、传播效果监测越来越精准化和规范化等发展趋势。在国际传播方面，网络文学、网络剧、网络动漫、网络游戏表现突出并呈现新的特点。就未来发展而言，网络文艺的海外传播需进一步建立健全跨国、跨部门、跨领域的传播合作机制，要推进中国特色、全球视野的作品创作，助推中华文化“走出去”。此外，还要完善海外传播的商业模式，提升网络文艺产业的经济效益。

关键词： 网络文艺传播 国内传播 国际传播 传播特征

一 网络文艺的国内传播

近年来，伴随互联网技术的快速发展，我国网络文艺传播领域发生了巨大的变化。在这一系列改变中，一些新的传播特点日益突出、新的传播趋势

* 刘青，教育学硕士，文艺网（北京）传媒有限公司编辑，主要研究领域为文化产业研究、电影批评与评论；吴雷，中国传媒大学2018级新闻学专业博士研究生。

日趋显现。深入研究、分析、把握这些传播特点和发展趋势，对于我们更好地开展网络文艺传播，建设风清气朗的网络空间来说至关重要。

（一）国内传播的特点

1. 传播主体多元化

网络文艺传播主体构成有 UGC、PGC、PUGC 等几种类型，从各大视频网站的发展历程能看出其传播主体日益多元化。以 bilibili（B 站）为例，早期的 B 站是以用户上传视频为主，这其中包含大量 UGC 内容，比如对原创作品的混剪等二次创作，而随着网站生态的转型，大量专业机构进驻 B 站，PGC 内容越来越多。近几年来，B 站借助 PUGC 内容成长为具有高黏度社区文化和用户增量的网站，也正因为如此，B 站通过为 UP 主开通“充电”功能，在 2018 年推出“创作激励计划”，向 UP 主开放电商功能，不断激发专业化、商业化、原创性、用户友好型的 PUGC 内容推出。①

同样的，网易云音乐平台也综合了 UGC、PGC 和 PUGC 模式。在其 APP 上，不仅有大音乐公司歌手的签约入驻，也有独立唱作人的作品，甚至还有歌迷等音乐发烧友的曲目。这种百花齐放的特点令该平台上网络音乐的传播主体也呈现多元化的特点。

2. 传播模式多样化

随着科技的发展以及硬件设备的日益多元化，许多网络文艺作品的呈现形式日趋多样化：过去人们通过电视屏幕（TV Screen）、个人电脑屏幕（PC Screen）、笔记本电脑屏幕（Laptop Screen）、智能手机屏幕（Smartphone Screen）、平板电脑屏幕（Tablet Screen）收看戏曲、舞蹈、杂技、音乐等表演艺术的现场直播，如今他们可以使用虚拟现实设备（VR Device）来观看直播。除此之外，利用 VR 等技术的沉浸式艺术展也成为大众欢迎的艺术体验方式，新技术拓宽了艺术传播的路径。由于其模糊了个体与设备屏幕的交互界面，观众在观看时会有一种沉浸感、临场感。这种新颖的传播模式摆脱了

① 贾阳：《B 站的“世俗化革命”》，https：//zhuanlan. zhihu. com/p/50174460。

时空的束缚、丰富了文艺欣赏者的感知方式、增强了他们的审美体验。

3. 传播形式视听化

每一次媒介的更新都会对传播形式造成重大的影响。文字印刷时代，是以严密的逻辑和理性的思考为基础。而摄影术的诞生以及之后电影的发明，令形象化的视觉语言纳入媒介传播的范畴。随着声音的介入，电影这种艺术形式有了更多拟真的特点。而伴随电视的普及，视听化、情感化的传播方式逐渐为大众所接受和欢迎。

当下，每个人的生活都越来越多地被移动科技所包围，他们随时随地面对网上海量丰富的文艺娱乐产品，而在众多的文艺作品和多种多样的传播模式中，视听化的趋势是当前和未来发展的方向。

2018 年短视频在国内掀起了巨大的热潮，成为“爆款”的移动应用抖音突出展现了网络文艺传播视听化的特点。抖音发布的《2018 抖音大数据报告》显示，该应用的日活用户数（DAU）突破 2.5 亿，月活用户数（MAU）突破 5 亿。[①] 在抖音 APP 中，音乐、民间文艺等多种艺术形式可以利用短视频进行表演、展示，其视听化的传播方式相较文字而言，更接地气、入民俗。

而对于视频网站 bilibili（B 站）来说，它最初是一家专注于二次元动漫的影音网站，目前则成为面向年轻人的视频（社交）网站。这家网站之所以具有很强的用户黏性，正是由于其拥有大量专业的原创视频，影音化的传播形式聚集了大批迷友粉丝，也令不同的文艺形式在这里以视听化的方式得以传播。

4. 传播推送、审核的智能 - 人工并行化

伴随大数据（Big Data）、人工智能（Artificial Intelligence，AI）、云计算（Cloud Computing）的快速发展，网络文艺的传播推送系统也日趋智能化。在过去，为满足不同受众的文化消费偏好，科技文化公司依靠大数据、算法来进行文艺内容的推送，这一过程在当时还未完全实现智能化、自动化。如今，伴随机器学习（Machine Learning）、深度学习（Deep Learning）

---

① 《2018 抖音大数据报告》，http://www.sohu.com/a/295057970_488716。

等人工智能技术的应用，机器自身便能够根据收集的数据来自行训练算法，使得传播推送日益智能化和精准化。

今日头条利用 AI 算法进行新闻信息推送，根据用户以往的行为偏好为用户推荐他们感兴趣的信息内容。随后，抖音等 APP 也使用人工智能算法进行短视频（网络文艺作品）的推送。当然这种传播模式目前尽管大大节约了人力成本，却令用户更多地沉迷于他们喜欢的内容，容易造成认知上的偏颇、观念上的狭隘以及欣赏偏好的固化。此外，许多利用短视频传播的文艺作品含有庸俗、低俗、媚俗的创作倾向。为此 2018 年 3 月，在监管机构的压力下，抖音采取措施，上线“防沉迷系统”。① 4 月，海淀工商分局向抖音发出行政提示书，要求其加强技术监测和人工审核力度。② 从以上这些事件可以看出，为了使网络文艺作品的传播具有社会效益（而不单单追求经济利益），其推送、审核机制应采取智能 - 人工并行化的方式。

5. 受众群体社群化

网络文艺传播的对象即受众群体，日益展现出社群化、圈层化的倾向，呈现出一定程度的社交属性。不同的网络文艺传播平台拥有不同的受众群体：B 站的核心用户为二次元动漫爱好者，并辐射广大青年群体；豆瓣的受众主要为文艺青年；快手、抖音也有相对固定的受众群体。

以 B 站为例，截止到 2018 年 7 月，其月活用户数为 9800 万，其中 82.1% 的月活用户为 90 后和 00 后，当前中国所有的 90 后和 00 后人口为 3.28 亿，换句话说，每 4 个中国年轻人（即“90 后”“00 后”）中就有 1 个人为 B 站的活跃用户。③ 这些用户也因此呈现“网生代”的特点，虚拟的网络空间是他们共同的成长记忆，而用户之间的社交属性也呈现一定的虚拟性。B 站的分区显示其社群的不同，而每个个体用户可能同时具有不同社群

① 《抖音推出防沉迷新系统》，http://game.people.com.cn/n1/2019/0329/c40130-31001664.html。

② 《北京工商约谈“抖音”：要求加强审核力度》，http://www.sohu.com/a/228784132_116126。

③ 贾阳：《B 站的“世俗化革命”》，https://zhuanlan.zhihu.com/p/50174460。

的属性。番剧区、游戏区、娱乐区、影视区都聚集了大量的迷友，他们通过“弹幕”、文字评论等多种方式进行交流、沟通，显示一定的社交性。每个社群的迷友都掌握该社群所在领域的一定数量的专业知识，深谙其所在群体的亚文化术语及社交原则，因此社群发展也呈现圈层化的特点。

网易云音乐也形成了“云村”化的社交模式。该平台上由于音乐类型、音乐创作者、表演者的不同，会聚集不同的乐迷、歌迷，形成不同的社群。许多网易云音乐的爱好者喜欢边听音乐、边浏览评论区的留言，在发现欣赏的歌曲或看到感同身受的评论时，他们会点赞留言，进而关注加好友，以这种方式参与网络音乐社交。

6. 传播运营商业化

在知识产权保护日益被重视的当下，网络文艺的传播模式呈现商业化、正版化的趋势。在线移动支付过去几年在国内日益普及，网络文艺（尤其是网络电影、网络音乐）授权、版权合作模式日趋成熟，民众尤其是年轻一代（“95 后”“00 后”）正版意识、付费意愿的日渐提高，令网络文艺（尤其是网络电影、网络音乐）市场日臻成熟。与此同时，国家有关方面打击文艺作品盗版的力度不断加强，使正版化、商业化已成为当下网络文艺传播的显著特点。

（二）国内传播的趋势

1. 传播形态、渠道更加多元

随着信息技术的快速发展以及各类硬件设备的日益普及，各种新兴网络文艺传播形态（诸如互动剧、微综艺、Vlog 等）正逐步为大众所接触。虚拟现实（VR）、增强现实（AR）、云端游戏平台（Google 近期宣布正在建设 Stadia 云端游戏平台，而腾讯也在开发此类平台）等新科技将逐渐步入寻常百姓家，它们的大规模普及对于文艺作品的传播会起到促进作用。在未来，新技术的应用将令文艺传播大大摆脱时空的束缚，并进一步丰富个人的审美体验，网络文艺传播的形态也因此更加多样化。

此外，未来 5G 网络的普及会令信息传输速度再上一个新台阶，其应用会拓展网络传播渠道的广度和深度，令高画质、高音质视听作品的在线传播变为现实，也使跨时空、跨地域的艺术欣赏模式得以实现，未来在家中便能使用5G网络、VR设备游览艺术馆、博物馆。新技术、新设备、新媒介的大规模应用将令网络文艺传播形态日趋多样化，而丰富的传播渠道也将不断改善用户的观赏体验，满足他们不同类型的文化消费需求。

2. 传播覆盖面进一步扩展

当前网络文艺受众群体主要以年轻人为主，他们的欣赏口味在某种程度上决定着网络文艺作品的价值导向和传播方向。网络文艺各门类虽然都有了数以亿计的用户群体，但相较于整体网民数量来说，还有巨大的传播空间。网络文艺传播的形式和内容将更加多样化，受众群体进一步拓宽，这意味着网络文艺传播的覆盖面还会逐步扩大，会针对不同年龄段、不同地域的受众群体，创作、传播符合其欣赏趣味、满足其审美偏好的网络文艺作品。

3. 传播效果监测越来越精准化、规范化

在各类文艺活动中，网络文艺的用户具有多、杂、散、匿的传播特点，这增大了网络文艺作品传播效果的统计难度。同时，网络文艺各个平台的传播数据也未完全公开，不利于掌握和分析网络文艺整体传播效果；与此同时，市场第三方监测机构也尚未完全建立起来。因此，在未来需要建立规范的网络文艺数据系统、传播效果统计系统。

此外，文艺具有培根铸魂的重要使命，在党和国家各项事业中居于十分重要的地位。在各类文艺活动中，网络文艺具有覆盖面极广的传播特点，因此有效开展网络文艺传播活动，对于人民群众形成正确的人生观、世界观、价值观来说至关重要。也正因为如此网络文艺传播需建立常态化的监测评价机制，对传播效果进行客观、合理、公平、公正的评价，找到传播过程中存在的漏洞和不足，以求在将来改善传播效果。除此之外，鉴于当下各传播平台数据收集缺乏透明规范，应制定网络文艺数据收集标准。通过规范化收集数据，以更为合理的方式开展监测活动，提供科学有效的监评信息，促进网络文艺良好有序传播。

二 网络文艺的海外传播

近几年，中国文化“出海”的热潮一浪高过一浪，网络文艺的海外传播在一定程度上助力了中华文化的推广。文化借助互联网科技的翅膀传遍世界，在促进人文交流的同时，也增进了文化的融合。当前，网络文艺的形式多种多样，网络文学、网络剧、网络动漫、网络游戏等都在各自的文艺门类中深耕细作，在国内市场不断扩大饱和的同时，也逐渐加强了海外传播、影响、辐射的能力。海外市场的扩大要求我们系统地研究网络文艺海外传播的现状，并预测其发展趋势。这些研究和预测可以为我们文化“出海”事业提供经验和学理支持。

（一）2018年以来网络文艺几个主要表现形态的海外传播

1. 网络文学的海外传播

对于海外受众尤其是西方受众来说，东方文明往往具有某种神秘的色彩：一种难以被理性、逻辑、科学分析解读的跨文化的神秘性。许多中国武侠小说之所以拥有众多海外拥趸，正是由于其具有玄幻的色彩。武侠时空中这种玄妙的世界观令跨文化的读者感到新奇，小说内容激发起他们心中强烈的好奇心和求知欲，让他们在架空的故事情节里跨越时空，追随侠客的脚步共同踏上行侠仗义之路。

如今，具有中国传统文化特色的玄幻、仙侠、历史、言情等类型的网络文学作品已受到众多海外读者的追捧。有人甚至将中国网络文学与好莱坞大片、日本动漫、韩剧并称为“世界四大文化奇观”。伴随网文的海外传播，中国网络文学的“出海”生态体系正不断丰富。2018 年，中国网文已深刻融入国际产业链之中，其国内生产机制也开始向海外输出。具体而言，2018 年以来，中国网络文学海外传播呈现以下三种特点。

首先，中国网络文学在海外积极布局、拓展市场，海外传播的文学作品的类型正不断丰富。中国作家协会发布的《2018 中国网络文学蓝皮书》显示，中国阅文集团已开始向日本、韩国、美国、英国、法国等国授权数字出版和实体图书出版，涉及7个语种，20余家合作方，授权作品已达300余部；中国移动阅读分发平台掌阅海外版也已上线英文、俄文、韩文等14个语言版本，涵盖40个“一带一路”沿线国家和地区，并有100余部原创网文作品授权到国外；中文网络小说的英文网站WuxiaWorld已有活跃用户400万，读者遍及全球100余个国家和地区。[①] 此外，阅文集团发布的《2018网络文学发展报告》显示，在文学题材方面，国外读者阅读的中国网文类型也不再局限于玄幻、修仙等东方奇幻类作品，现代中国题材的作品也成为他们关注的焦点。[②]

其次，国内原创模式开始在海外输出。2018年4月，起点国际（Webnovel，阅文集团2017年推出的海外英文网站和阅读平台）开放了海外原创功能，国外用户不仅可以追文，同时也可以自行创作。截至《2018网络文学发展报告》发布时，起点国际的海外作者已超过12000人，审核上线原创英文作品19000余部。这些作品集中在奇幻、言情、东方幻想、魔幻现实等题材上，且大多深受中国网络文学的影响，其中不少作品的世界观、价值观与中华文化一脉相承，许多中国元素都出现在这些作品中。[③]

最后，2018年以来网络文学海外传播也开始建立IP全生态输出模式。阅文集团启动了影视、动漫等多元衍生商品的网络文学IP全生态输出计划，以求扩大IP辐射力以及粉丝文化的影响力。该计划将国内成熟的衍生商品输出国外，重中之重是进行海外原创作品的全IP打造。其目的是以网络文学为载体，竭力打造中国文化“出海”的新名片，探索中国网络文学未来发展的新方向。随着相关网络文学全球产业结构的逐步完善，将来还会有更多更好的网文作品以更具中国特色、兼具国际视野的形式登陆海外市场。

① 《创作、产业、海外传播：中国作协〈2018中国网络文学蓝皮书〉都讲了啥?》，http：//www.sohu.com/a/314063892_120127862。

② 《阅文发布〈2018网络文学发展报告〉 95后愿意读这些内容》，http：//tech.qq.com/a/20190218/007594.htm。

③ 有关“国内原创模式开始在海外输出”的数据来自《2018网络文学发展报告：网文“出海”迎来3.0时代》，http：//www.sohu.com/a/295822588_114731。

2. 网络剧的海外传播

过去几年间，中国网络剧市场发生了巨大的变化——从大量引进、购买国外优质剧集资源到自制网剧海外传播，国产网络剧精品化创作趋势正不断深入。原创网剧不仅在国内收获良好反响，在海外市场也获得一定程度的认可。2018 年，多部网剧作品在国外成为“爆款”。锋芒智库数据显示，2018 年各大视频网站剧集海外热度状况如表 1 所示。①

表 1　2018 年部分视频网站网络剧“出海”情况

平台	剧集	“出海”情况
爱奇艺	《延禧攻略》	登陆全球 90 多个国家，登上 Google（谷歌）剧集热搜榜第一，被包括 BBC 在内的百家外国媒体报道，并打破 YouTube 平台华语剧集最高观看记录
	《芸汐传》	内含英文、西班牙文、韩文、阿拉伯文、越南文五国语言字幕，并曾登上韩国剧集排行榜第三名的位置
	《悍城》	成功发行到新加坡、马来西亚、文莱等国
腾　讯	《如懿传》	在东南亚、美国、加拿大、澳大利亚、新西兰等十多个国家和地区播映
	《惹上冷殿下》	被美国视频网站 Netflix 买下海外发行权，并翻译成多种语言，在近百个国家和地区播出

从上述的海外输出“爆款”作品中不难看出，网络剧“出海”的题材类型目前还比较单一，集中在古装、宫廷、警匪等主题。除此之外，2018 年以来网络剧海外的交易模式仍以版权交易为主，深层次 IP 开发较少；网剧国外市场培育也相对不足，商业模式尚不完善。为了使网络剧海外传播状况得到改善和加强，国内网剧创作方应加大力度融入全球产业链，学习先进制作经验、积极拓展海外市场、完善开发新的商业模式。只有这样，才能使国产网络剧在海外得到更好的传播效果。

3. 网络动漫的海外传播

近年来，在经历正版化、漫画付费、IP 拓展等商业化开发后，国内漫

① 2018 年各大视频网站剧集海外热度状况数据来源于《从这十大维度里，我们看到了网剧市场的变化与趋势》，http：//www. myzaker. com/article/5c394bb177ac641b895228a2/。

画平台日益规模化、正规化，其发展日趋健康有序。如今，在国内动漫市场不断扩大的同时，许多动漫公司也开始布局海外市场，动漫“出海”已蔚然成风。

2018 年 4 月，淘宝网与中国国际动漫节展办签署战略合作协议，双方将共同打造“永不落幕的动漫节”，共同探索、开发“国漫新零售”商业模式，为国内优质原创动漫 IP 提供孵化、运营平台，加速促进动漫行业的产业化发展。①

5 月，为进一步发挥动漫在“一带一路”国际文化交流与合作中的先导作用，一项由财政部、文化和旅游部支持的“中国动漫品牌海外推广工程”启动。该工程将联合国内知名动漫品牌，融合“互联网 +”新型业态、营销渠道，推动中国动漫“走出去”，提升中华文化的国际影响力、传播力。②

10 月，2018 动漫产业“走出去”合作论坛在南京举办，其间中国动漫游戏企业与“一带一路”沿线 50 余个国家的电视台、企业机构在创意研发、生产制作、发行播出、投融资等方面展开合作，中国动漫“走出去”力度加大，脚步加快。③

除了在政策方面加大对动漫“走出去”的支持力度，国内主流漫画平台布局海外市场的方式也日趋多样化，其“出海”方式主要有 3 种：上线 APP、入驻海外网络漫画平台和出版单行本。④ 其中前两种渠道为动漫作品网络“出海”的主要模式。

作为网络“出海”的模式之一，上线动漫 APP 通过开展产品开发、漫画内容编译、海外市场支付对接、当地市场推广等各项业务，独立上线漫画 APP 占据市场，这一做法无须受海外平台的制约。⑤ 2018 年 1 月成立的

---

① 《淘宝将打造国内首个“动漫产业带”孵化优质 IP》，http：//game. people. com. cn/n1/2018/0426/c40130 – 29950951. html。

② 《过好三道关　动漫加快走出去需下“慢”功夫》，www. sohu. com/a/259721423_ 381581。

③ 《搭建平台　助力国漫“走出去”——2018 动漫产业“走出去”合作论坛在南京举办》，www. ctnews. com. cn/art/2018/10/16/art_ 116_ 26680. html。

④ 《漫画从业者如何让作品出海》，https：//zhuanlan. zhihu. com/p/52791447。

⑤ 《漫画从业者如何让作品出海》，https：//zhuanlan. zhihu. com/p/52791447。

WebComics 是欧美地区规模较大的国漫“出海”APP 平台。平台成立 4 个月已拥有 150 万注册用户，在美国 Google Play 的动漫榜单中曾打入前两名，在英、法、德、意、西等国的排名也曾位列前三。①

国内动漫公司还入驻海外线上漫画平台，依托平台累积的用户资源和相对完善的付费制度开展“出海”活动。② 国内漫画平台咚漫与韩国最大的漫画平台 NAVER WEBTOON 开展战略合作，其推出的《Here U Are》作为第一部在韩国 NAVER WEBTOON 平台连载的国漫作品，从 2018 年 12 月上线以来便屡获好评，上线首日便获得评论数 1 万余条。③ 咚漫还与日本知名漫画平台 LINE Manga 进行深度合作，在北美、东南亚等地区也有大量市场份额。④

除了传播形式的多样化，当前我国网络动漫“出海”还需特别关注作品内容的文化性。网络动漫作为网络文艺的一大门类，不仅要体现中华文化的精神内涵，还要兼具“出海”接收国独特的审美特点。只有这样，网络动漫的海外传播才能达到文化传播应有的效果。

4. 网络游戏的海外传播

2018 年网络游戏“出海”成果不断，已成为收入最多的“出海”文化业态。业内数据公司 APP Annie 发布的《2018 中国移动游戏出海报告》表明，2018 年国产手机游戏在国外的下载量超过 32 亿次，同比增长 39%，收入则突破 61 亿美元，同比增幅为 49%。与往年相比，2018 年国产手机游戏“出海”的最大特点是腾讯、网易等大公司增加了海外市场的投资力度。按照 IHS 的分析，2018 年腾讯、网易海外游戏总收入达 4.72 亿美元，相比于 2017 年的 7800 万美元，同比激增 505%。

---

① 《国漫出海进行时，海外漫画发行平台「WebComics」获天使轮融资》，http：//www. sohu. com/a/228860836_ 114778。

② 《漫画从业者如何让作品出海》，https：//zhuanlan. zhihu. com/p/52791447。

③ 《咚漫作品登录日漫平台 LINE Manga，开启国漫全面出海新征程》，https：//games. qq. com/a/20190131/005548. htm。

④ 《咚漫作品登录日漫平台 LINE Manga，开启国漫全面出海新征程》，https：//games. qq. com/a/20190131/005548. htm。

首先在下载量方面，按照海外 iOS 和 Google 综合下载量排名计算，2018 年国产手机游戏海外下载量前 3 名的游戏分别是：《绝地求生》《Free Fire》《恋爱球球》[①]；中国游戏发行商前十名分别是：涂鸦移动、猎豹移动、腾讯、网易、IGG、Worzzle、创智优品、沐瞳科技、Modern Avenue、FunPlus。从区域看，2018 年国产手机游戏“出海”下载量最多的十个国家分别是美国、印度、印度尼西亚、巴西、越南、俄罗斯、泰国、墨西哥、土耳其、菲律宾。其中，国产手机游戏在美国、印度、印度尼西亚和越南 4 个国家的市场下载量同比增幅都超过 40%。

再看收入方面，[②] 按照海外 iOS 和 Google 综合用户支出排名计算，2018 年国产手机游戏海外收入榜前 3 名的游戏分别是：《王国纪元》、《荒野行动》和《火枪纪元》；“出海”收入最高的十家中国游戏发行厂商分别为：FunPlus、IGG、网易、智明星通、龙创悦动、友塔游戏、龙腾简合、腾讯、易幻网络、卓杭网络。从区域上看，2018 年国产手机游戏“出海”收入最多的 8 个国家分别是美国、日本、韩国、德国、英国、俄罗斯、法国和加拿大。其中，国产手机游戏在美国、日本、韩国、德国、英国和加拿大的收入同比增幅都超过 50%。[③]

通过以上数据不难发现，2018 年我国网络游戏具有良好的海外传播效果。然而不容忽视的是，目前我国网络游戏海外传播的主要途径为代理发行游戏，且海外热销的网络游戏在题材上仍以射击、冒险等欧美玩家喜爱的题材为主，缺乏具有中国文化特色的游戏打入海外市场。因此，如何开发出深受国外玩家喜爱、兼具中国文化特点的网络游戏，是当下游戏开发商必须思考的事情。因为游戏不仅仅是赚钱的工具，更是文化交流融合的“使者”。

---

① APP Annie：《2018 中国移动游戏出海报告》，https：//games. ifeng. com/a/20190227/45319587_ 0. shtml。

② 这里的海外收入包括中国游戏公司海外子公司、分支机构发行游戏的收入，不包括通过收购拥有的海外发行公司所发行游戏 APP 的收入，也不包括通过海外发行商和通过第三方支付渠道获得的收入。

③ APP Annie：《2018 中国移动游戏出海报告》，http：//games. ifeng. com/a/20190227/45319587_ 0. shtml。

（二）拓展、完善海外传播的机制、模式

1. 建立健全跨国、跨部门、跨领域的海外传播合作机制

鉴于文化产业国际合作机制的建立和完善，根据当前国家相关政策的需要，“一带一路”沿线国家的网络文艺传播部署必将进一步加强，尤其是沿线国家数字基础设施的建设和完善，会为中华文化网络“出海”打下良好的硬件基础。

与此同时，文化企业在网络文艺“出海”过程中除了建设自身平台外，还要加大与国外相关企业的合作力度，加快文化数字贸易的推进速度，促进文化数字经济的快速发展。网络文艺海外传播不仅肩负着数字文化经济的成长，更担负着国家文化传播的重任，因此，国内文化企业也需与相关政府部门开展更为紧密的合作，从更高的层次规划顶层设计，制定实施细则，以更好地开展网络文艺海外传播活动。

2. 推进中国特色、全球视野的作品创作，助推中华文化“走出去”

中华优秀传统文化是海外用户喜爱我国网络文艺作品的重要原因之一，武侠、玄幻等类型的中国网络文学作品深受海外读者欢迎，而当代中国题材的网络文艺作品在海外也日趋流行。网络文艺工作者应紧密结合中华优秀传统文化的内在特点和当下时代的突出特征，通过对传统文化和当代文明进行创新性融合、创造性转化，在讲述好传统中国故事的同时，展现时代赋予的新风采。

此外，随着文化融合越来越密切，中国网络文艺海外传播也要注意传播过程中全球化与本地化多元共生的局面。要深入挖掘不同文化中共性的价值理念，同时发掘不同文化里所具有的个性特征，最大限度地进行海外文化传播。要通过适当的媒介技术，比如可借助 VR（虚拟现实）技术传播中国传统文化（例如传统的水墨画作品），从而带给艺术体验者虚实相生、有无相间、天人合一的中华艺术独特审美体验。

3. 完善海外传播的商业模式，提升网络文艺产业的经济效益

网络文艺海外传播商业模式需逐步完善。海外授权出版、发行文艺作

品、海外原创作品等都将成为国内文化科技公司未来的业务增长点。与此同时，随着移动互联网等技术的全球普及，国内网络文艺的付费模式（比如网络文学领域的广告、打赏与众筹等商业模式）也必将走向海外，尤其是移动互联网勃兴的发展中国家。

除此之外，网络文艺的海外传播还会向IP全生态输出转变。一部IP作品可以通过改编，与电影、电视、动漫、游戏等多种文艺及娱乐模式相融合。中国网络文艺要进一步通过跨类别的文娱形式的结合以及多样化的传播方式，形成“聚合效力”，由此产生“规模效益”和“集群效果”，实现全方位、多角度海外传播。

B.13

网络文艺的用户观察

赵 琳*

摘 要： 在因互联网发展而构建的媒介新生态和艺术新生态语境中，“用户”已由一个经济学术语演变为对网络文艺发展具有重要影响和制约的美学关键词。2018年以来，网络文艺的用户规模、使用时长等持续扩大和增长，“Z世代”、粉丝群体、小镇青年、银发一族等都成了需要着意关注的群体。总体上说，优质内容是网络文艺用户的最大诉求，并带来付费意愿、付费规模的提升。就未来发展而言，用户黏性是存量市场的制胜关键，同时，“突破圈层”与“回归圈层”是网络文艺要积极关注的问题。

关键词： 用户 优质内容 用户黏性

“用户”是网络文艺生态中的重要一环，从某种意义上说，用户是行业发展的“晴雨表”，其规模、喜好、渗透率、满意度、忠诚度等都反映着各个细分领域及其作品、内容的发展情况和发展方向。因此，通过对网络文艺用户的综合考察可以反映行业现状，认识行业发展的问题，更好地校准行业发展的方向盘。

---

* 赵琳，山西师范大学传媒学院讲师，主要研究领域为戏剧与影视学、网络文艺与文化。

一 2018年以来网络文艺用户状况

（一）用户规模

2018 年，随着网络文艺创作的整体推进，用户规模也在稳步提升。据中国互联网络信息中心（CNNIC）发布的第 43 次《中国互联网络发展状况统计报告》，网络文艺的主要细分领域用户情况如图 1 所示。

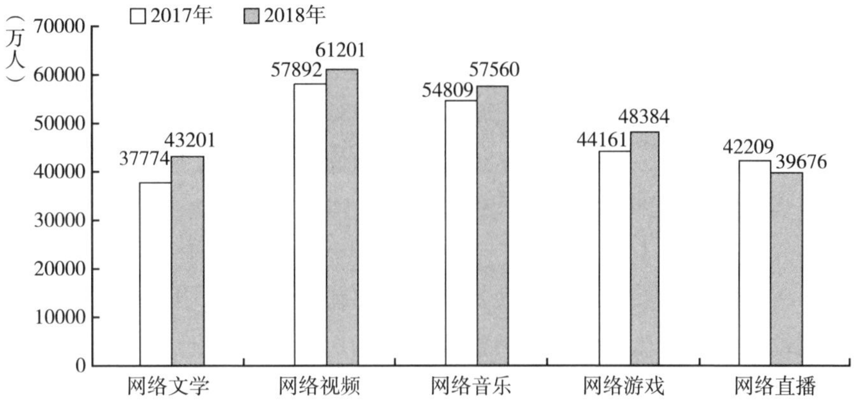

图 1　2017 年 12 月、2018 年 12 月网络文艺主要细分领域用户数量

由图 1 可以看出，网络文艺各个细分领域均聚集了规模庞大的用户，且仍处在增长当中。从用户规模来看，网络视频成为拥有最大用户群体的领域；接下来依次为网络音乐、网络游戏、网络文学、网络直播；网络文学用户增长率为 14.4%，增长较快；网络视频、网络音乐、网络游戏的增长率在 5% ~ 10%，保持了较为平稳的增长态势；在 2018 年，网络直播的用户数出现了较为明显的下跌，较上年底减少了 2533 万人，成为网络文艺领域唯一一个出现用户负增长的细分领域，行业进入了调整期。整体来讲，网络文艺的用户规模仍在不断扩大。随着网民数量的不断增加和各细分领域的继续扩张，网络文艺的用户数量还会继续增长，但增速已经开始下降，网络文艺也进入人口红利的尾声。

（二）使用时长

移动互联网版图不断扩张，并逐步向纵深拓展，同时，得益于4G网络的普及和流量资费的下调，2018年，中国移动互联网用户月人均单日使用时长达到341.2分钟，较上年增长62.9分钟，[①] 即是说，2018年用户每日使用时长增加了整整1小时，平均每天使用移动互联网近6小时。可以看出，一方面，网络文艺成为主要增量，尤其是短视频在所有移动互联网领域的时长增量中占比33.1%，位居榜首，体现了巨大能量；另一方面，用户使用时长的增加也给网络文艺的发展带来了更多的机遇和空间。

2018年，除网络音频、网络动漫使用时长占比有微弱上升（分别为0.4%、0.2%），相较用户数量的整体攀升，多数网络文艺细分领域出现了时长占比下滑的态势：其中，网络视频（网络电影、网络剧、网络综艺等）下滑最为明显，达到8.3%；网络音乐下滑2.3%；网络文学下滑2.0%；网络直播（娱乐类）下滑0.2%。[②] 造成这种现象的原因有多种：一是整个移动互联网范围内各类应用的快速发展挤占了部分用户使用时间，如在2018年得到较快发展的移动电商、智能家居、即时通信等；因此，从某种意义上来讲，网络文艺在用户时长上的争夺不仅是内部各领域之间的竞争，还是整个移动互联网行业之间的竞争；二是细分领域各行业在经历了数年的高歌猛进后，逐步进入行业调整期，一方面用户开始对习以为常的内容失去兴趣，互联网时代使得“喜新厌旧”的情形更加突出，另一方面各平台所提供的内容无法满足用户的娱乐需求，供给不平衡导致用户开始寻求新的娱乐方式。因此，以用户为导向的内容取胜策略应当也必将成为网络文艺的发展趋向。

在用户使用时长方面有几个值得关注的点：短视频成为2018年最大

---

① QuestMobile：《中国移动互联网2018年度大报告》，http：//www.prcfe.com/finance/2019/0213/338469.html。

② QuestMobile：《中国移动互联网2018年度大报告》，http：//www.prcfe.com/finance/2019/0213/338469.html。

的“时间杀手”，抢占用户时间，其月使用总时长仅次于即时通信，成为移动互联网中的第二大行业；网络游戏领域，飞行射击类游戏挤占了其他手机游戏时间，时长占比从 2017 年的 15.3% 增长到 2018 年的 27.1%，可以说成为游戏行业的最大黑马；网络音频的总使用时长较上年上涨了 27%，成为所有听觉形态领域中增长最快的应用。[①] 由此可以看出，网络文艺的用户碎片化时间占有是重要的趋向，轻量级、伴随性的网络文艺产品有更大的潜力。

从各细分领域（应用）日均活跃用户量（简称日活量）来看（如图 2），网络视频（长视频综合平台）的日活量远超其他行业，达到接近 3 亿的用户日活量规模，也证明了网络视频是网络文艺领域最具活力的类型。音频类（网络音乐、网络音频）、短视频、网络游戏的日活量紧随其后。

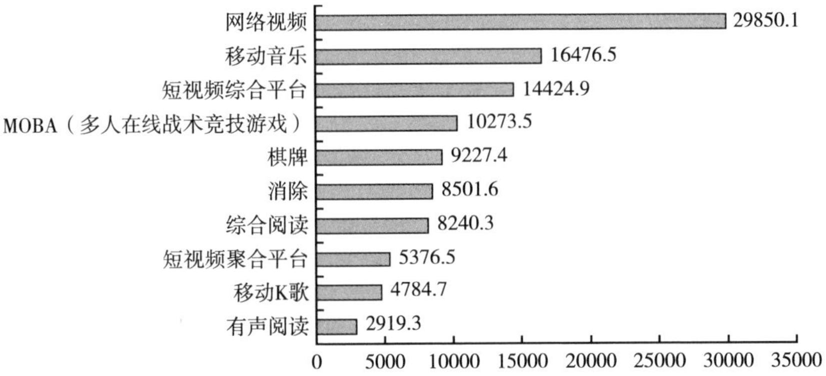

图 2　网络文艺细分领域（应用）日均活跃用户量前十名（2018 年 2 月）

资料来源：易观咨询：《中国泛娱乐产业生态白皮书 2017 ~2018》，http：//www. sohu. com/a/229753983_ 152615。

（三）用户画像

网络文艺的用户特征通常通过“用户画像”的方式来呈现。目前，

---

① QuestMobile：《中国移动互联网 2018 年度大报告》，http：//www. prcfe. com/finance/2019/0213/338469. html。

对用户的画像主要集中在性别、年龄、地域、职业、收入、学历程度等传统的统计学意义指标上。根据 QuestMobile 的调查数据，以性别和年龄为核心指标对网络文艺用户进行考察，可以发现以下特征（如图 3）：首先，多数细分领域中，性别比例和年龄比例与全体网民的属性基本一致，包括网络视频、网络音乐、网络游戏、网络文学等领域，这与其庞大的用户

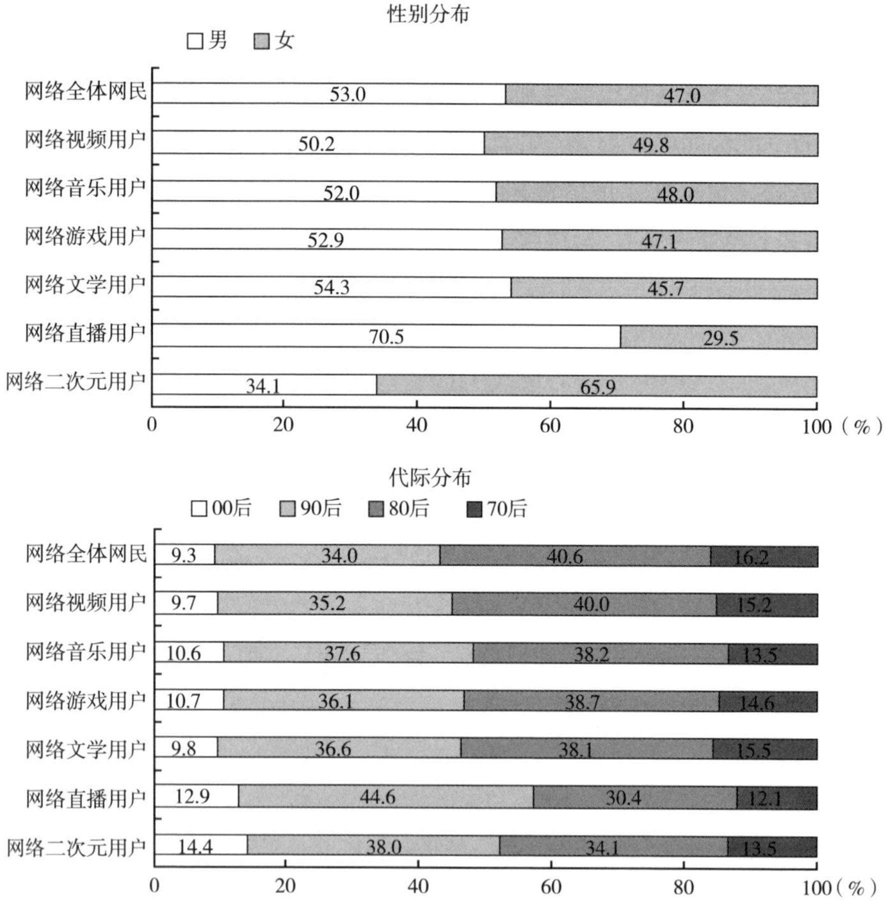

图 3　网络文艺典型用户画像

资料来源：QuestMobile：《泛娱乐用户行为新趋势调查报告》。该报告中"泛娱乐用户"是指"在网络 K 歌、在线音乐、手机游戏、数字阅读、在线视频、短视频、娱乐直播、游戏直播、电影演出等 9 个行业的活跃用户"，与网络文艺范畴下的用户基本重合，具有一定的参考价值。

基数有关，用户量越大其差异就越小；其次，网络直播用户中男性用户远超女性用户，而在二次元（网络动漫）用户中女性用户则明显高于男性用户，这两个领域中“90后”和“00后”渗透率更强，体现这两个行业的特有属性。

二　2018年以来用户发展的动向和特点

（一）几个值得关注的群体

用户群体是一个庞杂的多结构复合体。在互联网发展的每个阶段，不同的用户群体成为不同的观照对象，也发挥着不同的作用。2018年以来，以下几个群体成为受关注程度较高的群体类型：“Z世代”和“粉丝群体”是新生力量在网络文艺影响力的显现；“小镇青年”和“银发一族”则是过去需求未被满足的群体，随着其需求不断释放出来，成为网络文艺最具发展潜力的族群。

1. Z世代

Z世代主要指千禧一代。出生于2000年以后，他们是网络原住民，目前在网民群体中占三成左右。无论是对网络文艺内容的影响，还是更为强烈的付费意愿，都使其成为互联网的主力军。在网络动漫、网络游戏、网络文学领域，Z世代的影响力已经逐步显现出来，并在网络空间中形成了独特的话语体系，“懒人经济”“宅文化”“爱豆文化”等表现突出。

2. 粉丝群体

2018年，由于偶像养成类网络综艺的火爆，以及多部爆款网络剧的推出，一大波年轻偶像走向前台，随之“粉丝”也成为一个突出的群体。这波粉丝具备更强的消费意愿和消费能力，购买偶像同款/代言/推荐商品、购买周边、会员付费、线下支持等构成了规模庞大的“粉丝经济”。据统计，2018年因偶像推动的粉丝消费规模超过400亿元，其中，购买偶像同款/代言/推荐商品的花费占到了一半[①]，显现强大的经济能量，其潜能也亟待开发。

3. 小镇青年

小镇青年主要指四线及以下城市的年轻用户群体。2018 年的用户关键词“用户下沉”即指诸多网络平台将视野“下沉”至这个群体，获得了良好的效果。从用户使用移动互联网的时长来看，四线城市用户使用时长为 350.2 分钟，同比增长 27%；五线及以下城市为 359.9 分钟，同比增长 29.6%，均高于平均水平（时长 341.2 分钟，增长率 22.6%）。这些地区的年轻人因互联网使用时间更长，而成为移动互联网的“重度用户”。快手短视频平台注册用户已达到 7 亿，活跃着超过 2.3 亿小镇青年，占比颇高。2018 年，他们在快手上发布了超过 28 亿条短视频，视频播放量超过 26000 亿次，获赞数超过 800 亿条，评论数超过 180 亿条。[②] 网络文艺成为小镇青年的主导性娱乐方式甚至是生活方式，满足其精神需求。同时，短视频、网络直播等平台也为他们提供了表达自我的空间，使他们构成了网络文艺内容创作的一股力量。

4. 银发一族

银发一族主要是指较为年长的互联网用户，一般指 55 岁以上的中老年网民。在诸多网络文艺细分行业的核心用户中，我们很难看到这类人群的身影，但在网络文艺人口红利不断消失的当下，向已有网络用户渗透就成为重要的发展策略。报告显示，银发人群人均上网单日时长快速提升，从 2018 年 1 月的 106 分钟增至 2019 年 1 月的 129 分钟，同比增长 21.7%。其中网络视频拥有最大日活量，达到 12000 万人左右，紧随其后的是短视频、网络音乐、网络游戏。在增长率方面，音频娱乐同比增长率超过 20%，摄影摄像、短视频、游戏也有 10% 以上的增长。[③] 整体来说，这一群体在使用时长、付费规模上还有巨大的潜力，分析其内容偏好并进行精准营销是拉动网络文艺下一阶段发展的重要方面。

---

① QuestMobile：《中国移动互联网 2018 年度大报告》，http：//www.prcfe.com/finance/2019/0213/338469.html。

② 36 氪研究院：《2018 短视频平台的用户调研报告》，https：//36kr.com/p/5213969。

③ 易观咨询：《2019 银发数字用户娱乐行为分析》，www.199it.com/archives/873131.html。

（二）优质内容是用户的最大诉求

1. “内容”是用户的首选评价要素

在所有与用户体验相关的要素中，“内容”成为最显著的要素。根据《2018 网络原创节目发展分析报告》（网络电影篇、网络剧篇、网络综艺篇）中对受众的内容偏好分析（见图 4），可以明显看出用户对内容需求的价值取向：一方面是对当下“劣质”内容的不接受和不认同，另一方面则是对优质、精品内容的吁求。

从图 4 的调查情况中可以看出，受众反馈排在前几位的主要集中在：指向价值观层面的“缺乏精神高度、思想深度”“节目内容无底线，卖弄噱头”

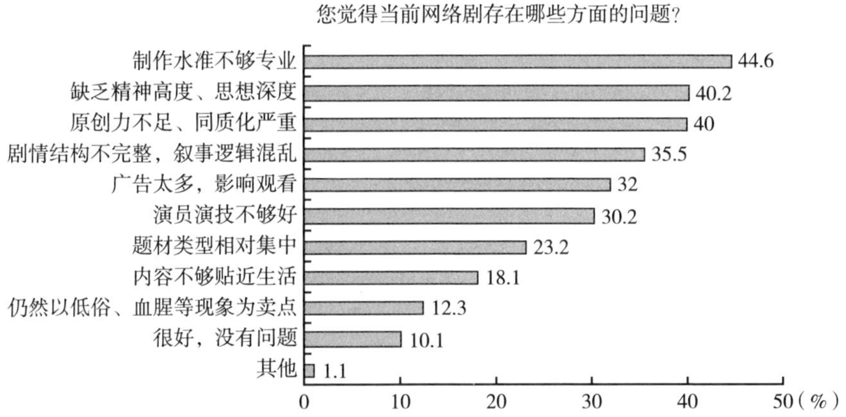

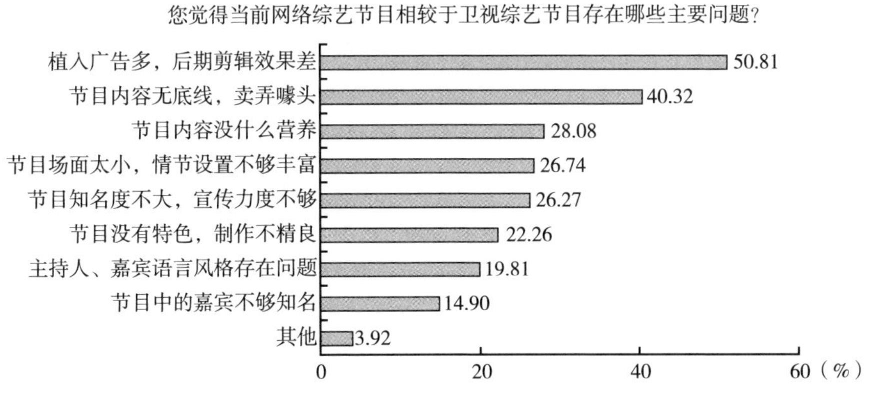

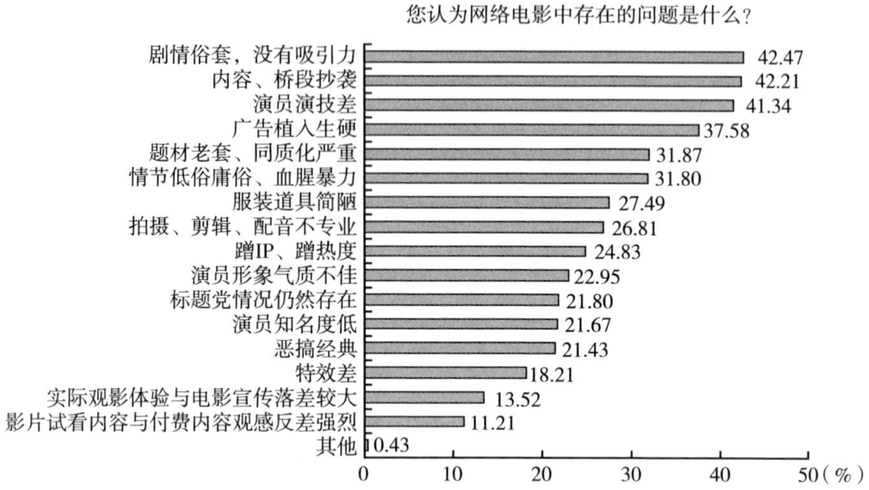

图4　关于网络剧、网络综艺、网络电影主要问题的受众调查

等，指向内容创作层面的“原创力不足，同质化严重”“剧情结构不完整、叙事逻辑混乱”“剧情俗套、没有吸引力”“内容、桥段抄袭”“节目内容没什么营养”等。

同时，对于受众的认同要素或改进建议来说（如图5），排在前几位的选项是“节目选题、形式是否新颖”“节目是否传递了正能量”“节目是否具有知识性”“耐心打磨好剧本，讲好故事”“内容有创新，符合观众喜好”“提升剧本质量”等，同样指向了内容层面。因此，相较于制作、场面、广告、嘉宾演员等问题来说，内容的满意度是获取受众的重中之重。

在短视频领域，报告显示，在内容、产品、社交性、KOL及其他诸多因素中，内容成为短视频平台吸引用户的核心因素（占比60%）。[①] 内容全面多样化、内容有深度、有独家内容，都是用户对短视频平台的内容诉求。瞭望智库对手机游戏、网络文学、网络漫画、网络动画四个领域进行的用户评价调查显示：角色和产品更新、作者、剧情，是用户最为关注的四个艺术品

① 酷鹅用户研究院：《6.4 亿用户的狂欢：短视频用户洞察报告》，https：//cloud. tencent. com/developer/article/1454463。

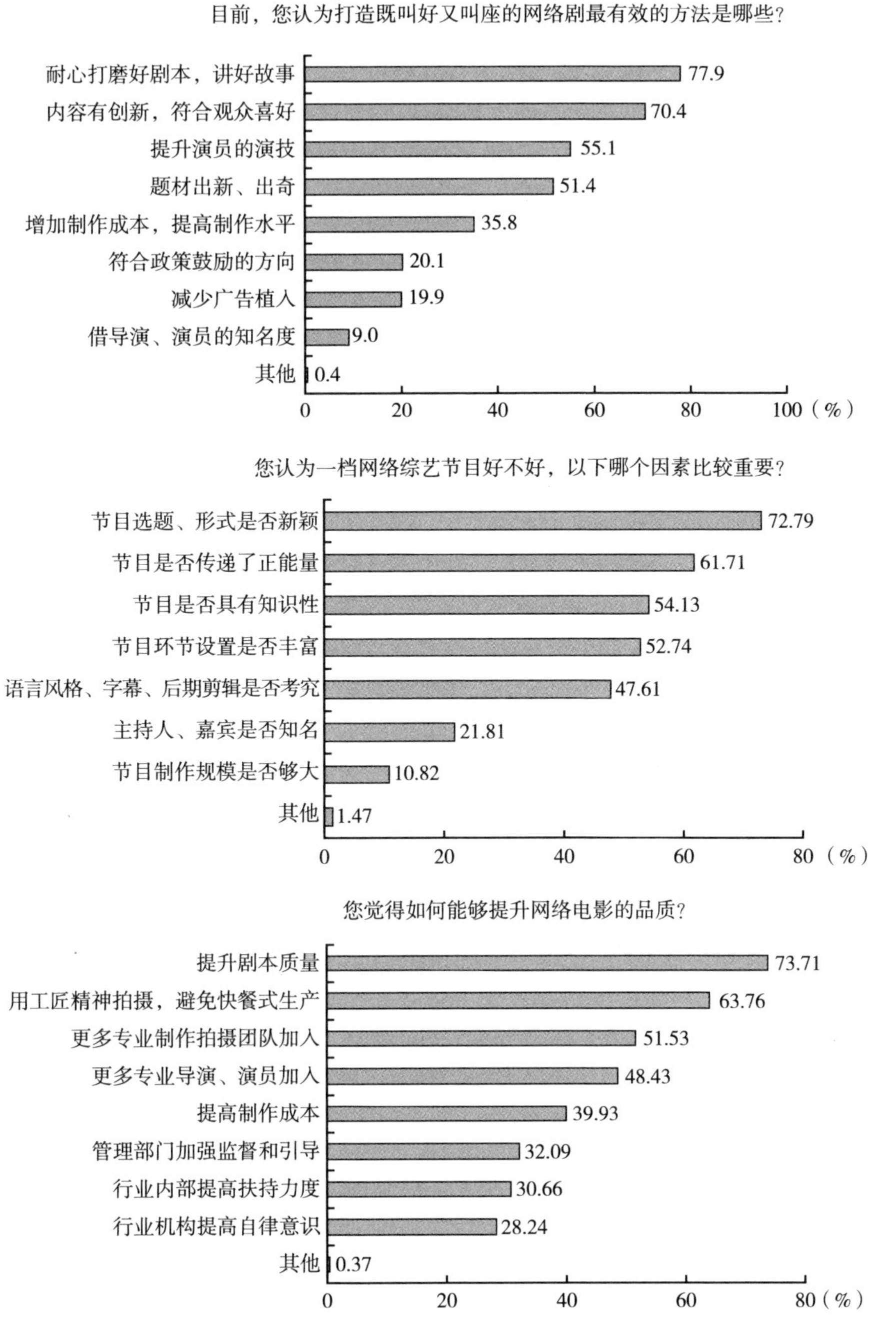

图5　关于网络剧、网络综艺、网络电影认同要素的受众调查

质与体验二级指标，特别是网络动漫、网络文学的用户关注度集中于此。报告提出：能否真正落实社会效益，在于是否能够开拓新的内容领域并给予足够重视，在于是否能够摆脱对人口红利、规模增长的依赖，说到底还是研发运营能力和战略思维的问题。对于多以技术、运营起家的网络文艺互联网平台来说，内容成为取胜关键。①

2. 类型和题材偏好相对稳定

用户的内容选择往往集中在自己感兴趣和熟悉的类型和题材（如图6）。因此，用户对其内容偏好有较强的忠诚度，凸显了用户思维和用户画像的重要性。

同时，不同的细分领域已经形成了较为稳定的用户类型和题材偏好。如在动漫领域，奇幻、恶搞、古风为三大主要题材类型，且保持稳定，成为“动漫”的标签；在短视频领域，幽默搞笑类题材独占鳌头（占比70%），

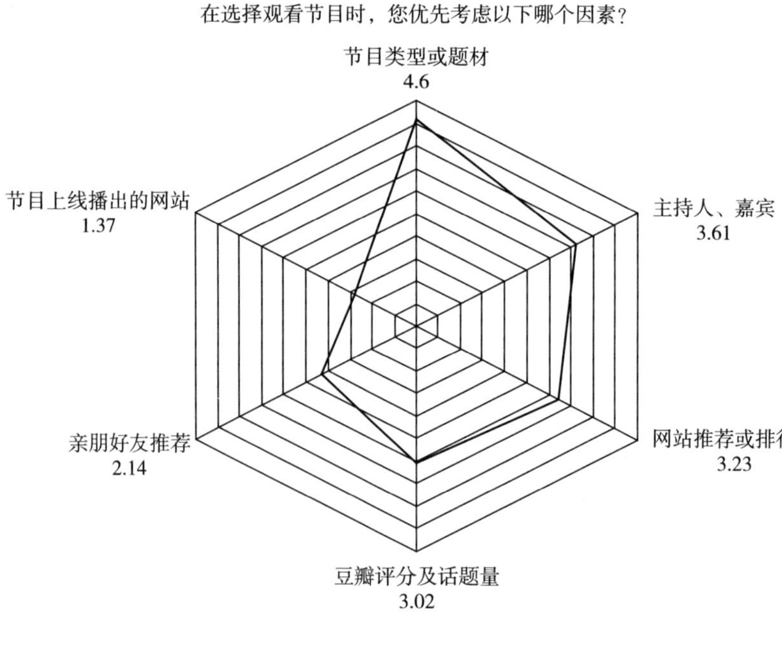

① 瞭望智库：《2018年度网络文化产品用户评价报告》，其调查范围涉及四个领域的用户活跃度/阅读量/播放量前25名，共计100个产品，2000万条有效用户评论。

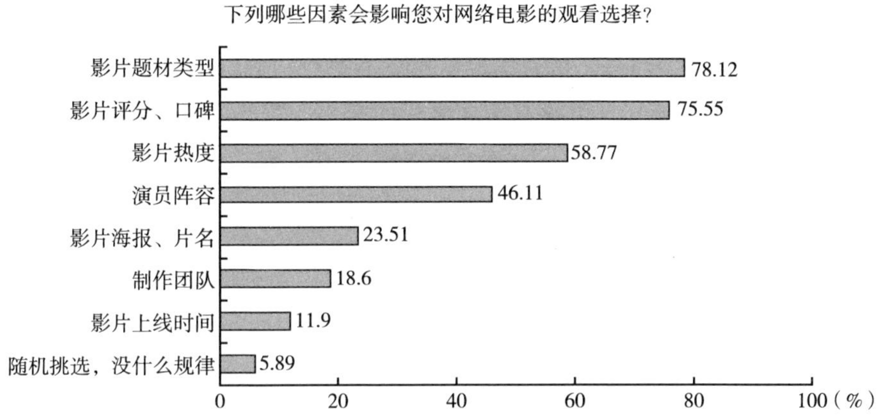

图6　网络综艺、网络电影内容选择依据

是所有短视频平台用户的共同爱好；轻知识类（实用技能、美食烹饪、学习教程）成为2018年用户的内容偏好。[①]

（三）用户付费意愿与付费规模提升

当前，内容付费模式的基本格局初步形成。内容付费主要包括会员付费、作品付费、打赏付费、社群付费、道具付费、问答付费等几种方式，这些付费方式在网络文艺领域基本都有所涉及。2018年以来，用户的付费意愿和付费规模都有所提升，这也标志着网络文艺市场逐步走向成熟。

调查显示，接近六成的用户愿意为满意的内容付费，同时，高净值用户的付费意愿相对更强：本科以上学历人群的付费意愿达71%，家庭月花费高于1万元人群的付费意愿达到75%。[②] 用户付费意愿规模的扩大与网络文艺近年来的市场培育有关，尤其是用户的付费意愿指向自己满意的内容，因此，优质精品内容具备更强的变现能力。

以网络视频领域为例（如图7），腾讯视频、爱奇艺、优酷三大平台在

① 酷鹅用户研究院：《6.4亿用户的狂欢：短视频用户洞察报告》，https：//cloud.tencent.com/developer/article/1454463。

② 易观咨询：《中国网民内容付费生态调研》，https：//news.pedaily.cn/201905/443418.shtml。

2018 年底的会员规模均接近一亿大关，付费群体达到 2.3 亿人，占所有网络视频用户的 1/3。同时，付费用户呈现以下特点：性别上，女性对网络视频的关注度高于男性，且付费意愿和规模明显高于男性；从年龄层次来看，30 岁以下的年轻人是网络视频的核心用户，其中，19 ~24 岁的用户群体的付费规模远高于其他人群，年轻群体（19 ~30 岁）是网络视频付费主体人群；从地域上来看，二线以上城市的付费规模高于全国平均水平，而四线以下城市用户对网络视频的关注度高于平均水平，但其付费意愿和规模较低。随着网络视频的多元发展、精准营销，付费规模还会继续扩大。

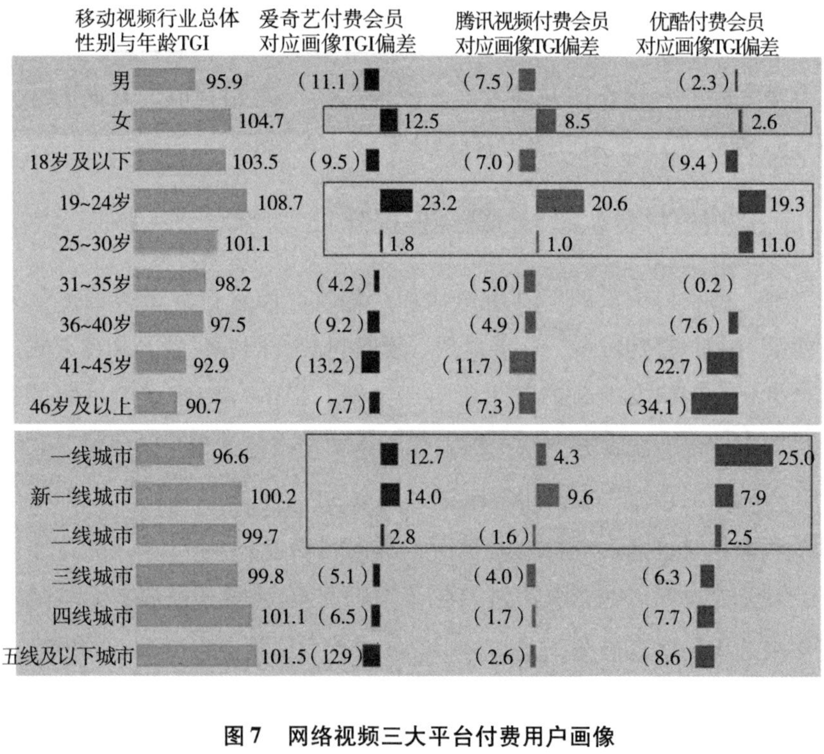

图 7　网络视频三大平台付费用户画像

资料来源：QuestMobile：《2019 年 Q1 中国移动互联网特点盘点》，TGI 指数 = ［目标群体中具有某一特征的群体所占比例/总体中具有相同特征的群体所占比例］ * 标准数 100。

网络游戏市场规模 2018 年达 2100 亿元，远超其他行业，是所有网络文艺细分领域中收益最高的行业，而其中的大部分收入来源为用户购买服务和道具，因此，网络游戏领域是用户付费规模最高的领域。其中，根据市场研究机构 SensorTower 的数据，《王者荣耀》在 iOS 系统全球流水超过 19.3 亿美元（约合人民币 130.1 亿元），安卓系统约 100 亿元，成为全球收入最高的手机游戏，足见其强大的“吸金”能力，也是其他领域单一产品无法企及的。

此外，网络音频的头部平台喜马拉雅在 2016 年发起年度音频内容付费促销活动“123 狂欢节”时，年销售额 5088 万元，到 2018 年，销售额已经达到 4.35 亿元，可见其内容生态的积累程度，也显现网络音频市场巨大的付费潜能。随着网络文艺内部平台、品类、渠道资源的整合，技术的赋能，内容的优化，用户付费规模将继续扩大。

三 2018年以来网络文艺用户发展评述

（一）用户黏性：存量市场的制胜关键

网络文艺在网民中的整体覆盖率已经越来越高，人口红利逐渐消失，逐步成为典型的存量市场；各细分领域内容不断更新、新技术与新形态带来的行业革命仍不断出现；各领域之间的竞争，尤其是同领域不同平台的竞争日趋激烈，获取用户的成本不断高企，这使得网络文艺整个行业在处理与用户之间的关系上产生变化，在追求数量扩张的基础上，让已有用户能够获得更好的用户体验，提升用户黏性，成为各个平台的目标。诸多行业和平台都在积极采取各种措施，维系与用户的良好关系。2018 年，网络视频平台不断扩大独播内容、自制内容比例，以提升平台的吸附力。网络直播平台开始转战线下。YY 推“百城计划”，LIVE 直播办“百城网红盛典”，斗鱼嘉年华，花椒的直播小镇，将线上与线下场景进行连接，以提升用户关注度等等，都是有益的尝试。从用户的角度来说，上述分析已经可以看出，优质内容不仅能够提升用户的忠诚度，还会提升付费意愿。因此，制胜之路并不复杂。

（二）突破圈层与回归圈层：网络文艺创作生产的方法论

自2017年起，“破圈”就成为网络文艺领域的关键词，甚至是评价作品影响力的重要指标，这得益于诸多小众圈层、垂直内容、少数题材通过网络文艺的各种形态进入大众视野。在2018年，这种内容创作策略体现得更为明显，也逐渐生成一套“破圈”方法论：网络综艺《这就是街舞》《热血街舞团》使街舞文化走向前台；2018年《英雄联盟》S8全球总决赛上，IG战队夺得冠军，让网络游戏“自我正名”，被大众所认知。

事实上，“破圈”是一种将小众文化大众化的方式，让更多的用户认识和接受小众文化及其价值取向。对于特定圈层的用户来说，他们的需求不仅在于突破圈层，更在于他们的特定文化需求得到满足，因此，网络文艺不需刻意追求“破圈”，深耕小众文化，在垂直领域为特定圈层服务也是重要的发展策略。如网络动漫领域的诸多平台围绕二次元用户进行服务，年长群体几乎不会接触和进入这类文化，但在其内部却有着良好的口碑和发展态势，用户圈层满意度高，正如上述“Z世代”群体更在意的是自成体系的文化娱乐方式。因此，细分受众、圈层文化需求的纵深满足也是网络文艺创作生产的方法论。

（三）被满足与被束缚的用户

互联网时代的便捷、丰富、多元在网络文艺领域被淋漓尽致地体现出来，所有人都被前所未有的内容包围着。从传统文艺到网络文艺的演进，人们的精神体验被不断刺激，也被不断满足。任何一种网络文艺形态都可能轻松“捕获”数以亿计的用户，也实为一种前所未有的景观。从上述数据呈现与分析中得以窥见网络文艺的繁盛景象，也可以想象出用户在此中的乐享与获知，但我们也能够深切地认识到这种“被满足”之中的“被束缚”。网络文艺给人们所带来的困境值得我们反思：一是，从上述数据中可以看出，人们花费在各种娱乐方式上的时间越来越多，尤其是2018年被人们称作“时间杀手”的短视频，造成了一定的时间浪费，给工作、学习带来不利的影响；二是由技术所带来的“用户画像”“精准推送”等，一方面造成了用户隐私的极大暴露，尤其是网络文艺领域对人的精神层面的“窥探”，另一方面推动“信息茧房”的形成，造成了用户的内容接收日渐单一、日趋封闭；三是虽然网络文艺的内容不断向精品化推进，但浅表化、娱乐化仍是网络文艺的重要属性，当人们更多沉浸在这样的环境中时，思考力、想象力都会弱化，尤其是对于未成年人和教育程度较低的人来说，这种潜移默化的影响将带来诸多负面影响。

这一方面需要网络文艺行业、平台、创作者在追求行业规模扩大、经济效益高涨的过程中担负培育、教育用户的责任，同时也需要用户在互联网环境下的自觉与自省。

B.14

网络文艺的维权进展

佟雪娜*

摘　要： 在知识经济时代，“维权”对网络文艺发展具有重要的意义。当前，网络文艺维权存在维权立法缺位、维权准入制度弱、维权易导致媒体过多关注、网络文艺主体与相关方维权平衡尺度难以把握等问题。因此，为促进网络文艺繁荣发展，维权的技术监督需进一步加强，多元化的维权体系需进一步建构，侵权举报平台需进一步健全完善。

关键词： 网络文艺维权　技术监督　维权体系　侵权举报平台

一　网络文艺的维权现状

（一）中国网络版权产业概况

国家版权局网络版权产业研究基地发布的《中国网络版权产业发展报告（2018）》显示，2006 年中国网络版权产业开始快速发展，至 2018 年中国网络版权产业市场规模高达 7423 亿元。在我国目前整体版权产业中，网络版权产业占有重要地位，并对我国的数字经济和整体文化产业的发展产生了重要影响。

---

* 佟雪娜，传媒经济学博士，中国传媒大学音乐与录音艺术学院教授、博士生导师，主要研究领域为音乐产业管理、音乐版权、音乐市场营销。

在产业结构与盈利模式方面，2018 年我国网络版权产业以网络新闻媒体、网络游戏（含电竞）、网络视频（含动画）三者作为支柱，它们合计贡献了 85% 的网络版权产业份额。同时，近年来发展迅猛的直播及短视频行业也逐渐形成了自身稳定的盈利模式并占据了一定的市场份额，开始成为网络版权产业的重要组成部分。其中，短视频行业更是倚靠用户消费时长的高增长性，实现了 300% 的高倍增长。网络直播行业虽用户活跃度有所下滑，但由于直播技术逐渐应用于各细分领域，在线教育及游戏直播等细分类型逐渐兴起，新型业态与传统业态持续融合，在游戏直播、音乐短视频、VR/AR 游戏等领域出现了新的增长动力。

特别值得关注的是，2018 年中国网络版权产业整体用户付费规模接近 3686 亿元，同比增长 15.8%。三年时间内用户付费规模增长近 1500 亿元，用户付费规模占整体市场规模的比重也从 2016 年的 44% 增加到 2018 年的近 50%。另外，作为 2017 年拉动用户付费规模主要驱动力的网络游戏和网络直播在 2018 年增速放缓，而网络视频和数字阅读则通过个性化推荐等手段加强了用户付费意愿和黏性。①

可以预见，随着行业发展的规范化和网络用户付费意愿的提高，中国网络版权产业在未来会拥有更好的发展前景。

（二）网络文艺维权状况回顾

近年来，随着互联网和移动设备的普及，网络文艺得到了快速、蓬勃的发展，随之出现的侵权、维权问题逐渐成为热门话题。一方面，文艺作品的网络传播大大降低了传播成本，提高了获取文艺作品的便利性，为受众带来了极大的方便；另一方面，盗版资料的生产和传播成本也大大降低，加上网络传播的无序性，网络文艺版权保护难度加大，网络文艺著作权人被侵权的案例不胜枚举。此外，由于网络文艺维权存在诸多实际问题，维权更加复

① 张钦坤：《中国网络版权产业发展报告（2018）解读》，《中国新闻出版广电报》，2019 年 4 月 29 日，T09。

杂，许多网络文艺工作者在面对自己的作品被侵权时甚至直接选择放弃维权，这一现状给我国网络文艺版权保护带来了挑战。

总体来看，2018 年以来我国网络文艺维权主要有两个途径：一是通过法律途径提起诉讼；二是依靠著作权人自身力量进行“自力救济”，最常见的形式是通过微博、微信等新媒体平台对侵权行为进行控诉，并依靠舆论迫使侵权方进行回应和赔偿。随着国家对文艺作品版权保护的一再强调以及“剑网行动”的再次开展，我国网络文艺维权状况有了一定的改善，出现了许多网络文艺工作者通过法律途径维权成功的案例。例如，在摄影领域，2018 年，北京全景客公司诉同创蓝天公司未经许可在其主办网站上使用全景客公司享有著作权的《故宫》和《中国古动物馆》两部 VR（Virtval Reality，虚拟现实）全景摄影作品，全景客公司胜诉并获赔 46 万余元[①]。在文学领域，作家金庸诉作家江南在其作品中大量使用自己作品中的人物名称，金庸胜诉并获赔 188 万元，该案被称为国内“同人作品”侵权第一案。[②] 在音乐领域，作曲家董颖达等中央音乐学院师生诉张艺谋导演的电影作品《影》的配乐侵犯其署名权，引发广泛关注。[③] 从以上案例可见，2018 年以来我国对网络文艺版权的法律保护取得了一定的进展，变得更加规范和完善。

此外，借助低成本的优势，通过微博、微信等新媒体平台进行自力救济维权也成为许多文艺工作者的选择。以上文提到的电影《影》配乐署名权争议为例，董颖达等原告通过个人微博及微信公众号“西便门艺校段自守”发表了对该影片配乐署名权进行质疑的文章，得到近 3 万的微博转发量和超过 10 万的公众号阅读量。然而，这种“微博、微信维权”作为一种依靠舆论进行的维权活动，有着显而易见的缺陷：由于这种维权方式没有强制力约

① 海法：《首例涉 VR 全景摄影作品著作权案宣判　侵权网站为何被判赔近 50 万元》，http：//www. ncac. gov. cn/chinacopyright/contents/4509/375759. html。

② 李铁柱：《“同人作品”侵权第一案金庸获赔 188 万元》，《北京青年报》2018 年 8 月 17 日，第 7 版。

③ 新浪娱乐：《参与配乐却被拒署名，音乐团队起诉〈影〉片方乐视》，http：//ent. sina. com. cn/m/c/2018 – 11 – 18/doc – ihmutuec1353952. shtml。

束，维权者舆论影响力的大小几乎决定了他们与侵权者抗争的能力，因而也就影响着维权效果。一些影响力较小的文艺工作者通过新媒体平台进行维权，几乎很难掀起舆论波澜，也得不到侵权者的回应。

（三）网络文艺维权的突破与空白

总体来看，我国网络文艺版权保护在提升群众版权意识和版权运作规范化方面取得了明显的突破。这得益于近年来国家通过行政手段对网络文艺版权侵权行为进行的大规模整治。行政手段的直接干预使我国网络文艺版权活动得到了规范，过去大量未经授权在互联网上提供观看、下载的文艺作品被下架，影视、音乐行业的率先转型标志着国内网络文艺行业逐渐进入付费时代。与此同时，用户也逐渐接受了这一正版化、付费化进程，并且随着用户版权意识的提升，付费行为逐渐由被动走向主动，用户开始自愿为正版网络文艺作品付费，从而形成了网络文艺正版化的良性循环。

然而，在欣喜网络文艺领域以影视、音乐行业转型为标志走向正版化的同时，我们也需要看到网络文学、视觉设计等其他文艺领域的版权保护仍有缺位。以网络文学为例，作者在付费网站上自行发布的作品在发布后几小时之内就被盗版网站、贴吧、论坛、文档分享网站免费发布的现象极为常见，通过淘宝等网络购物平台售卖盗版印刷物成为新兴的侵权渠道，而网络文学作品之间的抄袭指控更是比比皆是。以上领域与影视、音乐行业相比缺乏大型企业资本的参与，也就缺乏推进版权规范化的重要动力。资本单薄的作者和网站难以获知侵权行为发生的时间、侵权人的信息，难以进行及时有效的取证、举证，难以承担维权的成本，因而这些领域便成为我国目前网络文艺维权的孤岛。

除此之外，我国目前对网络文艺作品侵权行为的打击方式以行政执法为主，行政执法虽具有强制性，对侵权行为的打击效果明显，但由于网络信息技术的快速发展，这种方式在面对复杂的网络侵权手段和侵权行为时常常难以发挥效用，它在发现、查处与证据提取方面皆存在困难。因此行政执法作为网络文艺版权保护的手段，既不能长期有效遏制侵权行为，也不能合理赔偿著作权人的损失，只能对网络文艺侵权行为起到震慑作用，对推动和保障网络文艺维权的发展则显得心有余而力不足。

二　网络文艺维权存在的问题

（一）维权立法缺位

目前，我国还没有专门针对网络文艺版权保护的法律，对网络文艺版权进行保护的仍是《著作权法》。由于网络文艺存在版权地域的模糊性，侵权主体的复杂性、专业性，侵权方式的多样性、隐蔽性等特征，著作权人依靠现有的《著作权法》较难进行有效的维权。该法律虽然已经过几次修改，但每次修改的间隔时间较长，还不能与网络技术的频繁更新和网络文艺的持续发展相同步，也就很难为网络文艺维权提供有效的保障。因此，出于对网络文艺版权进行有效保护的需要，还需对立法进行进一步完善，使立法适应快速变化的技术与网络文艺环境。比如借鉴美、日等国进行动态立法，及时更新法律条文以适应网络文艺的发展和网络技术的变革，为网络文艺著作权人维护自身权利提供更加完善的法律保障。

除了不能适应快速更新的信息技术和快速发展的网络文艺之外，我国目前的相关法律规定相对宽泛，也是网络文艺维权困难的另一重要原因。宽泛的法律条文使侵权主体有了钻空子的机会，比如，我国网络文艺在发展之初就出现了大量利用避风港原则对自身侵权行为进行规避的案例，而与避风港原则相对应的版权保护红旗原则①却长期被漠视。许多大型搜索引擎对其网站下链接的网页审查十分宽松，对其跳转出现的侵权页面视而不见，诉讼发

① 红旗原则是指如果侵犯信息网络传播权的事实是显而易见的，就像是红旗一样飘扬，网络服务商就不能装做看不见，或以不知道侵权的理由来推脱责任，如果在这样的情况下，不进行删除、屏蔽、断开链接等必要措施的话，尽管权利人没有发出过通知，我们也应该认定网络服务商知道第三方侵权。

生时则简单地利用避风港原则进行责任规避，平时则肆意攫取在这种“避风港”中进行侵权而获得的利益，给我国网络文艺著作权人维权带来了司法上的难题。

（二）维权准入制度弱

我国网络文艺维权尚未建立起完善的准入制度，导致网络文艺维权主体的混乱。一般来讲，网络文艺维权主体可分为著作权掌握在个人手中的作者、作者签约授权的公司以及著作权集体管理组织。

由于网络文艺本来是以草根性、开放性为核心特征的文艺形式，其著作权主体大多为个人作者，因而在侵权行为发生时，主要维权主体也是个人。然而，个人在维权时面临的困难是显而易见的：举证难度大、维权成本过高、缺乏相关法律知识。这成为阻碍个人作者进行维权、保障自身合法权益的主要原因。甚至，由于纷繁的网络信息背后的隐匿性，个人作者在进行维权时甚至难以找到侵权人。因此，个人维权虽然是当下网络文艺维权的主要形式，但在重重困难之下，往往难以发挥作用，不能有效保障作者权益。

而作者签约授权的公司或团队较之个人作者往往更具规模化、专业化，因而不仅能够承担繁杂的维权诉讼事宜和费用，而且在维权时也拥有更大的话语权。但把作者签约授权的公司或团队作为维权主体也存在缺陷，因为不是所有的作者都能与规模化、专业化的公司签约，对于没有签约的作者而言也就不存在这一维权途径。

著作权集体管理组织是我国网络文艺维权的另一大主体。我国目前有中国文字著作权协会、中国音乐著作权协会、中国音像著作权集体管理协会、中国摄影著作权协会、中国电影著作权协会五个著作权集体管理组织，它们成立的目的是更好地维护著作权人的利益，但集体管理组织在实际履行职责时也出现了一些问题。例如：根据相关条例规定，五个著作权集体管理组织所管理的内容相互之间不能重合，而随着网络文艺的发展，许多网络文艺作品的内容实际包含多个文艺门类。显然，这一规定使得当下各个著作权集体管理组织无法很好地适应网络文艺发展现状，该现状越来越呈现融合媒体特质，因此它们也就难以满足网络文艺的维权需要，不能有效地为网络文艺作品版权保驾护航。

除了国家版权局倡导建立的著作权集体管理组织，一些掌握网络技术和法律知识的团体也开始建立起职能类似于集体管理组织的维权机构，网络文字作品领域的“维权骑士”是其中的代表。“维权骑士”是一家维权组织，为用户提供合法付费转载他人文字作品的途径。未来这种公司性质的维权机构或许会成为国内网络文艺维权的又一重要主体和新生力量，为网络文艺维权的发展注入新的活力。

（三）维权易导致媒体过多关注

互联网本身是一种信息传播媒介，而网络文艺植根于网络，必然与媒介有着非常紧密的联系。可以说网络文艺是对麦克卢汉“媒介即信息”理论的进一步延伸——对于网络文艺而言，信息即媒介，其内容一方面承载着文艺作品信息，另一方面也是文艺作品信息传播的媒介。由于这种紧密的联系，网络文艺在涉及侵权以及进行维权时，几乎不可避免地会引来媒体的过多关注。尤其是前文提到，通过微博、微信等新媒体平台进行维权是目前我国网络文艺维权的重要途径，这种维权甚至几乎完全是依靠媒介和公众舆论来推进和完成的，自然也就会受到媒体和舆论的密切关注。

媒体的过多关注给网络文艺维权带来的负面影响在于，由于媒体对报道的及时性和阅读量的追求，媒体常常在侵权行为尚未得到定论的情况下便对事件进行传播，这种行为有时会带来消极影响，扰乱正常的维权过程。并且，用户在微博、微信等新媒体平台进行的维权与通过法律途径进行的维权有着巨大的差异，前者可以不经过任何审核程序。又由于部分用户缺乏必要的法律常识，因此一些不当的“维权”行为常常会带来信息混乱，而媒体也常常在不了解真实情况的时候便将这种混乱信息加以传播。在面对文艺作品抄袭这种界定有一定难度的侵权行为时，这种现象尤其容易造成恶劣的影响，给相关主体的声誉带来损害。

（四）网络文艺主体与相关方维权平衡尺度难以把握

网络文艺主体与相关方维权平衡尺度难以把握也是我国当下网络文艺维权凸显的问题之一。在传统媒体时代，文艺作品著作权保护涉及著作权人、出版商和社会公众三个主要的利益相关方。其中著作权人提供作品内容，出版商提供宣传，社会公众通过付费获取作品，构成了传统媒体时代文艺作品市场的利益平衡。而在互联网时代，传统的出版商大多转型为网络服务商，网络信息获取的自由性和网络背后用户的隐秘性不仅带来了泛滥的侵权现象，还使得这一传统的平衡模式被打破。因此，网络文艺进行维权时，著作权人和转型为网络服务商的出版商、社会公众之间出现的难以把握的平衡尺度带来了新的问题。

在著作权人与社会公众的关系中，对于著作权人而言，网络信息获取的便捷性带来了大量的侵权行为，损害了著作权人的利益。并且由于网络的虚拟性、隐秘性，集体侵权成了网络文艺侵权的主要形式，著作权人面对社会公众的集体侵权行为，在进行维权界定侵权人和取证方面都面临困难。

在著作权人与网络服务商（即传统媒体时代的出版商）的关系中，网络服务商出于对流量收益的追求，对作品是否涉及侵权所进行的审查非常宽松，甚至刻意放任侵权作品出现在其网站上，在著作权人进行维权时又利用避风港原则规避责任。除此之外，社会公众利用网络的隐秘性将侵权责任推给网络服务商的现象也时有发生。面对这种相互推诿责任的情况，很多时候著作权人虽然受到了侵害，却也难以进行有效的问责和维权，这也加大了网络文艺版权保护的难度。

三　网络文艺维权机制的完善与发展

（一）维权的技术监督需进一步加强

为切实保护网络文艺版权、保护著作权人的合法权益，网络文艺产业界及学术界在网络文艺维权的技术监督方面作出了努力：网络文艺维权的技术监督进一步加强，互联网盗版监测平台开始建立，数字水印、P2P 污染、基于深度学习的盗版监测等技术也逐渐被提出并运用到版权保护实践中，为实现互联网盗版搜索与追踪溯源，切实保护网络文艺著作权提供了技术方面的保障。

网络盗版搜索与版权追踪溯源技术主要包括三种：网络搜索技术、版权匹配技术、追踪溯源技术。网络搜索技术是指通过搜索引擎对网络文艺版权关键字进行检索，找到版权相关内容。

版权匹配技术包括数字指纹技术和数字水印技术。其中数字指纹技术通过权利人授权提供的内容提取出视频画面、图像或声音作为“指纹”，与授权的正版版权数据库的内容进行对比。对于音频，提取数字指纹主要是提取其音频波形数据，而对于视频内容，则主要是提取关键情节帧画面作为数据源进行对比。值得一提的是，现在许多正版视频内容内置了 DRM（数字版权保护）许可证，因此，无 DRM 的视频内容即可判定为有盗版嫌疑；但一些盗版视频网站也会采用伪造许可证或压缩正版视频进行盗播的方式躲避 DRM 监测，这些盗版内容则只能以数字指纹技术来进行监测和打击。[①] 而数字水印技术则是通过文艺作品中镶嵌的水印信息来与数据库中的内容进行对比，但这种方法对于没有嵌入数字水印的作品无能为力。数字指纹或数字水印提取后，若经过分析，与正版版权数据库内容有一定比例的相符，则可将其判定为盗版内容，版权监测系统会自动抓取网站联系邮箱并发送邮件通知其停止侵权行为或提起诉讼。如此，形成了一个较为完整的采集、对比、确认侵权的流程，为网络文艺维权的证据采集提供了强有力的支持。

追踪溯源技术是通过对网站进行搜索，查找盗版源头，通过数字水印技术进行盗版来源分析。数字水印信息嵌入在版权制作、交易、分发以及最终

① 技术宅：《反盗版卫士：互联网版权监测系统解读》，《电脑爱好者》2014 年第 12 期，第 64～65 页。

消费等各个环节，当盗版侵权发生时，通过分析数字水印即可得出是在哪一个环节存在盗版漏洞。如果服务提供商在用户观看内容时嵌入基于会话的数字水印，即可锁定是哪一位用户有盗版嫌疑，这就为网络文艺维权锁定侵权责任人提供了有效途径和有力证明。①

另外，以区块链技术为代表的新技术也为网络文艺版权的技术监督提供了新思路。区块链的链式数据结构、加密算法、智能合约等技术可以在分布式数据网络上建立起一系列严密、难以篡改的数字版权认证，可以对网络文艺版权进行有效的保护。与版权匹配技术一样，区块链技术也可以与法律保护合作，即时将正版数据库中的内容与链上内容进行对比，一旦确认侵权，则自动发送邮件警告侵权或发起诉讼，启动维权程序，并为维权提供有力证据。②

这些手段的应用见证着我国网络文艺维权技术监测方面的巨大进步，也推动着我国网络文艺维权逐渐走出传统的“一告一赔”“一诉一罚”的低效率时代，走向依靠技术手段降低维权难度、简化维权流程的高效维权时代。

（二）多元化的维权体系需进一步建构

经过国家相关部门以及全行业不懈的努力，我国目前已开始形成较为多元化的网络文艺维权体系，为网络文艺著作权人提供了多样化的维权途径。

随着网络文艺版权的规范化，许多网络文艺或媒体平台开始注重版权内容的保护，建立起了侵权投诉机制，开通了平台内部的维权渠道。以微信公众平台为例，为保护各个公众平台所发表文章的版权，腾讯公司已建立起了较为完整的投诉机制。公众号作者的文章被侵权或被认定侵权时，在公众平台网站内即可查找到腾讯公司的相关说明文件《微信公众平台侵权投诉指引》和《微信公众平台反侵权投诉指引》，并通过说明内的程序进行较为有

① 王磊等：《网络盗版搜索与版权追踪溯源技术研究》，《广播电视信息》2018 年第 S1 期，第 39 ~ 41 页。

② 黄龙：《区块链数字版权保护：原理、机制与影响》，《出版广角》2018 年第 23 期，第41 ~ 43 页。

效的维权。

我国《著作权法》经过了多次修改，虽不能完全与高速发展的网络信息技术和快速变化的网络文艺环境相适应，但也足够为大多数网络文艺维权案件提供法律支持。因此，专业化的法律维权也是我国多元化的网络文艺维权体系中非常重要的部分，不同的维权主体均可依托法律手段维护自身或委托人的权益。针对个人作者缺乏相关法律知识的问题，著作权集体管理组织与前文提到的以“维权骑士”为代表的维权机构可以发挥其作用，利用自身的专业优势向委托人提供包括法律咨询、合同审查、协议起草、协调解决各类纠纷和案件在内的法律服务，使著作权人能够及时、高效地维护自身合法权益。

通过媒体平台进行的自力救济型维权也成为网络文艺维权体系中不可忽略的一环。除了前文提到的个人作者通过微博、微信等平台进行维权这一最常见的形式，较为有影响力的作者或单位也可以合作形成集体自力救济。行业联合的集体自力救济虽尚未形成有效的机制，但其所具有的广泛的社会影响推动着文艺作品维权环境的改善，因此效用不可忽略。

在多元化的网络文艺维权体系中，多种途径、多种方式相结合进行维权是更为高效的维权方式。例如，各平台提供的侵权投诉与维权途径可直接与法律环节联动，以相关法律为依据判定赔偿，若涉及法律诉讼，也可成为诉讼举证的依据。同时，通过媒体平台对案件进行报道，有利于向社会普及相关法律，提高社会公众的版权保护意识。

（三）侵权举报平台需进一步健全完善

目前，我国尚未建立起有效的网络文艺作品侵权举报平台，许多网络文艺著作权人遭遇侵权时只得将舆论作为武器通过媒体平台向公众“举报”。著作权人有举报的需求，却没有举报的途径。因此，为著作权人提供举报途径，建立起规范的网络文艺侵权举报平台十分必要。举报平台不仅能在监督侵权方面发挥重要作用，对于收集侵权信息为后续维权工作做准备，以及提高整个社会的版权保护意识方面也能发挥效用。

前文提到，以微信公众平台为代表的一些平台建立起了自身的侵权投诉渠道，但网络文艺侵权往往存在着跨平台、跨媒介等各种复杂的情况。面对这些情况，平台内部的投诉渠道想要发挥作用仍是有心无力，还是需要建立统一、集合的侵权举报平台，以举报信息标准化为基础，实现跨系统、跨平台侵权举报信息的平滑对接，从而全面整合举报平台中的侵权信息，同时健全相关法律法规，使侵权举报程序及其后续处理规范化、有序化，为著作权人维护自身权益提供便捷、高效的渠道。

技术与艺术篇

Technology and The Arts Chapter

B.15

网络文艺的技术应用

戴 硕 刘怡男*

摘 要： 技术与艺术的相辅相成、相得益彰是网络文艺发生、发展的必要条件，也是网络文艺繁荣发展不可或缺的关键要素。在网络文艺的创作生产中，技术广泛应用于网络文艺的项目评估、内容创作、平台运营、传播消费、版权保护等多个领域。2018 年以来，5G 技术、人工智能、虚拟现实（VR）与增强现实（AR）、大数据与云计算、区块链等新技术为网络文艺发展构建了新的发展环境，描绘了新的发展前景。当然，就艺术生产来说，技术创新是一个方面，至于它所带来的"好处"，还需以能否彰显价值理性为前提。

* 戴硕，中国传媒大学 2016 级广播电视艺术学专业博士研究生；刘怡男，中国传媒大学 2018 级传媒艺术学专业博士研究生。

关键词： 技术应用 技术与艺术 创新发展 价值理性

网络文艺的诞生得益于科技的迅猛发展，因而，就本体属性而言，它天然地被打上了深刻的技术烙印。近年来，互联网技术发展继续呈现加速态势，各种新形态的技术手段层出不穷，新崛起的科技力量已然构成了网络文艺发展的巨大现实语境，极大地拓展了艺术与技术结合的想象空间。而在应用层面，网络文艺创作者或技术从业者站在不同的主体视角，积极尝试将技术运用于网络文艺中，不断试探着网络文艺发展的新边界。

2018 年是中国网络文艺技术应用的关键之年，在网络文学、网络剧、网络综艺、网络电影、网络音乐等不同细分领域，以人工智能、VR、AR 等技术为代表的新型技术力量呈现全线进击的势头，开展了不少有益的探索。与此同时，在技术创新的背景下，网络文艺价值理性如何彰显，则是中国网络文艺发展面临的重要命题。

一 2018年以来网络文艺发展的技术语境

技术创新是网络文艺发展的基石，当下喷涌而出的前沿科技为中国网络文艺内容生产提供了多维有力的抓手。宏观来看，2018 年以来，技术领域大大小小的创新不胜枚举，就网络文艺的适用性而言，可以将涉及中国网络文艺行业的技术创新总结为五个关键词。

（一）5G 技术

5G 技术是近年来互联网行业的热词。所谓“5G”，即第五代移动通信网络。20 世纪 90 年代以来，2G 技术曾为文字信息传输提供了技术支撑，3G 技术则使稳定高质的语音通话成为可能，4G 技术的出现使得移动智能媒体广泛走进用户生活。2018 年 12 月，工业和信息化部已向移动、联通、电信三大运营商发放了5G的频谱资源，而运营商也已开始5G试验基站的建设。相对4G技术来说，5G技术将给网速与网络质量带来质的飞跃，可以让用户完全沉浸在互联网的包围之中，而不需要担心流量超额、网速过慢等问题。就网络文艺传播渠道来说，这无疑是革命性的底层技术。

具体而言，5G技术呈现了全新的传播特征。第一，传输速度快。过去的4G技术最高能达到的下载速度约为75Mb/s，而5G已经能够实现1Gb/s的下载速度，未来这一速度甚至会达到10Gb/s。由于传输速度的大幅度提升，高清视频传播将进一步成为主流。与此同时，虚拟现实、在线直播等存在的延宕问题也可以得到根本性解决。

第二，传播终端的颠覆性变化。5G技术将使万物互联成为可能，高速发展的网络为海量物体赋予了信息传播的功能，打通不同场景空间将成为新可能。除去智能手机等终端互联，5G技术能够真正实现“万物联网”，包括将各类可穿戴智能设备、智能家居设备等连入网络从而改变人类生活。5G技术打开了一条更为宽广的移动通信之路。媒介性是网络文艺的基本属性，而当这种媒介泛在化，就必然迎来内容创作逻辑的颠覆，届时网络文艺内容生产也将迎来全新图景。

第三，互联网入口改变。4G技术通过智能芯片和开放系统打造了APP这一新型互联网入口，而5G技术则有机会创造出新型的信息组织形式。5G对于信息传输速度的加快、对于传播终端的改变直接给VR、AR等依赖传输速度和移动终端的新型技术提供了运营土壤。在5G技术的支持下，VR/AR等技术过去面临的实时反馈性效果较差的问题得到了极大的改善，从而越来越多地走进用户的现实生活，5G技术也给信息传输带来了又一次革命性的变化。

（二）人工智能

作为计算机科学的一个分支，近年来，人工智能在机器人、语言与图像识别、自然语言处理等方面都取得了长足的进步，“人工智能+”概念也逐渐被大众了解与接受。目前，除了计算机领域外，人工智能技术也已经被广泛运用于医疗、教育等其他方面。2018 年以来，人工智能技术与网络文艺之间的结合也越发紧密，引发了业界与学界的多重关注，科技领域砥砺创新，产业层面强化应用，共同助推着这一尖端技术进入风口。

“人工智能”这一概念于 1956 年提出，之后的六十年中，人工智能技术与互联网科技一道发展，在近年，基于互联网数据量上涨、深度学习算法的出现和 GPU（Graphics Processing Unit，图形处理器）运算力的提升，人工智能技术的基本构成要素取得了突破。2018 年，我国人工智能专利申请数量、企业与产品数量都有快速增长。中国互联网络信息中心第 43 次《中国互联网络发展状况统计报告》显示：截至 2018 年 11 月，14.4 万件人工智能相关专利已经在我国被申请与审批，专利申请数量雄踞全球榜首；此外，相关从事人工智能研发的企业也超过了 1000 家。

人工智能正在成为各个行业新的基础设施，即使在强调情感、想象力和创新的艺术领域，人工智能也在寻求“可乘之机”。在网络文艺行业，依傍人工智能展开的内容生产和传播案例，呈现上升态势。人工智能之于网络文艺创作的适恰性问题，也成为值得探索的新命题。在传媒领域，目前 AI（Artificial Intelligence，人工智能）主要作为推送工具与用户互动，并且根据用户的喜好推送适合用户的内容；在机器作画、演奏、写作等方面，人工智能也已经相当成熟。2018 年以来，AI 在艺术领域的表现变得愈发抢眼，开始给过去艺术无法被人工智能创作出来的观点带来了直接的挑战。

（三）虚拟现实与增强现实

依托于互联网技术发展而诞生的网络文艺本身就具有包容、接纳最新科技的基因。尽管 VR、AR 等概念的提出与技术的初探已经有一段时日，但它们所代表的虚拟现实、增强现实技术依然集结了当下互联网、多媒体、计算机与计算机图形技术等学科最先进的成果。VR（Virtual Reality，虚拟现实技术）拥有三者中最悠久的历史与最广泛的应用，是指计算机生成的逼真三维立体图像，令穿戴头显设备的观众沉浸其中，并获得各种体验；AR

（Augmented Reality，增强现实技术）相对于 VR 来说，技术上的难度更大：观众通过穿戴头显设备，将裸眼现实与计算机虚拟生成的数字画面结合在一起，获得一种“虚”“实”结合的体验。

目前，VR 技术在网络文艺中的实践已经较为丰富了，无论是影视、游戏或是动画方面，VR 技术都有所涉及；AR 技术也已经广泛运用于舞台、晚会等交互方面。伴随着 5G 时代的到来，虚拟现实技术无疑将会有更大的实践场域：过去，囿于网速的限制，可穿戴头显设备很难做到实时反馈，对于与真实现实结合更为紧密的 AR 技术来说，通信速度上的不足会使其在艺术内容上的发展受到很大程度的限制，但在 5G 时代来临之后，该技术前景将不可限量。

（四）大数据与云计算

2018 年，大数据与云计算技术在用户调研方面继续扮演着不可或缺的角色，并对网络文艺的艺术生产起到了直接的、具有决定性的指导作用。大数据具有大量、多样、高速、真实、低价值密度的特点，而这一特点使得云计算技术与大数据技术成为了不可分割的技术手段。云计算技术能够对大数据进行分布式数据挖掘，从海量的数据中遴选出艺术生产过程中所需要的数据，并且以数据作为指导进行创作。这一技术被广泛运用在网络文艺创作、传播、接受与再生产反馈的全过程，网络文艺数据可视化程度日益增强，通过数据更加高效地进行内容制作、传播、意见收集，也是 2018 年以来网络文艺蓬勃发展不可忽视的一项技术基础。

（五）区块链

由于网络这一传播载体的特殊性，网络文艺兴起初期，面临了严重的盗版、侵权问题。2018 年，区块链技术开始逐渐进入文艺创作者的视野，并对网络文艺作品的版权保护起到了重要的作用。区块链是一种去中心化的数据库，这一技术可以通过分布式节点将海量数据储存起来。对于区块链上的每个节点来说，数据都是独立且完整的，即无法只对单个节点进行数据修改，这避免了数据被篡改的可能。同时，拥有区块链密钥的所有者可以掌握整个区块链信息的授权方式、使用记录等，这种记录是不可逆且不可被篡改的，这在极大程度上保护了作者的所有权。区块链技术能够通过数据来解决版权纠纷，并在2018年开始被用于对网络文艺作品的版权保护中。此外，区块链技术还能够直接链接创作者与接受者，很大程度上为更直接的互联网艺术交易系统的出现提供了可能。

二　网络文艺的技术应用

如前所述，2018年诸多前沿科技成果为网络文艺的发展提供了良好的技术支撑。事实上，在发展进程中，网络文艺与技术的耦合力度不断加强，从内容生产的外围到核心，从产业链的下游到上游，都在印证着福楼拜的名言：艺术与科学“两者在山麓分手，有朝一日在山顶重逢”。

2018年以来网络文艺技术的应用中，人工智能、虚拟现实、大数据、区块链等技术的广泛运用无疑是突出的亮点，几乎在网络文艺每个细分领域如网络剧、网络综艺、网络文学、网络音乐、网络动漫、网络游戏等，都有智能技术快人一步的运用，应用范围也从前期艺术准备到核心创作环节，再到后期工序、权利维护，完成了艺术生产的全流程覆盖。从项目评估、内容创作、平台运营、版权保护等环节，可管窥2018年以来中国网络文艺的技术应用。

（一）项目评估

在网络文艺内容生产的上游环节，AI技术、大数据、云计算技术正在成为辅助创作者或幕后推手进行项目评估、数据统筹的重要工具。以爱奇艺、腾讯视频为代表的部分视频网站，在目前的智能技术应用方面已经走在了国内前列，在网络剧、网络综艺、网络电影等方面，正在大范围得到AI技术与大数据、云计算技术的“助攻”。

在内容立项期，互联网公司往往借助AI、大数据、云计算等技术进行流量预判，对于用户的基本信息、用户画像、用户行为等进行分类与讨论，总结出用户的综合特征并对每种用户进行偏好研究与行为预测等。通过前期的调研，互联网公司往往能够精确得知用户接受与喜爱的节目类型、内容题材、明星嘉宾、环节设置、广告投放等，这些用户偏好能够对前期的项目评估、立项起到指导作用。

在明星嘉宾的筛选过程中，海量的数据库也为互联网公司提供了广泛的样本。2018 年，爱奇艺原创的说唱类真人秀纯网综艺《中国新说唱》效仿了 2017 年第一季时选择吴亦凡作为导师的方法，通过一系列智能的算法，预测出嘉宾邓紫棋会为节目带来更多的流量。于是，邓紫棋的加入确实也在观众中取得了较大的反响与不错的口碑，将节目观众圈层进一步扩大化。这种 AI 选角技术目前也被运用到了网络剧、网络电影、网络音频的制作中，该方法可以极大程度地缩短节目制作周期，并且为节目的前期准备节约经费，提高制作效率的同时增加观众满意度。

在网络文学评估与 IP 挖掘方面，一些公司已经开始通过数据库建立了一套适用于网络文学评估的算法。通过对市场上现有的网络文学作品的录入与学习，AI 系统能够建立起一套基于数据的遴选标准，从情节、结构、人物、节奏、情感、线索、词汇、类型等多方面对新录入的作品进行检视，从而更加快速地筛选出从数据上看更有价值的作品，用以代替耗时长且效率低下的人工筛选，发掘出最值得改编的 IP。

（二）内容创作

前文提到的 AI 技术、大数据与云计算技术、虚拟现实技术等还深度参与内容创作环节，成为 2018 年以来网络文艺较为鲜明的产业景观。除了前期对作品进行项目评估之外，这些技术目前也被广泛运用在网络文艺作品的后期制作环节中。

人工智能技术能够在短时间内处理大量的数据，减少项目所需的人力成本与时间成本。在音视频后期制作过程中，人工智能技术能够快速筛选素材，过滤无用片段，添加标签推荐等，极大地提高了作品的生产效率，并且对用户进行精准的视频投放与趣味推荐，加速了产业变现的步伐。虚拟现实技术则在进一步提高头显设备性能的同时，降低了设备的价格，使得设备进入大众的可能性增加。此外，虚拟现实技术领域的国际合作在不断深化，国内致力于虚拟现实技术研究的公司也在不断创新，这让目前虚拟现实技术作品更加具有艺术性。

网络音乐方面，AI 作曲也开始刷新大众的认知。2018 年 9 月在云栖大会的阿里音乐专场论坛上，阿里音乐算法专家屠零在现场展示了他们在人工智能作曲方面的最新探索——用户随机哼唱一段旋律，无论是否有歌词，点击“配乐”选项后，人工智能系统都会为这段旋律搭配合适的背景音乐，让其变成一段具有主旋律和背景音乐的“完整乐曲”。该功能还可以让 AI“写歌”，用户只需输入一段歌词，选择想要的风格、节奏和旋律，人工智能系统就会以此歌词生成一段歌曲，自动播放。其背后的技术逻辑是阿里音乐让 AI 程序去理解音乐，让机器去“听”音乐、学习音乐。他们用人工神经网络对音频频谱数据做分析，形成一个训练的数据集。机器通过对数据集的学习，智能得出音乐分类和标签等特征。2018 年，清华大学一名博士研究生将周杰伦的作品《止战之殇》用 AI 重新填词包装，并以这首歌曲参加了《中国好声音》的比赛，赢得了导师与观众的一片好评。

在网络游戏领域，虚拟现实技术同样大显神通。2018 年，与全球 VR 游戏发展轨迹相似，国产 VR 游戏也在逐步走向精品化。过去在美国 Valve 公司下的 Steam 游戏平台上线的国产 VR 游戏大多反响平平，但 2018 年 Steam 平台的年度 VR 游戏榜单里，来自中国的 VR 游戏《寻找黎明》（Seeking Dawn）赫然在列。该游戏首日上线就取得了近 10 万美元的收入，在销售量与玩家口碑方面都取得了不错的成绩。此外，《三国虎将传 VR》《2260》等 VR 游戏代表了中国虚拟现实类游戏的最新成果。AR 方面，自 2012 年春晚第一次在直播中运用 AR 技术以来，AR 技术在舞台造型方面的应用被凸显出来。2018 年网络春晚在与央视影音手机客户端观众的互动中加入了 AR 技术，使互动体验更加丰富。

AI 主播的出现同样值得关注。2018 年，首个“AI 合成主播”在第五届世界互联网大会上发布，这是新华社与搜狗公司联合发布的全球第一个 AI 主播。通过对真人主播表情、声音、唇部特征的提取与学习，AI 主播习得了真人主播身上具有的特征，对于新闻的播放宛如真人。尽管这是在新闻报道中的 AI 应用，但对于 AI 主播在网络综艺节目中的运用也变得非常可期。

（三）平台运营

如果说网络文艺内容生产环节还更依赖于人类的情感与创造力，那么在内容分发、传播等运营环节，技术的规模化嵌入更显普泛。先进的互联网技术极大地提升了运营效率，也持续优化着用户的体验。

人工智能技术方面，爱奇艺运用实时 AI 超分辨率技术 ZoomAI，使用户可以通过移动端实时获得高分辨像素的清晰效果，将低清视频实时放大到高清视频，同时还降低了视频的带宽。AIABS 自适应码流播放功能则可以根据用户拥有的实时网速来调整视频分辨率，减少视频卡顿等现象的产生，给用户更好的观影体验。此外，一些人工智能算法已经实现了动态插帧功能，即在两帧画面中间由计算机生成过渡画面，将整个视频的帧数翻倍，使得整个视频画面变得更加流畅、平滑，降低视频的跳跃感与卡顿感。这种基于深度神经网络的算法已经被运用在了动作片、体育比赛等场景以及调度转换相对较快的视频中。基于人脸识别、场景识别的“只看 TA”功能、基于蒙版 AI 的“弹幕防护”功能等，都是 2018 年以来在平台运营环节中新出现的现象。短视频领域中，2018 年一些爆款特效如“变老”“变儿童”等表情特效能迅速识别出用户的面部特征并且对其进行计算机图形学的处理，算出并呈现这些特征几十年后或者十几年前的图像。各种美妆、美颜、纤体特效等也是短视频平台运用 AI 技术后的产物，显而易见，AI 技术也已经成为短视频领域的核心技术。

大数据与云计算方面，对用户行为习惯更加精准的分析使得互联网公司进一步细分用户，并对每个领域的用户进行相应的领地深耕。根据用户的偏好推送私人订制化的内容、收益最大化的广告也已然成为近年来各大视频平台运营过程的“标配”。

（四）版权保护

当一部作品完成后，对其消费过程的把控也显得无比重要。网络文艺诞生以来，盗版与侵权问题就一直不断困扰着创作者与接受者。网络上对于一些网络音乐、网络视频的泛滥应用，加上利益渠道的多元化，在严重侵害原作者版权与利益的同时，也极大增加了作品拥有者的维权难度。区块链技术可以为产品的版权保护提供一种可行的解决方案：通过区块链技术，版权拥有者可以指定作品的使用条款，并能够知晓作品的全部信息以及使用信息。同时，区块链所记录下的版权信息与单次的交易信息都是不可被篡改并且不可逆的，对于作品的操作一旦生成，在区块链上就会有记录，版权所有者就能够对侵权方有明确的了解。接触到作品的用户如果想要对作品进行修改，就必须拥有版权者的秘钥，这保证了作品的安全性。接受者在对作品进行消费时，也能直接通过区块链技术将应有的税率与费用交付给版权拥有者，而不需要再通过一些中间商进行多次支付。腾讯在 2018 年就运用区块链技术，开发出了智能化的版权管理系统，这一系统能够对视频进行监控，通过已储存的视频数据信息，排查出未授权视频的违规、盗版使用，极大地加强了网络文艺作品的版权保护，对网络文艺的合法消费进行了监督。2018 年 6 月，杭州互联网法院对“区块链存证第一案”进行了宣判，给予电子数据以法律效力的确认。2018 年 9 月开始实行的《最高人民法院关于互联网法院审理案件若干问题的规定》紧随其后，对区块链所储存的电子签名、可信时间戳、哈希值校验等电子数据予以法律效力的确认。通过区块链技术，网络文艺作品的版权得到了更好的保护，著作权人举证更加便利，维权人的维权成本也逐渐降低，而侵权行为则更容易被发现与惩罚，这使得网络文艺作品的原创性得到了保证。

三　技术创新背景下价值理性的彰显

2018 年以来智能技术对网络文艺创作的强势进击，为网络文艺发展探索出了新的生长点，让未来的文艺创作充满着巨大的想象空间。但与此同时，面对狂飙突进的技术飞跃，一直盘踞在行业中的隐忧，诸如“人工智能是否会取代艺术家?”的论调再度甚嚣尘上。如何看待智能技术对人类角色的替代？如何看待网络文艺与技术的辩证法？技术创新背景下网络文艺价值理性如何彰显？这些无疑都是网络文艺需要面对的新问题。

如果仅从2018年以来网络文艺的技术实践来看，这些担忧似乎为时尚早。截至目前，网络文艺的技术运用大致呈现以下特征。首先，技术只是辅助网络文艺创作者市场研判的工具，创作的核心主体仍然是人。无论是爱奇艺IP价值评估系统，还是阿里音乐的AI作曲，其技术逻辑均是基于过往市场走向或创作积淀的大数据分析，数据只是为文艺创作者或制作人进行决策提供辅助。其次，智能技术只能基于过往经验做出分析，而网络文艺的生命力则在于对经验的突破和创新。AI分析系统可以为从业者决策提供参照系，但同样不能否认的是，这一系统只是对此前文本数据的自动化数据生成，本质是经验回溯式的，而文艺创作本身就包含着“反经验”的倾向，这是人工智能尚不具备创造力的根本之处。此外，支撑文艺创作的根本在于创作冲动与艺术情感，而智能技术只是一种算法工具，是一个缺少温度的冰冷机器，仅具有工具理性，并不具备网络文艺创作中最为核心的价值理性。

由此来看，作为艺术与技术结合的前沿，技术的引入让传统艺术直接搭上了互联网的高速列车，给艺术提供了一个全新的发展方向。但在技术不断进步的背后，作品的人文内核也不应被忽视，不能让艺术作品成为技术的奴隶。我们不能无视以智能技术为代表的科技力量在文艺创作中的全面渗透，否认其重要的辅助性价值，但更不能因此而忽略网络文艺创作中价值理性的彰显，不能因科技进步而过度放大技术的功能，以致形成技术主义、产生营造奇观的倾向。艺术创作者应当充分思考技术与文艺创作的辩证法，以开放的心态对待技术，同时又不忘守望艺术创作的魂系，做好价值引导，以理论指导实践，让“技术+艺术”在符合伦理的前提下更加迅速地发展。这是研究者与从业者们都需要负起的责任，也是网络文艺本立道生的正途。

B.16
网络文艺的审美分析

张 芳　付李琢*

摘　要： 作为一种新生、新兴的艺术形式，网络文艺既与传统文艺有紧密的关联，又具有自身鲜明的特性。从美学的维度来看，在丰富实践的基础上，网络文艺逐渐显现艺术与技术的审美融合、赛博空间的虚拟性、全方位的交流互动、宽容开放的平民意识、趋于娱乐的时尚体验、复调狂欢的后现代性等审美特征。

关键词： 网络文艺审美　审美融合　审美特性

与传统艺术的美学分析不同，网络文艺作为技术与艺术高度融合的产物，其审美方式渗入了技术的逻辑。面对数量激增的网络文艺作品，人们不应当只是简单地专注于其外在的表现形态，而缺乏对网络文艺本质属性的审美探讨。事实上，对网络文艺的审美分析是深入认识和理解网络文艺的前提。网络文艺突破传统艺术的界限，打破了传统艺术所形成的定式，彰显着自身新的审美特性。通过对网络文艺实践的考察，我们可以探讨网络文艺所表现的新审美特性，主要表现为艺术与技术的加速融合。这使得数字技术作为一种全新的方式运用于网络文艺的创作乃至于传播、鉴赏的整个活动之中，进而形成了一种数字与艺术高度融合

* 张芳，中国传媒大学2018级广播电视艺术学专业博士研究生；付李琢，艺术学博士，中国传媒大学讲师，主要研究领域为戏剧与影视学、网络文艺与文化等。

的创作观和审美观，打破了时间和空间等客观条件的限制，形成了高度虚拟的审美意识。更为重要的是，网络文艺所推崇的是全方位的审美交流与互动，强调用户至上的审美思维，因此也就衍生出平民意识的渗入，特别是表现在文化宽容和“民间讲堂”的开放性之中。这也使得整个网络文艺呈现出娱乐至上的审美趋向，追求一种时尚体验，并伴随着复调的狂欢，体现出网络文艺的后现代性特征。对此，我们可以结合网络文艺的技术因素和具体的艺术实践来分析。

一　数字化：艺术与技术的审美融合

本雅明认为：“每一种形式的艺术在其发展史上都经历过关键阶段，而只有在新技术的改变之下才能获得成效，换言之，需借助崭新形式的艺术来要求突破。”[①] 技术作为推动艺术形态演变、艺术风格发展变化的重要因素，对艺术观念的影响也日益显著。技术的不断进步赋予艺术创作和艺术作品不同时代信息和技术特征。技术决定不同时代的艺术创作必然采用与之相应的方法和手段，并呈现出不同面貌，同时，技术变革更使隐含在艺术表象内部的艺术观念同步发生重要的变化。这在外部显现为创作工具、材料应用、表现载体以及创作手法的改变，在内部则折射出审美追求、认识方式与评价思维模式的变化。

在网络文艺的创作生产中，互联网技术发展与艺术融合的趋势，促使艺术与技术之间的界限不断消解，并通过网络的传播媒介和更广阔的方式、途径，影响着人们的艺术审美观和技术观。网络文艺创作观念的演变与作品日渐形成的高技术化、去实体化现象，揭示出网络文艺在很大程度上已衍变为数字化的存在方式。

艺术创作者的双脚永远踩在现实生活的土壤上，当脚下的土壤发生变化

① 〔德〕本雅明：《机械复制时代的艺术作品》，许绮玲译，广西师范大学出版社，2004，第89页。

时，感觉敏锐的艺术创作者会顺势而为，所以，每一次的科技革命都促使了艺术的极大变化。诸如网络文学、网络综艺、微电影、网络短视频、网络动漫等都是基于新的网络技术，加之人工智能等方面的跨技术层面的融合，创造出丰富的艺术作品，并在现代媒介和多元文化的交融中，构建出新的艺术观念。一方面，网络文艺大量采用特技、特效等，如网络电影中特技的运用，给观众带来视觉审美快感；另一方面，也出现了很多表现科学技术主题的网络文艺作品，如科幻类的网络小说、科技类的网综及科幻网络电影等，给予受众科技审美独特的感受。

以网络文艺为代表的当代艺术实践日益显现艺术的技术化，这是由现代技术的特性所决定的。技术伴随着网络文艺的企划、创作、欣赏和批评等的整个过程。因此，技术的拓展在突破网络文艺方面起着举足轻重的作用。艺术与技术作为人类把握世界的方式，它们的高度融合，给受众带来前所未有的奇特审美感受。

阿德洛德·豪塞说："技术发展的迅猛速度和它那似乎是病态的节奏压倒了一切，特别是它与文化艺术的早期进行速率相比更是如此，因为技术的迅速发展，不仅加快了风尚的改变，而且给审美标准带来了重要的变化……日常应用的旧物品连续不断地日渐加快地被新物品取代……再三调整了对哲学和艺术重新评价的速度。"① 就当前而言，特别是数字技术的快速发展，使得艺术品所形成的虚拟的审美意识，打破了时间和空间的限制。

二 审美意识：赛博空间的虚拟性

同对传统文艺的审美欣赏一样，我们对网络文艺的审美观照超越了日常生活的其他活动，进入一个想象的世界，由此适时地突破了时间的樊笼。这

① 转引自潘知常《大众传播媒介：当代的新赫尔墨斯之神——在阐释中理解当代审美文化》，《艺术广角》1995 年第 4 期，第 26 页。

种审美观照揭示出可能的行动范围，让我们的认识既能保持奇妙的旁观者的角色距离，又能与我们希冀成为的人物做游戏的认同，同时，这也是人自我确证的过程。而网络文艺作为超越传统艺术的存在，从内容和形式上看，在摆脱对物质依赖的同时，它突破了传统的审美原则，形成了虚拟领域的审美范畴。

有研究者指出："虚拟现实通过各种技术增强计算机的表现能力，包括显示给予立体感的三维视觉形象，围绕在整个环境的环绕式投映影像，三维立体声音定位，这些技术都是建立在人类生理反应基础上。人类通过两眼看见的差异判断深度，或是两耳感觉同一信号的毫秒差异来定位空间。虚拟现实系统给使用者造成一种假象，让他们感觉到的、听见的一切比正常的真实环境更加真实。"① 就网络文艺来说，它突破了传统艺术"静观"的审美方式，超越了传统艺术中以想象进入艺术真实的审美方式，它借助科技的手段，通过营造一种让人身临其境的多维感觉的世界，直达受众的内在体验，延伸受众的感官，带来了"沉浸式"的深度体验。

网络文艺的虚拟沉浸式审美体验是建立在影像化和数字化的语言之中的。虚拟现实世界意味着将不存在的事物显现为一种虚拟真实的存在。正如藤幡正树所言："虚拟现实不是为了模拟真实世界的那种真实，而是更适合用来创造纯粹的人造世界。"② 即是说，虚拟所创造的世界不同于我们真实的现实世界，但却以一种真实的意义的存在。这改变了传统艺术中的时空观念，仿真技术和人工的拟象解构了我们的日常经验，但因此也引发我们对时空、真幻等概念的新理解。在对"虚拟"的论述中，有研究者指出："时间和空间的数字裂片在这里发生超现实形式的碰撞，我们的肉身经验与数字观念在赛博空间裂变，肉身形态在向数字形态转换，促使我们对既有真实概念以及形而上学观念的重新思考，与既有时间和空间概念告别。"③ 在某种意

① 童芳编：《新媒体艺术》，东南大学出版社，2006，第179页。
② 陈玲：《新媒体艺术史纲》，清华大学出版社，2007，第193页。
③ 刘自力：《新媒体带来的美学思考》，《文史哲》2004年第5期，第37页。

义上，虚拟创造出让现实都无法企及的真实感：一方面，艺术家借助虚拟技术，自由地创作灵动活泼的艺术作品，给受众以前所未有的审美感受和体验；另一方面，基于受众亲涉其中会产生互动的体验，艺术家、接受者等通过虚拟进入世界，交融着彼此的审美观、宇宙观，实现虚拟时空中自我的确证与完善。

虚拟世界的审美体验关联着身体的所有感官，使得受众生成特殊的审美感受。如在网络科幻电影《功夫机器侠》中，借助特效营造了末世机器人与外星人作战的场景，呈现虚拟的科幻盛宴；此外还彰显了新媒体多重、互动的叙事视角。就其本质而言，网络文艺是一种审美的“仿像”符号，是在真实的世界之外建构的另外一种真实世界。鲍德里亚指出：“应当注意的是虚拟与现实世界的角逐”，“影像不再能让人想象现实，因为它就是现实，影像不再能让人幻想实在的东西，因为它就是虚拟的实在。”① 在这个意义上说，网络文艺通过虚拟所营造身临其境的审美气氛，延伸受众的感官，并在此过程中使其获得“沉浸式”的审美体验。

三　用户至上：全方位的交流互动

全方位的审美交流、互动和基于用户至上的个性化定制是网络文艺的显著特征。就实际状况而言，网络文艺的创作，常常并非旨在创作固定的、封闭的作品，创作者更多的是在创造一种可能性，或者说，是提供一种契机，以便让受众参与其中，并生成意义的开放性。相比之下，如果说，传统艺术是以“静观”的方式获得审美经验，其中意味着受众在审美活动中无法与艺术创作者进行互动和交流，也无法对艺术作品产生重要的影响，艺术的接受者只能按照艺术创作者既定的设置来进行审美创造，所以艺术创作者仍是处于绝对的统帅地位。而网络文艺则是以一种颠覆性的姿态打破了传统的审美定式，更加注重全方位的审美交流

① 〔法〕让·博德里亚：《完美的罪行》，王为民译，商务印书馆，2000，第9页。

与互动，强调用户至上。

在网络文艺中，艺术品的审美方式伴随着艺术创作方式及存在状态的变化而发生了深刻的改变。网络文艺通过新媒体技术、虚拟技术等，使其审美主体极具能动性。以读者在起点中文网阅读网络小说的过程为例，读者可以跟帖对小说的情节走向、结构的安排或是主题思想进行互动，参与小说的创作；读者也可以通过催更票的方式来提醒作者更新小说。这样一来，读者借助技术的支持，反过来介入作品，对小说的作者施加影响，并在双向乃至多向的互动中获得新的审美体验。全方位的交流与互动赋予网络文艺的受众以参与文艺创作的机遇，对此，穆尔说：“不同于诠释，数字传媒的用户居于一种干预作品本身的地位，而在进行诠释时，用户只有采用不同的方式考虑作品的自由……这种干预不会造成技术问题，恰恰相反，这种传媒欢迎我们进行干预”。①

就面向来说，网络文艺是大众的文艺，它背后体现的是网民独有的审美取向，并形成了与传统主流文化不同的特征和风格。不仅如此，伴随着近年来网络的普及，面对不同的网络群体，在网络文艺的内部也区隔了不同的、更加细微的场域。以爱奇艺在线视频网站为例，通过大数据、云计算等技术手段对用户的需求作精准的分析，设置了“推荐”“热点”等专栏，以此发现用户的审美趣味和偏好，以便更准确地为受众提供更好的服务。对此，有人在比较的意义上指出：“互联网思维是一种用户体验至上的思维；电视人却仍然停留在‘受众思维’。可问题是，谁还是单向的信息‘接受者’?！谁还是围在一起看电视的那群‘众’呢?”② 这意味着网络文艺的受众在审美活动中实现着全方位的审美交流、互动，所形成和突显的是一种受众参与和介入的可能、互动的意愿和用户至上的审美趣味。

---

① 〔荷〕约斯·德·穆尔：《赛博空间的奥德赛：走向虚拟本体论与人类学》，麦永雄译，广西师范大学出版社，2007，第46页。

② 罗伯特：《居然有80%的二三线卫视“零收视”！电视台正在走向死亡》，《新剧观察》，http：//news. ifeng. com/a/20171104/52945888_ 0. shtml。

四　平民意识：开放宽容的“民间讲堂”

新的技术使得新的网络文艺创作生产成为可能，随之涌现的艺术家借助网络媒介投身于艺术创作实践。“他们运用数码摄像机、摄录机、视频处理技术和各种网络视频技术、非线性编辑系统和技术手段进行着艺术实践，形成了艺术的独舞（主要是初期的新媒体艺术家的个人化体验）到艺术狂欢的繁荣景象，打破了传统艺术的‘精英神话’，缩小甚至是消弭了艺术和生活之界限，增强了艺术的‘平民化’和‘大众化’以及艺术文本的鲜活的时代气息。”① 网络文艺突破了传统艺术创作的藩篱，使艺术创作者更多地以平民意识来反映生活、表达自我，创作出符合大众审美品位又具时代性的文艺作品，呈现出各式各样的开放宽容的“民间讲堂”。

网络文艺的欣欣向荣打破了传统艺术中艺术家精英的主导位置，以大众的身份表达自我、标新立异。网络文艺的平民意识一方面强调平民化的创作主体，另一方面强化平民化的独特视角和叙事语言。具体说来，平民化的创作主体更多地表现为作为年轻一代网络文艺创作者的崛起。以网络小说为例，目前，网络小说的作者呈现出以年轻人为主的态势。相比之下，在此之前，小说是作为专业的文学创作者创作的作品，创作或是出版一部小说于常人而言可能是天方夜谭。而随着网络技术的普及，人人都有机会成为小说的创作者，且基于网络发表的便捷，小说的作者可以在各大网站上开始自己的“表演”。这导致了传统小说的那种精英式创作者的隐退。网络小说的创作者以平民化的独特视角和叙事语言诉诸大众日常生活的写实与大众欲望的替代性满足，形成了青春、都市、玄幻等题材类型。

网络文艺刺激了人们自由创作的意愿，涵盖了社会生活的方方面面，其中囊括了亚文化、草根文化、流行文化等多种文化样态，也出现了各式各样的弘扬中国传统文化的“民间讲堂”，体现了一种文化的宽容。平民意识以

① 刘世文：《中国新媒体艺术实践及批评研究》，黄山书社，2014，第222页。

其强有力的渗透力，对弘扬中国的传统文化有着重要意义，也对表征时代生活起着重要的作用。

五　审美取向：趋于娱乐的时尚体验

网络文艺的实践和探索是在消费主义文化盛行的语境下展开的，是对社会和存在于其中的人们的生存状态的关注。在此一过程中，网络文艺的创作者最初是以一种娱乐的态度来进行创作，来满足大众的快感需求。故而，审美秩序的恢复与文化意义的重构成了极为重要的问题。

在消费社会的语境下，网络文艺中"艺术的主题变得轻松随意，艺术在这里不再承担严肃的启蒙、鞭策、批判等使命，而像一串串美丑间杂的气泡迅速泛起，却又瞬间破灭。这是一个众声喧哗的时代。启蒙、鞭策与批判精神虽不再显得严肃，但借助艺术作品的观念表达仍然流行。只不过这种表达经常呈现出强烈的、未经凝练的情绪化色彩"，[①] 获得更多的是审美的娱乐快感和对时尚的体验。由此观之，网络文艺在传达艺术观念的同时，还伴随着鲜明的、不可或缺的娱乐化倾向。这种娱乐化倾向常常使受众关注的不再是艺术本身，而是将重点集中在作品能否带来快感和时尚感的那一瞬间。特别是，伴随着技术的发展，网络文艺创作者和受众可以凭借各大网络平台顺畅地进行艺术创作或是欣赏艺术，所以，出现了很多宣泄个人隐秘情感和追逐时尚的艺术。不仅如此，伴随着日常生活的审美化，艺术与日常生活的界限在不断消解，同时基于消费社会的语境，创作者也往往为利益所牵绊，而使网络文艺作品不同于传统作品，乃至"跌入布热津斯基式的'陷阱'——任凭消遣娱乐和充满感官刺激的产品堆满我们的生活，并像婴儿一般含着发泄性娱乐、满足性游戏的'奶头'沉溺于享乐和安逸之中。"[②] 这样的话，艺术的独立性在不断丧失，艺术的批判色彩在不断隐退，所形成

① 王廷信：《试析后技术时代的艺术》，《江苏社会科学》2011 年第 3 期，第 46 页。

② 彭文祥：《新时代语境中的网络文艺创作与批评新范式》，《中国文艺评论》2018 年第 8 期，第 45 页。

的是一个娱乐至上的艺术语境，或如鲍德里亚所谓的“消费社会”，“标志着这个社会特点的，是‘思考’的缺席，对自身视角的缺席”。[①]

针对近些年网络文艺创作所出现的娱乐化倾向，有学者指出：“这种现象看似有理有据、缘由复杂，但从哲学思维层面深究，根子就是哲学思维的钝化甚至缺失，导致文艺创作在指导思想上出了毛病。具体表现在文艺创作上，就是从过去一度忽视作品审美化、艺术化程度的公式化、概念化、忽视观众娱乐快感的说教化、教条化的极端，跑到以视听感官的娱乐刺激冲淡甚至取代精神美感、以大制作大投入‘营造视听奇观’的唯美主义、形式主义的极端；从过去一度盛行的‘高大全’式的伪浪漫主义形象塑造的极端，跑到‘好人不好、坏人不坏’的‘无是无非’‘非英雄化’的极端；从过去一度不分青红皂白一概排斥帝王将相、才子佳人的极端，跑到违背唯物史观、失度讴歌帝王将相历史作用和把才子佳人当成审美表现的主要对象的极端；从过去一度把‘人性’‘人道主义’列为创作禁区的极端，跑到以展示‘人性恶的深度’和‘窥人隐私’为‘审丑’之能事的极端；从过去一度对传统经典敬若神明不敢越雷池半步的僵化极端，跑到专门逆向解构、颠覆传统经典以吸引眼球寻求‘娱乐’的极端；从过去一度在历史题材创作中混淆历史思维与审美思维、历史真实与艺术真实的界限的极端，跑到随意解构历史、戏说历史、消费历史的另一极端。”[②] 对当下文艺创作，网络文艺创作中娱乐化倾向有具体细致的表现，凡此种种都呼唤人们精神层面的人文关怀和哲学思维的浸染。

六　复调狂欢：网络文艺的后现代特征

伴随着技术和艺术的发展，身处现代主义与后现代主义掺杂文化语境中的网络文艺具有后现代文化所具备的特征：拼贴、复制、碎片化、不确定

---

① 〔法〕让·波德里亚：《消费社会》，刘成富等译，南京大学出版社，2000，第122页。

② 仲呈祥：《增强文化自觉和文化自信》，《艺术百家》2008年第2期，第24页。

性、未完成性等。网络文艺的后现代性消解着传统艺术，特别是精英艺术的创作、传播和鉴赏的既有规则。比如，有研究者指出："作品一旦离开作者，可能要经过多次地改写、剪辑，最终以始料不及的面目呈现给最后一个接受者。作品的再生产、再消费几乎成为一个不可避免的过程。到达终端消费者眼前的是经过复杂的再处理之后的东西，作品与作品之间的交互性大大增强。由一个个体艺术家设计好艺术手法，严格地控制整个艺术的生产和消费方式的模式越来越不可能。"①

关于当前艺术创作的现实，有学者说："人类所有的文化成果在后现代文化观念中被演变为碎片式的资源，这些资源就成为影像文化的转换提供原创话语的资源配置与叙述表现，构成了对已有影像文化成果采取的处置态度，即新媒体艺术的书写方式。"② 其实，这正是网络文艺的书写方式，其实践庶几突出地印证了20世纪60年代巴赫金狂欢理论的内蕴。

"后现代最基本的主题"③ 也是网络文艺创作生产的突出特征。特别是，基于对经典的"重写"，艺术作品"改写"的可能性大大增强。从这个意义上说，网络文艺使得巴赫金在小说中推崇的"复调"与"对话"得以另类地实现，即，"在各种价值相等、意义平等的仪式之间相互作用的特殊形式"④ 得以实现，并在网络文艺的欣赏过程中，消解的是主体的身份差别、等级、权威等。

网络文艺自身也拥有独特的文化特征。科学技术和文学艺术的高度结合造就了网络文艺跨媒介的融合和实时互动的传播方式，促使网络艺术出现了紧密的参与度。网络文艺的具体实践一方面包含着对现代科学的技术热情和狂欢，出现了虚拟影像等对技术推崇的艺术和技术融合的实践；另一方面，网络文艺以其交互性、共享性等孕育了一个与我们日常生活迥然不同的空

① 邱志杰：《重要的是现场》，中国人民大学出版社，2003，第188~189页。

② 段运冬：《视觉文化的"创世纪"——新媒体艺术及其对影像文化的促动》，《美术观察》2004年第4期，第36页。

③ 〔美〕弗·杰姆逊：《后现代主义与文化理论》，唐小兵译，陕西师范大学出版社，1986，第198~199页。

④ 董小英：《再登巴比伦塔——巴赫金与对话理论》，三联书店，1995，第18页。

间，它里面充斥着平民式狂欢，出现了各种形式的“文化讲堂”和草根性的文化景观等。

综上所述，审美本是一种形而下的生命体验。对网络文艺的审美分析来说，它是基于艺术语言来表达丰富多样的审美感觉，并在此过程中彰显网络文艺区别于传统文艺的审美经验。在当前的数字时代，艺术与技术的融合和渗透更新着艺术创作的风格、艺术创作的形态，也对艺术观念产生了深刻的影响。所以，网络文艺强调用户至上的审美思维，推崇全方位的审美交流与互动，衍生鲜明、强烈的平民意识，使得网络文艺创作生产呈现娱乐至上的审美趋向，也带来了网络文艺作为新兴文艺形态区别于传统文艺的一系列新特征和新景观。

B.17
网络文艺的批评状况

刘　青*

摘　要： 文艺批评是文艺创作的一面镜子、一剂良药，是引导创作、提高审美、引领风尚的重要力量。对于新生、新兴的网络文艺来说，批评更具有积极的促进作用。网络文艺批评与传统文艺批评有相同的一面，也有相异的一面。就未来发展而言，网络文艺批评要进一步加强影响力、辐射力，促进不同类型网络文艺批评模式之间的相互借鉴与融合，同时要加强标准和评价体系的建构，以促进网络文艺实践的进一步繁荣发展。

关键词： 网络文艺批评　批评模式　批评标准　评价体系

网络时代尤其是移动互联网时代的到来，令众多文艺活动的形式和内容发生了一定程度的改变。不仅文艺创作的理念和模式发生了变化，文艺批评、鉴赏活动也出现了一些新的转变。辨析网络文艺批评与传统文艺批评之间的联系、区别，总结、归纳网络文艺批评所具有的特征，对于我们理解当下网络文艺创作、鉴赏活动有重要的意义。

一　传统文艺批评与网络文艺批评辨析

一般而言，传统文艺批评是以文艺鉴赏活动为基础，在文艺理论、文艺

* 刘青，教育学硕士，文艺网（北京）传媒有限公司编辑，主要研究领域为文化产业研究、电影批评与评论。

史等知识体系的指导下，对线下的文艺作品进行深入细致地分析研究，并在理论上作出鉴别和论断。传统文艺批评的对象是线下创作、传播的文艺作品，这一特征是其与网络文艺批评最大的区别。

传统的文艺批评活动强调学术性——它从感性体验出发，以理性的视角论述、解读文艺作品。该类批评具有以下两大特点。第一，理论化的倾向。传统的文艺批评活动需要批评家运用一定的哲学、美学、艺术学等人文学科方面的理论，对线下的文艺作品进行深入细致地研究分析。同时，由于传统文艺作品往往具有情感、精神方面的复杂性特征，传统的文艺批评需借鉴不同学科的理论来进行阐释解读，以展现跨学科的理论导向。第二，文艺性的特点。传统的文艺批评活动还要求批评家敏感、富有想象力、具有丰富的情感体验。只有这样，他才能在感性体验的基础上领悟到（线下的）文艺作品的美学价值，进而写出有深度的批评文章。传统文艺的批评文本同样具有审美意义。

其次，让我们再来考察一下网络文艺批评。网络文艺批评的定义分为狭义和广义两类：狭义的网络文艺批评特指以网络为媒介载体，以网民为批评主体，以在互联网上开展创作和传播的文艺作品为批评对象的文艺批评。广义的网络文艺批评则泛指对互联网上的文艺作品的批评或者发表于互联网上的文艺批评，其批评对象既可能是依托网络而创作产生的文艺作品，也可能是通过互联网传播的文艺作品（该文艺作品不一定首创于网络，但互联网是它重要的传播途径）；其发表、传播途径不限于网络，还有期刊、报纸等传统媒体；其批评者也不限于普通网民，还包括专家学者。鉴于网络技术的不断进步、网络文艺活动动态多元的发展特点，以及线上线下互动越来越密切，本文选取广义的网络文艺批评来考察该批评活动。①

不难发现，网络文艺批评在一定程度上具有传统文艺批评的特点（比如，学院派网络文艺批评具有理论化的特点），然而，其植根于全新的互联网媒介平台，在内容形式、发展趋势上必然具有新媒介平台的特征，这

① 曹成竹：《略论网络文艺批评的发展》，《艺术广角》2016 年第 3 期，第 25 页 ~ 第 31 页。

些特征使网络文艺批评的创作、传播、反馈模式均发生了变化。在一定程度上，网络文艺批评拓宽了传统文艺批评的领域、扩充了它的外延，其具有以下一些新颖的特征：网络文艺批评生态具有碎微化、圈层化、社交性的特点，这是由移动互联网所带来的碎片化、群落化、交互性等特征决定的；与此同时，由于互联网中多媒体形式的融合，网络文艺批评也展现出多样态的特点，“弹幕”、图片、视频、音频等多种评论形式都出现在网络文艺批评形态中。

鉴于网络文艺批评的这些新特点，可以通过以下两个维度来对网络文艺批评进行具体的考察分析。第一个维度是“创作主体”，按此维度网络文艺批评大致可分为四个类型：学院派网络文艺批评、传统媒体网络文艺批评、自媒体网络文艺批评和大众民间网络文艺批评。第二个维度是“评论内容”，按此维度网络文艺批评可分为弘扬主流价值观的网络文艺批评、引导市场和消费者的网络文艺批评以及个体视角的网络文艺批评三类。

二　创作主体维度下的网络文艺批评生态

（一）学院派的网络文艺批评

学院派的网络文艺批评以专业的学者、批评家为主体，以相关文艺理论为支撑，对网络文艺作品进行深入地鉴赏分析，并将批评文章发表在专业学术期刊或转发到相应资讯和新媒体平台。这种专家式的批评多半生成、流通、使用于学院体系下，具有传统文艺批评的理论性、文艺性特征。由于理论话语艰深，研究范式、研究方法较为传统，这类批评的内容往往在理论内部进行演绎，对文艺创作活动产生的直观影响较小。

鉴于此类型评论更追求理论层面的分析，学院派网络文艺批评更重视抽象化的文字内容，较少采用多样性的表现形式（比如很少使用图片、视频、音频等其他多媒体手段）；强调系统、完整的分析论述，忽略即时、碎片化的传播需要。这类专业化批评文章多见于学术期刊的新媒体平台。因主要服务于学院体系，该类网络文艺批评的阅读量较少。与当下网络文艺的社会影响力相比，学院派网络文艺批评在传播效力方面存在客观不足。

（二）传统媒体的网络文艺批评

与学院派网络文艺批评相似的是，传统媒体的网络文艺批评也具有一定的理论性、文艺性，而与学院派网络文艺批评不同的是，传统媒体的网络文艺批评通常关注时下文艺热点，具有话题性、时效性，其会依据新近创作的文艺作品的特点，在评论中加入图片、视频、音频（视频、音频有可能出现在传统媒体的新媒体平台）等多媒体内容，丰富批评的表现形式。与此同时，考虑到受众接受方面的因素，传统媒体网络文艺批评在内容表达上，相较于学院派网络文艺批评更通俗易懂一些。其文本将晦涩难懂的文艺理论以相对浅显易懂的方式表达出来，便于读者理解、接受和思考。

然而，这种批评本质上仍是以批评文本作者为主导，尽管加入了图片、视频、音频等多媒体形式，传统媒体网络文艺批评仍是以旧有媒体平台（报纸、杂志）为基础，以文字文本内容为主的评论模式。此外，因传统媒体影响力大小的不同，其网络文艺批评的传播效果也不尽相同。

（三）自媒体的网络文艺批评

与上述两种脱胎于传统媒介（学术期刊、报纸、杂志）、具有传统文艺评论特点的网络文艺批评方式不同的是，自媒体网络文艺批评植根于互联网思维，其创作通常更积极响应读者的需求。它的选题来源于团队策划、完成于集体合作，往往具有“去作者化”的特点。为最大限度吸引受众，这一类型的批评文章多简短明了、诙谐幽默、直入主题，标题吸引眼球。在形式上，一两句话便构成一个段落，并在段落间插入符合主题需要的图片。这种“快餐式”“感性化”的内容形式，适应的是现代社会人们碎片化、娱乐化阅读的需要。

此外，该类型网络文艺批评还会衍生出一种虚拟的社交功能，在它们的新媒体批评阵地周围会聚集大量“粉丝”（某种艺术门类的迷友们）。以电影评论公众号为例，“桃桃淘电影”“独立鱼电影”等新媒体平台都会受到特定群体电影发烧友的喜爱，而一种围绕电影乃至批评的虚拟共同体社区也就因此形成。

然而，尽管具备上述这些新颖的特点，自媒体网络文艺批评往往缺乏系统、深入的评论分析。文本构成通常是单一视角观点的呈现、论据的简单堆积，论证的逻辑欠缺。对于相关领域的从业人员来说，这类网络文艺批评往往不具备指导文艺实践活动的理论基础。而对于普通观众而言，这类批评虽具有一定的知识性，能满足特定群体的阅读需要，但其主题内容、行文结构却不利于系统性地提升民众的艺术素养——因过于突出文艺作品某一或某些方面的特征，令受众无法深刻理解文艺作品丰富的精神内涵。民众大量阅读这类批评作品，久而久之，审美力很难真正提高，反而可能产生审美习惯固化。

不过值得注意的是，随着互联网用户日益年轻化，以“95 后”“00 后”为核心的网络原住民数量飞速增长，由于“网生代”的成长伴随互联网尤其是移动互联网的迅速普及，加上移动设备的多元化，他们的注意力会分散在不同的终端上，认知方式也因此呈现出发散式的特点。碎片化的知识尤其是知识点的快速习得是他们的突出特征之一，因此，尽管自媒体网络文艺批评模式不利于“网生代”建构系统的文化知识体系，却仍然更多地被他们所接受。与学院派、传统媒体网络文艺批评相比，自媒体网络文艺批评显然拥有数目庞大的受众群体和更大的传播力。

（四）大众民间的网络文艺批评

与自媒体网络文艺批评相似，大众民间的网络文艺批评也具有移动互联网时代大众化、感性化的特征。此外，它还具有批评内容碎微化、批评形式多样化等新颖的特点。

1. 批评内容的碎微化

随着新媒体、移动互联网等新技术的不断发展，诸如微信、微博、微电影、微店等碎微化的趋势展现在文化生活的各个领域，也体现在大众民间网络文艺批评的生态之中。① 以 2018 年热门电影《红海行动》和《我不是药

① 周宪：《时代的碎微化及其反思》，《学术月刊》2014 年 12 期，第 5 ~ 12 页。

神》（这两部作品也在网络上进行发行传播）为例，这两部影片在豆瓣网和时光网上的短影评（豆瓣叫作短评、时光网叫作微影评）数量分别为：200153 条、351126 条，6603 条、5068 条。长影评（豆瓣叫作影评、时光网叫作长影评）数量分别为：5785 条、16026 条，124 条、190 条（数据收集时间截止到 2019 年 5 月 21 日 16 点 56 分）。从这组数据可以看出，短评的数量远远超过长评的数量，充分体现出移动互联网时代批评碎微化的特点。

2. 批评形式的多样化

如今，以 B 站、抖音等为代表的视频网站、短视频应用火遍全国，它们不仅传播文艺作品，还以全新的方式引领网络文艺批评形式的新变革。B 站利用“弹幕”引入了一种全新的评论模式，用户可以发表文字甚至是表情符号作为评论内容，这些内容在视频画面中移动。在这里，理性化、系统化的批评范式被消解，一种感性化、碎片化、解构化的评论模式被建立。而随着 B 站由 UGC 模式转向 PUGC 模式，许多 UP 主（Uploader，视频上传者）作为专业音视频制作人员，利用先进的多媒体技术制作音视频，对现有文艺作品进行批评、解读，这使如今的网络文艺批评形式更为多样，传播力更强。2018 年，B 站上有多部关于网剧作品《延禧攻略》《如懿传》的批评视频，如 UP 主“淮秀帮啊”的《［此片有毒］清宫姐妹情〈延禧攻略〉全解析!》、“理娱打挺疼”的《理娱鉴剧之〈延禧攻略〉到底好不好看?》，“哇哇哇妹”的《吐槽〈如懿传〉前两集，于妈看了都会笑》，这些视频的观看量都超过了 30 万（数据收集截止到 2019 年 6 月 6 日）。它们的批评内容不仅“旁征博引”各种资料，同时也结合相关题材影视剧作品进行评论分析。多样化的批评形式令用户在接收批评观点的同时也展开评论和讨论，形成了批评的多维社交生态。

3. 批评生态的社交化

十多年前，豆瓣网和很多乐评网站的用户通过写影评、乐评等方式在这些网站对文艺作品进行点评分析，交流互动。一般来说，他们的评论下方还会有关于这条评论的留言点评。因此，这类网站中的评论文章与对评论文章的评论形成了一种网状文本结构，这种结构丰富了原始评论的理论观点，令评论体系显得更为完整多样，并令用户间产生出一种互动联系。[1] 近年来，以B站、抖音等为代表的新兴视频网站、短视频应用营造出的评论模式，带有更强的互动社交属性：B站迷友们可以针对相关作品发表“弹幕”，并对这一作品的形式、内容在“弹幕”上展开互动。抖音用户也可以通过点赞、文字等方式对短视频内容进行评论，进而形成社交互动。

除以上三种特点外，大众民间的网络文艺批评还呈现自发性、偶发性等特点。因此，为保持良好的网络舆论生态、构建清朗的网络空间，应对大众民间网络文艺批评进行相应的规范引导。

三　评论内容维度下的网络文艺批评生态

（一）弘扬主流价值观的网络文艺批评

作为社会的主流价值理念，社会主义核心价值观是当代中国精神的直接体现。而作为文艺活动中的重要一环，网络文艺批评的主题也因文艺创作的主旋律化而展现出主流价值的特点。2018年以来上演的多部主旋律题材的电视剧作品如《和平饭店》《面具》等在网络上获得了良好的反响。这些剧集的评论文章（诸如《〈和平饭店〉：“烧脑”谍战剧的得与失》《看主人公弃暗投明，〈面具〉能否超越〈潜伏〉?》）总结了该类型剧集创作的经验收获，同时对主旋律作品也进行了引介宣传。

作为涵养社会主义核心价值观的重要源泉，中华优秀传统文化是中华民族的精神命脉。结合新的时代条件，传承和弘扬中华优秀传统文化，是当代中国文艺创作、批评活动的价值追求。此外，文艺创作、批评活动还应该以人民群众为中心，讴歌人民在当下改革、建设中的主体精神。2018年有许多文艺作品都反映了人民在改革开放浪潮中的大有所为，电视剧《大江大

① 马楠楠：《新媒体时代中国电影批评的转型与重建》，《中州学刊》2018年第9期，第154～160页。

河》（该剧根据网络小说《大江东去》改编，同时也在网络播出）的批评文章《以大笔以细节书写改革开放的大江大河》《伟大时代是由一个个奋进向上的人构成的》便从文艺评论的角度讴歌了以人民为主体的奋斗精神，弘扬了时代的主旋律。

（二）引导市场和消费者的网络文艺批评

为扩大文艺作品影响力、赢得市场和消费者，部分网络文艺批评也会以满足受众需要、影响受众需求为重要目标。因此，在这一类型的网络文艺批评中，评论的结果就不再是单纯地对文艺作品进行鉴赏评论，而是在一定程度上有意无意地对市场和消费者加以影响。

随着国内文化市场商业化程度的不断提高，过去几年资本大举进入文化领域。许多文化公司除了在策划、制作方面投入巨资外，在营销领域也投入重金，这一举措令营销活动的竞争日趋白热化。以电影市场为例，对普通观众而言，豆瓣网、时光网、猫眼电影等网站对某部电影的打分、评论是他们是否购票观看此电影的重要依据。评分的高低、推荐的星数、口碑的好坏直接或间接影响观众观影与否的意向（这些电影门户网站的评论打分不仅会影响观众线下观影的意愿，也会大大影响观众在线付费观看的意向）。正因为如此，电影公司非常重视影片的网络评价与打分，各大电影门户网站成为其必争之地。甚至为了获得最大化的收益，一些公司大量雇用“网络水军”进行评价和打分，为其宣传的影片摇旗呐喊、助长声势，对竞争对手的电影恶意诽谤、差评连篇，这种行为搅乱了正常的市场秩序，严重破坏电影批评的舆论生态和伦理规范。[①] 比如2018年春节档，《捉妖记2》《唐人街探案2》（这两部电影也在网络上进行发行传播）接连爆出被水军差评的现象，这种现象的扩散不仅有悖于文艺批评的价值规范，同时也不利于我国电影产业的健康有序发展，必须引起足够的重视，采取有效措施加以抑止。

---

① 马楠楠：《新媒体时代中国电影批评的转型与重建》，《中州学刊》2018年第9期，第154～160页。

此外，在网络文学领域，许多网文为实现最大化的经济效益，其创作者会根据读者的偏好撰写网文小说。因此，许多网文的批评文章虽试图把握网络文学的创作规律，但在实际传播过程中却更多以网络文学写作指南的方式出现。部分网络文学批评内容的商业化倾向，也在一定程度上造成大量网文作品一味地追求“爽感”，而忽略文学性等其他重要因素。

（三）个体视角的网络文艺批评

个体视角的网络文艺批评可以看作是网络文艺批评领域里的 UGC、PUGC 内容。PUGC 类型的网络文艺批评会通过豆瓣、B 站等网站平台进行传播，其传播形式并不局限于文字这一种形式，也可以通过视频、音频等多种方式呈现。除此之外，评论者既可以通过哲学、美学、艺术学等方面的理论知识对文艺作品进行解读，也可以从个人的知识结构出发，进行非常独特的私人化视角的跨专业阐释。比如，2018 年有关电影《我不是药神》的评论文章中，有多篇是从医学、法律等专业角度分析影片及影片所反映的医药界的现实问题，如豆瓣上的个人原创电影批评文章《一名临床医生的话》《〈我不是药神〉：刑罚背后的专利博弈》。① 这些评论文章往往从个人擅长的、不同于艺术的其他领域专业视角解析文艺作品背后所蕴含的巨大的社会现实意义，引人思考、发人深省。

个体视角的网络文艺批评除了以上专业用户网络文艺批评（网络文艺批评里的 PUGC 内容）外，还有用户原创网络文艺批评（网络文艺批评里的 UGC 内容）。由于用户构成的多样性，该类批评也呈现不同的特征：有的是理性观点的表达，有的是感性情感的抒发，当然也有一些是口水化、粗俗化、谩骂式的低俗内容。因此，这类网络文艺批评内容同样需要进行合理的引导，以确保其不破坏网络文艺批评生态的舆论规范和道德准则。

---

① 《一名临床医生的话》《〈我不是药神〉：刑罚背后的专利博弈》等文章均摘引自豆瓣电影，http：//movie. douban. com/review/94821981，http：//movie. douban. com/review/9483638/。

四　网络文艺批评的发展趋向

文艺批评（包括传统文艺批评和网络文艺批评）作为文艺活动的重要环节，首先应具有“提高创作者创作素养和美学修养”“增进欣赏者理解能力和鉴赏水平”等功能。与传统文艺批评相比，当下的网络文艺批评具有移动互联网时代的新的突出特点——强调传播效果、创新呈现方式、拓展评论视角。尽管有这些新的特点，在价值导向上，网络文艺批评还需进一步加强主流价值观的辐射力度，让不同类型的网络文艺批评模式相互借鉴各自的长处和优点，同时，还要加强网络文艺批评标准和评价体系的建构，以促进网络文艺实践的进一步繁荣发展。

具体来看，首先，主流价值观网络文艺批评应对所有维度、样态的网络文艺批评起到总领、引导的作用。为了进一步扩大主流网络文艺批评的辐射力，在确保社会主义核心价值观的价值导向、主题方向不动摇的同时，可以更多地借助自媒体网络文艺传播的行文风格或者大众民间的网络文艺批评模式（如微批评、“弹幕”），以更为接地气的方式呈现主流价值，达到更好的批评传播效果。

其次，不同类型的网络文艺批评模式应相互借鉴各自的长处和优点。学院派网络文艺批评可以根据新的技术发展形势以及批评对象的各种新变化，着眼于优秀学术批评内容的传播，通过借鉴其他形式的批评传播模式（如可以制作学院派网络文艺的视频批评）来开展传播推广。传统媒体的网络文艺批评也应该进一步加强传播推广力度，让更多优质批评内容抵达受众，在形式上可以借鉴自媒体网络文艺批评的模式，并采用视频、音频等多媒体呈现方式来进行传播。

与此相反，自媒体网络文艺批评的传播效果较好，但在传播（批评）内容方面却存在着一些问题。自媒体网络文艺批评需要从学院派网络文艺批评中寻找价值导向、理论支持——不是肤浅、娱乐化地普及文艺方面的基础知识，而是从理论宝库中寻找最具当下现实意义的内容，使用通俗易懂、接地气的语言进行传播。这样做可以提高受众的知识洞察力和艺术感受力，达到批评本身该具有的价值效果。大众民间的网络文艺批评同样需要评论内容和评论行为的引导。

旨在引导市场和消费者的网络文艺批评则必须注重经济效益和社会效益的统一，做到义利合一。个体视角的网络文艺批评可以大力提倡 PUGC（专业用户生产内容）网络文艺批评的创作，这样做不仅能丰富网络文艺批评的内容形式，还可以从其他专业视角考察文艺作品，对文艺创作活动产生更多启迪，同时，需要以主流价值观念为统领，规范并减少感性化、口水化、粗俗化、谩骂式的批评内容，以净化网络空间。

最后，从宏观上看，还需建立网络文艺批评标准体系，目前针对网络文艺作品（包括网生文艺作品和非网生但网播文艺作品）的批评标准和体系还未建立。由于在文艺创作、传播等各方面具有全新的特点，网络文艺作品的批评活动也应具备全新的理论视野——批评家不仅要有哲学、美学、文艺学、文化研究等理论功底，还要掌握媒介学、数字文艺学、数字美学等跨学科知识。为深入洞察其独特之处，网络文艺批评需在原有的学术资源基础上，更新批评范式、创新批评方法，建立新的批评模式。只有这样，我们才能对网络时代的文艺作品有更为深刻的洞见，通过提供专业的批评指导，更好地促进相应文艺门类的健康发展。

创作主体篇

Creative Subject Chapter

B.18

新文艺组织、新文艺群体发展概论

郝红霞　张 阳*

摘　要： 互联网技术和新媒体发展改变了文艺形态，也带来文艺观念和文艺实践的深刻变化。随着文艺乃至社会文化发生重大变革，新文艺组织、新文艺群体大量涌现，且影响力日益广泛。认真研究总结其发展趋势、存在问题、实践路径，充分激活和引导新文艺群体、新文艺组织的创新活力，形成繁荣发展社会主义文艺的强大合力，已经成为网络文艺发展的重大课题。

关键词： 新文艺群体　新文艺组织　社会主义文艺的有生力量

* 郝红霞，历史学博士，中国文联网络文艺传播中心信息资源处干部，主要研究领域为历史地理学、中国古代文学、网络文化；张阳，艺术学博士，中国戏曲学院导演系讲师，主要研究领域为戏剧与影视学。

2014 年，习近平总书记在文艺工作座谈会上指出：“近些年来，民营文化工作室、民营文化经纪机构、网络文艺社群等新的文艺组织大量涌现，网络作家、签约作家、自由撰稿人、独立制片人、独立演员歌手、自由美术工作者等新的文艺群体十分活跃。这些人中很有可能产生文艺名家，古今中外很多文艺名家都是从社会和人民中产生的。我们要扩大工作覆盖面，延伸联系手臂，用全新的眼光看待他们，用全新的政策和方法团结、吸引他们，引导他们成为繁荣社会主义文艺的有生力量。”[①] 网络文艺是当代中国文艺发展的新形态，新文艺形态的发展必然带来新的文艺工作者、新的文艺群体和新的文艺组织。因此，做好新文艺组织、新文艺群体相关工作既是文艺工作的必然要求，也是促进网络文艺创作生产繁荣发展的必然要求。

一　新文艺组织、新文艺群体概述

不同的研究对新文艺组织、新文艺群体有不同的概念界定、类别划分，有的将其界定为文艺“四新”[②]，即新文艺组织、新文艺群体、新文艺聚落、新文艺个体工作者；有的从组织资源的角度，将其分为两类：一类是民营文化机构的管理人，包括民营文化企业管理人、民营文化非营利机构管理人，另一类是从事文化工作的独立个体。[③] 本研究根据性质规模及运营模式的不同，将新文艺组织、新文艺群体大致分为以下几类：一是个体文艺从业者，他们以独立个体从事文艺创作活动，尤其是，借助互联网进行“点”对“面”的文艺活动，包括网络作家、自由撰稿人、独立音乐人、独立影视从业者、自由美术工作者等；二是文艺工作室，一般由三至五人构成，从事文艺创作、培训、展陈、代理、中介等文艺活动；三是民间文艺社团，一般活

① 习近平：《在文艺工作座谈会上的讲话》，《光明日报》，2015 年 10 月 15 日，第 1 版。

② 文艺“四新”参考郑晓幸、平志英主编《文化繁荣兴盛的有生力量——四川新文艺群体调研报告》，中国文联出版社，2018，第 15 页。

③ 对外经济贸易大学教授廉思课题组：《新文艺群体——正在崛起的新兴文化力量》，《光明日报》，2019 年 5 月 10 日，第 7 版。

跃于社区街道，人员构成相对松散，通过自收自支和部分财政支撑的形式维持生存发展；四是中小型民营文化企业，这类企业数量众多，规模大小不一，市场化和产业化程度高低不同；五是半官方文化产业园，主要依托政府投资和管理的文化创意园区，实行政府主导、专家指导、社会参与的建设和运营方式；六是大型民营文化企业，它们规模相对较大，一般具有较强的社会和行业影响力。

新文艺组织、新文艺群体借助互联网技术与新媒体，将兴趣爱好与艺术活动相结合，以人民满意和市场认可为标准，直面最广大人民群众的文化需求，以丰富多彩的艺术创作和艺术服务不断满足人民群众的精神生活需要，在社会主义文艺繁荣发展中发挥了重要作用，并呈现出鲜明的特色。

1. 拓展了文艺表现样式

新文艺组织、新文艺群体的艺术活动几乎涵盖了所有文艺门类，从文学、戏剧、电影、电视、音乐、舞蹈、美术、摄影、书法、曲艺、杂技到民间文艺，新文艺群体无不参与其中，成为重要的组成成员和发展力量。此外，在长期的文艺创作实践探索中，新文艺群体拓展了文艺表现样式。像深圳的港龙舞蹈机构，每年举办国际标准舞世界公开赛，在国标舞的基础上，以摩登舞和拉丁舞为载体，进行舞蹈创作和艺术创新，把各种舞蹈艺术与国标舞融合，创作了《浮生若梦》《情到深处》《爱恨交加》等国标舞表演舞精品，推动了竞技类体育舞蹈国标舞向艺术表演舞的发展。一些比较边缘的文艺样式，像沙画、网络漫画等也越来越受到大众的认可，成都的漫画星空社，聚集了一大批年轻的漫画师，着力打造大型原创故事漫画，并与腾讯公司开展项目合作，该社创造的部分漫画已经被改编成电影。

2. 与互联网、新媒体融合程度深

新文艺组织、新文艺群体最大的特征在于其组成成员大多与互联网发展处于“同生代”①，或者说，他们大多是受互联网文化影响而成长起来的一

① “同生代”概念引申自“网生代”，指受互联网文化影响所成长起来的一代，他们的生活方式、思维方式、传播交流方式均带有典型的互联网特征。

代，他们对于信息的获取、传播处于互联网所搭建的“万物皆媒”生态环境之中，他们创作生产的作品与互联网具有与生俱来的亲密性，而且，对广大互联网社群、受众而言，这种“亲密性”以一种类似“私人定制”的产品形式，并通过一种带有互联网气质的“契约”精神，将创作者与受众紧密联系起来。新文艺群体善于洞察青年人的兴趣爱好，构建“由兴趣聚合的文化社群”，培养一批“黏性高”的特定受众，用自己的作品引领新的趋势，让每一部新作品出来都掀起讨论热潮，建立兴趣圈层内的共同语言，生产了众多“小而精”的作品，通过培养自身的特定受众，形成了小市场的规模效应。随着互联网技术的发展，媒介之间的渠道被打通，移动端逐渐成为文化集成平台，在网络世界，每一个人都是文化的普及者，运用新媒体进行文艺创作和传播已成为常态。从微博、微信，到抖音、快手，从文字到音频，从音频到视频，甚至 VR（虚拟现实）、AI（人工智能）技术都在影响文化产品的类型，也在促进新文艺群体的发展与壮大。

3. 运行机制灵活多样

据《文化繁荣兴盛的有生力量——四川新文艺群体调研报告》，新文艺组织、新文艺群体在资金来源、投入机制、组织架构、运营方式方面呈现出多样化特征，大体有独力自办型、合伙联办型、企业附属型、扶持资助型、资源整合型、平台推广型、对外交流型等多种类型。他们在运营上因地制宜，非常灵活，比如成都摄都文化传播有限公司作为一家民办专业影像文化企业，每年开展的教学、讲座、影赛、展览、研讨会、分享会、创作采风等活动都在百项以上，但实际上公司只有 4 个领固定薪酬的工作人员，大量工作依靠兼职老师、版主、签约摄影师、艺术委员队伍开展进行，除了少量的教学收益补贴，这些非固定人员并不拿公司的报酬，他们看重的是公司提供的授课、派遣服务、推送作品参赛获奖、推荐加入各级摄影协会、自媒体包装宣传等提升知名度的机会。这种有效的多赢方式正是新文艺组织、新文艺群体富有生机活力的原因之一。

4. 用“文艺 +”跨界融合发展模式打造一种新文艺生活方式

民营文化工作室、民营文化经纪机构会选择在有一定文化政策资金扶持、地理位置较为便利的园区集中发展，因此形成了文化创意产业园的聚集群落。比如北京798艺术区、上海M50创意园、北京尚8创意产业园、成都东区音乐公园、深圳华侨城、青岛创意100产业园、上海德必文化创意产业园、首钢中国动漫游戏城、武汉穿越伍仟城——国际文化创意产业园、开封宋都古城文化产业园区等。以北京东城区77文化创意产业园（以下简称77文创园）为例，里面既有戏剧界的“横店”——北京剧目排练中心，也有著名的设计品牌“无用”，贾樟柯的“暖流电影公司”。按照77文创园CEO王雷的说法，77文创园一直坚持做整体策划、整体实施、整体运营的文创园区，园区内的空间以自营、合作、招商等三种经营方式来进行合理配比，园区的文化运营和文化品牌的形成主要在于自营与合作板块的业态控制，更重要的是，经营好文创空间可以给区域化提供一种文创生活方式，吸引相似人群聚集，最终促进产业发展和价值的提升。从其未来趋势看，这代表了一种新型的城市生活样态。

二　2018年以来新文艺组织、新文艺群体发展状况

新文艺组织、新文艺群体的出现使文艺生态发生了许多新变化。2018年以来，在多年丰富实践的基础上，新文艺组织、新文艺群体日益成为文艺事业和文化发展的有生力量，在弘扬社会主义核心价值观、繁荣发展文艺文化事业、促进文艺的跨界融合、创造新兴文化业态等方面发挥了重要作用。

（一）创作生产繁荣发展，极大丰富了人民群众的精神生活

新文艺组织、新文艺群体融合各种艺术门类进行跨界合作，其文艺创作、文化服务直接面向市场、面向群众，极大丰富了人民群众的文艺生活。在网络文学、网络音乐、网络音视频等领域继续稳定发力的基础上，又有一些新兴群体创作日益活跃。

1. “跨媒介”戏剧艺术群体涌现

2018年以来，新文艺组织和新文艺群体在话剧、舞剧、歌剧、音乐剧

等艺术形式上都有创新发展。以话剧为例，互联网搭建的跨国别、全天候、多场域等传播渠道给戏剧艺术带来了新的发展。比如，作为新文艺组织的北京奥哲维文化传播有限公司携手大麦网引进多部英国国家剧院 NTLIVE 戏剧影像作品，并在国内各大戏剧节、电影节、影剧院放映，打通了不同艺术之间的生产传播场域空间。此外，2018 年以来逐步涌现出一批年轻的戏剧创作人，进一步壮大了戏剧新文艺群体队伍，为中国戏剧市场增添了更多活力。《新京报》年度演出投票榜数据选出的 2018 新锐戏剧人有苏广宇（服装设计师，代表作《老舍赶集》）、柯鲁（导演，代表作《老人与海之双勇士》《小王子之风少星辰》）、胡艳君（舞美设计师，代表作《屋顶上的奥菲莉亚》《大众力学》）、黄露凝（导演/演员，代表作《月亮的南交点》）、佟蒙（导演/演员，代表作《万白》），[①] 2019 年，他们均获得一份新京报×中间剧场新作品计划的创作委约合同。

2. “说唱”“街舞”文化厂牌背后的群体发展

随着 2018 年《中国新说唱》《中国有街舞》等网络综艺节目的热播，文化“厂牌”（Label）逐渐走进大众视野。“厂牌”的内涵广义上是指大型企业所打造的形象品牌，狭义上是指以某种特定风格为发展路线的独立文化厂牌（Independent Label）。近年来，媒介融合趋势带来的网络综艺节目将音乐、舞蹈领域的文化厂牌强势推出，从而构建出一个丰富的新文艺组织、新文艺群体的生态结构。当然，这些文化厂牌背后折射的是青年亚文化的风貌，特别是，随着“90 后”“00 后”青少年逐渐成为文化消费的主力军，针对他们的需求而量身定制的音乐、舞蹈作品大量涌现。作为国内厂牌，以下这些新文艺组织和群体值得关注。（见表 1）

---

① 《新京报》2018 年度新锐戏剧人的候选人范围涵盖编剧、导演、演员、服装、舞美设计等，为 2018 年有作品公演的 40 岁以下戏剧人。他们既有第一次创作话剧的导演，也有历经多年锤炼的演员。“新锐戏剧人”的评选标准更看重的是候选新锐戏剧人本年度在整个行业内所展现出的潜力。

表 1 新文艺组织、新文艺群体中的说唱、街舞文化厂牌

厂牌名称	类型	代表人物	代表作品	地域
GOSH	说唱	GAI、Bridge、WUDU-MONTANA、山鸡	《勒是雾都》《重庆魂》《九龙坡》	重庆
N/U	说唱	派克特、旗下鱼头、KIGGA、辛巴	《通天塔》《兰亭集序》《重生》	陕西西安
说唱会馆	说唱	谢帝、TY、马思唯	《海尔兄弟》《随便看嘛》	四川成都
X-crew	街舞	EAZY、兔子、秦煜、阿 k	—	云南昆明
舞佳舞	街舞	冯正、李奇、王子奇	—	北京
CASTER	街舞	千千、大饼、草鱼	—	上海
RMB	街舞	Joey-Z、丁丁、诺诺	—	北京
STO	街舞	波子、Breaking	—	广东广州
SPY	街舞	向思翰、刘芯廷	—	北京

3. 动漫新文艺群体创造力旺盛

作为文艺的重要表现形态，动漫融合了人才、市场、受众等多方面的发展变化因素，也是新文艺组织、新文艺群体重点参与的领域。2018 年以来，动漫在新文艺人才发展、新文艺组织产业发展方面均有新的变化。首先是新文艺动漫人才的崛起。作为 2019 年票房最好的动画影片的缔造者，“80 后”动画人饺子成为影坛冉冉升起的一颗新星，其历时 4 年、倾尽全部心血制作的动画电影《哪吒之魔童降世》一经上映便好评如潮。据国家电影事业发展专项资金管理委员会办公室票房数据显示，7 月 26 日至 10 月 26 日，《哪吒之魔童降世》累计上映 93 天，总票房定格在 49.74 亿元。该影片已报名参加 2020 年奥斯卡“最佳动画长片”和“最佳国际电影”两个奖项的竞争。其次是新文艺组织在动漫产业方面的开发。许多业内公司都在进行以动漫为中心的 IP 全产业开发，动漫产业与电影产业、游戏产业的融合是当下动漫领域发展的趋势之一。由索尼互动娱乐公司与十月文化、绿洲游戏联合制作的主机游戏《西游记之大圣归来》，改编自中国原创动画 IP 内容。作品既涵盖了小说《西游记》中的故事人物，又借鉴了优秀国产电影《大圣归来》的视觉造型，这种交融发展是跨界融合的新探索。

4. 网络评论群体日益活跃

网络评论已成为大众参与网络文艺最为便捷的通道，同时也是新文艺群体极为活跃的一个领域。比如，近年来，电影批评不再局限于专业影评人、电影学者，而是借助互联网平台成为大众“各抒己见”的公共空间，并具有即时性、多元化等特点。所谓“即时性”，是指网络批评的反馈速度迅捷，往往是作品还在放映，相关评论已借助移动客户端进行编辑刊发；所谓“多元化”，一是指评论主体身份更加多元，各行各业从业者只要热爱文艺、敢于发声，那么他们都可以成为网络评论的一份子，二是指评论内容更加多元，比如，2018 年《我不是药神》上映后，《是现实，还是煽情？医药界“反击”〈我不是药神〉》《〈我不是药神〉：刑法背后的专利博弈》等网络评论文章都从各自专业领域进行点评。① 2019 年火爆的科幻片《流浪地球》上映后，出现了像《〈流浪地球》中的物理学原理〉》《〈流浪地球〉中的技术漏洞不少，但仍然可以值得高分》这样的科普影评。②

（二）促进中国传统文化的传承，对传统文化的创造性转化、创新性发展发挥了重要作用

新文艺组织和新文艺群体因其生存需要，在挖掘传统资源、传承传统文化上，有着极强的内生动力。他们善于发掘中国传统文化的经济价值，并通过新颖的艺术表现形式，对传统资源、传统文化进行挖掘和展示，让中国传统文化“活”起来。据安徽省文学艺术界联合会《加强新文艺群体工作　实现文联职能对文艺界的全覆盖——全省新文艺群体发展情况调研报告》③，安徽省荣获中国民间文艺“山花奖”的 11 个作品（优秀表演艺术 2 个、民

① 《是现实，还是煽情？医药界“反击”〈我不是药神〉》《〈我不是药神〉：刑法背后的专利博弈》《一名临床医生的话》等文章均摘引自豆瓣电影 https：//movie. douban. com/review/9483638/。

② 《〈流浪地球》中的物理学原理〉》《〈流浪地球〉中的技术漏洞不少，但仍然可以值得高分》摘引自豆瓣电影 https：//www. douban. com/gallery/topic/50290/。

③ 安徽省文学艺术界联合会：《加强新文艺群体工作　实现文联职能对文艺界的全覆盖——全省新文艺群体发展情况调研报告》。

间文学2个、民间工艺美术7个)，全部来自新文艺群体。歙砚非遗传承人程礼辉（黄山市）、杜氏刻铜非遗传承人杜平（阜阳市）等人的作品多次获国家级金奖和国际大奖。中国撕纸书法艺术创始人蒋劲华（黄山市）、省级“临淮泥塑”非遗传承人田孝琴（霍邱县）、马鞍山剪纸非遗传承人张学华等工艺美术大师，都在国内国外多种活动中展示过才艺，致力于对民间艺术等传统文化的传承、保护、发展。

2018年以来，众多网络文艺作品将中华传统文化资源和现代网络技术、视听技术紧密结合起来，尤其是大型民营文化企业，它们规模相对较大，具有较强的社会和行业影响力，比如腾讯旗下知名手游产品《王者荣耀》从2017年开始陆续推出《王者历史课》、《王者为你读诗》、《煮酒论王者》等栏目，以趣味的节目形式讲述历史，聚焦中华文化传承。2018年开始，《王者荣耀》逐渐布局，以游戏作为与玩家的触点，展开了一系列旨在传承、创新和传播中华传统文化的“新文创”活动。2019年9月，在首届“丝路数字文旅”活动上，《王者荣耀》与敦煌研究院合作完成杨玉环“飞天”皮肤，带领观众感受隋唐时期的飞天形象与瑰丽的敦煌之美，同时还邀请韩红和方文山共同打造了敦煌飞天主打歌《遇见飞天》，观众可以试听歌曲，并通过观看项目纪录片了解数字化还原敦煌文化的过程。

（三）催生新兴文艺业态，促进文艺的跨界融合发展

新文艺组织、新文艺群体不断丰富文艺创作，在寻找市场、运营创新、作品推送等方面推陈出新，利用互联网、新媒体展示出全新的创造活力，尤其是将文艺创作的内容与形式融入应用到制造、农业、旅游、教育、科技、影视、体育等交互产业发展中，将特定的文艺形式创意化、活态化地融入各种实用性的空间、活动以及物质产品中，将文艺的魅力转化为生产力的同时，也有力地推进了日常生活的审美化。[①] 成都东郊记忆是成都文化创意产

① 郑晓幸、平志英：《文化繁荣兴盛的有生力量——四川新文艺群体调研报告》，中国文联出版社，2018，第23页。

业高地，既是工业遗址主题旅游地、艺术文化展演聚落、文艺创作交流园区，也是集合音乐、美术、戏剧、摄影等文化形态的多元文化园区。2018年全年，东郊记忆共举办文化交流活动千余场，其中包括“2018 中国音乐产业发展峰会”、“2018 世界文化名城论坛·天府论坛”、“极客公园2018 科技商业峰会”等产业会议；“成都·蓬皮杜：‘全球都市’国际艺术双年展”等大型国际知名艺术展览；“2018 成都国际友城青年音乐周”、“音乐剧《蜀女卓文君》”、“大麦超现场”、“俄罗斯皇家芭蕾舞团《天鹅湖》”等音乐艺术交流活动。2019 年 7 月，“达芬奇 IN 成都”全球光影艺术体验大展开幕暨“东郊记忆·成都国际时尚产业园”授牌仪式在东郊记忆举办，此次展览综合运用微喷技术、实物模型、5D 影像、VR 眼镜等全球先进的新媒体视听数字技术，展出 120 页达芬奇经典手稿、20 余件根据手稿复原的机械实物和 1200 幅达芬奇作品高清影像，通过艺术与科技的融合，营造出极具震撼的沉浸式观展体验。成都的 321 创意园也是跨界整合的典型案例。作为一个新文艺聚落，321 创意园将文创工作室、创客办公空间、音乐艺术、儿童休闲文化、矿泉水生产基地等融为一炉，体现了文化创意产业的新理念。

（四）队伍建设力度进一步增强

1. 新文艺群体队伍日益壮大

随着新文艺组织、新文艺群体的发展壮大，涌现出一批跨文化经营人才和适应市场的专业文艺人才。比如，A8 原创音乐平台已为 4 万多创作人发行了 13 万首歌曲作品，众多“草根歌手”由此走向全国；3 万多名来自全球各地的“景漂”在景德镇创作和生活，这批基于陶瓷艺术的多艺术门类融合的群体，未来必将吸引更多的中外艺术工作者参与到陶瓷 + 文化的创新发展中，成为新“景漂”。

2. 组织化程度进一步提高

2018 年，中国作家协会下设的网络文学中心正式开展工作，负责统筹中国作家协会网络文学委员会、全国网络文学重点园地工作联席会议办公室，加强对省级网络文学组织的联络指导。2018 年 5 月，中国美术家协会成立新文艺群体（组织）展览与推广中心。2018 年 9 月，中国音乐家协会成立新兴音乐群体工作委员会。2018 年 11 月，中国戏剧家协会成立中国剧协民间职业剧团工作委员会。2019 年 2 月，中国电视艺术家协会成立中国电视艺术家协会新文艺组织和新文艺群体工作委员会。这一系列举措让新文艺组织和新文艺群体逐渐有了“家”，并通过加强联络沟通、专业咨询、培训指导、创作扶持、自律维权、推广宣传等服务工作，推动新文艺组织和新文艺群体更好地发展和建设，真正成为社会主义文艺发展的有生力量。

3. 团结引导新文艺组织、新文艺群体的方式更加丰富

一是举办培训班，通过学习交流，提高了新文艺组织、新文艺群体的政治意识，也提高了他们的归属感和认同感。2018 年 3 月，中国文学艺术界联合会举办中国文联第二期全国新文艺群体拔尖人才高级研修班。2018 年 6 月，中国文联网络文艺传播中心举办全国中青年网络文艺（音乐）人才培训班；陕西省文学艺术界联合会举办新文艺群体培训班；中国电影家协会举办新文艺群体电影人才和管理干部培训班。2018 年 8 月，福建省文学艺术界联合会举办“全省文艺骨干培训有效组织与管理”和“新文艺群体业务骨干”培训班；中国电影家协会主办第三期中国影协新文艺群体电影人才培训班。2018 年 9 月，中国音乐家协会举办新兴音乐群体带头人培训班。2018 年 10 月，贵州省文学艺术界联合会举办全省第一期新文艺群体骨干培训班。2018 年 10 月至 11 月，中国文学艺术界联合会主办中国文联第三期全国新文艺群体拔尖人才高级研修班。2018 年 11 月，中国杂技家协会、天津市文学艺术界联合会举办新文艺群体青年人才培训班；中国电视艺术家协会举办 2018 年度新文艺群体人才培训班。2019 年 5 月，中国文联网络文艺传播中心举办全国中青年网络文艺人才（VR）培训班。2019 年 6 月，中国文联网络文艺传播中心举办全国中青年网络文艺人才（短视频）培训班；中国书法家协会与北京书法家协会合作举办北京新文艺群体书法家高研班；中国戏剧家协会主办中国剧协民间职业剧团创作人才培训班。2019 年 10 月至 11 月，中国文学艺术界联合会主办第四期全国新文艺群体拔尖人才高级

研修班。

二是举办研讨会，交流思想、总结经验、探索路径、转化成果，为新文艺组织、新文艺群体提供更有力的支持。2018 年 10 月，中国文艺志愿者协会举办新文艺群体工作座谈会。2018 年 12 月，四川省文学艺术界联合会、光明日报社文艺部主办“新时代·新力量·新展望”四川新文艺群体发展研讨会；中国文联文艺研修院召开新文艺群体拔尖人才高研班学员培训反馈座谈会。2019 年 5 月，中国音乐家协会召开中国音协新兴音乐群体“轻骑兵”工作推进会。2019 年 10 月，四川省文学艺术界联合会主办“新文艺群体发展峰会暨理论研讨会”。

三是开展品牌活动，为新文艺组织、新文艺群体开展文艺创作等活动搭建平台。2018 年 11 月，中国文学艺术界联合会、中国书法家协会、国家典籍博物馆主办“书写新时代——全国新文艺群体书法作品汇报展”。2019 年 4 月，中国美术家协会新文艺群体（组织）展览与推广中心、山东省美术家协会、文化和旅游部恭王府博物馆展览活动部共同主办“齐风鲁韵——中国美术家协会新文艺群体推介展·山东”。2019 年 9 月，中国文联国内联络部、中国美术家协会和中国书法家协会指导，中国文联美术艺术中心、中国文联书法艺术中心、中国书画家联谊会、中国楹联学会和中国工笔画学会联合主办“我爱你，祖国——庆祝新中国成立 70 周年第二届新文艺群体书画家优秀作品展”。2019 年 10 月，四川省文学艺术界联合会、四川省新的社会阶层人士联谊会主办“新时代、新文艺、新力量、新展望”四川省新文艺群体发展成果展。这些品牌活动既展现了新文艺群体多类型多形式的艺术魅力，也显示了新文艺群体的生产创新、形式创新和服务创新。

四是提供政策支持，切实解决新文艺组织、新文艺群体发展中存在的困难。2019 年 7 月，湖北省委宣传部、省人力资源和社会保障厅、省文化和旅游厅联合印发了文化艺术、群众文化、文物博物、文学创作等 4 个系列（专业）职称申报评审条件，首次将民营文化机构、网络作家、自由撰稿人等新文艺群体对象纳入评审范围，将网络文学作品列入评审条件，在团结凝聚引领新文艺群体方面作出有益的探索和尝试。

三　新文艺组织、新文艺群体发展存在的问题以及解决路径

当前，新文艺组织、新文艺群体已成为我国文艺事业的一支重要力量。但是，我们不仅要看到新文艺组织、新文艺群体所取得的成就，更要清楚地认识到他们在发展中存在的问题和困难。解决这些问题困难一方面要从国家顶层文艺政策设计、宣传文化系统管理、业务主管部门、社会舆论引导等方面宏观考虑，另一方面也要从新文艺组织、新文艺群体自身查找原因，只有将两者有机结合，才能有效解决各种问题。

新文艺组织、新文艺群体受生存发展等现实问题的影响，部分文艺作品表现出唯利化、泛娱乐化、同质化的创作倾向。以中国电影市场为例，2018年中国电影票房已达606亿元，稳居世界第二。然而，部分新文艺群体在电影创作中仍追求商业利益的最大化，忽视作品应有的艺术性、教育性、审美性，呈现出作品良莠不齐的创作现状。这直接导致其创作的作品无法满足受众更高层次的精神需求，也不利于群众欣赏水平的提高和正确价值观念的培养，某种程度上也限制了自身的发展。从新文艺组织、新文艺群体发展的外部环境来看，在文艺项目申报、文艺评奖活动等事项中，由于存在信息滞后、不对称，职称限制、单位挂靠等诸多门槛，一些新文艺群体不知如何申请政府性文艺基金，也无法获得评奖、评先、评优的机会，因此，对其文艺创作来说缺乏有效激励，他们往往处于边缘化的状态。这些问题如果不加以解决，无疑会成为阻碍新文艺组织、新文艺群体发展的障碍。

引导新文艺组织、新文艺群体健康成长和良好发展，既要做好扶持服务，又要加强管理引导，既要建立奖励激励机制，又要督促其加强自律意识，以更好发挥其在促进文化繁荣发展方面的作用。

1. 强化思想政治引领

引导新文艺组织、新文艺群体紧紧围绕社会主义核心价值观开展文艺创作生产，把握时代精神，歌颂真善美，弘扬主旋律，传播正能量。组织新文

艺组织、新文艺群体参加相关培训、研讨、交流，积极开展思想政治教育，提升其思想政治素质。坚持引导新文艺组织、新文艺群体以价值取向、艺术水准、审美情趣、群众口碑作为评价作品的主要标准，把群众口碑、专家评价和点击率、收视率、上座率有机统一起来，推动产生一批既叫好又叫座的文艺精品。引导新文艺组织、新文艺群体自觉加强中华文化的传承发展，通过精彩的故事、鲜活的语言、丰满的形象诠释社会主义核心价值观。

2. 创新联络服务方式

探索建立联络服务新文艺组织、新文艺群体的有效机制，比如，将新文艺组织、新文艺群体纳入各级文联、文艺家协会管理服务范围，不断吸收符合条件的新文艺组织、新文艺群体入会。探索“互联网 + 文联”“互联网 + 协会”工作模式，创建网上工作平台，延伸工作手臂，为新文艺组织、新文艺群体提供创作、展示、推介、评优的渠道。建立数据资料库，动态掌握人员的构成和流向等信息，并从“选拔”、“入库”、“培养”等方面对人才建设实施全方面的保驾护航。加快对新文艺组织、新文艺群体维权工作的研究，依托文艺界群众团体、行业组织、专业维权机构，切实保护新文艺群体的知识产权，为其提供法律咨询和援助。

3. 加大政策资金扶持

设法解决新文艺群体在人事档案管理、社会保险关系转移接续、社会保障等方面面临的现实问题，为人才跨地区、跨行业、跨体制流动提供便利条件。畅通新文艺群体职称申报渠道，创新符合新文艺群体特点的职称评价标准。加大资金支持力度，做到信息公开透明、宣传及时到位，打通新文艺组织、新文艺群体申请政府各类文化基金的“最后一公里”。切实解决发展资金短缺问题，谨慎利用好金融资本，将优秀的新文艺组织、新文艺群体的文艺创作及文艺服务纳入政府资助和扶持范围，在创作、展览、场地、租金方面给予补贴等优惠，研究非物质文化遗产项目经营等方面的税收优惠政策。

4. 提升品牌影响力

积极为新文艺组织、新文艺群体的优秀作品搭建展示和推介平台，开办文艺作品展示会和剧本推介会，拓宽服务渠道，提供对接平台。引导新文艺组织、新文艺群体保护和培育自身的文化品牌资源，鼓励并打造一批在全国有影响力的品牌，提升品牌知名度和影响力。鼓励和调动新文艺群体的力量参与重大主题文艺创作，开发文化创意产品，扩大中高端文化供给。在党和政府举行的大型文艺展览展演中，适度增加他们的参与比例。

5. 完善奖励激励机制

研究出台相关奖励办法，鼓励新文艺组织、新文艺群体的创作积极性，助推文艺精品创作。相关部门在评优奖励等方面为新文艺群体创造条件，将新文艺群体纳入党和政府组织的评选表彰活动，推荐新文艺群体产生的优秀成果参加国家级奖项评选，推荐和支持新文艺群体参加艺术节、展演、研讨会、博览会等活动。在各部门组织的文艺赛事、采风创作、座谈交流、选送学习深造、评选先进表彰等方面，应重点关注、充分考虑到新文艺群体文艺人才的比例。

B.19

网络文艺的社会责任考察

贾　佳*

摘　要：　互联网技术和新媒体的发展带来文艺观念和文艺实践的深刻变化，催生了网络文艺的新发展。随着网络文艺影响力的进一步扩大，其社会责任也相应地进一步增强。2018 年以来，网络文艺社会责任的实现渠道日趋成熟，以文艺精品引领时代风气、以优秀作品传递正能量渐成主流风向。建章立制促进网络文艺管理规范有序，多方共建、营造风清气朗的网络空间，正为网络文艺发展和肩负社会责任奠定坚实基础。

关键词：　社会责任　实现渠道　建章立制　网络空间

文艺是民族精神的火炬，是时代前进的号角，最能代表一个民族的风貌，最能引领一个时代的风气。举精神旗帜、立精神支柱、建精神家园是当代中国文艺的崇高使命。作为当代中国文艺的生力军，网络文艺同样肩负着培育和弘扬社会主义核心价值观、培养担当民族复兴大任的时代新人的社会责任，其影响越大，责任越大。

一　网络文艺的社会影响力持续增强

当前，互联网日益成为意识形态的主阵地。网络文艺对人们社会生活、

* 贾佳，文学博士，对外经济贸易大学公共管理学院副教授、硕士生导师，主要研究领域为文化产业政策、文化贸易、文化与传播等。

精神生活的作用和影响越来越大，因此，网络文艺工作者须肩负的社会责任也越来越大。

首先，网络文艺具有融合创新的特征，借助新媒体技术的飞速发展和对传统文艺形式的兼收并蓄，网络文艺不仅极大地拓展了受众的文化消费时空，刷新着受众的文化消费体验，扩大了社会影响力的同时也加大了管理、引导的难度。其次，受众群体日益多元决定了网络文艺的社会影响不断扩大，其社会责任也随之加强。特别是，随着网络文艺从一种亚文化形态逐渐向社会大众文化形态发展，它对我国当代社会文化生态发生着越来越重要的影响。最后，与传统文艺相比，网络文艺传播时效性更强、参与度更高、受众更广泛、产业融合性更显著，其影响波及文化、政治、社会、经济等多个维度，因此，更需要有坚守社会责任的坚定决心和行为底线。

二　网络文艺坚守社会责任的问题与挑战

网络文艺的社会责任具有丰富的内涵。首先，网络文艺对文化消费者尤其是价值观尚未形成的未成年人消费群体负有重要的社会责任。网络文艺要以培养担当民族复兴大任的时代新人为着眼点，努力营造风清气朗的网络空间。其次，网络文艺对国家文化生态安全负有重要的社会责任，其中包括文化价值观安全（比如，网络综艺节目是否符合社会主义核心价值观）、文化遗产安全（比如，手机游戏对中国历史人物的借鉴是否得当）、中国国家形象安全（比如，网络文艺如何讲好中国故事、塑造中国形象，提升中华文化的海外竞争力）等。

总体上看，2018 年以来，网络文艺进一步规范发展。在“重在建设和发展、管理、引导并重”方针的指导下，广大网络文艺工作者的社会责任意识显著增强，网络平台的主体责任进一步压实，互联网行业自律不断加强，广大网民积极主动参与网络治理。当然，网络文艺在坚守社会责任方面还存在不足和薄弱环节，还面临不小的困难与挑战。

（一）问题：片面追求经济效益的现象仍未杜绝

资本的逐利行为导致网络文艺业界存在唯点击率、唯流量是从的短视行为，其突出表现在有的创作者、把关者仍然片面追求经济效益。比如，在网络直播答题节目中，有的网络平台不具备法定的视听节目直播资质，内容审核机制不健全，时常出现导向偏差；有的单纯追逐流量和点击率，以格调低下、低俗媚俗的内容吸引眼球。① 显然，这对节目受众特别是未成年人会带来不良影响。

2018 年以来，快速发展的网络文艺还不同程度地存在以下问题：网络视听节目良莠不齐，跟风模仿、题材同质扎堆的问题仍然存在；个别机构热衷追星炒星；有的创作者、把关者导向意识不强，非主流、亚文化甚至扭曲价值观的内容夹杂于节目中传播；不同地区、不同平台审核标准不一致，有的审核水平不高、技术手段不足等。② 部分对青年亚文化有广泛影响的偶像养成类节目片面引发了一些非理性追星现象，此外，一些节目还出现了明星过多、泛娱乐化、高价片酬、收视率（点击率）造假等问题，这不仅推高制作成本、破坏行业秩序生态，而且还误导青少年盲目追星，滋长拜金主义、一夜成名等错误价值观念。③

针对上述问题，相关部门采取了积极有效的应对措施。比如，排查清理恶搞红色经典及英雄人物的互联网文化产品、清理查处含有危害未成年人身心健康内容的动漫视频、开展网络动漫和网络音乐市场集中执法检查等。这些措施有力地遏制了网络文艺业界存在的不良现象，推动了网络文艺社会责任意识的提升。

---

① 国家新闻出版广电总局：《关于加强网络直播答题节目管理的通知》，http：//www. nrta. gov. cn/art/2018/2/14/art_ 113_ 34956. html。

② 聂辰席：《坚定方向　凝聚力量　展现新时代网络视听新气象新作为——在第六届中国网络视听大会上的主旨演讲》，《中国有线电视》2018 年第 12 期，第 3 页。

③ 国家广播电视总局：《关于进一步加强广播电视和网络视听文艺节目管理的通知》，http：//www. nrta. gov. cn/art/2018/11/9/art_ 113_ 39686. html。

（二）挑战：探索实现全媒体时代网络文艺坚守社会责任的有效方式

全媒体时代的到来，媒介与技术、媒介与资本的联姻，使网络文艺社会责任的履行面临诸多挑战。对网络文艺创作者、把关者和主管部门而言，需要在创新实践中积极探索实现网络文艺社会责任的有效方式和手段。

面对媒介变革，部分网络文艺从业者对于自己应当坚守的社会责任、怎样坚守社会责任等问题还没有清晰的认识。比如，对创作自由与社会责任、名利效益和社会价值等之间的关系认识不甚清楚。这致使网络文艺创作和批评面对诸多乱象常常处于茫然、盲从或失语、无语的尴尬境地。在当前的全媒体时代，网络文艺创作生产的各环节均经受着严峻的冲击和挑战，同时，网络文艺所应承担的社会责任都遭到了不同程度的削弱，所应发挥的社会价值没有得到应有的强调。[①]

网络文艺的媒介特性给社会责任落实增加了难度。技术的发展使人们随时随地享受网络文艺消费的乐趣，但也使部分不良信息的传播变得无孔不入，极大地增加了网络文艺监管的难度。比如，随着短视频用户规模的扩大和使用时长的增加，人工、技术审核的速度跟不上内容发布的速度，加之视频内容存在不可控性，个性化推荐算法也容易造成用户沉迷和信息茧房，这使得部分低俗、虚假的视频内容影响甚至严重侵蚀健康的网络生态。

面对上述问题，网络文艺相关的多方力量要坚持科学管理、规范引导、加强自律、形成合力，对不良现象重拳出击，为构建新媒体时代网络文艺社会责任的实现渠道谋篇布局、出谋划策、砥砺前行、力求实效。

三　网络文艺社会责任的实现渠道日趋成熟

人民群众既是网络文艺的消费者、评论者，也是网络文艺的生产者、传

① 党圣元：《全媒体时代文艺传播的社会责任》，《求是》2016 年第 4 期，第 47 页。

播者。人民群众的广泛参与和深度参与，给网络文艺注入了巨大活力，因此，落实网络文艺的社会责任，一定要充分发挥广大人民群众的智慧和力量。同时，网络文艺创作生产要把引领群众和服务群众结合起来，既满足人民多样化精神文化需求，又加强引导、克服浮躁，讲品位、讲格调，坚决抵制趋利媚俗之风，创作无愧于时代的优秀作品，让中国精神成为网络文艺的灵魂。

（一）以文艺精品引领时代风气，以优秀作品传递正能量

从根本上说，落实网络文艺的社会责任，要依靠优秀的网络文艺作品。网络文艺生产传播的是影响“人”的精神产品，因此，网络文艺工作者要始终坚持文艺为人民大众服务、为社会主义服务的“二为”方向，把人民群众需不需要、满不满意作为评判网络文艺作品和服务质量的价值标准，积极创作关注现实的文艺精品，把社会主义核心价值观蕴含在优秀的网络文艺作品中，真正做到“接地气”“聚人气”“扬正气”。特别是，“弘扬中国精神、传播中国价值、凝聚中国力量”是文艺工作者的神圣职责，肩负这一神圣职责，网络文艺工作者必须时刻躬身自省、不忘初心。

2018 年以来，在网络文艺全行业的共同努力下，出现了越来越多展现优秀传统文化、融入优秀传统价值观的作品。比如，人们在《见字如面》中看到“慎终追远，见微知著”的传承意识，在《我们的侣行》中看到“惊涛怒浪，一苇可航”的豪迈气魄，在《明日之子》中看到“守望相助，和而不同”的博大胸襟……这些节目反映了当代青年价值观的“最大公约数”，展示了当代青年的理想信念、精神状态和综合素质，也彰显出国家的活力与时代的动力。总的说来，进一步加强精品生产、促进网络文艺作品提质升级，是网络文艺更好履行社会责任的首要抓手。

（二）建章立制促进网络文艺管理规范有序

网络文艺社会责任的实现需要以优质内容为中心，还要以科学的管理、规范为辅导。2018 年以来，为整治网络文艺乱象，相关部门出台了多项政

策、法规和措施（见表1），有力地遏制了不良风气的蔓延，为网络文艺健康发展起到了重要的保驾护航作用，有效地促进了网络文艺的规范发展。

表1　2018 年网络文艺相关的主要政策、法规

序号	政策、法规	发布时间	主要内容
1	原国家新闻出版广电总局关于加强网络直播答题节目管理的通知	2018－02－14	坚持正确导向;实施准入管理;严格备案审核;落实主体责任;加强主持人管理;加强监管督查
2	原国家新闻出版广电总局办公厅关于进一步规范网络视听节目传播秩序的通知	2018－03－16	坚决禁止非法抓取、剪拼改编视听节目的行为;加强网上片花、预告片等视听节目管理;加强对各类节目接受冠名、赞助的管理;严格落实属地管理责任
3	关于进一步加强广播电视和网络视听文艺节目管理的通知	2018－10－31	加大电视剧网络剧(含网络电影)治理力度,促进行业良性发展;坚持同一标准、同一尺度,维护广播电视与网络视听节目的健康有序发展

2018 年以来，相关部门还针对网络文艺行业存在的社会责任缺失等问题，开展了一系列专项治理，择要说来：一是约谈视听网站代表，指出当前行业内出现的导向偏差和违规问题，并就进一步规范活动提出要求；二是多部门联合开展打击网络侵权盗版“剑网 2018”等专项行动，将网络转载版权专项整治作为专项行动的重点任务；三是针对自媒体乱象，开展专项整治行动，对网络直播和短视频平台进行全链条管理，积极引导和推进主流文化入驻，维护网络直播和短视频领域传播秩序，营造良好网络舆论生态；四是依照《网络安全法》等法律法规，为自主开展安全风险评估提供指导，督促互联网信息服务提供者更好开展安全评估等。

2018 年以来，相关部门坚持“重在建设和发展、管理、引导并重”的方针，对网络文艺坚守社会责任的要求更加严格、更加细化，坚持网上网下同一标准、同一尺度。

2018 年以来出台的网络文艺相关政策法规，从严、从实，更加严格、更加细化，也较以往有更强的操作性。比如，为提升短视频内容质量，遏制错误、虚假等有害内容的传播蔓延，中国网络视听节目服务协会发布《网络短视频平台管理规范》《网络短视频内容审核标准细则》。两份文本从机构把关和内容审核两个层面为规范短视频传播秩序提供了依据。其中，《网络短视频平台管理规范》对平台应遵守的总体规范、账户管理、内容管理和技术管理规范提出了20条建设性要求；《网络短视频内容审核标准细则》面向短视频平台一线审核人员，针对短视频领域的突出问题，提供了操作性审核标准100条。① 再比如，《关于进一步加强广播电视和网络视听文艺节目管理的通知》要求："坚持同一标准、同一尺度，维护广播电视与网络视听节目的健康有序发展。广播与电视、上星频道与地面频道、网上与网下要坚持统筹管理、统一标准。各级广播电视主管部门要探索建立网台联动的有效管理机制，严把文艺节目的内容关、导向关、人员关、片酬关，存在问题的节目，网上网下均不得播出。"② 虽然媒介平台存有差异，但导向、标准、尺度是一致的。事实上，网上网下"同一标准、同一尺度"不仅进一步明确了网络文艺严守社会责任的必要性，还有力地促进了网络文艺创作生产的健康发展。

知识产权保护一直是网络文艺发展中的一个管理难点。2018年2月，中办、国办印发《关于加强知识产权审判领域改革创新若干问题的意见》（以下简称《意见》）。作为专门面向知识产权审判的里程碑式纲领性文件，《意见》对全面加快我国知识产权审判体系和审判能力现代化进程，具有重大的现实意义和深远的历史影响。③

（三）多方共建、共享，加强网络文艺创作生产的自律与他律

1. 加强网络文艺审核人才队伍建设

内容审核是净化网络空间的重要环节，是保障网络文艺社会责任实现的

---

① 《〈网络短视频平台管理规范〉〈网络短视频内容审核标准细则〉发布》，http://www.nrta.gov.cn/art/2019/1/9/art_114_40181.html。

② 国家广播电视总局：《关于进一步加强广播电视和网络视听文艺节目管理的通知》，http://www.nrta.gov.cn/art/2018/11/9/art_113_39686.html。

③ 《加强知识产权审判领域改革创新〈意见〉政策解读》，http://www.scio.gov.cn/34473/34515/Document/1624389/1624389.html。

一道防火墙。内容审核主要依靠机器审核和人工审核：机器审核一般是通过提前设置好的人工智能模型来识别视频画面和关键词；人工审核主要是对视频标题、封面截图和视频关键帧进行审核。目前，机器审核无法取代人工审核。随着业务量的急剧增加，网络文艺平台对审核员的需求量也急剧扩大，网络审核人才队伍建设刻不容缓。

《网络视听节目内容审核通则》要求：审核员应具有高度的社会责任感、较高的文化修养、良好的职业道德，熟悉国家相关法律法规、方针政策；审核员应经过节目内容审核业务培训，考核通过后从事节目内容审核工作。[①]《网络短视频平台管理规范》要求：网络平台开展短视频服务，应当根据其业务规模，同步建立政治素质高、业务能力强的审核员队伍；审核员应当经过省级以上广电管理部门组织的培训，审核员数量与上传和播出的短视频条数应当相匹配；原则上，审核员人数应当在本平台每天新增播出短视频条数的千分之一以上。[②] 但在实践层面，审核员往往面临工作量巨大、工资待遇低、职业发展空间小等现实问题，流失率较高。显然，这不利于维护网络文艺内容审核的稳定性和专业性，因此，加强网络审核人才队伍建设是落实网络文艺社会责任不可或缺的一环。

2. 以技术创新助力网络文化安全

网络文艺与技术创新紧密关联，以技术创新维护网络文艺生态环境，符合网络文艺自身发展规律。比如，网络视听行业需积极拥抱大数据、人工智能等最新技术，要善于运用正确价值观指导下的“算法”来推进工作，让个性化定制、精准化生产、智能化推送等技术更好地为优质节目服务。事实上，未来人工智能会最先渗透到内容审核、分发营销、IP 评估等工作中来。

不仅如此，为使技术更好地服务优质节目，还需进一步加强相关技术手段的研发，特别是，保障未成年人消费网络文艺作品安全的技术创新，

① 中国网络视听节目服务协会：《网络视听节目内容审核通则》，https：//mp. weixin. qq. com/s/hE763Gy1tmHDonxh90XYIw。

② 中国网络视听节目服务协会：《网络短视频平台管理规范》，http：//www. cnsa. cn/index. php/infomation/dynamic_ details/id/68/type/2. html。

这对未成年人的健康成长具有重要意义。为此，《网络短视频平台管理规范》指出：网络短视频平台应建立未成年人保护机制，采用技术手段对未成年人在线时间予以限制，设立未成年人家长监护系统，有效防止未成年人沉迷短视频。[①]

3. 发挥创作主体能动性，建立健全联动机制，提高行业自律意识

网络文艺工作者和网络文艺企业是网络文艺市场的主体，激发其履行社会责任的主体能动性，是实现网络文艺社会责任的重要环节。在相关部门开展的一系列专项行动中，网络文艺工作者与相关企业的积极响应在实践层面为营造清朗的网络空间起到了重要作用。比如，在“剑网 2018”专项行动中，好看、哔哩哔哩、美拍、快手、火山、微视等平台对照国家版权局发布的重点作品版权保护预警名单，积极开展清理自查，删除涉嫌侵权作品；抖音、西瓜、好看、秒拍、快视频等平台企业分别与中国音乐著作权协会以及相关新闻单位、唱片公司、影视公司等开展版权合作，加强内容版权管理。[②] 当然，在激励网络文艺主体积极履行社会责任的同时，还要健全联动机制，充分发挥行业协会、文化基金会等社会、行业组织的作用，充分调动广大群众参与网络治理的积极性，加强网络文艺创作生产的自律与他律，形成全社会共建、共享的大格局。

特别值得一提的是，落实网络文艺的社会责任还要进一步加强和改进网络文艺批评。不必讳言，当前的网络文艺评论还存在“缺席”“缺位”和对优秀作品推介不够、对不良现象批评乏力的现象。事实表明，网络文艺评论要“扛大旗”，网络文艺评论工作者就须以“铁肩担道义”的社会责任感，处理好“义”和“利”之间的关系，敢于褒优贬劣、激浊扬清，增强人们的道德责任感，弘扬主流价值观，使网络文艺创作保持绿色健康的生态。当然，网络文艺评论也须要有“网感”，要熟悉网络文学、网络影视、网络音

---

① 中国网络视听节目服务协会：《网络短视频平台管理规范》，http：//www. cnsa. cn/index. php/infomation/dynamic_ details/id/68/type/2. html。

② 《短视频平台版权整改取得阶段性成效　下架作品 57 万部》，http：//www. ncac. gov. cn/chinacopyright/contents/518/388297. html。

乐等的审美特征，要理解“网生代”的情感体验、思考方式和表达方式，唯其如此，才能说到位、点到位、引到位。

总的说来，网络空间是人们共同的精神家园，需要大家来共同维护。唯有生产者、网络平台、主管部门、行业协会、网民等各方在认识、实践上共同努力、协同推进，网络文艺的社会责任才能真正落到实处，同时，也唯有将社会责任落到实处，才能进一步促进网络文艺创作生产的繁荣兴旺。

附　　录

Appendix

B.20
2018年以来网络文艺发展大事记

王晓璐　杜　鹃*

1. 2018 年 3 月 22 日，国家广播电视总局发布《关于进一步规范网络视听节目传播秩序的通知》。《通知》要求，坚决禁止非法抓取、剪拼改编视听节目。如，不得制作、传播歪曲、恶搞、丑化经典文艺作品；不得擅自对经典文艺作品、广播影视节目、网络原创视听节目作重新剪辑、重新配音、重配字幕，不得截取若干节目片段拼接成新节目播出；不得传播编辑后篡改原意产生歧义的作品节目片段等。

2. 2018 年 3 月 29 日，由中国作家协会网络文学委员会、上海市新闻出版局、上海市作家协会、阅文集团联合主办的"中国网络文学 20 年发展研讨会"在上海举行。会上，"中国网络文学 20 年 20 部优秀作品 · 20 名优秀

---

* 王晓璐，中国传媒大学 2018 级广播电视艺术学专业博士研究生；杜鹃，中国传媒大学 2017 级广播电视艺术学专业博士研究生。

作家”的推选结果公布。专家们认为，中国的网络文学，无论从作家的群体、作品的存量，还是读者的群落、影响力的广泛，在世界上都是独一无二的。网络文学的发展史是一部时代精神的变化史。回顾这20年的网络文学，最大的意义或者价值，不在于已经取得了什么样的成绩或者已经出现了多么好的作品，而在于审视其不断的变动性以及围绕它的争议性。

3. 2018年3月，国家广播电视总局发布《游戏申报审批重要事项通知》，暂停游戏版号审批工作；6月，文化和旅游部关闭国产网游备案通道；8月，进口游戏停止更新新的备案文号；12月，版号恢复审核后首批过审名单出炉。在中断了9个月左右的游戏审批之后，国家广播电视总局发布了《2018年12月份国产网络游戏审批信息》，这意味着游戏审批正式迈入常规流程，共有80个国产游戏通过审批，其中绝大多数是移动端游戏和网页游戏。

4. 2018年4月20～21日，全国网络安全和信息化工作会议在北京召开。习近平总书记出席会议并发表重要讲话，从党和国家事业全局出发，科学分析了信息化变革趋势和肩负的历史使命，系统阐述了网络强国战略思想，深刻回答了事关网信事业发展的一系列重大理论和实践问题，为加快推进网络强国建设指明了前进方向、提供了根本遵循。他强调，信息化为中华民族带来了千载难逢的机遇。我们必须敏锐抓住信息化发展的历史机遇，加强网上正面宣传，维护网络安全，推动信息领域核心技术突破，发挥信息化对经济社会发展的引领作用，加强网信领域军民融合，主动参与网络空间国际治理进程，自主创新推进网络强国建设，为决胜全面建成小康社会、夺取新时代中国特色社会主义伟大胜利、实现中华民族伟大复兴的中国梦作出新的贡献。

5. 2018年4月，为督促网络直播及短视频企业加强平台内容安全管理，全国“扫黄打非”办召集YY、斗鱼、花椒、映客、六间房、酷六、KK、龙珠、熊猫、天鸽互动、今日头条、快手、爱奇艺、炫一下、微博、哔哩哔哩、荔枝FM、金山等18家互联网公司相关负责人，明确监管要求。全国“扫黄打非”办指出：无论是网络直播企业，还是短视频平台，都务必履行企业社会责任，落实企业主体责任，在追求经济效益的同时兼顾好社会效益。要坚持正确价值导向，加强内容审核和安全管控，确保平台上不出现淫秽色情、凶杀暴力等有害信息，不传播泛娱乐化、低俗、恶搞等不良内容。各平台纷纷响应要求，组建专项清查团队，集中对涉黄、格调低俗、宣扬暴力、恶搞经典、歪曲历史、非法剪辑拼接等问题节目进行清理。

6. 2018 年 5 月 29 日，“中国动漫品牌海外推广工程”发布。该工程是在财政部、文化和旅游部的支持下，由中国动漫集团有限公司组织实施的国有资本项目，目的在于联合国内知名动漫品牌，融合“互联网 +”新型业态和营销渠道，推动中国动漫“走出去”，提升中华文化国际影响力。

7. 2018 年 6 月 27 日，中央宣传部、文化和旅游部、国家税务总局、国家广播电视总局、国家电影局等联合印发《通知》。《通知》要求，加强对影视行业天价片酬、“阴阳合同”、偷逃税等问题的治理，控制不合理片酬，推进依法纳税，促进影视业健康发展。《通知》强调：“每部电影、电视剧、网络视听节目全部演员、嘉宾的总片酬不得超过制作总成本的 40%，主要演员片酬不得超过总片酬的 70%。”

8. 2018 年 6 月、9 月，继爱奇艺之后，优酷、腾讯视频先后公布其网络电影最新分账模式，网络电影分账不再局限于“前 6 分钟”的有效点击。新的分账模式有利于吸引优质内容，也有利于进一步保证平台优势。

9. 2018 年 7 月 16 日，国家版权局、国家互联网信息办公室、工业和信息化部、公安部联合召开新闻通气会，通报启动打击网络侵权盗版“剑网 2018”专项行动有关情况。“剑网 2018”行动以网络侵权多发领域为重点目标，以查办案件为重要抓手，通过集中整治和引导规范，有效运用分类监管、约谈整改、行政处罚、刑事打击等多种措施，集中整治网络转载、短视频、动漫等领域侵权盗版多发态势，重点规范网络直播、知识分享、有声读物等平台版权传播秩序，深入巩固网络影视、网络音乐、电子商务平台、应用商店、网络云存储空间等领域专项整治成果，维护清朗的网络空间秩序，营造良好的网络版权环境。

10. 2018 年 8 月 20 日，全国“扫黄打非”工作小组办公室、工业和信息化部、公安部、文化和旅游部、国家广播电视总局、国家互联网信息办公室联合下发《关于加强网络直播服务管理工作的通知》。《通知》首次明确了行业监管中网络直播服务提供者、网络接入服务提供者、应用商店等的各自责任，推动互联网企业严格履行主体责任。《通知》突出对网络直播行业的基础管理，细化了直播行业相关规定的执行标准，将成为“扫黄打非”部门建立完善直播行业长效监管机制的明确依据。

11. 2018 年 9 月 3 日，爱奇艺关闭前台播放量。2019 年 1 月 18 日，优酷也宣布即日起关闭前台播放量。关闭前台播放量是优化行业环境的必要之举，有益于破除流量喧嚣，营造更加良性的产业环境，有助于网络文艺创作生产将精力放在“内容”身上，推进行业朝着积极健康的方向发展。

12. 2018 年 9 月 14 ~ 16 日，国家新闻出版署、北京市人民政府指导，北京市委宣传部、北京市网信办、北京市新闻出版广电局等主办“第二届中国‘网络文学 + ’大会”。旨在推动网络文学在内容层面上提质创新，在渠道层面上导向引领，在产业层面上融合发展，搭建管理、引导和促进网络文学健康发展的全国性平台；着力将大会打造成为北京全国文化中心的品牌活动；通过打通线上线下，延伸产业链条，推动精品生产；规范引导网络出版，促进网络文学组织化、精品化、高端化发展，培育国内数字内容产业健康生态；重点打造“六大平台、六大活动”，“六大平台”即权威发布平台、行业交流平台、产品交易平台、成果展示平台、互动体验平台、宣传推广平台，“六大活动”即网络文学 20 周年相关主题征集活动、作家沙龙活动、名家讲堂活动、线上主题活动、线下主题活动、品牌推介活动。同时，大会筹建两大长效项目：一是建立网络文学样本库和数字内容资源库；二是网络文学发展基金。大会推出了“网络文学 20 年”中的“20 个标志性事件”“20 部优质 IP 作品”和“20 个关键词”。

13. 2018 年 10 月 31 日，国家广播电视总局发布《关于进一步加强广播电视和网络视听文艺节目管理的通知》。《通知》要求：要牢牢把握正确的政治方向，强化价值引领；坚持以人民为中心的创作导向，坚决遏制追星炒星、泛娱乐化等不良倾向；鼓励以优质内容取胜，不断创新节目形式，严格控制嘉宾片酬；加大电视剧网络剧（含网络电影）治理力度，促进行业良性发展；坚持同一标准、同一尺度，维护广播电视与网络视听节目的健康有序发展；加强收视率（点击率）调查数据使用管理，坚决打击收视率（点击率）造假行为。

14. 2018 年 11 月 23 日，为引导和鼓励优秀网络视听节目制作播出，不断提升网络视听节目内容品质，国家广播电视总局公布《2018 年度优秀网络视听作品推选活动评审结果》。《从深圳到雄安》等 6 部作品被评为年度优秀新闻短视频，《18 本画册，画给永远的爱人》等 8 部作品被评为年度优秀短视频（非新闻类），《直播联合国》等 8 部作品被评为年度优秀网络视听专题节目，《梁家河》等 5 部作品被评为年度优秀网络音频节目，《公仆之路》等 5 部作品被评为年度优秀网络纪录片，《变形计之平行世界》等 5 部作品被评为年度优秀网络综艺节目，《忽而今夏》等 6 部作品被评为年度优秀网络剧，《狂战》《罪途》（系列）、《那年 1987》被评为年度优秀网络电影长片，《爸爸的滋味》《定军山》《驯兔记》被评为年度优秀网络电影短片，《中国唱诗班·夜思》《春困》《四海鲸骑》《无敌小鹿故事篇》被评为年度优秀网络动画片。

15. 2018 年 11 月 28 日至 12 月 1 日，第六届中国网络视听大会在成都举行。大会以“凝心聚力创造美好新视界”为主题，举办论坛、展交会、年度盛典等活动 40 余场，有 2000 余家机构、6000 多位嘉宾参与，共同探讨中国网络视听行业的发展现状和未来趋势。

16. 2018 年 12 月 27 日，国家广播电视总局下发《关于网络视听节目信息备案系统升级的通知》，对“网络剧、微电影等网络视听节目信息备案系统”进行升级，新增“重点网络影视剧信息备案系统模块”，开展重点网络影视剧信息备案登记工作，并对相关信息报备方式做出相应调整。

17. 2019 年 1 月 4 日，中国网络视听节目服务协会发布《网络短视频平台管理规范》《网络短视频内容审核标准细则》。两份文本从机构把关和内容审核两个层面为规范短视频传播秩序提供了依据。《网络短视频平台管理规范》对平台应遵守的总体规范、账户管理、内容管理和技术管理规范提出了 20 条建设性要求；《网络短视频内容审核标准细则》面向短视频平台一线审核人员，针对短视频领域的突出问题，提供了操作性审核标准100条。《网络短视频平台管理规范》及《网络短视频内容审核标准细则》的发布有助于进一步规范短视频传播秩序。

18. 2019年1月25日，中共中央政治局就全媒体时代和媒体融合发展举行第十二次集体学习。这次中央政治局集体学习把“课堂”设在了媒体融合发展的第一线，采取调研、讲解、讨论相结合的形式进行。习近平总书记在主持学习时强调，推动媒体融合发展、建设全媒体成为我们面临的一项紧迫课题。要运用信息革命成果，推动媒体融合向纵深发展，做大做强主流舆论，巩固全党全国人民团结奋斗的共同思想基础，为实现“两个一百年”奋斗目标、实现中华民族伟大复兴的中国梦提供强大精神力量和舆论支持。

19. 2019年5月27～29日，第七届中国网络视听大会在成都举办。大会举行了包括“网络视听CEO峰会”等在内的40场峰会、论坛等活动，内容涵盖短视频、精品网剧、5G与AI应用、媒体深度融合等。大会期间，“2019网络视听优秀作品发布仪式”举行，共有49部优秀网络视听作品获得国家广播电视总局的表彰，包括31部非剧情类作品（14部短视频、5部网络视听专题节目、5部网络音频节目、3部网络综艺节目、4部网络纪录片）、13部剧情类作品（4部网络剧、7部网络电影、2部网络动画片）以及5部大学生原创作品（其中4部作品为特别推荐作品）。这49部作品在立意导向、制作水平和艺术水准上，均呈现出了蓬勃发展态势，充分展现了网络视听行业以精品力作献礼新中国成立70周年的努力成果。

20. 2019年8月13日，科技部、中央宣传部、中央网信办、财政部、文化和旅游部、广播电视总局共同研究制定印发《关于促进文化和科技深度融合的指导意见》，意见指出，到2025年，基本形成覆盖重点领域和关键环节的文化和科技融合创新体系，实现文化和科技深度融合。按照国家科技创新基地优化整合总体部署，建成若干目标明确、重点突出、协同攻关的文化科技领域国家科技创新基地，建成100家左右特色鲜明、示范性强、管理规范、配套完善的国家文化和科技融合示范基地，200家左右拥有知名品牌、引领行业发展、竞争力强的文化和科技融合领军企业，使文化和科技融合成为文化高质量发展的重要引擎。

21. 2019 年 10 月 18 日，中共中央、国务院印发了《新时代公民道德建设实施纲要》。纲要要求抓好网络空间道德建设，强调加强网络内容建设，指出网络信息内容广泛影响着人们的思想观念和道德行为。要深入实施网络内容建设工程，弘扬主旋律，激发正能量，让科学理论、正确舆论、优秀文化充盈网络空间。发展积极向上的网络文化，引导互联网企业和网民创作生产传播格调健康的网络文学、网络音乐、网络表演、网络电影、网络剧、网络音视频、网络动漫、网络游戏等。加强网上热点话题和突发事件的正确引导、有效引导，明辨是非、分清善恶，让正确道德取向成为网络空间的主流。

22. 2019 年 10 月 20 日至 22 日，第六届世界互联网大会在浙江省桐乡市乌镇举行。习近平总书记在致大会的贺信中指出，今年是互联网诞生 50 周年。当前，新一轮科技革命和产业变革加速演进，人工智能、大数据、物联网等新技术、新应用、新业态方兴未艾，互联网迎来了更加强劲的发展动能和更加广阔的发展空间。发展好、运用好、治理好互联网，让互联网更好造福人类，是国际社会的共同责任。各国应顺应时代潮流，勇担发展责任，共迎风险挑战，共同推进网络空间全球治理，努力推动构建网络空间命运共同体。来自全球 83 个国家和地区的政府代表、国际组织负责人、互联网企业领军人物、专家学者等 1500 余名嘉宾论道水乡，聚焦“网事”。在大会举办的“直通乌镇”全球互联网大赛总决赛中，AI + 数据驱动数字文旅获得三等奖。

Abstract

In 2014, President Xi Jinping put forward the normative concept and nomenclature of "network arts", portrayed an outline for network arts prosperity future in his important speech at the forum of literature and art. In 2015, "Opinions of the Central Committee of the Communist Party of China on the Prosperity and Development of Socialism Literature and Art" listed a special section about network arts. Nowadays, this arts' form is playing an increasingly important role and having great influence in contemporary Chinese literature and arts.

With the development of Internet and new media technology, there are so many types of network arts, which include network literature, network drama, network variety show, network movie, network music, network animation & comic, online game and so on. In terms of users' number and usage rate, the main forms of network arts have considerable user amount and usage rate, the "huge amount" has enough momentum to cause qualitative change, and bring comprehensive and profound impact on network arts' creation. From theoretical point of view, network arts have various and profound aesthetic modernity significance in historical trend of society development. As new emerging forms of modern arts, network arts are not only about artistic, aesthetic, but also relating to entertaining and commercial. As an organic "system", network arts' creation is not only relating to artistic and aesthetics, but also to politics, economy, culture, society and technology. Therefore, network arts' research is not only focusing on artistic and aesthetics, but also involving technology, industry, platform, dissemination, users, criticism, social responsibility as well as the development of new literary and artistic organizations, new literary and artistic groups.

The practice shows, as a new aesthetic ideology, the creation of network arts is closely relating to other social sectors of contemporary China. Especially, in ideological and culture context, the ideological and cultural environment in

Internet literature and arts has profound impact on the development of network arts. In the area of relevant policies and regulations, the main policies and regulations in the field of Internet literature and arts play an important role in promoting, standardizing and guiding network arts' development. In creation and production field, the main forms of network arts are increasingly interacting and closely relating to "traditional" arts' forms: on the one hand, "traditional" forms of arts nourish and promote the creation and enhancement of network arts. On the other hand, as their vitality and scale, network arts have gradually formed their own distinct characteristics in various practices, and in turn they have influence and become guiding force to "traditional" arts. Network arts and traditional arts together promote the prosperity of contemporary Chinese arts. It is obvious that network arts not only have vigorous development, but also possess uncultivated growth, however, with mutual interaction and influence between network arts and "traditional" arts, network arts will sustainable develop to "new normal", Especially through high-standard creation, network arts will play an unique role in the process of Internet transformation from "maximum variable" to "maximum increment".

Since 2018, with the development and maturity of network arts, as well as complex interaction and mutual influence of multiple elements, network arts' creation has shown noticeable characteristics in ideological guidance, technological empowerment, users' sector, form transformation, mobile interconnection, integration and development, emphasizing quality, new transformation of culture, network governance and academic sector. Internet and new media technology have changed the forms of the arts brought profound transformation in artistic concept and practice. The arts and social culture face dramatic change. For network arts' future development, the Communist Party of China and Chinese government attach great importance to the arts, with requirement of "adapting to the development of social situation, focusing on the creation and production of network arts, and strengthening the positive guidance", network arts should actively adapt to the new changes, new characteristics as well as new trends of the arts and new media development. Meanwhile, in the area of value orientation, content production, technological progress, industrial development, social impact and other aspects, network arts will show good development tendency and have further prosperity. At the same time, with the development of network arts, new literary and artistic organizations, new literary and artistic groups brought new matters to the arts' circle. On the one hand, they faced many new situations in the arts' sector, there are great changes in artistic creation, aesthetics conscious of people, the mode of dissemination of artistic works and the habit of accepting, appreciating artistic works. The Communist Party of China has further strengthened its leadership in network arts and achieved remarkable result by deepening reform, improving policy system, closely relying on large number of artists, respecting and following the creation discipline of the arts. On the other hand, facing the new situation, Chinese Federation of Literary and Art Circles, China Writers Association and other government departments should expand working area, unite and guide new literary and artistic organizations, new literary and artistic groups, promote network arts prosperity by deepening reform, strengthening leadership and improving communication. It can predict that the creation and production of network arts must show new features by multiple stakeholders' effort to make network arts better development.

Keywords: Network Arts; Typical Form of Network Arts; Industry and Market; Technology and Art; Main Body of Creation

Contents

Ⅰ General Report

Abstract: The development of Internet and new media technology has change the form of literature and arts, brought profound transformation in literary & artistic concept and practice, created many new types of literature and arts. Under this circumstance, as new forms of literature and arts, "network arts" have emerged and flourished. In recent years, with comprehensive practice, network arts gain more and more distinct characteristics, which are different from traditional arts. Since 2018, in the new ideological, cultural, political and legal context, network arts have shown new features in ideological guidance, technological development, production scale, aesthetic characteristics, dissemination and acceptance methods, integration and innovation, quality awareness, cultural characteristics, network governance, social influence, etc. Meanwhile, it also shows new features in value orientation, content creation, technological progress and industrial development.

Keywords: Network Arts; Ideological and Cultural Context; Characteristics of Artistic Creation

Ⅱ Main Forms Chapter

Abstract: Comparing with other forms of network arts, due to less investment and low threshold, together with historical and cultural traditions, accumulation of creation as well as a large number of authors, network literature has grown rapidly in cyberspace, and formed many distinct characteristics, which are different from traditional literature in various practices. After more than 20 years' development, network literature has made a great achievement in the field of the arts and culture since Reform and Opening up. In 2018, the creation of network literature has further flourished, focusing on "high-quality" creating. The trend of "overseas online dissemination" is also noticeable. At the same time, with traditional literature nourishment, the pace of network literature's integration and innovation has accelerated, the mode and the consumption of network literature has become more and more youth orientation.

Keywords: Network Literature; High-quality; Overseas Online Dissemination; Youth Orientation

Abstract: With deep transformation and development of "Internet + arts", there is more and more dialectical relationship between network drama and TV drama. Since 2018, the production of network drama has shown such features, the number of network drama gained a steady growth and its content's quality overall improved. The themes of network drama are diversity, its genre and differentiation are deeply developing. Besides, the number of realism network drama is increasing, which can guide other genre of network drama. In addition, large video website grew fast, and "competition-cooperation" mode made these websites much more competitive. Among them, value-oriented form has become increasingly welcomed, and the order of creation and dissemination has been further standardized, adjusted and upgraded. Network drama's quality plays an important role in creation, artists can explore and innovate to make lots of high-quality network dramas that will be welcomed by audience.

Keywords: Network Drama; High-quality; Realistic Theme; Dissemination Order; Adjusting and Upgrading

B. 4 Development of Network Variety Show

Zheng Xiangrong, Yang Dainan / 084

Abstract: Among varied online contents, network variety show is widely welcomed by audience because of its relaxed, lively and entertaining characteristics. Since 2018, the creation and production of network variety show focused on "quality and quantity", diversified in genres, deepened in content subdivision, and provided high-quality program. During 2018 to 2019, there were many original variety shows to be made, the production department accurately located its target audiences and the show relating products being produced and sold became new normal. Besides, there were a large number of investment in this field, high quality programs became blockbusters. Subculture genres attracted its target audiences and pop stars were also welcomed by their fans. In Addition, "IP Orientation" of "N Generation Variety Show", optimization and perfection of industrial chain, diversification of the ways in making profit and other prominent features are obvious. In terms of value orientation, policies and regulations promote the good development of creative production, in this type of competition and cooperation, large video website vigorously promote as well as bring the development trend of network variety show, and in the area of production upgrading, it should crack misunderstanding of development, build a new ecology for innovation and development.

Keywords: Network Variety Show; High Quality; Original Program; N Generation Variety Show; Competition and Cooperation

Abstract: As one of the most important forms of network arts, network movie not only inherits the characteristics from film arts, but also innovates and develops, which has potential to grow better. Since 2018, the creation and production of network movie has shown noticeable features such as diverse themes, high concentration in genre market, further improvement in film's style and overall quality being in average level. Among them, censorship and regulation implementing are further strengthened, the arts environment gradually purified. It will establish good development environment, optimize industry to provide new energy to network movie by improving specializing production level.

Keywords: Network Movie; Stylization; Serialization and Episode Orientation; Quality Improvement and Quantity Reduction; Specialization

Abstract: With the development of Internet and new media technology, network music has won great popularity and wide acceptance. Since 2018, the creation of network music has shown noticeable features, such as continuous growth in the amount of users, increasingly implementing copyright protection, more and more investment and financing in platforms as well as the whole industry chain. Among them, diversification of production creators, varied dissemination platforms, pan-entertainment's creation and production, rapid growth of "grass-roots" creative artistic work as well as AI creating music changing the mode of network music's production, etc., have brought new growth to this sector.

Keywords: Network Music; Producer; Dissemination Platform; Pan-entertainment; Grass-root

Abstract: As a new media arts' form, network animation & comic thrives and grows with the help of Internet technology, and is favored by young people. Since 2018, the creation and production of network animation & comic has shown variety themes, such as fantasy, daily life comedy, campus love, which are the most popular themes. Besides, there are noticeable features in network animation & comic field like: production capacity continues to improved, the whole industry nowadays has a good reputation, market size has further growth, and the development of industry gradually change to good. Among them, promoting traditional culture and deleting vulgar content, as well as developing the whole industry chain, expanding overseas market and encouraging youth subculture to become mainstream culture, which create new development space for network animation & comic.

Keywords: Network Animation; Production Ability; Youth; Mainstreaming

Abstract: With rapid growth of Internet, online game is flourishing with its entertainment characteristics and industrial attributes. Since 2018, online games have shown such noticeable characteristics as subdivision game genres, creation and production features as well as off-terminal trend and globalization. Among them, game developers now focus on games' quality. Functional games provide new opportunities for this industry. 5G, cloud computing and other technologies promote the iteration and upgrading of online games, E-sport boost this sector's development, and overseas games sale system brought new opportunity to online games.

Keywords: Online Game; Functional Games; E-sports

Abstract: Among varied Internet content, from the perspective of "aestheticism", besides the typical forms of network arts such as network literature, network drama, network movie, network arts also have other forms of "Internet + arts". Since 2018, the "pan" -network arts' forms, such as short video, livestreaming and network audio, have played important roles and owned a large number of users, which not only reflect the diversity and vividness of network arts, but also indicate the vigorous vitality and potential development of the network arts' contents.

Keywords: "Pan" –Network Arts; Internet +arts; Internet Content

Ⅲ Industry and Market Chapter

Abstract: With vigorous development of Internet and new media technology, in the arts and new media ecology, network arts are not only non-profit arts forms, but also industries, which have both artistic and commodity attributes. Since 2018, the development of network arts industries has shown new trend such as industry infiltration and competition, transformation and upgrading from quantity-oriented mode to quality-oriented mode, only high-quality network arts' programs being blockbusters, most of them making no money, fan economy and independent production, diversified expansion and mode development in industry chain, content production, investment and financing, user attributes and profit model. Among them, it will show such development trend: "industry" attribute will be more and more important, policy and capital will make industry transformation as well as upgrading, and the competition will be intensify,

Keywords: Industry Development; Artistic Attribute; Commodity Attribute

B. 11 Development of Network Arts' Platform

Zhao Lin, *Zhan Naide* / 202

Abstract: Whether in terms of artistic progress or industrial development, "platform" has great significance to network arts. Since 2018, with basic formation of network arts' platform, pan-entertainment platform and vertical platform have presented new development features of establishing the whole industry ecology and seeking differentiated competition. In terms of platform development mode adjustment and improvement, the production mode shows the tendency of self-made, cooperation and purchasing content. The revenue-sharing mode shows the good interaction between platform and artistic creator, and the profit mode embodies online profit and offline profit. It is worth mentioning that in the coordinated development of the front stage, middle stage and back stage, the "Great Middle Stage" will become new development style and trend of network arts' platform.

Keywords: Platform Development; Pan-entertainment Platform; Vertical Platform; Development Mode; Great Middle Stage

Abstract: Dissemination of the arts is an organic part in network arts' creation. It is not only an intermediate element connecting artistic creation and acceptance, but also has its own important characteristics such as independence and initiative. Since 2018, in terms of domestic dissemination, network arts have shown noticeable features such as diversification of dissemination subject and mode, audio-video oriented dissemination form, using A. I. technology and doing manual operation to disseminate and verify network arts' content as well as target audience groups gradually forming online community, commercialization of dissemination operation. Besides, network arts have new development trend such as the diversity of dissemination channel, the expansion of dissemination coverage, the precision and standardization of monitoring dissemination effect. In terms of foreign dissemination, there are several prominent and new features in network literature, network drama, network animation & comic as well as online game. As far as the future development is concerned, the foreign dissemination of network arts should further form cross-country, cross-government department, cross-industry cooperation mechanism, make network artistic work have both Chinese style and International sight as well as promote Chinese culture overseas dissemination. In addition, it should make foreign dissemination's business model perfection, which can make profit from overseas market in the future.

Keywords: Network Arts Dissemination; Domestic Dissemination; Foreign Dissemination; Dissemination Characteristics

Abstract: In the context of the arts and new media ecology, which is newly established due to the development of Internet, the economy term "user" has evolved into an aesthetic key word that has important influence and restriction in network arts' development. Since 2018, the scale of users and the length of using time have continued to expand and grow. Generation Z, fans, small towns' youth, elder people are the groups that need to be focused on. Generally speaking, high-quality content is the biggest demand for network arts' users, it will bring willingness to pay and the payment scale will be enlarged. In the future, it is necessary to pay more attention to network arts' content. In terms of future development, user stickiness is the key element to win the market. At the same time, "breaking through fan circle" and "returning to fan circle" are the issues that network arts should actively pay attention to.

Keywords: User; Quality Content; User Stickiness

B. 14 Progress of Network Arts Legal Right Protection

Tong Xuena / 244

Abstract: In the era of knowledge economy, "legal right protection" has significance to network arts' development. At present, there are so many problems in protecting network arts legal right such as the absence of legislation, the weakness access system, the media paying excessive attention to such types of law cases and difficulty in balancing different parties relating to network arts legal right protection. Therefore, in order to promote further prosperity and development of network arts, the technical regulating method needs to be further strengthened. The diversity legal right protecting system need to be further constructed and the infringement reporting platform needs to be further improved.

Keywords: Network Arts Legal Right Protection; Technical Regulating Method; Legal Right Protection System; Infringement Reporting Platform

Ⅳ Technology and The Arts Chapter

Abstract: The complementarity of the arts and technology is the necessary condition for emergence and development of network arts, and is also the indispensable key element for prosperity of network arts. In network arts' creation and production, technology is widely used in many fields such as project evaluation, content creation, platform operation, copyright protection and so on. Since 2018, new technologies like 5G, Artificial Intelligence, Virtual Reality (VR) and Augmented Reality (AR), Big Data and Cloud Computing, Blockchain and so on, have built a new environment and depicted a new prospects for network arts' development. It is obvious that technological innovation is one aspect for artistic creation. As for the "benefit" it brings, the premise is to show its Value Rationality.

Keywords: Technology Application; Technology and The Arts; Innovation and Development; Value Rationality

Abstract: As new emerging arts' forms, network arts are not only closely relating to traditional arts, but also have their own distinct characteristics. From the perspective of aesthetics, with abundant practice, network arts gradually show aesthetic features such as aesthetic integration of the arts and technology, the virtuality in cyberspace, all-round communication and interaction, tolerant and open citizen character, entertainment fashion experience as well as post-modernity of polyphonic carnival and so on.

Keywords: Aesthetic Appreciation of Network Arts; Aesthetic Integration; Aesthetic Characteristics

B. 17 Criticism of Network Arts

Liu Qing / 278

Abstract: The arts criticism is the mirror that can reflect artistic creation. It is an important force to help creation, improve aesthetics sense and guide social fashion. For the new and emerging network arts, criticism plays a more positive role in promoting creation. Network arts criticism and traditional arts criticism have something in common, but also have some difference between them. For network arts criticism future development, we should further strengthen the dominance and influence of the mainstream network arts criticism, promote the mutual reference and integrate different types of network arts criticism modes. At the same time, in order to promote the further prosperity of network arts practice, it is important to build the standard and evaluation system for network arts criticism.

Keywords: Network Arts Criticism; Criticism Mode; Criticism Standard; Evaluation System

V Creative Subject Chapter

B. 18 Introduction of the Development of New Literary and Artistic Organizations, New Literary and Artistic Groups

Hao Hongxia, *Zhang Yang* / 289

Abstract: The development of Internet and new media technology has changed the form of the arts, and brought profound changes in artistic concept and practice. With the great transformation in the arts and social culture, a large number of new literary and artistic organizations, new literary and artistic groups have emerged, their influences are increasingly widespread. It has become a very important issue in network arts' development that we should seriously research and summarize new literary and artistic organizations, new literary and artistic groups development trend, existing problems and practice methods, fully inspire and guide their innovation energy, let them become effective strength that make socialism art prosperity.

Keywords: New Literary and Artistic Organizations; New Literary and Artistic Groups; Effective Strength of Socialism Art

Abstract: The development of Internet and new media technology has brought profound changes in artistic concept and practice, made network arts further development, brought significant transformation in the arts and social culture. In this cultural context, with further expansion of network arts influence, network arts' social responsibility also further enhanced accordingly. However, as far as the current situation is concerned, there are still some problems in network arts' creation, such as not putting social benefit first but only pursuing economic profit, facing dilemma of adhering to social responsibility in ominimeida. Since 2018, there are so many ways to take social responsibility of network arts. Among them, using fine artistic works to guide social value, bringing positive energy with excellent artistic works has gradually become the mainstream trend. Besides, establishing rules and regulations promote the standardization and orderliness of network arts management. Multiple parties jointly creating a better Internet space will lay a solid foundation of network arts' social responsibility.

Keywords: Social Responsibility; The Way of Achievement; Establishment of Rules and Regulations; Cyberspace

Ⅵ Appendix

皮书起源

“皮书”起源于十七、十八世纪的英国，主要指官方或社会组织正式发表的重要文件或报告，多以“白皮书”命名。在中国，“皮书”这一概念被社会广泛接受，并被成功运作、发展成为一种全新的出版形态，则源于中国社会科学院社会科学文献出版社。

皮书定义

皮书是对中国与世界发展状况和热点问题进行年度监测，以专业的角度、专家的视野和实证研究方法，针对某一领域或区域现状与发展态势展开分析和预测，具备原创性、实证性、专业性、连续性、前沿性、时效性等特点的公开出版物，由一系列权威研究报告组成。

皮书作者

皮书系列的作者以中国社会科学院、著名高校、地方社会科学院的研究人员为主，多为国内一流研究机构的权威专家学者，他们的看法和观点代表了学界对中国与世界的现实和未来最高水平的解读与分析。

皮书荣誉

皮书系列已成为社会科学文献出版社的著名图书品牌和中国社会科学院的知名学术品牌。2016 年，皮书系列正式列入“十三五”国家重点出版规划项目；2013~2019 年，重点皮书列入中国社会科学院承担的国家哲学社会科学创新工程项目；2019 年，64 种院外皮书使用“中国社会科学院创新工程学术出版项目”标识。

中国皮书网

（网址：www.pishu.cn）

发布皮书研创资讯，传播皮书精彩内容
引领皮书出版潮流，打造皮书服务平台

栏目设置

关于皮书：何谓皮书、皮书分类、皮书大事记、皮书荣誉、
皮书出版第一人、皮书编辑部

最新资讯：通知公告、新闻动态、媒体聚焦、网站专题、视频直播、下载专区

皮书研创：皮书规范、皮书选题、皮书出版、皮书研究、研创团队

皮书评奖评价：指标体系、皮书评价、皮书评奖

互动专区：皮书说、社科数托邦、皮书微博、留言板

所获荣誉

2008 年、2011 年，中国皮书网均在全国新闻出版业网站荣誉评选中获得“最具商业价值网站”称号；

2012 年，获得“出版业网站百强”称号。

网库合一

2014 年，中国皮书网与皮书数据库端口合一，实现资源共享。

S 基本子库
SUB DATABASE

中国社会发展数据库（下设 12 个子库）

全面整合国内外中国社会发展研究成果，汇聚独家统计数据、深度分析报告，涉及社会、人口、政治、教育、法律等 12 个领域，为了解中国社会发展动态、跟踪社会核心热点、分析社会发展趋势提供一站式资源搜索和数据分析与挖掘服务。

中国经济发展数据库（下设 12 个子库）

基于"皮书系列"中涉及中国经济发展的研究资料构建，内容涵盖宏观经济、农业经济、工业经济、产业经济等 12 个重点经济领域，为实时掌控经济运行态势、把握经济发展规律、洞察经济形势、进行经济决策提供参考和依据。

中国行业发展数据库（下设 17 个子库）

以中国国民经济行业分类为依据，覆盖金融业、旅游、医疗卫生、交通运输、能源矿产等 100 多个行业，跟踪分析国民经济相关行业市场运行状况和政策导向，汇集行业发展前沿资讯，为投资、从业及各种经济决策提供理论基础和实践指导。

中国区域发展数据库（下设 6 个子库）

对中国特定区域内的经济、社会、文化等领域现状与发展情况进行深度分析和预测，研究层级至县及县以下行政区，涉及地区、区域经济体、城市、农村等不同维度。为地方经济社会宏观态势研究、发展经验研究、案例分析提供数据服务。

中国文化传媒数据库（下设 18 个子库）

汇聚文化传媒领域专家观点、热点资讯，梳理国内外中国文化发展相关学术研究成果、一手统计数据，涵盖文化产业、新闻传播、电影娱乐、文学艺术、群众文化等 18 个重点研究领域。为文化传媒研究提供相关数据、研究报告和综合分析服务。

世界经济与国际关系数据库（下设 6 个子库）

立足"皮书系列"世界经济、国际关系相关学术资源，整合世界经济、国际政治、世界文化与科技、全球性问题、国际组织与国际法、区域研究 6 大领域研究成果，为世界经济与国际关系研究提供全方位数据分析，为决策和形势研判提供参考。